UNE PROPOSITION REBELLE

LA LIGUE DES REBELLES
TOME III

LAUREN SMITH

Traduction par
ANGÉLIQUE MOREAU

Traduction par
VALENTINE TRANSLATIONS

⁵ᵉ règle de la Ligue :

5La meilleure amante d'un homme est une dame pleine d'esprit, mais il faut traiter les femmes intellectuelles de la même manière qu'un cheval sauvage, avec une main ferme et une voix douce.

Extrait de *La Gazette de la Lorgnette*, samedi 21 avril 1821, rubrique de Madame Société :

Madame Société est en deuil. Ce dangereux libertin, le vicomte Sheridan, est devenu aveugle. Elle ne peut s'empêcher de regretter ces yeux d'un brun profond qui ont réduit en cendres plus d'un jeune cœur innocent alors qu'il les observait depuis les confins d'une salle de bal. Oh, mon cher vicomte Sheridan, ne sortirez-vous plus en société ? Madame Société vous met au défi. Ne vous cachez pas d'elle, sans quoi elle dévoilera vos secrets les plus enfouis.

Il existe peut-être une dame capable de tenter vos yeux aveugles et vous convaincre de recommencer à vivre. N'aimeriez-vous pas qu'une femme réchauffe à nouveau votre lit ? Une femme pour apprivoiser votre cœur libertin ?

LONDRES, AVRIL 1821

À l'aide de sa canne à tête de lion en argent, Cédric, vicomte Sheridan, frappait fort les pavés du sentier sinueux de son jardin de Londres, qu'il essayait de traverser pour se rendre à la fontaine. Tout autour de lui, le monde affichait un gris hivernal. Ses autres sens lui assuraient pourtant que c'était le printemps. La lumière du soleil réchauffait son visage et ses bras, là où il avait retroussé ses manches. Une brise florale parfumée lui chatouillait le nez et ébouriffait ses cheveux. Cédric fit sept pas mesurés, les comptant dans sa tête.

Sept pas vers le centre du jardin, puis cinq pas... La pointe de sa botte s'accrocha à une pierre surélevée. Il tituba et entra en collision avec le sol. Il étouffa un cri quand les pierres s'enfoncèrent dans ses paumes et que les os de ses genoux craquèrent.

Haletant, tous les muscles tendus, il resta étendu à terre pendant un long moment, repoussant les vagues de honte et l'envie puérile de pousser un grognement de douleur. Apparemment, il n'avait pas seulement perdu la vue. Le bon sens et l'équilibre l'avaient également déserté.

Enfin, il se redressa, tâtonna autour de lui pour retrouver sa canne et se redressa sur des jambes tremblantes. Il était un homme adulte de trente-deux ans ! Il pouvait *et* allait supporter cette douleur comme on s'y attendrait de la part de n'importe quel gentleman bien élevé.

C'était une petite miséricorde qu'aucun de ses serviteurs n'était là pour assister à cet instant de faiblesse.

Encore une fois. Cinq pas jusqu'à la fontaine, se rappela-t-il. Prenant soin de lever ses pieds plus haut, il évita les pierres qui dépassaient. Ayant parcouru ce chemin des centaines de fois, il aurait dû le connaître par cœur. Pourtant, il ne parvenait toujours pas à le visualiser aussi bien dans sa tête qu'il aurait dû le faire. Lorsque le bout de sa canne racla légèrement contre la base en pierre de la fontaine, il se pencha et tendit le bras pour toucher le rebord. Puis, avec un grand soupir de soulagement, il s'assit.

Chaque heure de chaque jour, dès le moment où il se levait pour la journée jusqu'à ce qu'il se retire pour se coucher, il vivait dans la crainte constante de renverser de précieux trésors de famille, de s'embarrasser devant ses amis ou sa famille, ou pis encore, de causer d'autres dommages à son corps. C'était un tour cruel du destin d'avoir été autrefois un homme viril qui n'avait peur de rien, pour se retrouver réduit à être quelqu'un qui redécouvrait chaque matin au réveil qu'il était prisonnier de l'obscurité pour toujours.

Trop souvent au cours des dernières semaines, il était resté assis à son bureau, la tête enfouie dans les mains, les paumes pressées profondément contre les yeux, essayant de ramener la vue dont il avait désespérément besoin.

Son désespoir était trop fort et il ne pouvait plus invoquer la volonté de s'en préoccuper.

Dieu merci, il avait ce jardin ! Paix, calme, personne pour le voir dans cet état. Des moments comme celui-ci étaient une bénédiction. Il n'y avait pas de visiteurs, pas de visites embarrassantes de gens qui ne comprenaient pas les difficultés d'être aveugle. Dans son jardin, il pouvait exister sans soucis, sans anxiété. L'air frais, le soleil chaud et le bruit des oiseaux et des insectes lui donnaient l'impression d'être à nouveau vivant, autant qu'un homme brisé pouvait l'être. La tentation de rester à dehors pour toujours était forte, mais ses mains le brûlaient là où il s'était éraflé, et il faudrait qu'il rentre pour dormir et manger.

Une abeille bourdonnait quelque part à sa droite, butinant

probablement les fleurs bourgeonnantes. Le pépiement des oiseaux dans un arbre proche lui taquinait les oreilles, remplissant le silence avec un chant délicat qui était distinct et clair. Il pouvait distinguer chaque note, chaque mélodie singulière ainsi que les changements de tempo et de tonalité alors que les oiseaux se parlaient entre eux.

Il ne pouvait plus se focaliser sur les détails visibles, comme les visages de ses sœurs et de ses amis lorsqu'ils riaient et parlaient, ou la façon dont le vent faisait remuer les arbres en été, comme des vagues ondulantes d'émeraude, ou encore la manière dont la bouche d'une femme adoptait cette teinte parfaite de rouge quand un amant l'embrassait. Les sons, les senteurs et le toucher étaient désormais ses seuls compagnons. Il se raccrochait au son du rire délicat d'Audrey et à la douceur de la main d'Horatia qui lui prenait la sienne pour le guider.

Les pas légers d'un valet sur le gravier le tirèrent de ses pensées. Les pas assurés devaient appartenir à Benjamin Abbot, un des plus vieux valets. Il en avait beaucoup appris sur ses serviteurs au cours des derniers mois. Des femmes de chambre à travers leurs voix et les sons de leurs jupes ; des valets par leur pas plus pesant. Chaque serviteur était unique. C'était une des choses qu'il avait appris à chérir le plus après avoir perdu la vue. Il avait toujours eu de bonnes relations avec ses serviteurs avant, mais il ne s'était jamais autant appuyé sur eux qu'à présent.

— Il y a une jeune femme qui souhaite vous voir, Milord.

— Oh ?

Cédric ne prit pas la peine de se tourner dans la direction de Benjamin. Cela ne semblait pas très utile de se tourner vers une personne si on ne pouvait pas la voir.

— Cette jeune dame vous a-t-elle donné un nom ? demanda-t-il au valet.

— Miss Chessley. La fille du baron Chessley, répondit le valet.

Surpris, Cédric prit une inspiration sifflante.

Anne est ici ? Pourquoi ?

Il avait été avec de nombreuses femmes au fil des ans, utilisant son pouvoir de séduction pour passer d'un lit à l'autre. Mais pas avec Anne Chessley. Elle était différente. Elle l'intriguait, lui avait résisté et l'avait défié. Une véritable reine des glaces dans sa tour d'ivoire ! Mais chaque fois qu'il croisait son regard, pendant une brève seconde, il sentait la chaleur flamber, si lumineuse et chaude que cela lui donnait envie d'elle. Elle représentait un défi... et il avait toujours été partant.

L'année précédente, il l'avait courtisée, mais elle ne l'avait même pas laissé s'approcher, ne serait-ce que pour un seul baiser. Il avait dépensé une fortune pour lui envoyer des bouquets somptueux, et il avait acheté des places dans la loge d'opéra qui faisait face à celle de son père afin de la regarder apprécier la musique depuis l'autre bout du théâtre. Et pourtant elle était restée inaccessible. Toujours polie, mais jamais vraiment ouverte. Après plusieurs mois de tentatives, Cédric avait été forcé d'admettre sa défaite. Elle ne céderait jamais à lui ou ses tentatives de séduction.

Et puis il avait perdu la vue. Toute perspective de mariage était devenue inconcevable. Bien que sa fortune représente encore une attirance pour des dames éligibles, il ne pouvait plus envisager la danse macabre de la séduction. Pas alors qu'il entendait les femmes murmurer des impolitesses derrière leurs éventails à propos de sa condition. Il ne voulait pas d'une telle révulsion ou d'une telle pitié de la part de sa future femme.

Anne le prendrait certainement en pitié, ou bien elle s'embarrassait de sa nouvelle maladresse. Elle était trop froide pour se soucier de savoir s'il pouvait faire cinq pas sans se blesser ou endommager quelque chose autour de lui. Il ne s'imaginait pas ce qu'elle pouvait faire là, alors qu'elle avait passé tant de temps à l'éviter ! En outre, elle n'était pas férue de visites de bienséance et n'oserait pas lui en faire une. Ajoutez à cela les nouvelles qu'il avait récemment entendues à son sujet, et il ne s'imaginait pas les raisons de sa présence.

La semaine précédente, lorsque son ami Lucien et sa sœur Horatia étaient venus pour leur visite hebdomadaire, Cédric avait appris que le baron Chessley, le père d'Anne, était mort dans son sommeil. Anne était à présent une riche héritière et n'avait besoin de personne, et encore moins de Cédric. Ce qui le ramenait à cette question infernale : *pourquoi était-elle venue ?*

Était-elle si dévastée par la peine d'avoir perdu son unique parent qu'elle venait chercher du réconfort auprès de lui ? Il en doutait. Qu'avait-il à offrir à une femme comme elle ? Il n'était qu'une moitié d'homme, cassé, abîmé. Un bel imbécile !

Il se força à adopter une expression professionnelle. Il la traiterait comme toutes les jeunes femmes qu'il avait croisées depuis qu'il avait perdu la vue : avec une distance polie. Sa fierté exigeait qu'il maintienne la main haute, surtout avec Anne. Elle ne devait jamais savoir qu'il la désirait toujours, avait toujours envie d'elle avec une folie qui échappait à toute logique.

Des visions de ses yeux gris jouaient des tours dans son esprit. Il se souvenait d'elle très vivement, de ces lèvres rose pâle qui s'incurvaient en un sourire uniquement lorsqu'elle baissait la garde, et de la façon dont son nez se plissait quand elle n'était pas d'accord avec lui. Sa poitrine se serra quand il se souvint de leurs discussions souvent passionnées sur les chevaux, leur intérêt commun. C'était la seule façon qu'il avait trouvée pour qu'elle réagisse à lui, en la faisant sortir de sa coquille par ses opinions affirmées. Cette petite diablesse glaciale aimait les disputes, et il avait pris grand plaisir à la provoquer jusqu'à ce qu'elle rougisse.

Seigneur ! Je suis devenu un imbécile sentimental.

Le valet toussota poliment, rappelant à Cédric qu'il l'attendait.

— Veuillez me l'amener, lui ordonna-t-il.

Il perdrait trop de temps à retrouver son chemin pour rentrer. C'était bien plus facile de l'emmener dans les jardins. Le temps était agréable et il connaissait assez Anne pour savoir qu'elle aimait le plein air.

Les pas du valet se retirèrent et une minute plus tard, Cédric entendit le bruit de bottes de femmes sur le chemin du jardin. Il l'entendit pousser un petit cri quand elle s'approcha suffisamment pour le voir.

— Milord ! Vous saignez !

Anne se précipita vers lui. Son parfum le frappa : cette odeur attrayante d'orchidées qui lui appartenait exclusivement. Il sentit la chaleur de ses mains près des siennes quand elle le rejoignit à la fontaine. Elle s'empara de ses paumes et toucha délicatement sa peau meurtrie. Il s'était tellement habitué aux coupures et égratignures qu'il ne les remarquait même pas.

Il réprima un frisson. Sans ses yeux, tout ce qu'il lui restait pour comprendre le monde était le toucher, le goût et l'odeur. Le contact d'Anne allumait un soupçon de feu sous sa peau.

— Je savais ? demanda-t-il bêtement, trop captivé par la sensation de ses jupes de soie qui frôlaient ses genoux.

Ses mains meurtries étaient oubliées depuis longtemps. Une excitation brûlante courrait à travers ses veines, et cette ancienne envie de séduire remonta à la surface. Il ne se souvenait pas d'une époque où elle avait été si près de lui de sa propre volonté.

— Oui, Milord. Vous avez des gravillons enfoncés dans les paumes. Êtes-vous...

Elle hésita à continuer.

Le besoin qu'il avait d'elle se flétrit en décelant la pitié dans sa voix.

— Si je suis tombé ? Oui, répondit-il sèchement.

Il n'avait jamais eu besoin de pitié et il n'en désirait pas maintenant, et certainement pas de sa part. Il gonfla la poitrine et lui adressa un regard noir. Un silence troublant remplit l'air entre eux. Anne avait toujours le pouvoir de le mettre sur les nerfs, de faire se tendre et se contracter tous les muscles de son corps. Quelle expression affichait-elle sur le visage ? Les sourcils délicats dont il se souvenait s'arquaient-ils au-dessus de ses jolis yeux avec surprise, ou bien étaient-ils froncés ? Diable, il aurait vraiment aimé la voir.

— Accepteriez-vous de me laisser vous aider ? demanda doucement Anne.

— Comment ?

Le ton de Cédric était plein de scepticisme.

Au lieu de répondre, elle retira ses gants et lui prit les mains, les plongeant dans l'eau délicieusement froide de la fontaine, et ses doigts frottèrent et récurèrent doucement ses paumes enflammées. Puis elle ressortit ses mains.

— Avez-vous un mouchoir ? demanda-t-elle.

— Dans la poche de ma poitrine, dit-il.

Il sentit sa main plonger dans la poche de sa poitrine et le récupérer. Ce simple geste était étrangement érotique et il sentit son pouls vaciller. Il était toujours partant pour glisser une main sous le corsage ou la jupe d'une jeune femme. C'était une expérience entièrement différente de sentir la main d'une dame bouger sous ses vêtements. Il sentait la chaleur de sa peau près de sa poitrine. Avec un sourire intérieur, il se délecta de la sensation de ses mains douces envahissant ses vêtements.

Quand elle trouva son mouchoir, elle lui en tapota les mains avant de lui faire lever les paumes. Son haleine chaude traça des motifs chauds sur la peau de Cédric alors qu'elle soufflait sur ses coupures pour les faire sécher.

— Je ne pense pas qu'elles saigneront davantage. Vous devez faire attention à ne pas faire d'activités trop violentes pendant quelques jours afin de ne pas rouvrir les coupures.

Son ton de réprimande le prit par surprise et fit éclater la bulle chaude de désir qui l'entourait. — Merci, Madame, répondit-il froidement, plus à cause du choc qu'autre chose. Pardonnez-moi d'être direct, mais pourquoi êtes-vous venue ? Cette question brûlante de savoir *pourquoi* le taraudait toujours.

Anne resta silencieuse pendant un long moment avant de parler. Quand elle le fit enfin, elle retira ses mains des siennes, rompant leur contact.

—Je suis certaine que vous avez entendu, pour mon père.

— Oui, répondit doucement Cédric. C'était un homme bien, et je ne peux pas en dire autant de la plupart des hommes de ma connaissance. Je vous présente mes plus sincères condoléances.

Il ressentit soudain derrière ses côtes une poussée de douleur. *Les cercueils de ses propres parents qu'on descendait dans leur tombe. Ses deux petites sœurs serrant ses bras de chaque côté, leurs visages angéliques maculés de larmes.* C'étaient des souvenirs dont il ne voulait pas, des souvenirs contre lesquels il luttait chaque jour pour les conserver enfouis.

—Je vous remercie.

Sa voix était posée, mais il savait à quel point Anne était forte, et cela le rendait fier d'elle. En même temps, il aurait voulu l'attirer vers lui et lui murmurer des choses douces et tendres à l'oreille pour la réconforter.

Cela le choquait. Depuis quand était-il le genre d'homme à apporter du réconfort ? Il était un libertin, un séducteur et un rebelle de la pire espèce. Pas un homme qui blottissait une femme contre son corps.

— En fait, c'est sa mort qui m'amène à vous.

— Ah oui ? Je ne vois pas comment...

— Si vous me pardonnez ma franchise, Milord, la vérité est que je dois me marier. La mort de mon père m'a rendue riche et je suis devenue une cible, plus que je n'aurais aimé, pour les chasseurs de fortune de la haute société.

Le soupçon de désespoir dans sa voix ne lui échappa pas. Depuis qu'il la connaissait, il l'avait toujours vu éviter l'attention publique, et le fardeau d'être une héritière devait être bien lourd.

— Et qu'ai-je à y voir là-dedans ? demanda Cédric.

Elle ne pensait certainement pas... C'était trop espérer qu'elle lui demande de lui refaire la cour.

— J'ai besoin d'un mari, et la plupart des hommes éligibles à la recherche d'une épouse ne sont pas ce que je considérerais comme des partenaires appropriés. Je suis venue... en espérant peut-être...

Elle lui saisit les mains, geste qui le fit sursauter, mais il resta calme et se raccrocha doucement à elle.

Qu'espérait-elle ? Sa poitrine se contracta.

— Dites ce que vous pensez, Miss Chessley, lui ordonna Cédric, peut-être un peu trop fort. Elle desserra sa prise sur ses mains qu'il laissa retomber sur ses genoux.

— C'était peut-être une erreur. Je n'aurais pas dû vous déranger, marmonna Anne d'un ton d'excuses. Il l'entendit se lever pour partir.

Cédric se redressa avec elle et tendit la main vers elle à l'aveuglette, espérant lui attraper le poignet pour l'arrêter. Au lieu de cela, sa main se referma autour de la courbe d'une hanche féminine. Au lieu de la libérer, il enfonça ses doigts, juste assez pour freiner son évasion. Ce contact surpris provoqua un petit cri surpris.

— Dites-moi ce que vous êtes venue me dire, je vous prie, implora-t-il à demi, ne souhaitant pas qu'elle s'en aille.

Dernièrement, il avait passé beaucoup de temps seul, ce qu'il préférait, compte tenu de son état. Mais la compagnie d'Anne était la bienvenue. Cela lui rappelait des jours meilleurs, sans réveiller la douleur de sa cécité. Elle allumait plus un feu dans son sang, lui rappelant la façon dont il la taquinait et comment elle lui avait résisté avec ses délicieuses piques verbales. Il réprima un sourire quand elle n'essaya pas d'échapper à son emprise.

— Je suis venue vous demander si vous vouliez bien considérer de vous marier... Avec moi.

Ces deux derniers mots sortirent dans un murmure haletant si léger qu'il se demanda s'il les avait imaginés.

— Vous voulez m'épouser ?

Il pouvait enfin avoir Anne ! Pourtant, il s'était juré que le mariage n'était pas possible, qu'une femme qui s'attacherait à lui ne serait jamais heureuse avec un homme qui n'était qu'une coquille endommagée. Comment Anne pouvait-elle penser qu'il ferait un choix correct ? Si elle s'imaginait qu'elle ne serait sa femme que de nom, elle se trompait.

Si Anne et lui se mariaient, il s'allongerait sur elle dans un lit et trouverait le paradis qu'il savait qu'il y rencontrerait. Si le mariage était son seul recours pour trouver le paradis, il ferait lire les bans immédiatement. Pourtant, tel qu'il connaissait Anne, il devait y avoir un piège.

— Oui. Eh bien... « vouloir » est peut-être un mot fort. Mais je vous épouserais si vous me le demandiez.

— Pourquoi moi ?

Si elle avait l'embarras du choix parmi les chasseurs de fortune et d'autres jeunes hommes vaillants, pourquoi se contenterait-elle d'un pauvre aveugle pathétique ? Cela n'avait aucun sens.

— De tous les hommes que j'ai rencontrés, vous avez gardé un intérêt pour moi et n'avez pas eu le désir de me faire la cour pour ma fortune, puisqu'il est de notoriété publique

que la vôtre est plus importante que la mienne. Je ne me fais aucune illusion sur la véritable raison de votre intérêt. Les étalons de mon père deviendraient les vôtres, bien sûr, si nous nous mariions. Vous êtes libre de les accoupler avec vos propres juments. J'ai pensé peut-être que cela pourrait vous attirer. Je serais disposée à travailler avec vous sur la reproduction, car c'est un intérêt commun. Je crois également qu'avec le temps, nous pourrions en venir à bien nous entendre. Vous avez l'approbation de mon père ainsi que celle d'Émily, et cela me rassure sur votre caractère.

Cédric rit intérieurement. Même avec sa réputation de libertin parmi la haute société et les rumeurs dans les journaux, il avait eu l'approbation de son père ? Ils se rencontraient souvent à Tattersalls pour discuter des chevaux de race. L'ancien baron et lui avaient été d'accord sur presque tout, à part la politique, mais ces débats avaient été animés et soutenus par des arguments bien présentés des deux côtés, audessus de verre de porto dans des clubs comme White's.

La soudaine sensation de la perte du baron lui provoqua une douleur profonde. Il avait laissé sa cécité devenir une raison de se morfondre dans sa propre obscurité et n'avait pas beaucoup réfléchi à ce qu'Anne devait ressentir. Son père, un homme dont elle était très proche, ayant perdu sa mère si jeune.

Et elle est venue à moi pour se protéger des chasseurs de fortune...

Cette pensée le réchauffait à des endroits profondément enfouis en lui qui étaient restés froids pendant de longs mois depuis qu'il avait perdu la vie.

— Vous accepteriez vraiment de m'épouser ? Je dois vous avertir, Miss Chessley, que je ne suis plus le charmeur que j'étais autrefois. Ma vie est devenue... compliquée.

Cet aveu lui faisait l'aveu d'un uppercut, mais c'était inévitable. Elle avait le droit de savoir à quoi elle serait confrontée si elle l'épousait.

— Je sais, Milord. Quand j'étais enfant, j'ai eu un épagneul favori qui est devenu aveugle. Je connais les difficultés auxquelles vous êtes confronté. Sa voix restait encore légèrement haletante.

— Je ne pense pas que me comparer à un chien aide votre cause, Miss Chessley.

Il rit avec ironie avant de devenir plus sérieux.

— Je ne réponds pas bien à la pitié, et si on s'épousait, je deviendrais entièrement votre mari. Je suis sûr que vous savez ce que cela signifie. Par conséquent, vous devriez partir.

Elle laissa échapper un petit cri, mais il ne parvenait pas à dire si c'était le choc ou l'indignation. Bon sang ! Il n'arrivait pas à la lire, pas comme il le faisait autrefois. Un léger tremblement s'empara d'elle et il le ressentit à travers sa main qui reposait toujours sur sa hanche avec possessivité.

— Je vous proposerais bien de vous escorter jusqu'à la porte, mais il me faut un certain temps pour sortir des jardins une fois que j'y suis. Même s'il lui demandait de partir, il ne retira pas sa main d'elle.

Combattez-moi, Anne. Ne partez pas.

Il détestait lui dire de partir, mais il savait comment les choses se passeraient entre eux. Elle resterait de glace, il resterait aveugle, et ils ne sauraient pas l'un comme l'autre comment se comporter hors du lit. Une telle inquiétude ne l'aurait peut-être pas dérangé auparavant. Une partie de lui s'était toujours attendue à un simple mariage de convenance, mais depuis les épousailles de ses deux meilleurs amis, il avait découvert qu'il aspirait à plus que de la satisfaction sensuelle avec sa femme, s'il devait en prendre une.

Au début, il avait pris cela pour du sentimentalisme, mais se retrouver entouré de couples amoureux avait modifié ses perceptions, et alors qu'il repensait à son enfance plus fréquemment depuis l'accident, il se souvenait de la relation facile de ses parents. Il s'était rendu compte qu'une grande partie de lui avait toujours souhaité quelque chose de semblable. Il voulait ce que ses amis et ses parents avaient : l'amour *et* l'amitié. Il avait l'habitude de rire à propos de telles choses, comme si c'était des aspirations naïves de poètes. Mais à présent, il en avait besoin.

— Je sais que vous auriez droit à votre dû en tant que mari. Je ne vous refuserai pas.

Elle avait prononcé ces paroles d'un ton rigide et courageux, ne s'écartant toujours pas de lui ou lui demandant d'arrêter de la toucher. Les lèvres de Godric se plissèrent légèrement. Il gardait assez de souvenirs d'elle pour se souvenir de l'expression qui accompagnait ce ton de voix. Elle devait avoir le menton levé, ses pommettes hautes rosiraient d'embarras et ses ravissants yeux montreraient une indignation silencieuse. Il retira la main de sa hanche, mais il ne l'entendit pas s'en aller. Elle resta près de lui, le son de sa respiration lui taquinant les oreilles.

— Vous pouvez accepter de rester allongée sans bouger sous moi, mais ce n'est pas ce que je recherche chez une épouse. Je désire une partenaire de lit enthousiaste, chose que vous m'aviez fait comprendre au printemps dernier qu'il vous était impossible d'être.

— Les gens changent, répondit-elle.

— Peut-être, mais généralement pas la nature d'une femme. Vous avez toujours été de glace, Miss Chessley, et je n'ai pas l'intention de faire empirer ma vie déjà en ruines en gelant à mort dans votre lit. Échapper aux chasseurs de fortune ne suffit pas à venir me trouver. Pensez-vous que je sois stupide autant qu'aveugle ?

Il sentit un souffle d'air avant que la gifle ne l'atteigne en plein visage. Cette attaque déclencha en lui le feu de l'excitation à la place de la colère. Il parviendrait peut-être à la faire fondre après tout.

— Comment *osez*-vous parler ainsi ? siffla Anne.

— Je m'excuse si la vérité blesse, mais je suis las des prétentions de la civilité. À présent, partez, sans quoi je risque de vous servir d'autres vérités qui risquent de vous contrarier.

— Espèce de goujat !

Anne voulut le frapper à nouveau, mais il eut l'avantage d'avoir anticipé sa réaction. Un coup de chance lui permit de lui attraper le poignet et de plaquer son corps contre lui. Son autre main se posa sur son épaule et descendit pour la saisir par la nuque. Il la tint immobile dans sa prise puissante et s'avança doucement vers son visage. Il fut capable de trouver sa joue et de déposer une traînée de baisers vers ses lèvres. Une fois qu'il les trouva, il abandonna toute velléité de tendresse et dévasta sa bouche.

Elle trembla dans son étreinte, sa propre langue battant d'abord en retraite contre la sienne. Mais il poursuivit ses assauts, frottant ses doigts sur son cou d'une manière apaisante afin qu'elle se détende contre lui. La vague de triomphe qu'il ressentit quand elle glissa la langue entre ses lèvres était glorieuse. Puis Cédric se retira, s'écartant d'elle d'un pas, reprenant rapidement sa respiration.

— Si vous pouvez jurer de réagir ainsi à moi dans notre lit, alors je vous demanderais de m'épouser. C'était un défi qu'il ne s'attendait pas à ce qu'elle relève, mais il priait pour qu'elle le fasse. Le désir qu'il avait d'elle et qu'il ressentait depuis des années, protégeant ce feu qui couvait, se transforma lentement en un début d'incendie. Si seulement elle pouvait accepter de s'ouvrir à lui...

—Je... peux.

Sa réponse rauque et essoufflée toucha ses instincts charnels, le bas de son corps se raidissant de besoin. Elle continua de parler, ne se rendant pas compte de l'effet qu'elle lui faisait.

— Ce que je veux dire, c'est que vous embrassez beaucoup mieux que ce à quoi je m'attendais.

— Alors vous jurez ? De réagir de cette manière chaque fois que je viendrai vous trouver ? insista Cédric.

— Je le jure, promit Anne.

Mais Cédric entendit l'hésitation dans sa voix. Il desserra son étreinte autour d'elle et essaya de radoucir sa voix.

— Je ne vous forcerai jamais, si c'est ce qui vous inquiète. Mais je vous préviens que j'ai un appétit vorace pour le plaisir.

Il lui adressa un sourire qui avait brisé beaucoup de cœurs, et il regretta de ne pas voir sa réaction.

— Je préférerais gérer vos appétits, Milord, plutôt que de subir une nuit de plus au bal, à devoir danser avec ces imbéciles qui ne me voient que comme une pile de pièces d'or dans une robe de soirée, déclara Anne.

Cédric faillit éclater de rire. C'était bien là la petite guerrière dont il se souvenait, celle qui relevait tous les défis qu'il lui lançait. Ce n'était peut-être que la faible notion qu'elle était venue le trouver par pitié, ou la conviction qu'il n'essaierait pas de lui imposer une relation maritale complète à présent qu'il était aveugle. Il aimait parier, c'était dans sa nature, et il aurait parié, vu sa réponse, qu'elle aimait ces joutes verbales avec lui autant qu'il le faisait. Cela fonctionnerait peut-être entre eux, après tout.

— Je suppose que c'est réglé, alors. Je vais m'efforcer de le faire correctement.

Cédric tendit le bras pour toucher le rebord de la base de la fontaine et s'y appuya pour descendre sur un genou. Il tendit une main dans sa direction.

— Donnez-moi votre main, je vous prie, Miss Chessley.

Il saisit la main qu'elle lui offrait, sentant les légers contours de petites callosités : une main appartenant à une femme dont le monde comprenait des chevaux. Elle ne portait pas de gants. Étrangement, il ne l'avait pas remarqué jusqu'à présent.

— Miss Chessley, me feriez-vous le grand honneur de devenir mon épouse ?

Il sourit, trouvant l'absurdité de ce moment trop amusante pour être contenue. C'était une tragédie d'être incapable de voir ses yeux. Leurs profondeurs grises brilleraient-elles de passion ou bien seraient-elles assombries par l'incertitude ?

— Oui, Milord, répondit Anne d'une voix redevenue essoufflée.

Cédric se demanda si son sourire avait affecté Anne. Avec son aide, il se redressa et chercha sa canne. Elle la lui posa entre les mains et il sentit sa prise se resserrer quand il lui sourit à nouveau.

Son sourire l'avait-il affectée ? Ou bien était-elle vraiment heureuse qu'il l'ait demandée en mariage ? Comme il regrettait de ne pas voir ! Trop longtemps, il avait compté sur le langage des yeux. À présent, il était perdu, un homme maladroit qui n'avait que ses oreilles et ses mains pour le guider.

— Excellent. Quand préféreriez-vous que nous l'annoncions ? Je crois que la tradition est d'attendre six mois, jusqu'à ce que vous ayez le droit d'être en demi-deuil.

Une main paniquée s'abattit sur sa manche.

— Non ! Je souhaite me marier dans la semaine. La saison bat son plein et un mariage rapide mettra fin aux nombreux assauts perpétrés par les célibataires de Londres sur Chessley Manor.

Le ton de sa voix changea quand elle parla des chasseurs de fortune, et il se demanda si c'était la vérité. Cela étant, il n'allait pas la questionner si elle venait à lui. L'idée d'être marié suscitait en lui un intérêt qu'il n'avait encore jamais cru possible. Il ne serait pas seul. Plus maintenant. Sa voix briserait les ténèbres et l'empêcherait de sombrer dans le désespoir.

Il y aurait néanmoins des conséquences.

— Vous savez que la bonne société ne nous pardonnera pas ce scandale. Ils présumeront que vous êtes enceinte, ou imagineront des motifs encore pires pour justifier une telle hâte.

— Je ne pensais pas, Milord, que vous étiez du genre à craindre le scandale.

Son ton de défi le força à réprimer un autre éclat de rire. Elle le connaissait très bien ! Il savait à présent qu'ils iraient très bien ensemble.

— Bien sûr que non. J'en dépends. Je ne savais pas que vous partagiez mon... *désir* d'attention.

Il aurait aimé pouvoir voir son visage. Ses paroles suggestives l'avaient-elles fait rougir ?

— Je ne le *désire* peut-être pas, comme vous le dites, mais je ne le crains pas.

Son ton suggérait la vérité. Si elle avait menti, il aurait entendu ses respirations irrégulières ou un tremblement dans sa voix.

— Vous préféreriez que je me procure une licence spéciale ?

— Oui, si ce n'est pas trop demander, dit Anne.

— Très bien. Je vous écrirai demain.

— Merci, Milord.

Les mains d'Anne se contractèrent dans les siennes alors qu'il se pencha en avant et passa doucement ses lèvres contre sa joue pour lui donner l'ombre d'un baiser. À l'intérieur de lui, la passion combattit avec la tendresse à ce contact inattendu. Elle resta à proximité.

— Voulez-vous que je vous guide pour retourner à l'intérieur ?

Cette fois, c'était lui qui hésita. Oserait-il accepter et admettre sa peur de trébucher ? Ou bien son refus la contrarierait-il ? Diable, il aurait aimé mieux comprendre les femmes ! Il avait vécu auprès de ses sœurs pendant des années et était suffisamment intelligent pour admettre qu'il ne connaissait pratiquement rien du sexe féminin et de leurs opinions parfois insondables sur l'espèce humaine. Il était peut-être plus sage d'accepter sa proposition au lieu de la contrarier.

— Oui. Ce serait gentil de votre part.

Cédric fut surpris quand elle colla son bras sous le sien et ils descendirent le sentier pavé en silence. Mais ce n'était pas un silence rigide, comme il s'y était attendu. Quelque chose entre eux avait changé. Il aurait seulement voulu savoir ce que cela signifiait. Mais il le découvrirait bientôt. Après tout, ils allaient se marier. Il était étrange qu'il se sente déchiré entre l'appréhension et la fascination.

❧ 2 ❧

— **D**iabolique comme il l'est, je crois que ce n'est que justice qu'il ait perdu la vue. Qu'il ne puisse plus jamais braquer son regard lascif sur une femme vertueuse ! annonça lord Upton aux occupants de la principale salle de jeu de Berkley's, un club pour gentlemen de l'élite.

Sa déclaration fut accueillie par plusieurs murmures d'agrément et un nombre égal de marmonnements contrariés.

Cédric entra dans la salle de jeu, réprimant la panique naturelle qu'il ressentait quand il se retrouvait dans une pièce où il se sentait intensément vulnérable.

— Mettez-vous un bouchon, Upton. Je suis aveugle, pas sourd. Ne me forcez pas à vous semoncer.

Sa canne battit le plancher de droite à gauche, l'aidant à se diriger entre les tables. Il ne pouvait pas voir le visage de lord Upton, mais le sentiment d'alarme qui émanait de l'endroit où il avait entendu la voix de ce dernier était éloquent. Cédric sourit et attendit que son ami Ashton Lennox vienne le rejoindre.

— Cédric ?

La voix inattendue de son camarade le fit sursauter. Celui-ci avait le talent d'évoluer en silence tel un félin.

Malgré sa cécité, Cédric se souvenait parfaitement de l'apparence d'Ashton. Grand, il avait des cheveux blond clair et des yeux d'un bleu acéré. Ashton était l'un de ses meilleurs amis et celui sur lequel il se reposait le plus pour l'aider à survivre sans ses yeux. Ash s'était systématiquement montré plus patient que les autres membres de la Ligue et dans les circonstances présentes, il avait besoin de sa patience à toute épreuve pour l'aider à se débrouiller. Il imaginait le regard intense de son ami braqué sur lui. Même dans ce monde de noirceur, il sentait toujours quand on l'observait.

— Je vais bien. Upton n'est qu'un idiot.

Il s'accrocha discrètement au bras d'Ashton et le laissa l'aiguiller vers le parloir privé réservé à leur groupe. Sa fierté avait beau lui crier de se dépêtrer tout seul, sa raison lui rappelait que s'il avait l'imprudence d'avancer sans quelqu'un pour le guider, il risquait de tomber et d'offrir à ce saligaud de lord Upton précisément ce qu'il désirait : devenir la risée de l'assemblée.

Coucher avec la fille de quelqu'un et ne pas l'épouser ! Il se comporte comme si j'avais mis le feu à sa maison.

Les oreilles de Cédric perçurent le sarcasme dans la voix d'Upton, qui paraissait bien trop proche.

— Se battre en duel contre un aveugle ? Aucun honneur personnel ne vaut cette entreprise insensée.

Cédric se raidit et maudit les sens qu'il conservait et qui s'étaient aiguisés depuis la perte de sa vue, particulièrement son ouïe.

— Ne faites pas attention à lui, dit froidement Ashton.

— Malheureusement, il a raison. Il faudrait que j'aie un second pour braquer mon pistolet dans la bonne direction, ce qui ne garantirait même pas que j'atteigne ma cible.

Il s'était rabattu sur son sarcasme habituel, mais cette vérité lui rongeait les entrailles.

C'était peut-être la pire conséquence de la perte de sa vue et d'une bonne partie de son équilibre. Il ne pouvait plus faire du cheval, tirer ou chasser. Il ne pouvait plus faire *quoi que ce soit* comme avant. Même se rendre à son club de gentlemen était devenu une corvée. Il se sentait vulnérable sans un de ses amis pour l'accompagner. Au cours des mois précédents, il avait appris à reconnaître les hommes à leur voix et leur démarche, mais cela ne suffisait pas à le rassurer quand il sortait dans Londres. Si tous ses sens étaient aiguisés, sa peur d'être attaqué restait la même. En décembre de l'année passée, être en mesure d'y voir ne l'avait pas sauvé du danger et à présent, il était encore plus impuissant.

Le Noël dernier, un assassin – presque certainement employé par Sir Hugo Waverly – avait essayé de le tuer. L'homme avait failli réussir, et c'était dans ces circonstances que Cédric avait perdu la vue. Prisonnier de cette cabane en feu avec sa sœur Horatia, il avait cru qu'ils allaient mourir. Au dernier moment, Lucien Russell, marquis de Rochester, les avait trouvés et sauvés tous les deux de la bâtisse en feu alors que les flammes dansaient autour d'eux. La dernière chose dont Cédric se souvenait était du son d'une poutre qui craquait avant de se détacher du plafond et de s'effondrer sur sa tête, le condamnant à ce monde d'obscurité.

Le médecin qui l'avait examiné n'avait su dire si sa condition allait demeurer permanente. Au bout de deux mois, Cédric l'avait pourtant acceptée comme telle. Tous les matins, il ouvrait les paupières sur un univers grisâtre. Toutes les nuits, pendant son sommeil, il oubliait sa cécité et à chaque réveil, il revivait la douleur de sa perte.

Au début, il avait souffert d'une panique étouffante, puis il s'était forcé à se calmer avec des inspirations lentes et posées. C'était ensuivi une tristesse déchirante, une vulnérabilité qui le courrouçait et le terrifiait. Il s'était résigné à vivre dans l'obscurité, à passer une existence au ralenti et à ménager ses efforts, jusqu'à la veille, quand il avait reçu Anne dans le jardin.

C'était cette visite qui l'avait motivé à convoquer ses amis les plus proches, connus de presque tout Londres à travers les gazettes de la haute société sous le nom de « Ligue des Rebelles ». La Ligue était constituée de Godric, duc d'Essex, de Jonathan Saint-Laurent, son demi-frère, de Lucien, marquis de Rochester, de Charles, comte de Lonsdale, d'Ashton, le baron Lennox, et enfin de lui-même.

Cédric sentit les muscles du bras d'Ashton se contracter lorsque celui-ci ouvrit la porte du parloir privé. Le bourdonnement de voix familières l'entoura quand Ashton et lui entrèrent dans la pièce.

— C'est bon de vous voir, Cédric, dit Godric quelque part sur sa gauche.

Godric était apparemment parvenu à s'extirper des bras de son épouse Émily pour venir les rejoindre au club.

Il se remémora comment Godric avait convaincu la Ligue de kidnapper la pauvre jeune fille l'année précédente parce que l'oncle de cette dernière avait détourné des fonds lui appartenant. Destinée à n'être qu'un pion dans un jeu plus conséquent, Émily s'était avérée très douée pour positionner ses pièces. Cet enlèvement avait valu à Godric une femme qui avait relevé le défi de le domestiquer. Cédric sourit. Rien n'avait plus été pareil pour la Ligue depuis qu'Émily était entrée dans leurs vies.

— Tout le monde est là ?

Cédric entendit le déplacement des bottes et le froissement des habits alors que les hommes s'asseyaient autour de lui.

— Tous présents, annonça Lucien.

Ce diable aux cheveux roux avait récemment épousé

Horatia, la sœur de Cédric, allant jusqu'à l'affronter en duel pour ce faire. Plus d'une fois, il s'était dit que sa cécité était la punition de Dieu pour son entêtement à ce propos.

Cédric aurait confié sa vie à ces cinq hommes. À l'exception de Jonathan, ils avaient frôlé la mort à d'innombrables reprises et avaient participé à bien des scandales au sein de la bonne société. Mais par-dessus tout, ils étaient ses amis et à présent, c'était en tant que tels qu'il avait le plus besoin d'eux.

— Alors, quelles sont ces nouvelles évoquées dans votre lettre ? s'enquit Jonathan.

— Quelqu'un pourrait-il me verser un scotch et me pousser en direction d'une chaise ? demanda Cédric avec un sourire à demi moqueur sous les ricanements de ses camarades.

Ashton l'encouragea à avancer de quelques pas jusqu'à ce que ses genoux frôlent le coussin ferme d'un fauteuil. Il s'assit et posa sa canne à terre.

— D'abord, avant d'écouter les révélations de Cédric, j'ai également des nouvelles, dit Lucien d'une voix nouée par l'enthousiasme. Puis-je prendre la parole, Cédric ?

Sa voix était alourdie par un secret, du moins selon l'ouïe nouvellement aiguisée de Cédric. Qu'est-ce qui pouvait rendre Lucien, un des hommes les plus téméraires de sa connaissance, aussi timoré ?

Cédric hocha la tête.

— Horatia et moi... eh bien... nous attendons un enfant. Le médecin l'a confirmé ce matin.

— Un bébé ?

Cédric redressa l'échine, ravi par cette nouvelle. Puis il songea à Anne et à lui. Annonceraient-ils un jour un tel événement ? Était-il prêt à devenir père ? Son instinct lui soufflait que non, mais cette pensée ne l'en toucha pas moins.

— Oui. Le médecin a dit qu'elle est déjà enceinte de deux mois. La naissance est prévue pour novembre.

Le ton de Lucien était clairement empreint de chaleur et de fierté.

Quatre mois plus tôt, Cédric avait été horrifié et furieux quand son ami, un débauché qui aurait fait rougir Lucifer en personne, était devenu l'amant de sa sœur. Il avait eu l'impression de perdre Horatia, une compagne sur laquelle il s'appuyait énormément, et l'une des deux personnes dans sa vie qu'il avait le devoir de protéger des rebelles aux réputations sulfureuses. À présent, c'était une des choses les plus merveilleuses au monde de savoir que son ami et sa sœur étaient aussi amoureux et heureux l'un avec l'autre. Secrètement, il avait craint qu'un mariage entre eux ne mette de la distance entre Lucien et lui, ce qui n'avait pas été le cas.

Leur amitié avait connu une période difficile en décembre dernier, mais Cédric ne pouvait pas dénier la réalité. Lucien aimait sa sœur avec une intensité qu'il n'aurait jamais cru possible. Et bientôt, Lucien aimerait le bébé qui était en route. Il sentit la jalousie s'insinuer en lui, se contorsionnant et s'enroulant comme un serpent. Il avait envie d'un tel mariage, avec de l'amour et des enfants.

Il poussa un profond soupir. *Seigneur, voilà que je deviens sentimental !* De toute évidence, le temps et les circonstances les avaient tous changés.

Les vivats et les taquineries se déchaînèrent autour de Cédric alors que la chaleur de ses amis l'enveloppa comme un manteau.

— Félicitations ! dirent Charles et Ashton qui le flanquaient.

— Un petit Russell, s'émerveilla Jonathan avec un ricanement canaille. Votre mère doit être au septième ciel, Lucien.

Cédric fut incapable de réprimer un sourire.

— Alors, je vais devenir tonton ?

Lucien éclata de rire.

— Et pas qu'une seule fois, je l'espère.

Cédric fronça les sourcils.

— Prenez garde, mon ami, c'est ma sœur que vous avez épousée, pas une jument poulinière.

— Très bien. Je laisserai Horatia décider du nombre de nos enfants. Mais c'est *vous* qui devrez affronter ma mère si elle n'a pas les dix petits-enfants qu'elle désire.

— Bon, les interrompit Jonathan. Écoutons vos nouvelles, Cédric.

— Ah oui... Eh bien, Ashton et moi revenons du collège des docteurs en droit, où je me suis procuré une autorisation de mariage spéciale. Je dois me marier dans la semaine.

On entendit un étranglement et un jet de brandy vint éclabousser Cédric en pleine figure.

— Par le diable ! Qui a fait cela ?

— Toutes mes excuses, répondit Charles. C'est juste que vous m'avez pris par surprise. Vous ai-je bien entendu ?

Cédric retira son mouchoir de sa poche et s'épongea le visage, essayant de ne pas décocher un regard noir à son ami.

— Marié à *qui* ? demanda Lucien d'un ton qui reflétait l'incrédulité de Charles.

— Anne Chessley.

Il attendit une réaction, n'importe laquelle, mais le silence auquel il fut alors confronté le prit par surprise. Que faisaient-ils donc ? Le dévisageaient-ils, bouche bée, ou bien s'échangeaient-ils des regards inquiets ? *Que mes yeux soient maudits...* Une chaise grinça tout près de lui quand quelqu'un changea de position.

— Quoi ? Aucune félicitation ?

Cédric essaya de plaisanter, mais son sourire s'évanouit quand le silence s'éternisa.

Enfin, Ashton le rompit.

— Je crois qu'ils sont simplement surpris, étant donné que vous aviez cessé de courtiser Anne l'année dernière.

— Et qu'elle est censée porter le deuil de son père, s'interposa Lucien.

— Un mariage dans la semaine semble extrêmement scandaleux, même pour des gentlemen tels que nous, ajouta Ashton.

Godric s'exprima d'une voix douce.

— La remarque d'Ashton est pertinente. Cela étant, je me moque comme d'une guigne de ce que la société considère comme scandaleux. Pas alors qu'il existe de véritables injustices dans ce monde. Je suis terriblement content que vous épousiez Anne. Je sais qu'Émily sera folle de joie d'apprendre qu'Anne et vous êtes enfin ensemble. Elle a toujours été convaincue que vous appréciez plus Anne que vous ne vouliez bien le laisser paraître.

— La seule raison pour laquelle je ne vous félicite pas, mon ami, est parce que vous venez d'égaliser le nombre d'hommes sains d'esprit et d'hommes mariés présents dans cette pièce.

Le ton facétieux de Charles mit Cédric sur les nerfs.

— Ash, Jonathan et moi devrons rester sur nos gardes pour ne pas nous faire passer la corde au cou.

Cédric faillit s'étrangler. Charles et le mariage allaient ensemble comme... eh bien... comme Charles et un couvent plein de nonnes. En d'autres termes, pas bien du tout.

— Quelqu'un d'autre souhaite remettre mon jugement en question parce que j'épouse Anne ? demanda Cédric, sur la défensive.

— Je ne remets pas en cause votre jugement, répondit Ashton, je suis simplement curieux de savoir comment la chose s'est produite. J'ai accepté de vous emmener vous procurer un contrat, mais jusqu'à présent, vous m'avez caché pourquoi.

Cédric soupira. C'était une interrogation qui l'avait taraudé depuis qu'Anne était venue le trouver le jour précédent. À d'autres, il n'aurait jamais révélé un mot de ses véritables sentiments et aurait également tu ce qui s'était passé avec Anne la veille. Mais la Ligue respectait des règles différentes. La confiance qu'ils se vouaient était si profonde qu'ils partageaient les secrets les plus sombres sans y réfléchir à deux fois.

— Comme vous le savez, Anne est à présent l'héritière de son père depuis son décès. Apparemment, les jeunes prétendants et les chasseurs de fortune sont déjà montés impitoyablement à l'assaut de son patrimoine. Elle est venue me voir pour me proposer une sorte de combine.

— Une combine ?

La formulation de Cédric paraissait étonner Godric. La dernière fois que la Ligue s'était impliquée dans une combine, ils avaient participé à un enlèvement fort en rebondissements, et Godric avait fini la corde au cou.

— Oui, elle m'a prié de lui demander sa main.

— Attendez un peu... Vous êtes en train de me dire qu'Anne, la reine des glaces, vous a prié de la demander en mariage ?

Charles n'avait pas l'air convaincu.

— Elle n'est *pas* la reine des glaces, gronda Cédric.

— N'est-ce pas vous qui lui avez donné ce surnom ? Lui rappela Charles.

Cédric serra les poings.

— Je m'étais trompé. J'exige que vous respectiez tous mon désir de ne jamais l'appeler ainsi, qu'elle soit présente ou pas.

— Bien sûr, mon ami. Comme vous voulez, accepta Charles.

— Achevez l'histoire, l'encouragea Jonathan.

Cédric haussa légèrement les épaules.

— C'est tout, rien de plus. Elle a suggéré ce plan, j'ai accepté, j'ai mis un genou à terre et je lui ai demandé de devenir ma femme.

Il y eut une deuxième période de silence interminable qui

parut presque assourdir ses tympans sensibles alors qu'il attendait que ses amis prennent la parole. Même les conversations environnantes s'étaient interrompues, comme si les autres hommes présents tendaient l'oreille pour entendre ce qui se passait dans leur coin.

— Mais *pourquoi* avez-vous accepté de lui faire votre demande ? s'enquit Godric, seul assez courageux pour briser le silence.

Cédric se raidit et reprit la parole, doucement, mais fermement.

— Aucun de vous ici présent ne peut comprendre ce que tout cela a été pour moi. Je ne peux pas vivre comme j'en avais l'habitude, je ne peux pas reprendre la vie que j'avais autrefois. Mais quand Anne est venue me trouver, je me suis rendu compte qu'elle était peut-être la seule et unique chance qu'il me restait de vivre.

Le silence général se remplit à présent de tension. Et dans cet affreux silence qui l'étouffait, il commença à se confier. Ses amis devaient comprendre pourquoi il avait accepté la proposition d'Anne.

— Elle a accepté de m'épouser malgré toutes les choses que je ne peux pas lui offrir. Je ne peux pas faire l'éloge de sa beauté. Je ne peux pas l'emmener danser au bal. Je ne peux même pas aller faire du cheval avec elle. Le fait qu'elle soit venue me trouver parmi tous ces hommes qui convoitent sa main aide à apaiser la douleur de ma condition présente. Je crois qu'avec le temps, nous serons capables d'être heureux ensemble, quelque part.

— *Heureux ensemble, quelque part* ? Cédric, vous méritez l'amour, le grand amour, pas « quelque part », répondit Godric avec une émotion étonnamment profonde.

Lucien lui fit écho dans un murmure.

Cédric secoua la tête. Il était si facile pour eux d'y croire ! Ils avaient tous les deux eu de la chance de trouver des femmes qui les aimaient. Il n'avait pas ce privilège. Son passé était entaché de bien trop de regrets et de mauvaises décisions. Le destin ne lui réservait pas un tel amour, et quelque chose de simplement convenable, en soi, était un cadeau.

— C'est gentil à vous de le croire, Godric, mais je ne suis pas d'accord. Ces derniers temps, j'ai trop souvent fait du mal à ma famille et à mes amis et je me suis montré terriblement égoïste durant la majeure partie de mon existence.

Il leva la main pour faire taire les murmures de désaccord.

— J'ai l'intention d'épouser Anne dans une semaine et j'aimerais que vous soyez tous présents.

Il lança son invitation d'une voix légèrement moins sonore, craignant soudain que ses amis l'abandonnent.

— Je serai là, dit Ashton en posant une main sur l'épaule de Cédric.

— Horatia me mangerait tout cru si on ratait l'événement.

La réponse de Lucien fit ricaner Cédric. Sa petite sœur allait certainement vêtir Lucien de ses plus beaux atours et le ferait asseoir au premier rang à l'église. *Si seulement je pouvais recouvrer la vue ne serait-ce qu'une seconde pour assister au spectacle !*

Godric et Jonathan l'assurèrent également de leur présence.

Charles fut le dernier à parler. Avec un soupir exagéré, il dit :

— Je *suppose* qu'il faut que je vienne, ne serait-ce que pour garantir que vous ne trébuchiez pas et n'entraîniez pas l'archevêque dans votre chute. Ce genre de choses serait capable de faire s'abattre la foudre sur nous tous et Dieu sait que je me reçois assez quotidiennement des éclairs de colère.

Quand Godric s'exprima, Cédric sentit une bourrade rude lui secouer l'épaule.

— En honneur de cette nouvelle, puis-je vous tenter par un dîner avec nous ce soir ? Émily invitera aussi Anne. Ce serait agréable de se retrouver à nouveau tous ensemble.

— Si vous voulez. Faites-moi juste savoir à quelle heure on dîne et je serai là.

Cédric tâtonna pour retrouver sa canne à l'endroit où il l'avait posée. Une autre main toucha la sienne pour la lui donner.

— Merci, dit Cédric.

— Je vous en prie.

Jonathan s'éclaircit la gorge.

— Et comment se porte Miss Audrey, si je peux me permettre ? J'ai entendu dire que lady Russell et elle sont actuellement en France ?

— Oui. Aux dernières nouvelles, elles se trouvent près de Nice, répondit Cédric.

Il avait envoyé Audrey, sa sœur cadette, faire le tour de l'Europe avec la mère de Lucien quelques semaines à peine après le mariage de ce dernier et d'Horatia début janvier. Audrey, âgée de dix-huit ans, était vive et jolie. Elle s'était bien développée malgré le fait d'avoir grandi sans ses parents avec Cédric pour seul tuteur. Elle aurait dû connaître sa seconde saison cette année-là, mais la cécité de Cédric l'avait empêché de l'escorter à des bals ou à des fêtes, socles vitaux de ces distractions. Audrey s'était morfondue pendant près de deux mois et il avait eu l'impression d'avoir éclopé son cheval préféré. Elle avait besoin d'être en société, de faire l'expérience de la vie. Aussi avait-il demandé à la mère de Lucien de l'emmener en Europe pour six mois.

Il pourrait largement lâcher Audrey dans le monde l'année suivante. Elle était innocente et naïve, mais également déterminée à trouver un époux, une combinaison mortelle pour sa vertu et les nerfs de Cédric. C'est pourquoi il lui avait proposé ce voyage avec la promesse que dès qu'elle rentrerait, un mari potentiel l'attendrait. Il pourrait assembler quelques hommes qui remportaient son approbation, pour les lui présenter afin qu'elle fasse son choix.

En fin de compte, l'absence d'Audrey avait porté un coup à la vie sociale de Cédric. Il avait la nostalgie de leurs conversations matinales, pendant le petit-déjeuner, à propos des dernières modes parisiennes, ou encore de son insistance pour qu'ils aillent en phaéton à Hyde Park afin qu'elle puisse observer les jeunes coqs londoniens. Ses étreintes lui manquaient, ainsi que le bruit de ses chaussons sur les marches. Il avait affirmé voilà longtemps que ses sœurs étaient de véritables fléaux, mais depuis, il s'était ravisé, adorait le duo de sœurs qu'il avait reçu et avait cessé de maudire le sort qui l'avait privé de frères. Horatia et Audrey étaient tout pour lui, la seule famille qu'il lui restait. Le mariage d'Horatia et le voyage d'Audrey l'avaient laissé très isolé dans son hôtel particulier.

— Bon, je ferai mieux de m'en aller. Euh... Ash, voulez-vous bien m'aider à rejoindre la calèche ?

Demander de l'aide blessait sa fierté déjà malmenée, mais l'embarras de devoir dépendre de ses amis diminuait lentement. Ils ne lui témoignaient aucune pitié et une fois qu'il s'en était rendu compte, il leur en avait été reconnaissant. Ils se contentaient de le soutenir, lui inspirant un millier de mots qu'il ne leur dirait jamais.

— Bien entendu.

Cédric sentit la main d'Ashton lui prendre le bras et le guider vers la sortie.

— Je vous enverrai à tous un mot pour le dîner, s'écria joyeusement Godric avant que la porte du parloir ne s'ouvre brusquement.

— Bon, où allons-nous à présent ? demanda poliment Ashton à Cédric.

Apparemment, il ne rechignait pas à l'accompagner dans toutes les courses qu'il faisait à Londres.

Cédric dernier sourit.

— Voir ma future épouse.

$$\text{❧} \quad 3 \quad \text{❧}$$

Anne Chessley se tenait dans le vestibule de sa grande maison de Regent Street. Le dos et le cou tendus, elle luttait pour rester digne et calme, espérant pouvoir cacher les martèlements de son cœur et la rougeur qui lui envahissait les joues. Était-ce seulement la veille qu'elle avait été assez insensée pour aller parler au vicomte Sheridan et le convaincre de la demander en mariage ?

Seigneur, faites que cela ne soit pas une erreur. Et s'il ne venait pas ? Et s'il avait changé d'avis et ne voulait pas se marier ? Anne repoussa ces pensées, non sans efforts.

Quelle différence en une journée ! se dit-elle. Depuis la mort de son père, la semaine précédente, le sommeil l'avait éludée, mais la veille... elle s'était endormie en songeant à Cédric et au baiser dévoyé qu'il lui avait donné. Non, pas donné... Qu'ils avaient *partagé*. Même si elle était gênée de l'admettre, elle le lui avait rendu.

Anne lissa sur ses hanches sa robe en crêpe noir et soupira. Les ondulations du tissu épais lui rappelaient douloureusement son deuil et sa tristesse. Son père, Archibald Chessley, était mort, et elle était seule au monde.

Elle était trop logique pour ne pas avoir conscience qu'il existait toujours une partie d'elle qui refusait sa mort. Elle avait vu son corps sans vie quand elle l'avait trouvé dans la bibliothèque, assis dans son fauteuil, aussi froid que du marbre, après qu'une bonne avait déboulé dans sa chambre à coucher pour lui dire qu'il était parti.

Le vide de la maison l'avait profondément meurtrie et poussée à passer à l'acte. Elle ne supportait plus le silence. Une partie d'elle s'attendait toujours à ce que son père émerge de son étude, entouré d'un nuage de fumée de cigare, ou bien à ce qu'il vienne la rejoindre dehors et lui propose d'aller chevaucher à Hyde Park. Ils s'étaient retrouvés seuls tous les deux quand Julia, la mère d'Anne, avait succombé à une pneumonie.

Puis, quelques jours après la mort de son père, elle avait été forcée de subir les assauts d'une succession de prétendants qui avaient laissé leurs cartes sur son plateau d'argent, espérant qu'elle leur donne la chance de la courtiser. Rien que pour ce satané héritage ! S'ils se comportaient ainsi pendant qu'elle portait encore le deuil, ces chasseurs de fortune seraient encore plus déterminés à la compromettre, même au risque de tenter le scandale, afin de la contraindre au mariage. Une telle union était un destin inimaginable et devait être évitée à tout prix. Elle ne voyait qu'une seule personne qui ne se préoccuperait pas de son argent et qu'elle pourrait accepter d'épouser : le vicomte Sheridan.

Elle sourit faiblement. C'était un grand gentleman, avenant, avec des cheveux bruns et des yeux noisette chaleureux. Un menton affirmé et un nez aquilin lui donnaient un air rebelle et autoritaire, mais ses lèvres pleines et sensuelles révélaient son tempérament plein d'humour. Elle aimait le regarder sourire. Ses sourires faisaient toujours s'emballer son cœur et lui ôtaient toute pensée rationnelle.

Elle était allée le trouver, car elle savait qu'elle pouvait être honnête avec lui, et lui expliquer pourquoi elle avait besoin de se marier en toute hâte. Ce dont elle ne s'était pas rendu compte avant la nuit dernière, quand elle était revenue dans une maison vide, était l'étendue de son désespoir et de sa solitude. Plus de conversations près du feu avec son père ; plus de discussions à la table du petit-déjeuner. Juste un silence assourdissant.

Elle s'était dit qu'un homme tel que Cédric n'aurait pas compris qu'elle souhaite se marier par esseulement, et qu'elle aurait risqué de se voir refuser sa sympathie. Et pourtant, il était le seul homme avec lequel elle envisageait de se marier. Ils partageaient un certain nombre d'intérêts et étaient bien placés pour créer quelque chose de positif... S'il acceptait sa proposition.

C'est pour cette raison que se précipiter chez lui avait semblé naturel. Il avait toujours quelque chose d'intéressant à dire, même lorsqu'il n'essayait pas de la choquer ou de la séduire. En sa présence, elle ne se sentait jamais seule.

Cependant, le voir le jour précédent avait été étonnamment douloureux. Il était assis près de la fontaine, les mains meurtries et sanglantes, le devant de son pantalon et de sa chemise souillés. Il était évident qu'il était tombé peu de temps avant son arrivée. Voir le sang sur ses mains et la façon presque détachée dont il l'avait ignoré lui avait serré le cœur. De toute évidence, il avait pris l'habitude de chuter, d'avoir mal. Aucun homme n'aurait dû subir une douleur si constante qu'il finissait par s'y accoutumer !

Anna avait voulu passer les bras autour du cou du vicomte blessé et le consoler, mais elle s'était retenue. Ils en savaient somme toute très peu l'un sur l'autre et il ne la connaissait pas assez bien pour faire la différence entre la pitié et la compassion. S'il pensait qu'elle avait pitié de lui, il la mépriserait. Elle avait simplement envie de réconforter un homme qui avait été profondément blessé. Elle ne se représentait même pas ce qu'il avait subi depuis qu'il avait perdu la vue.

Elle ne l'avait pas vu depuis une éternité. Tous les bals et les dîners auxquels elle s'était rendue lui semblaient vides sans sa présence. Il s'était cloîtré chez lui et ne participait plus à l'existence. C'était comme s'il avait jeté l'éponge, perspective qui lui serrait le cœur. Un homme comme lui aurait dû mordre la vie à pleines dents et ne pas rester enfermé entre quatre murs. S'ils se mariaient, ils pourraient tous les deux trouver la paix et elle apaiserait par sa compagnie la douleur de son cœur solitaire, peut-être en l'encourageant progressivement à reprendre des activités.

Oui, je le convaincrai de recommencer à vivre. Elle refusait de se demander sérieusement pourquoi c'était si important pour elle.

Actuellement, elle attendait son arrivée afin qu'ils puissent discuter ensemble des détails de leur nouvelle vie commune. Cependant, malgré tous ses efforts pour se concentrer sur l'avenir, son esprit ne cessait de revivre leur baiser de la veille. Durant toutes ses tentatives de séduction de l'été précédent, il ne l'avait jamais embrassée. Il l'avait taquinée à ce propos et avait laissé échapper quelques sous-entendus, mais chaque fois, elle l'avait poliment repoussé. Puis la veille, il avait pris le contrôle et avait changé sa vie tout entière par une rencontre enflammée de leurs bouches. Après cela, Anne avait su qu'elle *allait* l'épouser. Le désir mâtiné de désespoir qui colorait son baiser l'avait précipitée dans une aspiration similaire. C'était comme si quelque chose d'ancien et de profond s'était éveillé en elle. Elle ne se renierait plus l'envie de satisfaire ce désir.

Cela n'avait pas été son premier baiser. Son premier lui avait été pris – dérobé – par un homme qu'elle méprisait. Un homme qui l'effrayait toujours. Et il lui avait volé bien plus qu'un baiser. Il lui avait retiré quelque chose qu'elle ne récupérerait jamais. Âgée de dix-huit ans à peine, elle avait perdu toute prétention au mariage, contrairement à ses amies. N'importe quel époux potentiel se serait rendu compte qu'elle n'était plus vierge et le scandale que cela aurait engendré aurait été insoutenable.

Elle devrait en parler à Cédric, mais pas encore. Pas avant qu'ils ne se soient passé la bague au doigt. Lui dissimuler une vérité aussi importante la répugnait, mais elle ne pouvait pas risquer qu'il refuse leur union.

Elle avait appris d'expérience que les hommes n'avaient qu'un seul objectif : prendre leur plaisir, souvent au détriment de leur compagne. Toutefois, le baiser de Cédric lui avait promis quelque chose de différent. Il l'avait taquinée, puis dirigée et enfin encouragée à chercher en lui son propre plaisir. Puis il avait dit qu'il ne l'épouserait que si elle jurait de réagir à lui de la sorte. Il voulait une partenaire de lit consentante, une amante favorable.

Pour Anne, cela signifiait qu'il désirait une épouse qui chercherait aussi son plaisir et ne s'attend pas à ce que l'homme se retire une fois que lui seul aurait obtenu satisfaction. Ce baiser l'avait informée que Cédric serait un amant généreux qui aurait à cœur de lui faire ressentir la passion. Malgré sa nervosité autour du devoir conjugal, ce baiser avait réussi à ranimer un feu qui était mort lorsqu'elle avait dix-huit ans. C'était la raison pour laquelle elle avait accepté ce marché.

Les sabots des chevaux dans l'allée et les cliquetis de la calèche tirèrent Anne de ses pensées. Cédric était là ! Son cœur battit traîtreusement et ses mains tremblèrent.

Elle s'éloigna rapidement de la porte et remonta en courant l'escalier qui menait au parloir, où elle vérifia son apparence dans le petit miroir encadré. Elle étudia son visage en fronçant les sourcils. Ses joues, trop creusées par sa tristesse de la semaine précédente, la faisaient paraître épuisée au point d'en être effrayante. Avec un juron étouffé, elle se les pinça, espérant raviver son teint. Puis elle rabattit en arrière sa chevelure brune, soulagée d'y voir des éclats dorés quand les rayons du soleil atterrissaient au bon endroit. Ses cheveux la rendaient passablement belle, ses yeux aussi, mais elle n'était rien comparée aux femmes qu'elle avait vues en compagnie de Cédric au fil des années. De véritables beautés !

Elle soupira, une douleur au cœur. Puis elle se glaça.

Qu'est-ce que je fais ? Il ne peut pas me voir.

Elle pourrait porter un sac à patates qu'il ne s'en rendrait jamais compte, à moins de la toucher...

Mais il allait la toucher ! Songer à la manière dont il allait s'y prendre suffit à lui donner une bouffée de chaleur et soudain, elle eut le vertige. S'asseyant dans un des fauteuils à oreilles du parloir près de l'entrée, elle patienta. Au bout d'une minute environ, un valet annonça l'arrivée du baron Lennox et du vicomte Sheridan. Attendant son arrivée, elle avait donné l'ordre à son valet de l'introduire directement dans le parloir.

Lord Ashton Lennox entra le premier, son bras gauche s'écartant du flanc de Cédric comme si aucun des deux hommes ne voulait qu'elle voie qu'il avait guidé son ami tel un enfant qui apprend à marcher. Anne se redressa et tout sourire alla à leur rencontre. Elle prit la main tendue de Cédric et le guida vers un siège sans mot dire.

— Je suis contente de vous voir en bonne santé, Lord Lennox, fit-elle remarquer.

Ashton émit un ricanement amusé.

— Je vous remercie. J'aurais dû redoubler d'excuses pour la nature de notre dernière rencontre.

Anne devait bien admettre que Lennox était séduisant quand il ne regardait pas les gens avec cette intensité effrayante qu'elle lui avait souvent vue. C'était comme s'il analysait tous les objets et les êtres qui l'entouraient. Dans quel but ? Elle l'ignorait.

— J'en déduis que vous vous êtes entièrement remis ? demanda Anne en repensant au décembre précédent, quand elle avait aperçu Ashton chez Émily, couvert de sang après s'être fait tirer dessus.

Il avait été blessé alors que Godric et lui se trouvaient dans un établissement mal famé. Vu l'heure et le mariage heureux du duc d'Essex, Anne devinait qu'une autre raison expliquait que les hommes se soient rendus au Jardin de Minuit en pleine matinée et que cela n'avait rien à voir avec les femmes.

Il était gênant de revoir Lennox après l'avoir surpris sans sa chemise. En d'autres circonstances, cela aurait été considéré comme compromettant. Heureusement, c'était arrivé dans la maison du duc d'Essex et Émily n'aurait raconté à personne ce qui était arrivé. Cela étant, blessure ou pas blessure, Anne n'oublierait jamais qu'elle avait vu sa poitrine nue et musclée. Elle se demanda alors à quoi ressemblerait le torse dénudé de Cédric...

La chaleur lui monta aux joues. Quand Ashton arqua un sourcil, elle détourna les yeux jusqu'à ce qu'il prenne la parole.

— En effet, je vous remercie. Puis-je vous présenter mes condoléances concernant la mort de votre père ?

Anne récompensa cet acte de galanterie d'un sourire chaleureux.

— Je vous remercie. Il me manque beaucoup. Et comment vous portez-vous, Lord Sheridan ?

Anne se tourna vers Cédric, qui lui avait fait face en silence. Ses yeux autrefois chaleureux et pleins de vie étaient vides, mais le reste de son visage reflétait les nuances de ses expressions. Ses sourcils froncés lui donnaient l'air intense et concentré. Elle ne put s'empêcher de se demander à quoi il pensait.

— Bien, et vous-même ? répondit-il.

— Très bien.

Diable, tout ceci était bien trop formel. Mais à quoi s'était-elle attendue ? Au cours des années précédentes, elle s'était tant efforcée de le repousser que combler ce fossé afin de former une amitié semblait presque impossible. Elle redoutait également, si elle lui témoignait la moindre chaleur, qu'il se méfie de ses motivations et ne lui fasse pas confiance quand elle lui demanderait son aide.

Cédric s'éclaircit la gorge.

— Comme je vous l'ai dit dans ma lettre, j'ai obtenu l'autorisation spéciale et j'ai fixé une date à Saint-Georges pour dans cinq jours. Cela vous convient-il ? Je ne souhaite pas vous précipiter si vous avez besoin de temps pour faire confectionner une robe ou bien...

Sa voix mourut.

Il était clair qu'il ne savait rien des exigences féminines relatives au mariage. Heureusement pour tous les deux, elle porterait une robe qu'elle possédait déjà et ne désirait pas de grande fanfare inutile.

— Un mariage ce samedi me convient parfaitement, lui assura Anne.

Les coins de sa bouche légèrement tendus s'apaisèrent.

— Bien. C'est bien. Oh, avant que j'oublie ! Godric m'a invité à dîner chez lui ce soir et je crois qu'Émily vous fera bientôt parvenir une invitation. J'espère que vous consentirez à venir.

Elle était surprise par son enthousiasme, qu'il se hâta pourtant de dissimuler.

— Je serais ravie de venir, bien entendu, répondit-elle.

Émily Saint-Laurent, duchesse d'Essex, était l'amie intime d'Anne. Quand celle-ci avait eu dix-huit ans, elle avait effectué sa sortie dans la société londonienne et avait rencontré la mère d'Émily. La gentille Mrs Parr l'avait aidée à intégrer le monde sans anicroche. Lorsque les parents d'Émily avaient péri en mer un peu plus d'un an auparavant,

Anne s'était promis de rendre la pareille à la fille de Mrs Parr.

Bien entendu, Anne n'avait eu que peu de temps pour introduire Émily à Londres parce que Godric, Cédric et les autres rebelles de leur groupe d'amis avaient enlevé la pauvre fille au cours de sa deuxième soirée.

Toutefois, tout cela ne comptait plus. Émily avait dompté Godric, à la beauté ténébreuse, et ils étaient tous les deux si amoureux qu'Anne était souvent triste et jalouse lorsqu'elle était contrainte de passer du temps en leur compagnie. Elle n'était pas fière de l'admettre, mais c'était la vérité. Elle enviait le bonheur de son amie, mais était également heureuse qu'Émily ait eu cette chance.

Ce soir, elle dînerait avec eux et baignerait dans le bonheur de son mariage à venir. Cédric et elle n'étaient peut-être pas amoureux, mais ils paraissaient partager un enthousiasme égal pour leur mariage, chose qui, en soi, était une agréable surprise.

— Oh, Cédric, je viens de me rendre compte que j'ai laissé mes gants d'équitation dans la calèche. Je fais un saut pour les récupérer.

Ashton se redressa rapidement et quitta la pièce, laissant Cédric et Anne seuls.

— Vient-il d'inventer une excuse pour m'abandonner ? commença Cédric.

Anne réprima un gloussement peu caractéristique.

— Je crois bien que oui.

— Croit-il que nous sommes trop stupides pour nous rendre compte qu'il est venu en calèche et qu'il n'a donc aucun besoin de ses gants d'équitation ?

Cédric se redressa en parlant et tendit une main vers elle.

— Puis-je m'asseoir avec vous ?

— Oh. Je suis dans un fauteuil. Si vous le souhaitez, je peux venir vous rejoindre sur le sofa ? proposa Anne.

— Volontiers.

Il se rassit et attendit qu'elle vienne le rejoindre.

Anne s'assit à côté de lui et sursauta quand Cédric glissa la main dans la poche de sa redingote pour en sortir un petit écrin en velours.

— C'était une des bagues préférées de ma mère. J'aimerais qu'elle vous revienne.

Il ouvrit l'écrin et Anne en resta bouche bée. La bague était ravissante. Une pierre y était sertie, un joyau qui paraissait changer de couleur à la lumière.

— Elle est magnifique ! De quelle pierre précieuse s'agit-il ? demanda-t-elle.

— C'est une pierre très rare qu'on trouve en Russie. Elle change de couleur pour refléter les teintes de son environnement immédiat. Elle m'a rappelé vos yeux. Je crois que c'est pour cette raison que je l'ai choisie au lieu de vous acheter une nouvelle bague. Elle vous plaît ?

— Oui.

La voix d'Anne se brisa légèrement. Elle sentit ses yeux se remplir de larmes. Cédric s'était souvenu de ses yeux gris et de leur capacité étrange à refléter les couleurs. Sans qu'elle sache pourquoi, cela suffit à la mener au bord des larmes.

— Devrais-je vous la passer ? proposa Cédric.

— S'il vous plaît...

Elle posa sa main sur une des siennes et il la prit, son pouce caressant la longueur de chacun de ses doigts, comme s'il les comptait avant d'atteindre son annulaire. Puis il sortit l'anneau de l'écrin de velours et le glissa à son doigt. *Il me va parfaitement*, remarqua-t-elle avec une joie timorée.

— Je...

Cédric acheva sa phrase par un haussement d'épaules et Anne eut la sensation qu'il voulait rajouter quelque chose. Mais ils n'étaient pas amis, amants ou mariés. Ils étaient de simples connaissances, ce qui, à toutes fins utiles, en faisait plutôt des étrangers l'un pour l'autre. Elle se dit qu'il ne se sentait pas encore suffisamment en confiance pour lui parler librement.

— Je vous remercie pour cette bague, Milord.

— Anne, nous sommes sur le point de nous marier... Appelez-moi Cédric, je vous prie.

La note plaintive dans sa voix la fit acquiescer.

Elle s'essaya à le dire à haute voix.

— Cédric.

Elle l'avait prononcé assez souvent devant Émily, mais jamais en présence de l'intéressé. Elle aimait ce son presque autant qu'elle aimait entendre son propre nom sur les lèvres de Cédric. Cela fit naître des désirs soudains dans son esprit. Murmurerait-il son nom d'une voix rauque dans l'obscurité quand il viendrait la conquérir ? Le rugirait-il comme un lion ? À la suite de son unique expérience d'intimité avec un homme, elle avait été meurtrie et terrifiée, mais à présent, elle se sentait intriguée et excitée. S'imaginer que Cédric couche avec elle lui provoquait une réaction physique.

Cédric sembla sur le point de briser le silence et il ouvrit la bouche pour parler quand un valet l'interrompit depuis la porte du parloir.

— Vous avez reçu une invitation, Madame, et j'ai un message pour Lord Sheridan de la part de Lord Lennox. Il est au regret d'être contraint de prendre la calèche pour partir s'occuper immédiatement d'une affaire personnelle.

— Il... Quoi ?

L'air paniqué de Cédric était évident. Anne comprit la terreur qu'il devait ressentir à l'idée d'être forcé de traverser la ville tout seul. Ce devait également être dangereux.

— Merci, John. Je vais prendre le message.

Anne se redressa rapidement, prit le mot et laissa partir le valet.

— Tout va bien ? demanda Anne à Cédric en le voyant se redresser.

Ses yeux étaient vaguement tournés vers la porte et son anxiété se lisait franchement sur son visage.

— Il m'a laissé...

La voix de Cédric, malgré son timbre masculin grave, contenait toujours le tremblement effrayé d'un petit garçon.

La poitrine d'Anne se serra en le voyant, ce puissant libertin qui était tombé si bas. Au lieu de se réjouir de la détresse de Cédric comme elle aurait pu le faire autrefois, elle ne ressentait que de la compassion. Il avait accepté de la secourir de ses circonstances et il était tout naturel qu'elle fasse la même chose pour lui. Mais elle devrait se montrer discrète. Anne en connaissait suffisamment sur les hommes pour savoir qu'ils détestaient qu'on s'occupe d'eux comme des enfants.

— Si dans quelques heures, lord Lennox n'est pas revenu avec votre calèche, je vous serais vraiment reconnaissante de m'escorter dans la mienne pour aller dîner chez les Saint-Laurent. Ce serait vraiment pratique. Pour un trajet en calèche aussi court, je ne souhaite pas déranger ma suivante pour lui demander de m'accompagner.

Cédric sembla plus calme, cette suggestion paraissant avoir eu un effet miraculeux sur son anxiété. Ses épaules, qui s'étaient contractées, retombèrent et il inspira profondément.

— J'en serais ravi, mais comme vous le voyez... Je ne suis pas vêtu de ma tenue de soirée. J'ai besoin de rentrer chez moi pour me changer.

— Je ne mettrai guère de temps à me préparer. Je peux être prête dans une heure, puis nous pourrions prendre ma calèche pour passer chez vous.

Anne pria pour qu'il entende l'espoir dans sa voix.

— Cela serait... acceptable, répondit-il au bout d'un moment.

— J'apprécie que vous m'offriez une escorte. Bon, voulez-vous bien attendre ici dans le parloir pendant que je vais me vêtir pour la soirée ?

— Est-ce correct ? Je dois admettre que je ne suis pas doué pour suivre les convenances. Je préférerais largement rester dans votre chambre à écouter le bruit des soies qui glissent sur votre peau alors que vous enfilez votre robe... Mais je suis certain que vous ne me le permettriez pas.

Cédric ricana.

— Vous risqueriez de croire que je feins ma cécité depuis des mois juste pour avoir cette opportunité.

Ses lèvres sensuelles s'écartèrent sur un éclat de rire et Anne se sentit rougir follement. Dieu merci, il ne pouvait pas voir son visage.

— Ma jolie dame en reste muette ! la taquina-t-il alors qu'Anne le fusillait du regard.

Sa dame ? Pas encore. Heureusement pour lui, il ne pouvait pas la voir, sans quoi il se serait rendu compte qu'il se trouvait dans une situation délicate.

— Êtes-vous forcé d'être aussi...

La voix d'Anne mourut alors qu'elle cherchait un mot pour décrire son comportement.

— Libertin ? suggéra-t-il avec un sourire arrogant.

— Oui, répondit Anne en voulant passer devant lui.

La main de Cédric s'avança et se cogna à son avant-bras. Puis il referma les doigts autour de son poignet.

— Que faites-vous ? demanda Anne alors qu'il l'entraînait dans ses bras.

— Je pensais qu'il était d'usage de sceller des fiançailles par un baiser.

À ces paroles, le corps d'Anne se réveilla traîtreusement, mais elle résista.

— Vous m'avez embrassée hier. Qui plus est, c'est juste pour le mariage qu'on s'embrasse, argumenta-t-elle, poussant contre les bras aux muscles d'acier qui s'enroulèrent autour de sa taille, la serrant contre lui.

— Juste pour le mariage ? Je ne sais pas qui vous a enseigné le désir, mais c'est ou bien un imbécile ou alors un idiot, dit Cédric d'une voix rauque.

Anne regarda ses yeux bruns vaguement braqués sur son visage, comme s'il savait instinctivement à quelle hauteur elle se trouvait. Il retira une main de sa taille et la laissa remonter le long de la robe de crêpe noir qu'elle portait. Sa paume frôla le côté de son sein gauche et elle trembla.

Cédric plissa les paupières tout en réitérant ce geste, déplaçant sa paume de quelques centimètres vers l'intérieur, caressant le tissu en crêpe à seulement quelques centimètres de la pointe de son mamelon. À la fois mortifiée et fascinée, Anne sentit ses mamelons durcir, comme s'ils appelaient son toucher. Elle tenta de s'écarter, mais l'expression intense de Cédric la figea sur place alors que sa main reprenait son parcours originel le long de son flanc et sur la courbe de son épaule. Du bout de ses doigts, il traça une ligne jusqu'en haut de sa gorge puis le long de sa joue jusqu'à son menton.

Anne avait l'impression d'être une terre étrangère encore inexplorée. Le bout des doigts de Cédric était en train de mémoriser les contours de sa contrée pour en tracer une carte qui n'appartenait qu'à lui. Quand il découvrit ses lèvres, il en traça les contours avant de les écarter avec la chair de son pouce. Anne réagit sans réfléchir et le mordilla.

— Vous pouvez me mordre n'importe où et quand vous voulez, ma petite diablesse, ronronna-t-il en abaissant la tête vers elle.

Anne avait parfaitement conscience d'être emprisonnée par la force de ses bras. Elle n'était pas une créature menue et délicate. Elle avait une silhouette pulpeuse dotée de muscles et de courbes qu'elle méprisait souvent, mais elle n'avait encore jamais tenu pour acquise sa force naturelle. Être incapable d'échapper à Cédric était tout à la fois exaspérant et étrangement excitant. Il avait dit qu'il ne l'emmènerait jamais de force au lit, mais il était évident qu'il n'allait pas attendre sans rien faire qu'elle vienne à sa rencontre. Il l'avait prise par surprise et établissait sa domination sur elle comme un étalon fringant avec une jument poulinière. Elle savait qu'il ne s'arrêterait pas avant d'avoir uni son corps au sien. Le tournant sombre qu'avaient pris ses pensées fut anéanti par la rencontre de leurs bouches.

Cédric la goûta doucement pendant les quelques premières secondes, comme s'il apprenait la forme de sa bouche, avant de laisser libre cours à sa passion débridée. Il enfonça une main dans ses cheveux, resserrant les doigts dans sa coiffure, et il tira, forçant la tête d'Anne à retomber en arrière et laissant sa bouche et son cou à sa merci.

Les mains d'Anne étaient plaquées contre ses flancs, les poings serrés, mais elle les desserra quand la bouche de Cédric suça le lobe de son oreille avant de se déplacer le long de sa peau sensible en dessous. Elle réprima les frissons qui descendirent le long de sa colonne vertébrale alors que ses lèvres lui donnaient des baisers lents et chauds.

— Fondez pour moi, mon amour, l'encouragea-t-il entre deux inspirations.

Anne ressentit le besoin instinctif d'obéir, mais son esprit hissa le drapeau rouge de l'alarme.

— Je ne peux pas, dit-elle d'une voix essoufflée alors qu'elle luttait contre le plaisir qu'elle sentait monter du plus profond d'elle.

— Si, vous le pouvez... Soyez dévoyée avec moi, Anne.

Les mains de Cédric dans ses cheveux se desserrèrent puis se refermèrent autour de son cou, la maintenant en place afin que sa bouche puisse retrouver son chemin vers la sienne.

— Ouvrez la bouche, lui ordonna-t-il avant d'incliner à nouveau les lèvres sur les siennes.

Elle refusa de s'ouvrir, aussi glissa-t-il les doigts autour de son sein gauche et lui pinça fort le mamelon. La sensation provoqua une montée de désir directement dans sa matrice et elle poussa un petit cri. Cédric avala le son de sa surprise avec un grognement puissant de satisfaction alors que sa langue envahissait les lèvres qu'elle venait d'ouvrir.

Anne sursauta dans son étreinte, mais il refusa de céder le contrôle qu'il maintenait sur elle. Il lui malaxa le sein, le prenant dans sa paume, le moulant de sa main puissante. Les genoux d'Anne se replièrent d'un geste rebelle.

Cédric la relâcha aussi abruptement qu'il l'avait capturée.

—Je vous apprivoiserai.

Anne s'écarta, mettant entre eux plusieurs mètres de distance. Une fois qu'ils seraient mariés, il faudrait qu'elle fasse attention : elle ne pourrait pas le laisser la fricoter et la contrôler par ses propres passions. Elle avait juré de rejoindre son lit volontairement, mais à présent, elle craignait d'avoir été trop téméraire en se disant qu'elle y parviendrait sans se perdre. Quand Cédric l'embrassait, elle avait l'impression de se déliter de l'intérieur. Quand il avait marié ses lèvres aux siennes, elle avait senti le temps revenir en arrière jusqu'au soir de leur première rencontre.

Elle avait été si jeune et bête à l'époque, prête pour le mariage et une vie agréable. Anne secoua la tête pour la vider de ces tristes souvenirs et elle remarqua alors que Cédric lui adressait un sourire moqueur empli de satisfaction.

— Je ne doute pas que quand nous serons mariés, vous penserez pouvoir prendre l'habitude de vous dissimuler à moi, Anne. Sachez pourtant une chose : je suis peut-être aveugle, mais à chaque mouvement que vous ferez, j'entendrai le bruissement de votre jupe ou je humerai l'odeur persistante de votre parfum. Je vous ferai mienne encore plus férocement. À présent, allez-vous changer pour le dîner avant que je décide de vous scandaliser en vous suivant jusque dans votre chambre.

Anne n'eut pas besoin qu'il le lui dise deux fois. Elle ne mit que quelques secondes à sortir du parloir et à se précipiter vers sa chambre, mais elle ne put se soustraire à l'écho de son rire. C'étaient leurs volontés qui étaient entrées en conflit, et elle venait de se rendre compte qu'elle avait perdu. Cédric était bien plus rusé qu'elle l'avait cru. Il n'était pas précisément un académicien ou un homme d'affaires, mais il possédait une abondance de savoir charnel qui la plaçait en désavantage.

Je vais devoir être sur mes gardes en permanence, se dit-elle.

Alors qu'Anne s'habillait dans le sanctuaire de sa chambre à coucher, elle sélectionna une robe brun-roux avec une broderie dorée sur ses manches bouffantes et son ourlet. C'était une robe plus adaptée à l'automne, avec des teintes qui évoquaient davantage des citrouilles que des fleurs, comme la mode l'exigeait au printemps. Elle savait qu'elle aurait dû garder des vêtements noirs, mais elle détestait la perspective de gâcher une soirée agréable par cet affreux crêpe sombre.

Son père n'aurait pas voulu qu'elle porte du noir pendant trop longtemps ; il n'avait jamais approuvé les conventions du deuil.

La tristesse se résout quand elle le peut, à sa façon, lui disait souvent son père. *Elle ne peut désirer ou s'attendre à des formalités.* Le dîner chez les Saint-Laurent serait une affaire privée et Anne était certaine qu'Émily n'exigerait pas qu'elle soit en noir.

Une fois qu'Anne se fut habillée, elle appela sa bonne, Imogène. Celle-ci montra un bref choc devant sa tenue, mais elle se retint d'émettre le moindre commentaire.

— Qu'aimeriez-vous que je fasse avec vos cheveux ? demanda Imogène en observant la masse emmêlée de la coiffure d'Anne.

Celle-ci rougit.

— Quelque chose de lâche, peut-être ? dit-elle.

— Ce serait plus sage, puisque j'entrevois pas mal de décoiffage à l'avenir.

Imogène lui adressa un clin d'œil. Les deux femmes, d'âge similaire, avaient été aussi proches que pouvaient l'être une servante et une maîtresse au cours des quatre années qui venaient de s'écouler. Imogène la taquinait sans merci chaque fois qu'elle pensait pouvoir le faire sans conséquence.

— Est-ce aussi évident ? demanda Anne d'un ton renfrogné.

— Que votre fiancé est capable de voir au-delà de cette muraille de bonnes manières que vous érigez ? Oui. Le personnel est vraiment enthousiaste à l'idée de votre futur mariage, si je puis me permettre cette audace.

Imogène passa la main sur ses cheveux sombres qui étaient rassemblés en un chignon discret, mais à la mode, avant de commencer à travailler sur ceux d'Anne.

— C'est audacieux, oui, mais poursuivez. Que disent-ils ? À propos de ma décision.

Anne était très proche du personnel de la maison. Elle les connaissait tous depuis son enfance et elle craignait que son empressement à prendre époux n'écorne l'opinion qu'ils avaient d'elle.

Imogène se mit à retirer des épingles des cheveux d'Anne avant de les brosser avec une brosse en argent.

— Eh bien, nous savons que vous êtes censée attendre, mais la plupart d'entre nous avons vu les vautours qui tournent autour de la maison. Personne ne peut vous reprocher de vouloir accélérer les choses. Vous n'auriez pas pu choisir un meilleur homme. Nous autres, femmes, apprécions le vicomte. Il est vraiment plaisant à voir, avec une jolie paire de jambes et un sourire à faire fondre une motte de beurre…

Imogène poussa un soupir rêveur, forçant visiblement le trait. Anne se mordit la lèvre pour s'empêcher de ricaner.

— Et les jeunes hommes l'admirent pour des raisons que je ne préfère pas révéler devant Madame. Les serviteurs plus âgés reconnaissent son influence et sa fortune. Votre père n'aurait pas pu espérer un meilleur parti, Dieu ait son âme. Le vicomte vous fera honneur et vous traitera comme la dame que vous êtes.

Les mains d'Imogène exercèrent leur talent, se tournant et se contorsionnant jusqu'à ce que les cheveux d'Anne soient rassemblés en arrière, écartés de son visage. Ceci dit, les ondulations brunes tombaient en une cascade ravissante d'une couleur claire et riche, et si lâche que Cédric pourrait y passer les doigts sans déloger les épingles qui retenaient les cheveux.

— Merci, Imogène. C'est ravissant, comme toujours.

Anne tapota la main d'Imogène, qui reposait légèrement sur son épaule.

Celle-ci pouffa.

— Vous êtes prête ? Je suis certaine que votre jeune étalon a hâte de vous emmener.

Anne sourit, malgré la rougeur écarlate que les paroles de sa bonne avaient provoquée.

— Imogène, voyons !

❦

Patientant dans le parloir, Cédric inclina la tête en entendant le son du rire d'Anne. Il était léger, mais un peu rauque, un rire qui se serait mieux fait entendre au lit après que son compagnon lui eut donné du plaisir jusqu'à ce qu'elle soit inerte et contentée.

Cédric sourit. *Bientôt, je serai cet homme.* Le baiser qu'il lui avait donné tantôt n'avait pas été planifié, mais il n'en était pas moins satisfaisant. Elle n'aurait pas dû le mordre. Pour une raison qu'il ne s'expliquait pas, cela l'avait rendu aussi dur qu'une statue de marbre. Il avait dû invoquer toute sa force pour se retenir de la jeter sur le canapé afin de lui montrer à quel point il avait envie de lui rendre sa morsure. Elle ne l'aurait pas repoussé très longtemps, même si elle montrait toujours trop de résistance à son goût. Il ne faudrait pas qu'elle se serve de ses futures actions pour le transformer en bourreau.

Il valait mieux attendre, la séduire lentement. Contraint d'être à la fois un parent et un frère pour ses deux sœurs, il avait suffisamment été exposé aux secrets de l'esprit féminin pour savoir comment réagirait Anne. Les femmes étaient des créatures intelligentes qui devaient être courtisées et séduites convenablement et pas simplement assujetties.

Cédric fit courir une main dans ses cheveux, replongeant dans le bref souvenir de ce dernier baiser. Sa peau était aussi lisse que du satin, ses cheveux aussi doux que de la soie et sa bouche – *Seigneur, quel goût !* – était douce, moite et incroyablement chaude. Il espérait qu'elle finirait par placer cette bouche à d'autres endroits, de préférence sous sa taille. La sensation durant l'accouplement s'était intensifiée après la perte de ses yeux, et imaginer la bouche chaude d'Anne autour de lui... Cette pensée fit monter à ses lèvres un sourire irrépressible.

Tous les baisers qu'il lui prenait étaient riches de la promesse d'une passion encore à venir. Lui aussi la séduirait avec des mots murmurés, des caresses sensuelles et des baisers enivrants jusqu'à ce qu'elle ne soit plus capable de lui résister. Il voulait qu'elle l'implore, qu'elle ait besoin de lui aussi désespérément qu'il avait besoin d'elle.

Autrefois, il s'était délecté de ses conquêtes sexuelles et au fil des années, il avait connu son lot de maîtresses, mais Anne était différente. La conquérir serait un exploit largement supérieur. Cela dit, l'entreprise serait encore difficile, puisqu'il ne pouvait même pas la voir. Le défi était de taille, mais il le relèverait.

Il pouvait la repérer à la trace sans avoir besoin de ses yeux. L'odeur des orchidées sauvages laissait une impression dans l'air, comme la présence invisible d'une reine des fées. Et les sons... Son imagination se délectait tant des murmures de ses jupes sur les tapis que c'était presque aussi agréable que d'entendre les halètements de plaisir d'une amante. Cela créait dans son esprit une vision d'elle en train de retrousser ces jupes juste pour lui, dévoilant à ses caresses ses cuisses blanches et tendres.

Seigneur, cela fait trop longtemps que je n'ai pas connu de femmes, songea-t-il sombrement en changeant de position sur le canapé quand son entrejambe se contracta et son pantalon devint trop étroit.

Au lieu de cela, il se dit qu'il allait tuer Ashton pour l'avoir laissé en plan. Il le ferait payer à ce satané blondinet ! Ashton était censé le protéger et le guider, pas l'abandonner en terrain inconnu. Il avait déjà mis plusieurs semaines avant d'intégrer la disposition de sa propre maison, compter les pas et mémoriser le plan au sol ou l'emplacement des meubles.

Se retrouver chez Anne sans l'appui de son ami était effrayant. Il ne lui pardonnerait jamais la terreur qu'il avait ressentie quand le valet avait annoncé le départ d'Ashton. La peur l'avait pratiquement figé sur place jusqu'à ce qu'Anne prenne la parole. Sans elle, il aurait pu s'écrouler ou bien se précipiter vers la porte au risque de se blesser à nouveau.

Mais Anne avait vu sa panique et l'avait calmé et distrait. Ils n'étaient pas encore mariés, mais elle paraissait déjà savoir comment gérer sa condition. Il ne percevait aucune pitié, aucun mépris ou dégoût dans sa voix quand elle s'adressait à lui. Sa réticence à le toucher ou à accepter son étreinte n'avait rien à voir avec sa cécité.

On ne pouvait pas dire la même chose de Portia, son

ancienne maîtresse. Trois semaines seulement après son accident, il était revenu à Londres et l'avait fait quérir, espérant bannir ses chagrins dans le confort de son corps. Portia était venue, souhaitant également sa compagnie, mais quand il avait été incapable de louer sa beauté, elle s'était ennuyée. Elle avait paru s'irriter de ses caresses maladroites. Là où autrefois, il était puissant et savait jouer de son corps, il la touchait à présent mollement, avec hésitation et incertitude. Le pire moment de la soirée avait été quand il avait trébuché sur le rebord d'un tapis retourné et qu'il s'était étalé à plat ventre. La douleur avait explosé dans son corps et elle avait osé éclater de rire. Pourtant, il s'était redressé et avait essayé d'effacer ce moment avec une blague d'autodérision sarcastique.

Quand il lui avait offert un verre de vin, il manqua sa main tendue et le renversa sur sa robe. Elle avait crié comme une possédée et l'avait giflé. Incapable de voir le coup arriver, il n'avait pas été préparé à sa puissance et, pris par surprise, avait titubé en arrière. Cela n'avait fait qu'aggraver son équilibre déjà précaire et l'avait envoyé valdinguer à terre. Il s'était ouvert la tête sur le rebord de son lit et était resté à demi conscient à ses pieds, brisé sur tous les points qui comptaient pour lui.

Et pour ne rien arranger, elle n'avait pas bougé et lui avait crié dessus.

— Qui pourrait coucher avec un homme pitoyable et abîmé tel que vous ? Vous ne pouvez même pas voir où sont vos bottes pour les enfiler ! Je ne vous laisserai pas me prendre même si vous étiez le dernier homme de toute l'Angleterre !

Puis elle était partie. Ayant entendu l'esclandre, son valet s'était précipité à son secours.

Quelle sorte d'homme suis-je ? Portia avait eu raison. Il était aussi impuissant qu'un bébé. Il n'était plus un homme. Cette vérité était tout aussi invalidante émotionnellement que l'était sa cécité sur le plan physique. Il avait voulu mourir.

C'était une pensée qu'il n'avait jamais révélée à quiconque et à laquelle il n'avait pas donné suite parce que s'il avait choisi cette échappatoire de couard, il aurait blessé trop de ses proches. Pourtant, cela ne changeait ni ses sentiments ni la sensation de désespoir et d'impuissance qui lui donnait envie de mettre un terme à tout cela : la douleur, la honte, tout !

Jusqu'à Anne. Elle était venue à lui, dissimulant sa demande en mariage derrière le courage placide qu'elle affichait en permanence. C'était son courage qui l'avait décidé. Si elle avait envie de s'essayer à la vie conjugale, alors, lui aussi.

En plus, le mariage était-il vraiment si difficile ?

✢ 4 ✣

É mily Saint-Laurent se prélassait dans la bibliothèque de son hôtel particulier de Londres. Dans une main, elle tenait un livre et de l'autre, elle caressait sa chienne de chasse adorée, Pénélope. Âgé de dix mois, l'animal n'était plus ce chiot attendrissant qu'elle avait reçu en cadeau, mais un beau chien adulte.

Quand Émily avait été enlevée par Godric et ses amis, Cédric était retourné à Londres et lui avait acheté la chienne, espérant que cela la convaincrait de demeurer chez Godric et la dissuade de s'enfuir.

Cela ne l'avait pas arrêtée. Elle s'était échappée en emportant la chienne avec elle.

Pénélope était son amie la plus proche, après Anne Chessley et les sœurs de Cédric. La chienne poussa un soupir de contentement en posant la tête sur le genou de sa maîtresse. Celle-ci sourit et ferma les paupières pendant un court instant. Le soleil chaud du mois d'avril se déversait par les hautes fenêtres de la bibliothèque, caressant son visage.

— Émily.

Elle eut la chair de poule en entendant cette voix profonde.

Allongée sur le canapé, elle ouvrit les yeux et découvrit que son mari la toisait.

— Vous êtes rentré !

Son cri de joie réveilla la chienne endormie.

Pénélope poussa un aboiement d'excitation, Godric passa une main sur le corps de l'animal, la tapotant fermement et lui faisant des gratouilles. Pénélope bondit du canapé et s'assit docilement contre les talons de Godric. Il tira une petite friandise de sa poche et Pénélope le regarda intensément. Puis il jeta la friandise en l'air. Pénélope l'attrapa et s'échappa jusque dans le coin le plus éloigné de la bibliothèque, laissant ses maîtres en paix.

— À présent, je vous ai pour moi tout seul, ma chérie.

Godric la fit s'étendre jusqu'à ce qu'elle se retrouve sur le dos. Puis il s'assit sur le rebord du canapé et se pencha vers elle. Il passa les doigts dans les boucles lâchées de ses cheveux et la regarda dans les yeux.

— Ne devriez-vous pas fermer la porte avant de... ?

Son murmure essoufflé mourut quand il commença à défaire ses culottes et retrousser sa robe.

— Avant de vous ravir ? Personne ne nous dérangera, promit Godric, ses yeux verts illuminés par une lueur coquine.

— Vous êtes un vrai diable ! gémit Émily alors qu'il abattait une pluie de baisers sur son visage et son cou.

Pendant ce temps, ses mains s'activaient sur ses sous-vêtements.

— Vous ne m'aimeriez pas autrement, dit-il.

Il lui mordit le cou et Émily hoqueta quand il s'enfonça profondément en elle.

— Comment s'est passée la réunion ? demanda Émily, arrachant à Godric un grognement de contrariété.

— Clairement, je ne vous distrais pas suffisamment, ma belle.

Il donna des coups de reins plus profonds et plus forts.

Les quelques pensées rationnelles qu'elle avait conservées explosèrent en morceaux qu'elle n'aurait su reconstituer.

— Encore ! exigea-t-elle.

Son mari s'exécuta avec un sourire diabolique.

— Voilà une réponse préférable.

Une fois qu'ils furent tous les deux contentés, Godric caressa avec le bout du nez le visage de sa femme avant de reprendre la parole.

— Horatia est enceinte, dit-il d'une voix étrangement basse.

Émily lui saisit le menton et le lui leva pour qu'il la regarde. Les yeux verts de Godric étaient pleins d'émerveillement.

— Vraiment ?

Émily eut l'impression de sentir quelque chose s'éveiller en elle. Le moment était-il venu ?

— Lucien dit que le bébé arrivera en novembre.

— C'est fantastique !

Elle le pensait de tout son être. Horatia avait souffert durant de longues années et Lucien avait eu si peur de l'amour qu'un bébé, leur bébé, serait un véritable miracle.

— Désirez-vous des enfants ? demanda Godric.

Ils étaient toujours connectés, leurs membres entrelacés, leurs nez se touchant presque.

— Oui, j'en voudrais.

Elle était soudainement timide, chose qui arrivait rarement en compagnie de Godric.

— Je ne veux pas vous mettre la pression. Je sais que vous êtes jeune, mais je suis plus âgé et...

Godric n'acheva pas sa phrase, ses joues s'empourprant soudainement.

— Je n'aurais jamais cru vouloir des enfants aussi tôt. Je n'ai que dix-neuf ans. Mais apparemment... apparemment, nous n'avons plus à nous tracasser à ce sujet.

Émily lui caressa la joue, sentant la barbe de cinq heures qui bordait sa mâchoire puissante.

Inquiet, il fronça les sourcils.

— Que voulez-vous dire ?

— Je suis enceinte. Du moins, je le crois. J'aurais dû avoir mon cycle il y a deux semaines.

Avant qu'elle ne puisse rajouter quoi que ce soit, Godric l'étreignait à lui couper le souffle et l'embrassait.

— Seigneur, j'espère que vous avez raison, souffla-t-il. J'espère que c'est une fille.

— Vous voulez une fille ? Et qu'en est-il d'un héritier ?

— Nous aurons des douzaines d'enfants. J'ai envie d'avoir une fille en premier, pour la gâter. Les garçons ne sont pas aussi amusants à cet égard. Ils n'aiment pas qu'on fasse des chichis, contrairement aux filles. J'ai envie d'avoir de nombreuses filles, m'entendez-vous ?

Godric enroula une mèche de ses cheveux autour de son doigt et tira dessus joyeusement.

— Et je veux qu'elles vous ressemblent toutes, ajouta-t-il avec un sérieux absolu.

Émily rougit, ravie de l'insistance charmante de Godric.

— Nous en aurons plusieurs des deux sexes. J'ai la sensation que nos fils seront d'incroyables garnements, exactement comme leur père.

Émily pouffa alors que Godric, toujours en elle, se durcit et se remit à onduler des hanches contre elle. Godric lui refit l'amour jusqu'à ce que leurs visages brillent à nouveau d'une fine pellicule de sueur.

Après un moment d'étreintes et d'un silence plaisant, Émily se dégagea lentement de sous son mari détendu pour pouvoir réarranger ses vêtements. Elle reprit alors la conversation qu'elle avait essayé de mener plus tôt.

— À part la maternité future d'Horatia, que s'est-il passé d'autre ? Je sais que quelque chose se trame, parce que Cédric a rassemblé toute la Ligue, n'est-ce pas ? De quoi s'agissait-il ?

Godric leva les yeux au ciel en un geste d'exaspération feinte.

— Nous faites-vous passer pour un conseil de guerre, ma chère ?

D'une certaine façon, ils l'étaient, étant donné les problèmes que leur avait causés l'insaisissable Hugo Waverly. Godric en avait raconté beaucoup à sa femme, mais pas l'entièreté de leurs histoires passées avec lui, et de telles réunions l'inquiétaient toujours.

— Alors, que voulait-il ?

Elle écarta de ses yeux une mèche de cheveux sombres et se pelotonna davantage contre lui.

— Il voulait simplement nous informer qu'il va se marier.

— Quoi ? Avec qui ? demanda Émily, craignant pour son amie Anne.

Elle savait que celle-ci était intriguée par Cédric depuis un moment. Elle ne l'avait jamais exprimé, mais pour une femme qui soutenait que les attentions de Cédric la dérangeaient, elle avait tendance à poser beaucoup de questions sur lui quand il n'était pas là. Si Cédric se mariait, cela risquait de blesser les sentiments d'Anne, tout gardés soient-ils. Émily ne niait pas son désir secret d'unir ces deux êtres entêtés.

— Je ne sais pas si vous allez me croire.

Godric afficha un sourire penaud, comme un garçon qu'on aurait surpris à voler des tartes aux fruits à la cuisine.

— Qui ? Dites-moi, sans quoi vous dormirez ici ce soir. *Sans* moi.

Elle lui donna un léger coup de poing sur la poitrine pour

lui montrer qu'elle était sérieuse. Godric passa les bras autour de sa taille et la serra contre son flanc.

— Il va épouser Anne, dit-il enfin.

— *Mon* Anne ?

Émily n'en revint pas quand Godric acquiesça.

— Euh, c'est bien, n'est-ce pas ?

Elle observa son époux, tentant de juger de sa réaction.

Il s'écarta les cheveux de devant les yeux d'un air perplexe.

— Je crois, oui. Ils s'y sont pris étrangement, mais au moins, ils sont décidés.

— Comment cela, « étrangement » ?

Les doigts d'Émily, qu'elle avait glissés à l'intérieur de sa chemise, se contractèrent.

— Eh bien, tel que Cédric nous l'a raconté, elle est venue le trouver et l'a prié de lui demander sa main.

— Comme c'est étrange... Mais pourquoi ?

— Vous parlez à un homme, ma chère. Je n'ai pas la prétention d'être spécialiste des mystères féminins. Cédric nous a dit qu'elle était devenue la cible des chasseurs de fortune et que l'épouser y mettrait un terme.

Godric n'avait pas l'air de penser qu'il puisse exister une autre raison.

— Quand aura lieu le mariage ? Elle quittera le deuil en avril prochain, et ce sera le moment idéal pour...

Godric interrompit les projets maritaux d'Émily.

— La semaine prochaine.

— La *semaine* prochaine ? couina Émily. Mais elle ne peut pas. Cela ne se fait pas. Vous savez comment est la société pour ce genre de choses, avec leur penchant pour la cruauté. On cancanera sur elle pendant des mois ! Son père vient à peine de mourir et voilà qu'elle s'acoquine avec un membre de la Ligue des Rebelles ? Je sais que nous connaissons tous la vérité, mais la haute société ne tardera pas à faire courir des histoires sordides.

— J'ai la sensation que ni elle ni Cédric ne se préoccupent de la société. Lui est aveugle et cela fait des années qu'elle-même fait tapisserie.

C'est tout Godric, de décrire avec tant de simplicité des personnalités aussi complexes, pensa-t-elle.

— Vous avez peut-être raison, mais ne peut-on pas au moins les mettre en garde ?

— Je ne le ferai pas. Que la bonne société aille au diable ! Qu'ils en fassent des gorges chaudes. Tout sera oublié quand le scandale suivant s'abattra sur les salles des fêtes. Quoi qu'il arrive, la semaine prochaine, je me tiendrai aux côtés de Godric à Saint-Georges. Il a besoin de ce mariage, Émily. Il est brisé depuis l'accident, d'esprit comme de corps. Mais quand il nous a parlé de ces fiançailles, j'ai entendu l'espoir dans sa voix pour la première fois. Si un mariage précipité peut le sortir de sa déprime, alors je le soutiens entièrement.

Émily reposa la tête sur son épaule, ses doigts jouant avec la cravate à présent froissée nouée autour du cou de son mari.

— Vous avez raison.

— Bien entendu, dit Godric d'un ton impérieux.

Émily lui pinça le bras et il glapit.

— Espèce de petite...

Il se mit à lui chatouiller la taille, la plus grande faiblesse de sa femme, et elle eut une crise de fou rire jusqu'à ce qu'elle implore sa pitié.

— Croyez-vous qu'ils seront heureux, Godric ? demanda Émily.

Il fit courir un doigt sur son petit nez retroussé, et elle ne put s'empêcher d'admirer l'éclat de la vie sur son visage et la lueur d'amour dans ses yeux verts ensorcelants. Comment avait-elle eu la chance de le faire tomber amoureux d'elle ?

— Ils auront peut-être besoin d'encouragements discrets. Je crois que vous êtes une experte dans ce domaine, alors je laisse cela à vos soins attentifs.

Ses mains lui caressaient le dos de haut en bas, un geste intime et tendre qui la remplissait de chaleur.

— Vous trouvez ? Et quels encouragements discrets m'avez-vous vue faire dernièrement ?

Godric sourit et la fit glisser sur ses genoux.

— Je crois que ceci va vous rafraîchir la mémoire.

Il grogna de plaisir alors qu'elle se trémoussait, sentant son érection sous ses fesses.

— Vous n'avez vraiment qu'une seule chose en tête aujourd'hui, n'est-ce pas, mon amour ?

— Toutes ces discussions sur les bébés et le mariage m'ont donné envie de faire en sorte qu'on en conçoive.

Godric captura la bouche de sa femme avant qu'elle ne puisse répondre. Elle savait qu'ils passeraient le reste de l'après-midi pris par ce nouveau hobby.

❧

Anne prit la main que lui tendait Cédric alors qu'il la guidait à l'intérieur de la calèche. Elle l'observa avec un intérêt silencieux pendant qu'il tapotait avec le bout de sa canne le marchepied en métal suspendu à la portière. Il était beau dans ses vêtements de soirée noirs, rasé et ses cheveux bruns suffisamment domptés pour donner l'impression qu'il venait de quitter son lit après une nuit de plaisirs, et s'était simplement passé les doigts à travers.

Une fois que Cédric sembla certain que le marchepied soit là, il leva son pied botté et l'abaissa lentement. Cela le rassura et il tendit les bras vers l'encadrement de la portière ouverte de la calèche.

— Laissez-moi vous aider..., commença Anne.

— Je me débrouille ! répliqua Cédric en montant dans la calèche et en tâtonnant pour trouver son siège.

Une fois assis directement à côté d'elle, il tapa le toit avec sa canne pour ordonner au cocher de partir.

— Milord, pensez-vous qu'il soit convenable de vous asseoir si près de moi ?

— Comme je vous l'ai rappelé cet après-midi, Anne, je ne donne pas dans le *convenable*. À présent, voulez-vous bien me confier votre main ? J'aimerais la tenir.

Il le lui avait demandé d'un ton si grognon qu'elle était partagée entre l'envie de le lui refuser carrément et celle de rire de son audace.

— Si vous pensez que je vais vous donner une partie de mon cœur alors que vous êtes d'une humeur aussi horrible, vous vous mettez le doigt dans l'œil.

Anne se décala le plus loin possible, mais Cédric revint vite se coller à elle.

Il étendit un bras devant elle, posant la paume à plat contre la paroi près de sa tête, la gardant prisonnière de la cage de son corps. Le pouls d'Anne s'emballa quand le visage de Cédric s'approcha du sien. Ses yeux vides semblaient si froids qu'elle ne parvenait pas à réprimer le frisson qu'ils lui provoquèrent.

— Je n'aurais pas dû vous parler sèchement, dit-il doucement, lui soufflant son haleine chaude au visage.

— Alors vous vous excusez ?

— Vous n'en aurez pas davantage. *Maintenant, donnez-moi votre main.* Ne me forcez pas à vous le redemander, sans quoi je ferai comme je l'entends sans demander la permission.

— Pourquoi ? osa demander Anne.

Elle s'arrêta de respirer quand il chercha son bras gauche. Le trouvant, il fit descendre une main brusque jusqu'à son poignet et entraîna la main d'Anne sur ses genoux.

— J'aimerais la tenir, c'est tout. Vous pouvez tout de même accorder à votre futur époux une demande aussi chaste ?

Il adressa un sourire moqueur dans sa direction alors qu'il prenait sa main dans les siennes.

— Détendez-vous, Anne, ajouta-t-il calmement.

Au bout d'une longue minute, elle y parvint, ne s'étant même pas rendu compte qu'elle avait été aussi tendue. Ils voyagèrent en silence, écoutant les claquements de la calèche sur les pavés avant que Cédric ne lui retire son gant et ne commence à lui caresser la main. Il traça des motifs longs et paresseux sur sa peau nue puis lui tourna la main pour explorer sa paume, en traçant les lignes jusqu'au pouls rapide du dessous de son poignet. Puis il fit une chose à laquelle elle ne s'était pas attendue.

Il leva sa main et pressa ses lèvres sur son poignet. Fascinée, Anne le regarda faire jouer sa langue contre sa peau, ses lèvres se courbant en un sourire involontaire, comme lorsqu'on goûte quelque chose à la douceur surprenante et que le plaisir nous prend par surprise.

Cédric prit alors un de ses doigts dans sa bouche, le suçant entre ses lèvres. Anne retint un gémissement en sentant la soudaine bouffée de chaleur et la palpitation douloureuse qui venait de l'intérieur. La sensation chaude et moite de sa bouche autour de son doigt lui faisait quelque chose. Sa langue vint humecter ses lèvres alors que celle de Cédric encerclait son doigt, le taquinant et le caressant avant de la mordiller.

— Oh !

Anne essaya de récupérer sa main pour la reposer dans son giron, mais il ne la lâcha pas. Il l'attira plutôt contre lui, son autre bras venant s'enrouler autour de sa taille.

— Demandez-moi... Demandez-moi de vous embrasser.

Il baissa la tête avec une lenteur exquise.

Quand le nez de Cédric frôla le sien, ses lèvres suivirent le mouvement, venant frôler la bouche légèrement entrouverte d'Anne.

— Demandez-moi d'abattre votre résistance. Laissez-moi entrer en vous.

Si Anne avait eu les pensées claires, elle aurait pu réaliser qu'il parlait de quelque chose qui dépassait le physique. Mais son esprit était focalisé sur les images plus littérales que ses paroles invoquaient. Cédric au-dessus d'elle, appuyé sur ses bras alors qu'il s'enfonçait profondément entre ses jambes. À sa surprise, cette image n'était pas aussi indésirable qu'elle l'aurait cru.

Son silence était une réponse suffisante. Cédric l'écarta de lui si rudement qu'elle retomba sur leur banquette partagée avec un halètement surpris. Pendant un instant, elle vit la rage, la déception et le désespoir sur le visage de Cédric avant qu'il ne reprenne le contrôle de ses traits pour afficher son habituelle assurance moqueuse. Cédric l'avait laissée battre en retraite, mais Anne craignait que son visage arrogant ne l'informe qu'à l'avenir, elle n'en aurait pas toujours l'opportunité.

Son arrogance la mettait en colère. Elle aurait voulu crier, le frapper, descendre de cette calèche et rentrer chez elle, mais elle carra les épaules et ne dit rien. C'était la seule façon dont elle pouvait lui montrer qu'il ne l'avait pas affectée.

Le problème était qu'il l'*avait* affectée, très profondément. Une partie sombre d'elle désirait sentir à nouveau sa bouche sur son doigt, ainsi que d'autres endroits. Elle rougit, n'ayant jamais été aussi reconnaissante du fait qu'il ne puisse pas voir sa honte.

— Êtes-vous contente de dîner avec Émily ce soir ? demanda Cédric, comme s'il ne venait pas de lui couper la parole voilà une minute, avec sa bouche.

Elle ne pouvait également pas s'empêcher d'être jalouse qu'Émily et lui soient si proches. Malgré leur amitié, c'était toujours douloureux de penser qu'Émily connaissait Cédric mieux qu'elle. Même si Anne n'avait jamais encouragé ses attentions avant l'accident, une partie d'elle avait espéré qu'il n'abandonne pas. Qu'il la désirait assez pour continuer à se battre pour elle.

Et Anne se demandait secrètement si tous les hommes qui avaient enlevé Émily étaient tombés amoureux d'elle, dans une certaine mesure. Leur dévotion envers elle était inébranlable, et des hommes libertins ne se dévouaient jamais à quelqu'un sans raison.

Cédric se méprit sur son silence.

— Alors vous n'êtes pas contente ?

— Je suis désolée. J'étais perdue dans mes pensées. Bien sûr que je suis contente de voir Émily. Je crains simplement qu'elle désapprouve de ne pas me voir en deuil pour le dîner de ce soir.

C'était un mensonge. Ce n'était pas cela qui l'inquiétait, mais il ne devait jamais connaître ses véritables raisons. C'était bien bête d'être jalouse de sa chère amie.

Cédric redressa l'échine, comme si son aveu avait retenu son attention.

— Vous n'êtes pas en noir ?

— Non. Quelque part, j'ai pensé que cela aurait rendu mon père triste. Il n'a jamais approuvé le port de vêtements de deuil pendant une longue période. Il sait, où qu'il soit, que je...

Pendant un moment, elle fut incapable de parler. Sa gorge se serra et ses yeux la brûlèrent. *Je ne vais pas pleurer. Je ne vais pas pleurer. Je ne suis pas faible.* Elle se répéta le mantra qui l'avait retenue de montrer la moindre émotion forte depuis la mort de son père.

— ... qu'il vous manque, acheva Cédric à sa place.

— Oui.

Anne s'émerveilla de l'entendre clôturer sa phrase. La comprenait-il aussi bien ? Ou bien était-elle simplement si transparente que même un aveugle pouvait voir la profondeur de sa tristesse ?

— Alors, si vous n'êtes pas en noir, que portez-vous donc, ma chère ?

Cédric sourit d'un air coquin, mais cette affectation la mit curieusement à l'aise, dissipant la tension de sa profonde tristesse.

— C'est une simple robe de satin, d'un brun roux qui a une légère teinte automnale sous une certaine lumière.

Cédric tendit le bras, sa main reposant sur sa cuisse alors qu'il explorait la sensation du tissu sous ses doigts.

— Je suis content que vous ne portiez plus ce crêpe affreux. Je n'aimais pas la sensation quand je vous touchais. Les vêtements d'une femme devraient créer du plaisir quand ils glissent contre la peau. Ils devraient attirer les caresses d'un amant.

Anne était envoûtée par le sort que la main de Cédric jetait sur sa cuisse et par sa lente caresse aventurière. Elle était tellement légère qu'elle ne dérangea pas le satin et pourtant, Anne sentit la chaleur de sa peau traverser sa robe, créant une anticipation capiteuse au plus profond de son ventre.

Son contact lui rappelait Harvey, le maître d'écurie de son père, quand il travaillait avec des hongres sauvages. Harvey parvenait toujours à apaiser les jeunes chevaux les plus sauvages avec des murmures doux et des caresses légères comme une plume.

Anne fut soudain prise d'un soupçon. Cédric avait-il l'intention de lui faire croire qu'elle était en sécurité avant de passer à l'acte ? C'était forcément son intention ! Au moment précis où elle se décida à lui ordonner de cesser de la toucher, il s'arrêta de lui-même et reposa la main sur ses propres genoux comme s'il ne s'était rien passé.

— Je ne pense pas qu'Émily vous reproche de cesser de porter le deuil. C'est une petite créature très compréhensive. Parfois, je crois qu'elle en comprend *trop*.

Cette dernière phrase avait été prononcée dans un marmonnement si mécontent qu'Anne ne put s'empêcher de se demander ce qu'il voulait dire, même si elle n'osa pas lui poser la question.

— J'espère que vous avez raison, murmura-t-elle alors.

— Vous découvrirez bien vite que j'ai souvent raison. N'en soyez pas choquée.

Son ton était impérieux, mais elle y décela une légère note de taquinerie.

— Je ne peux pas m'empêcher d'être choquée, Milord. Il semblerait que votre arrogance est sans limites, rétorqua Anne.

— Tout naturellement, répondit Cédric.

Une partie d'elle aurait désiré lutter de toutes ses forces contre lui afin de lui faire ravaler son impertinence, mais ce vaurien imbuvable aurait refusé de lui accorder cela.

La calèche s'arrêta et un valet de pied vêtu de la livrée bleu nuit et argenté du duc d'Essex ouvrit la portière du côté de Cédric. Celui-ci prit sa canne, s'accrocha à l'encadrement et tâtonna avec le pied pour trouver le marchepied.

Anne remarqua qu'il montrait plus d'hésitation à la descente qu'à la montée. Elle ne put s'empêcher de se demander s'il avait récemment subi une méchante chute. Elle ne s'imaginait pas à quel point cela avait dû être douloureux... Sans parler de l'humiliation.

Le ventre d'Anne se serra douloureusement. Combien de fois s'était-il fait mal depuis décembre dernier ? Elle était hantée par le souvenir de l'avoir trouvé dans les jardins, les mains en sang. Même lorsqu'il la tourmentait par ses baisers et ses caresses, elle ne parvenait pas à maintenir son indifférence et sa fureur contre lui comme elle le faisait avec les autres hommes. Cédric avait souffert comme elle, et ce fait les liait à présent comme des âmes sœurs.

— Vous venez ? l'appela Cédric en lui tendant la main.

Elle la prit et il l'aida à descendre. Retroussant ses jupes, elle marcha avec lui vers le perron de la maison des Saint-Laurent. À son grand désarroi, il ne lui lâcha pas la main. Apparemment, il voulait l'embarrasser en affichant ostensiblement les droits qu'il avait sur elle.

— Milord, vous devez me lâcher la main, murmura-t-elle en tirant dessus pour se libérer.

— Avez-vous déjà honte de moi, Anne ? répondit Cédric relativement fort alors que le valet de pied leur ouvrait la porte du vestibule.

Souvent, il murmurait son prénom à la fin d'une question ou d'une phrase, comme pour habituer Anne à l'entendre le prononcer. Cela l'avait énervée, mais à présent, elle commençait à s'accoutumer à la douceur avec laquelle il sortait de ses lèvres.

— Vous savez bien que non. Un gentleman m'aurait laissé lui prendre le coude, et je pourrai vous aider en vous guidant jusqu'à la porte, répondit-elle d'un ton glacial.

Cédric se contenta de ricaner, comme si son ton ne l'atteignait pas.

— Je ne vais pas trébucher.

Il agita sa canne devant eux, tapotant les pavés.

— Détendez-vous, mon amour. Personne ici ce soir ne nous jugera si nous nous montrons mutuellement de l'affection.

— C'est votre formulation ? J'appellerais plutôt cela l'emprisonnement forcé de ma main, souffla Anne.

Mais avant que Cédric ou elle ne puissent poursuivre cette conversation, Émily émergea de la pièce la plus proche et se précipita vers eux. Godric, son mari, était sur ses talons.

— Anne !

Émily la serra fort contre elle, son jeune visage rayonnant d'excitation.

— C'est tellement bon de vous voir, Émily. Votre Grâce.

Anne adressa une légère révérence à Godric, une de ses mains restant toujours fermement prisonnière de celle de Cédric. Godric lui adressa un sourire radieux et la salua d'un geste du menton.

— Nous sommes ravis que vous ayez pu venir. Je vous en prie ; c'est par là.

Godric prit le bras d'Émily et, en compagnie d'Anne et de Cédric, il retourna dans la pièce dont ils étaient sortis.

À en juger par la multitude de corps et de voix, elle se rendit compte que Cédric et elle étaient arrivés en dernier. Le comte de Lonsdale était appuyé contre le manteau de la cheminée, en pleine discussion avec Jonathan Saint-Laurent, le demi-frère de Godric. Lord Lennox, assis sur un canapé, conversait avec Horatia, vicomtesse de Rochester. Son mari, Lucien, se tenait derrière le canapé, les mains posées sur les épaules de sa femme dans un geste qui était à la fois affectueux et protecteur. L'intimité qu'ils affichaient fit gonfler le cœur d'Anne d'envie et de tristesse.

Émily et Godric entrèrent dans la pièce, laissant Anne et Cédric debout dans l'encadrement de la porte, exposés aux autres convives. Anne se rapprocha instinctivement de Cédric, son bras gauche frôlant le sien, ses doigts se resserrant autour de sa main. Elle se sentait embarrassée de se retrouver là, au sein de ce qui était manifestement une étrange sorte de famille bâtie sur l'amour, la loyauté et l'amitié, avec laquelle elle n'avait de lien qu'à travers Émily.

— Qu'est-ce qui ne va pas ? murmura Cédric, sa sollicitude lui touchant le cœur.

— C'est simplement que... Et s'ils ne m'apprécient pas ? Vos amis, je veux dire. Ils me connaissent à peine, murmura Anne en retour.

— Vous avez l'amitié et l'approbation d'Émily, et plus que tout, les miennes. S'ils ne vous traitent pas avec considération, c'est à moi qu'ils devront en répondre.

— Je ne voulais pas dire que...

Elle ne voulait pas lui faire croire que si la situation l'exigeait, elle aurait souhaité qu'il choisisse entre elle et ses amis. Elle n'aurait jamais voulu qu'il fasse ce choix.

— Détendez-vous donc et guidez-moi jusqu'à un siège, d'accord ?

Anne fit s'asseoir Cédric puis, elle s'installa à côté de lui.

— Je pense que des félicitations sont de mise, dit lord Ashton.

Il sourit à Anne et les autres occupants de la pièce l'imitèrent, exprimant leur enthousiasme concernant le mariage à venir.

La crainte d'Anne que les amis de Cédric ne la trouvent pas à leur goût semblait infondée. Elle se détendit enfin et poussa un soupir de soulagement. Cédric devait l'avoir entendu, car il passa un bras sur le dossier de sa chaise et lui saisit la nuque. Elle s'apprêtait à protester quand son pouce et son index se mirent à monter et descendre sur les côtés de son cou, massant ses muscles tendus. La sensation était divine et parut faire fondre tous les os de son corps.

— Tout va bien se passer, dit-il en continuant de lui caresser le cou.

Anne rougit quand elle remarqua qu'Émily les observait tous les deux avec un intérêt avide.

Émily entretint avec eux tous une conversation polie jusqu'à l'annonce du dîner. Tout le monde se leva pour se rendre dans la salle à manger. Cédric offrit son bras à Anne et elle l'accepta. Le fait qu'ils se touchent autant à présent ne cesserait jamais de l'émerveiller. Elle avait l'impression que leurs deux corps dansaient lentement en cercle et quelque part, un jour, bientôt, ils entreraient en collision et ne seraient plus jamais séparés, d'une façon mystérieuse et primaire.

Cette pensée lui coupa la respiration. Même aveugle, Cédric restait une force puissante et masculine capable de la dominer et de la posséder aisément. Elle rougit profondément quand elle se rappela que toute cette puissance et cette perfection magnifique lui appartenaient à présent. Pourtant, même si cette perspective l'excitait, elle l'effrayait également plus qu'il était possible de l'exprimer. Et s'il ne la trouvait pas à la hauteur ? S'il ne trouvait pas le plaisir dans son lit et partait le chercher dans les bras d'une autre ?

Comment vais-je le garder si je ne me pense pas capable de lui céder ?

❦   5   ❦

édric, ignorant tout des pensées de sa fiancée, l'accompagna à la table du dîner. Il laissa le corps d'Anne guider le sien, sentant sa légère traction quand il avait besoin de changer de direction. C'était une compétence qu'il avait développée quand Ashton le guidait alors qu'il apprenait tout juste à survivre avec sa condition. Heureusement, il était relativement familiarisé avec la maison de Godric, mais la nervosité qui avait élu domicile dans son corps le rendait plus hésitant qu'à l'ordinaire.

Il voulait montrer à Anne qu'il pouvait toujours jouer au gentleman anglais, qu'il n'était pas aussi impuissant et sans espoir qu'il le pensait. C'est avec soulagement qu'il se laissa tomber sur sa chaise à table. Son corps ne pouvait s'empêcher de se tendre quand il était en mouvement, comme si une partie de lui s'attendait à se faire mal. Se sentant presque redevenu lui-même, il tendit hardiment la main pour trouver son verre de vin...

Clink !

Sa main entra en collision avec le pied effilé du verre, le renversant. Il entendit le vin gicler sur la table et les conversations s'interrompirent. Malgré sa cécité, Cédric sentit tous les yeux de l'assistance se braquer sur lui. C'était mortifiant. Sa seule consolation était qu'il ne pouvait pas voir la pitié sur leurs visages.

C'était trop. Il détestait manger devant les autres, et c'était la raison. Cédric recula sa chaise, qui heurta alors un valet de pied. Celui-ci tituba, laissant tomber un verre de remplacement qui se brisa à terre tout près de lui. Cédric se redressa et chercha sa canne, qui resta introuvable.

— Cédric…, dit Godric quelque part sur sa droite.

Cédric refusa d'écouter la voix cajoleuse de son ami. Avec autant de fierté qu'il put en invoquer, il se dirigea vers la porte afin de quitter la salle à manger. Il ne voulait pas s'excuser ; refusait d'entendre la pitié dans leurs voix. Il avait besoin de solitude.

— Cédric, ce n'est rien ! l'appela Charles.

Mais il avait déjà atteint la porte et se propulsa dans le couloir. Les mains tendues, il se remémora dans sa tête le plan de la maison de Godric et mit le cap vers la bibliothèque. Ou du moins, il espérait que c'était dans cette direction… Affronter le regard de ses amis était déjà assez difficile quand il ne brisait pas des verres en cristal précieux. Durant les premiers mois, il avait été capable d'accepter leur aide, mais à présent, il aurait déjà dû être en mesure de contrôler ses mains et ses jambes, sans créer de tels accidents. C'était honteux et il ne pouvait pas supporter de recevoir la moindre assistance, puisqu'il aurait dû ne plus en avoir besoin.

Cédric marmonna un juron quand il trébucha sur le seuil de la bibliothèque. Il savait qu'il était dans la bonne pièce à cause de l'odeur puissante et vieillotte d'une multitude de livres. Il n'avait jamais été un grand lecteur, mais depuis la perte de ses yeux, il s'était pris d'amour pour les biblio-thèques. Dans une bibliothèque, il savait toujours où il était. Leur fragrance unique les trahissait, et cela le réconfortait de savoir où il se trouvait exactement dans une maison, pour changer.

— J'aurais aimé avoir ma canne, dit-il à la pièce remplie de livres.

Il la gardait généralement près de lui, mais il avait tellement été occupé par Anne qu'il avait oublié où il l'avait posée. Il lui fallut quelques minutes de tâtonnements avant d'arrêter de se cogner dans des étagères et de trouver un canapé à haut dossier sur lequel se laisser tomber. Il bascula en arrière et se frotta les yeux. Un geste inutile, mais c'était une habitude dont il ne parvenait pas à se débarrasser. Cédric prit quelques inspirations profondes et mesurées sans parvenir à apaiser le tremblement de ses mains.

— Reprends-toi ! se souffla-t-il.

On toqua doucement à la porte. Cédric ne bougea pas. Il entendit des pas légers s'approcher de lui. Un parfum floral taquina ses narines, mais ce n'était pas la senteur des orchidées sauvages. Ce n'était pas Anne.

— Cédric.

Horatia s'assit à côté de lui sur le canapé et posa la tête sur son épaule comme elle le faisait quand elle était petite. Son instinct de frère prit le dessus et il la prit dans ses bras, la serrant très fort contre lui.

— Vous voulez en parler ?

— Je n'ai pas grand-chose à dire, ma chère. Je suis une créature pathétique qui ne peut même pas dîner avec ses amis. Je suis sûr qu'Émily est dévastée que j'aie brisé son joli cristal.

Horatia éclata de rire.

— Elle a affirmé que vous lui avez rendu service. Elle détestait ce cristal et vous lui avez fourni une excuse pour se débarrasser du reste. Et elle a ordonné au majordome de demander à un valet de le retirer une fois le repas terminé. Cela a paru la ravir.

Le ton léger d'Horatia était plein d'amusement et Cédric n'entendit que la vérité dans sa voix. Cela étant, Émily avait tout aussi bien pu jouer la comédie afin de le rassurer si le sujet revenait sur le tapis.

— Et les autres ? Comment ont-ils réagi ? demanda-t-il.

— Cela ne leur a rien fait. Nous nous sommes tous habitués à ce qui vous est arrivé. Enfin, tous, sauf vous. Ce qui les touche est que vous pensiez qu'ils ne vous accepteraient pas tel que vous êtes à présent. Personne n'est parfait et nous ne nous attendons pas à ce que vous le soyez non plus. Vous devez arrêter de vous apitoyer sur vous-même, sans quoi vous allez m'énerver, et je ne souhaite pas être énervée contre mon frère préféré.

— Je suis votre seul frère, la coupa-t-il alors qu'un sourire lui taquinait le coin des lèvres.

— Un simple détail, le taquina Horatia en lui embrassant la joue.

— Horatia...

— Oui ?

— À propos de votre condition...

— Le bébé ? Le ton d'Horatia trahissait un soupçon de surprise embarrassée.

— Je voulais simplement vous dire que je suis ravi de devenir tonton. Qui plus est, je suis content que Lucien et vous soyez heureux. Je me suis comporté comme un véritable imbécile. J'ai failli nous faire tuer, tous autant que nous sommes, parce que je ne croyais pas que les gens pouvaient changer. Mais nous en sommes capables. Je le sais à présent. J'ai changé. Anne a changé. Apparemment, nous avons constamment changé, c'est simplement que je n'en avais pas eu conscience jusqu'à maintenant.

— Est-ce vrai qu'Anne vous a prié de la demander en mariage ?

Il tapota l'épaule de sa sœur, le sourire aux lèvres.

— Oui. C'était une surprise inattendue, mais pas indésirable.

— Sachez que je l'apprécie vraiment, et Émily aussi. Mais êtes-vous certain que vous serez heureux avec elle ? Je pensais qu'elle n'avait pas le moindre intérêt pour vous.

Comme il aimait sa sœur ! Elle songeait toujours à lui, même lorsqu'elle n'avait aucune raison de le faire.

— C'est ce que je me suis dit au début, mais quelque chose est différent. Elle est devenue vulnérable depuis la mort de son père et je n'ai pas pu refuser de jouer aux chevaliers servants quand elle me l'a demandé.

— Mais vous rendra-t-elle heureux ? Lucien craint qu'elle ne soit trop réservée pour aimer qui que ce soit, et vous méritez l'amour, pas la camaraderie.

C'était la seconde fois de la journée qu'on le lui disait et il se sentait étrangement plein de chaleur et coupable à la fois. Il ne *méritait* pas l'amour – aucun des membres de la Ligue ne le faisait –, mais s'il se présentait et qu'il pouvait l'attraper, il s'y accrocherait et ne le laisserait pas filer.

— Ne vous inquiétez pas, Horatia. Je sais comment faire fondre ses murs de glace.

Cédric afficha un large sourire.

— D'ailleurs, si vous dites à Émily que je suis toujours terriblement confus et que j'aimerais prendre mon repas ici, pourriez-vous vous assurer que ce soit Anne qui m'apporte ma nourriture ?

— Je doute qu'Anne accepte une requête qui conviendrait davantage à un valet de pied, le mit en garde Horatia.

— Dites à Émily que j'*insiste* pour que ce soit Anne qui me l'apporte.

— Et que prévoyez-vous de faire quand elle arrivera, mon cher frère ?

— Vous êtes mariée à Lucien, ma chère. Je suis certain que vous savez à quel point partager un repas peut être amusant.

— Espèce de diable !

Le ton indigné de sa sœur était sous-tendu par un gloussement étouffé.

—Je vous demande juste de ne pas la presser.

Horatia quitta le sofa. Elle déposa un baiser sur son front et s'en alla. Cédric sourit. La soirée pourrait encore être sauvée à l'aide d'une séduction culinaire.

❦

Quand Horatia revint dans la salle à manger, Anne se trémoussait sur sa chaise.

— Il va bien ? demanda Ashton.

Tous les regards se braquèrent sur elle. Anne n'enviait pas la sœur de Cédric, qui captait l'attention de la pièce.

— Il est quelque peu embarrassé. Il a besoin de temps pour se reprendre.

Horatia se rassit à côté de Lucien avant de se tourner vers Émily.

— Serait-il possible de lui envoyer une assiette de nourriture ainsi qu'une présence pour lui tenir compagnie ? Je crois qu'il n'est pas prêt à se retrouver face à tout le monde, mais je crois qu'il n'a pas envie d'être seul non plus.

— Oh, certainement. Je serais ravie de...

Émily voulut se redresser, mais Charles l'arrêta d'un regard intense. Elle se laissa retomber sur son siège, la confusion se lisant sur son visage délicat.

— Pourquoi Miss Chessley ne le rejoindrait-elle pas ? Je veux dire, avec leur mariage qui approche, les fiancés aimeraient peut-être passer du temps ensemble. À moins, bien entendu, que la dame ne souhaite pas s'embarrasser de la compagnie d'un aveugle mal léché.

C'était un véritable défi. Anne fronça les sourcils devant ces yeux gris devenus sérieux. À présent, elle voyait le vaurien en lui, l'homme séducteur et dangereux qu'elle avait eu la chance d'éviter depuis sa première sortie dans le monde, cinq ans auparavant. Toute femme qui deviendrait la proie de ce prédateur-là devrait être forte pour survivre.

— Je serais ravie de partager un repas en privé avec lord Sheridan.

Anne se leva, geste qui fit se redresser d'un bond tous les hommes présents. Elle suivit hors de la salle à manger une Émily abasourdie qui ordonna à un valet en poste de faire porter deux assiettes à la bibliothèque. Puis elle se tourna vers Anne, ses mains sur ses hanches et ses yeux violets emplis d'inquiétude.

— Vous n'êtes vraiment pas obligée de dîner avec lui, Anne. Charles se comporte comme un imbécile.

— Cela ne me dérange absolument pas. Je pense que lord Lonsdale me teste. Malgré la façon dont il a fait part de son opinion, je suis honorée de faire l'objet de son défi, car il démontre une véritable loyauté envers lord Sheridan. Je ne souhaite pas épouser un homme qui ne sait pas choisir ses amis.

Elle était très sérieuse. Tout irritée qu'elle était de devoir faire ses preuves, elle était contente de voir que Cédric avait autant de gens pour veiller sur lui. Les deux femmes se dirigèrent d'un même pas nonchalant vers la bibliothèque afin de donner au personnel le temps de tout préparer et de les rattraper.

— Je trouve tout de même Charles bien trop impoli, et je ne permettrai pas un comportement aussi impertinent sous mon toit.

Émily pointa un menton colérique.

Elle a fait bien du chemin ! songea fièrement Anne. Pour celle qui était devenue duchesse un an seulement après son entrée dans le monde, elle jouait son rôle à la perfection et ne ferait que s'améliorer.

— Je vous en prie, ne vous en faites pas pour moi. Je préférerais largement faire la nique à lord Lonsdale en montrant mon dévouement à mon fiancé.

— Je n'arrive toujours pas à croire que vous épousiez Cédric. J'entretenais quelques espoirs, bien sûr...

Émily s'interrompit quand Anne pila net à ses côtés.

— Que voulez-vous dire ?

— Eh bien, depuis que je connais Cédric, il m'a demandé de vos nouvelles. D'ailleurs, il n'a *jamais* arrêté, jusqu'à...

Elle n'eut pas besoin d'achever sa phrase. *Jusqu'à l'accident.*

— Il... Il parlait de moi ? murmura Anne, la gorge serrée.

— Il était tellement frustré par vos refus constants de le voir et même de lui parler qu'il devenait fou. Vous ne quittiez pas ses pensées et manifestement, c'est toujours le cas.

La voix douce d'Émily était pleine de mystères et même de la connaissance de certaines choses qu'Anne, son aînée pourtant, n'avait pas encore saisies.

Anne ressentit l'envie soudaine de tout raconter à Émily, de confier le secret qu'elle avait gardé pendant si longtemps dans les fortifications de son cœur, mais elle ne pensait pas en avoir la force. Émily avait tellement de responsabilités en tant que duchesse qu'Anne ne voulait pas accabler son amie avec ses propres errements émotionnels. Elle devait trouver sa propre façon de continuer à vivre.

Avant que le silence entre elles ne se prolonge, Anne et Émily parvinrent à la bibliothèque.

— Il est là ? demanda-t-elle.

Émily hocha la tête alors que le valet arrivait, portant un plateau argenté et deux assiettes de nourriture.

— J'ai omis les garnitures qui pourraient poser problème à lord Sheridan, comme les petit-pois, confia discrètement le valet à Émily.

— Merci, Jim. J'apprécie cette attention. Je vous en prie, placez les plats à l'intérieur et dressez la table principale.

— Oui, Votre Grâce.

Jim inclina la tête et entra dans la bibliothèque. Une fois le valet parti, Émily braqua à nouveau son attention sur Anne.

— Vous avez bel et bien l'intention de l'épouser ?

— Oui.

Combien de fois allait-elle devoir défendre son choix ? Était-il à ce point impossible de penser qu'elle avait réellement envie d'épouser Cédric ?

— Mais allez-vous être heureuse avec lui ? Ne l'épousez pas si vous ne pouvez pas me promettre que vous le serez.

— Je vais être heureuse. Ce ne sera peut-être pas un bonheur comme le vôtre, mais je pense que me marier avec lord Sheridan me donnera le contentement que je n'ai encore jamais trouvé.

Émily émit un reniflement moqueur.

— Le contentement ? Oh, Anne, je ne crois pas que vous connaissiez Cédric aussi bien que vous le pensez. Il ne trouvera pas satisfaction avant de vous avoir séduite jusqu'à vous faire oublier votre propre prénom. Il aime les défis. C'est ce qui le motive, surtout à présent.

Anne sourit.

— J'ai parfaitement conscience de son amour pour les défis. Et j'ai bien l'intention de lui en fournir un.

Sur ce, elle entra dans la bibliothèque pour rejoindre son fiancé.

Cédric était calé contre le dossier d'un sofa en velours écarlate, l'air lugubre. Anne fit signe à Jim de partir une fois qu'il eut fini de dresser la table.

— C'est vous, Anne ?

Cédric inclina la tête. Anne eut la sensation très étrange qu'il l'avait reconnue à son odeur.

— Oui, Milord. Je nous ai fait apporter à dîner.

L'entendant s'approcher, il leva une main pour l'arrêter.

— Je suis aveugle, pas invalide, lança-t-il en se redressant.

Le ton de Cédric cessa d'être défensif et bourru pour se faire soyeux.

Anne le regarda en plissant les yeux. Se moquait-il d'elle ? Il la comparait à une pierre froide et acérée ! Ou bien essayait-il de dire qu'elle était coûteuse ? Aucune de ces analogies n'était alléchante.

— Encore une fois, j'ai dit quelque chose de déplacé, songea Cédric en faisant glisser sa cuillère vers une masse grumeleuse qu'Anne espérait être une tourte à la viande bien grasse.

Elle voulait que Cédric mange davantage. Ses pommettes étaient trop saillantes et ses orbites trop creusées. Comment ne l'avait-elle pas remarqué avant ? Son propre égocentrisme était-il assez puissant pour la rendre aveugle à sa souffrance ?

— Je suis désolée, Milord. Je ne suis pas vraiment disposée à faire la conversation.

— N'y a-t-il rien dont on puisse parler ? demanda Cédric avec un espoir véritable dans la voix.

Il voulait vraiment que les choses fonctionnent entre eux et pour une raison quelconque, elle ressentit un pincement de culpabilité à l'idée de l'avoir acculé vers le mariage sans l'avoir prévenu qu'elle ne serait pas facile à séduire ou même à apprivoiser. *Lui ai-je déjà fait du tort ?* s'interrogea-t-elle. Mais il n'existait pas de réponse évidente. Anne resta silencieuse un instant avant qu'une question ne lui monte aux lèvres.

— Émily dit que vous avez remporté vos juments arabes en battant un scheik au whist. Est-ce vrai ?

Elle ne parvenait pas à contenir l'excitation dans sa voix. Elle avait vraiment envie d'en apprendre davantage.

— C'est Émily qui vous l'a raconté, n'est-ce pas ?

Cédric se fendit d'un large sourire alors qu'il fourra plusieurs autres cuillerées de tourte dans sa bouche et les avala.

— J'aimerais bien entendre toute l'histoire, si cela ne vous dérange pas de m'en faire part.

Anne se sentait légèrement timide, mais elle avait très envie d'entendre l'anecdote.

— Il est vrai que j'ai remporté les chevaux, mais je vais vous raconter la *véritable* histoire. J'admets avoir quelque peu censuré le récit pour Émily. Elle était vraiment innocente et je ne souhaitais pas l'effrayer par le détail de ma témérité, alors qu'elle était la captive de Godric.

— Quelles parties avez-vous omises ?

Prise de curiosité, Anne s'appuya sur les coudes.

— Eh bien, la mise impliquait davantage que deux chevaux et de l'argent. Et le scheik n'en était pas vraiment un. C'était un riche marchand arabe qui se spécialisait dans la traite d'esclaves.

— La traite d'esclaves ? Vous voulez dire des êtres humains ?

Le visage de Cédric s'assombrit.

— Oh, absolument. C'était un homme charmant, mais diabolique. Puissant, aussi. Le genre qui avait des amis tout aussi puissants, ce qui lui permettait de se croire quasiment tout permis. *Quasiment.*

Un air de danger et de sauvagerie donna soudain à cette conversation une nouvelle tonalité qu'elle n'avait pas anticipée.

— Et qu'aviez-vous réellement parié avec lui ?

Sa question sortit d'une voix légèrement essoufflée.

Cédric lui adressa un sourire canaille avant de répondre.

— Ses chevaux contre ma liberté.

❧ 6 ❧

— Charles ! J'aimerais vous parler en privé immédiatement.

La duchesse d'Essex tapa du pied et désigna la porte. Charles se redressa et les autres convives attablés détournèrent le regard dans des directions opposées. Manifestement, personne ne le sauverait de la colère d'Émily. *Bande de lâches !*

Il n'aurait pas dû mettre Anne au défi. Il comprenait à présent son erreur. Mais si Émily voulait lui faire la leçon, il n'allait pas lui rendre la tâche facile.

— Sans tarder, si vous le voulez bien, lui ordonna-t-elle.

Avec un soupir exagéré, Charles la suivit dans le couloir, où elle se tourna et lui enfonça dans la poitrine un petit poing serré. Elle voulut le frapper à nouveau, mais Charles bloqua le coup avec son avant-bras, agissant si instinctivement qu'il ne s'était même pas rendu compte qu'il avait bougé. Apparemment, le pugiliste en lui parvenait toujours à remonter à la surface. Il saisit son poignet délicat avant qu'elle ne puisse l'assaillir une troisième fois. Il était tellement contrarié qu'elle en soit venue à le frapper qu'il garda son poignet prisonnier.

— Qu'est-ce qui a pu vous mettre dans un état pareil, ma chère ?

Il essayait de se montrer patient, mais sa voix basse contenait un avertissement.

— Vous ! Votre comportement ! Comment osez-vous dire des choses pareilles à Anne ? C'est mon amie et vous êtes un *invité* sous ce toit. Je ne tolérerai pas que vous la menaciez ni ne teniez mon bras contre mon gré de la sorte !

Charles rouvrit les doigts et Émily récupéra son poignet d'un mouvement brusque, frottant les marques rouges sur sa peau blanche tout en arborant un air sombre.

— Désolé, marmonna-t-il. Mais je ne l'ai pas menacée.

— On l'aurait pourtant dit. Vous avez remis en question sa décision d'épouser Cédric. Pour une femme amoureuse, *c'est* une menace.

— Et comment savez-vous qu'elle est bien amoureuse de lui ? Je n'en ai vu aucune preuve.

— Qu'est-ce que cela peut vous faire, si elle l'aime ou pas ? demanda Émily.

Charles détourna le visage, étudiant le papier peint à motifs bleus et blancs comme s'il contenait la réponse à sa question.

— Qu'est-ce que cela peut vous faire ? répéta Émily.

— Vous me demandez pourquoi. Bon sang, Émily, c'est à cause de vous.

Il regretta ces paroles à l'instant où il les avait prononcées. À présent, il n'en verrait jamais la fin.

Les yeux d'Émily s'écarquillèrent.

— Que voulez-vous dire ?

— Vous avez tout changé, ne le voyez-vous pas ? Depuis que nous vous avons enlevée, rien n'est plus pareil. Nous avons perdu ce qui nous rendait forts. À vous seule, vous avez mis à mal la Ligue des Rebelles. Godric est fou amoureux, Lucien et Cédric se sont battus en duel pour une femme,

Cédric est aveugle, Ashton n'a jamais été aussi mélancolique, ce satané Hugo Waverly se tapit dans tous les recoins obscurs, prêt à nous détruire, et je... Je n'arrive pas à m'extirper de la terreur perpétuelle de ce cauchemar éveillé. Nous avons été détruits... détruits par *vous* !

Il ponctua ces paroles acérées d'un poing qu'il abattit sur le mur.

Émily fit un pas en arrière, alarmée. Charles s'arrêta et colla son front contre le mur alors qu'il inspirait profondément pour se reprendre. Il n'avait jamais frappé une femme et ne l'aurait jamais fait, mais parfois, cogner un mur lui permettait d'apaiser sa tension.

— Je vous ai détruits ?

La voix d'Émily tremblait, mais Charles refusait de la regarder, pas pour tout l'or du monde. Il ne pouvait pas supporter de la voir pleurer, ce qui était précisément ce qu'il souhaitait exprimer. La Ligue des Rebelles n'aurait jamais dû succomber aux larmes d'une jeune femme. Ils ne pouvaient pas se permettre d'avoir cette faiblesse s'ils voulaient survivre. Les événements qui avaient conduit à la cécité de Cédric n'avaient été qu'un avant-goût de ce qui les attendait. Si seulement elle avait connu Hugo aussi bien que lui...

— Tout est différent. À présent, je m'attends à des choses auxquelles je n'aurais jamais osé rêver avant. Et si mes rêves ne s'exauçaient pas ? Et si je ne méritais pas ce que je désire tant ? Oui, c'est vous que je rends responsable.

Du coin de l'œil, il vit les mains d'Émily s'affairer autour de son visage, comme pour chasser toute trace de ses larmes. Damnation ! Il ne voulait pas lui parler de cela... Il ne voulait même pas y *songer*.

Émily posa une main sur son épaule.

— De quoi rêvez-vous ? Que craignez-vous de ne jamais connaître ?

Charles ferma les yeux. Pendant un long moment, il

songea à ne pas lui répondre et à garder ses pensées pour lui, mais Émily avait un don terrible pour se glisser à l'intérieur de son crâne et lui donner envie de lui dénuder son âme.

— J'ai envie de voir mes cauchemars se terminer et d'avoir une femme qui m'aimerait tellement que mon cœur pourrait exploser. Godric et Lucien le possèdent... Mais si je n'y parviens pas ? Et si je ne méritais pas une telle chose ?

On y était... Il voulait de l'amour. Il était un imbécile et l'univers en personne se gausserait de lui.

— Pourquoi pensez-vous que vous ne méritez pas d'être aimé, Charles ?

— Il y a des choses sur nous que même vous ignorez, Émily.

Elle chassa l'idée avec un geste de la main.

— Balivernes. Votre cœur est loyal et sincère, comme celui de vos amis. Et si je dois dérober la flottille d'Ashton et l'envoyer aux quatre coins de la Terre pour trouver quelqu'un qui vous aime, je le ferai. Vous aurez tellement de joie dans votre cœur que vous ne serez pas capable de la contenir, et qu'elle débordera dans tout et tout le monde autour de vous. Je sais que ce rêve peut devenir réalité, mais il requiert de la patience. Pouvez-vous en avoir, pour moi ? demanda Émily.

Pour toute réponse, Charles se tourna et la prit dans ses bras, la serrant fort contre lui. Il ne cesserait jamais de s'émerveiller du fait qu'elle puisse le changer en un véritable enfant. Elle le faisait se sentir en sécurité et aimé, et pourtant, elle avait une dizaine d'années de moins que lui. Godric avait bien de la chance.

Inspirant profondément, il répondit.

— Je peux être patient... Je peux.

Émily essaya de parler, mais sa voix était étouffée par sa redingote.

— Pardon ? demanda-t-il en se reculant.

En inspirant une goulée d'air d'un geste dramatique, elle leva les yeux vers lui.

— Vous êtes toujours en colère contre moi ?

— Je ne pourrais jamais le rester très longtemps, ma chère, dit Charles avant de lui embrasser la joue et de la lâcher. Retournez dîner. Je vous rejoins vite. J'ai juste besoin d'une minute.

Elle avisa l'expression inquiète de son visage.

— Vous en êtes sûr ?

— Oui. Allez-y, la chassa-t-il.

Une fois que Charles se retrouva seul, il se glissa vers la porte entrouverte de la bibliothèque. À l'intérieur, il vit Anne, qui lui tournait le dos. Elle indiquait poliment à Cédric où trouver sa cuillère. La conversation resta maladroite pendant un certain temps avant qu'elle ne l'interroge sur ses chevaux et le fameux pari. Cédric sourit, content de lui raconter cette histoire, et elle se pencha vers lui avec une curiosité manifeste. Charles ne décelait pas encore d'amour entre son ami et Anne, mais il voyait de l'*espoir*. Peut-être pour la première fois depuis que Cédric avait perdu la vue.

Charles ravala la boule qui lui serrait la gorge, puis il recula afin d'éviter de déranger les occupants de la bibliothèque.

Il ne retourna pas à la salle à manger, mais alla s'asseoir sur la deuxième marche de l'escalier principal. Les coudes sur les genoux, il enfonça son visage dans le refuge de ses paumes.

Il ne releva pas immédiatement la tête en entendant le son des bottes qui descendait les marches. Une main se posa doucement sur son épaule, et ce n'est qu'alors qu'il se tourna vers la personne qui l'avait surpris dans cet état de désarroi émotionnel. C'était son nouveau serviteur, le jeune garçon qui s'appelait Tom Linley.

— Tout va bien, Milord ?

Les yeux de Linley exprimaient l'inquiétude et ses cheveux blonds étaient emmêlés sous son chapeau plat.

Linley était un garçon étrange, discret au point d'en être timide. Charles le soupçonnait d'avoir connu de sérieux abus aux mains de son ancien employeur. Cela dit, Linley se manifestait toujours quand Charles se sentait le plus seul. C'était comme s'il possédait un sixième sens qui l'informait que son maître avait besoin de compagnie.

Même s'il affirmait avoir vingt ans, Charles le soupçonnait d'être plus jeune. Linley avait reçu une éducation correcte parce que sa mère avait été la servante personnelle de la mère d'un comte, et il élevait sa petite sœur tout seul depuis la mort de sa génitrice. Puisque la moitié de la Ligue était mariée ou fiancée, Linley lui était devenu indispensable, un compagnon si crucial à sa vie quotidienne que Charles le considérait comme un membre de sa famille, autant qu'un serviteur pouvait l'être.

— Je vais bien, mon garçon. Vraiment. C'est juste que la journée a été longue.

Charles se passa une main dans les cheveux et poussa un soupir tremblant.

— C'est la vérité, Milord, dit Linley au bout d'un moment.

— Quoi, donc ? demanda-t-il, perplexe.

— Que vous avez un cœur qui mérite l'amour. Sa Grâce a raison. Un jour, une femme vous aimera et vous serez heureux. C'est ainsi que vont les choses.

— Ne me dites pas que vous donnez dans le romantisme ? le taquina Charles en donnant une bourrade dans l'épaule du garçon.

Celui-ci lui adressa un rare sourire et Charles s'émerveilla de voir le changement que cela opérait sur son visage. L'inquiétude et la peur qui s'y attardaient fréquemment s'étaient complètement dissipées.

— Vous devriez sourire plus souvent, Linley. Les femmes feraient la queue à votre porte, lui conseilla Charles.

Linley rougit.

— Je n'ai pas le temps pour ce genre de choses, Milord. J'ai déjà suffisamment à faire à vous courir après, si vous voyez ce que je veux dire. En soi, c'est une tâche particulièrement éreintante et absorbante.

— Espèce de petit...

Charles tendit les bras, feignant de l'étrangler, puis ils éclatèrent tous les deux de rire.

— Je suppose que c'est vrai. Je n'arrive pas à rester posé pendant plus d'une heure. Il y a tellement de choses à faire. Des femmes à dévaster, des chevaux à monter, des hommes à affronter sur le ring. Je dormirai quand je serai mort.

Linley sourit à nouveau et un silence agréable s'installa entre eux.

— Je suppose que je devrais retourner dîner, sans quoi Émily dépêchera une équipe de recherche et je devrais affronter son mépris pour la seconde fois.

Charles se redressa.

— J'enverrai un valet de pied vous chercher quand il sera temps d'apprêter la calèche.

Alors que Charles revenait vers la salle à manger, Tom Linley resta assis sur les marches. Un sourire involontaire lui incurva les lèvres avant de se transformer en grimace morose.

✦

— Vous avez parié votre liberté contre les chevaux du scheik ? demanda Anne alors que Cédric s'interrompait pour terminer la dernière bouchée de son dîner.

Il se redressa.

— En effet.

— Je ne vous crois pas.

— Vous n'avez pas besoin de me croire pour que ce soit vrai, dit-il en passant devant elle.

— N'allez-vous pas me dire ce qui s'est réellement passé ?

— Seulement si vous venez me rejoindre sur le canapé.

Anne se redressa et se dirigea vers lui.

— Et si je ne le fais pas ? répliqua Anne avec prudence.

Elle avait parfaitement l'intention d'aller le rejoindre, mais elle voulait voir s'il souhaitait réellement relever le défi de la séduire. Émily avait raison : Cédric avait besoin d'un défi pour maintenir son intérêt.

— Alors votre curiosité restera à jamais insatisfaite.

Cédric retrouva le canapé à tâtons et s'y assit. Anne était à deux doigts de sourire et de se gausser de son arrogance ; elle ne savait pas vraiment.

— Vous croyez que ma curiosité est aussi grande ? Vous me connaissez donc à ce point ?

Cédric sourit d'un air narquois.

— Seule une imbécile n'aurait pas désespérément envie de savoir comment j'ai échappé aux griffes d'un terrible marchand d'esclaves et en suis sorti victorieux, avec en prime deux des meilleurs chevaux de cet individu. Et vous, mon cher diamant, êtes tout sauf une imbécile. Vous ne pouvez pas résister à l'idée d'apprendre comment j'ai évité un sort horrible, comme celui de devenir eunuque dans un harem arabe.

Écoutant Cédric, Anne se rapprocha de plus en plus du canapé jusqu'à ce qu'elle se surprenne elle-même en se glissant dans l'espace libre près de lui. Comme un poulain séduit par la promesse de morceaux de sucre, elle attendit impatiemment qu'il lui fasse part du reste de son histoire.

— Un eunuque ? Oh, je vous en prie. Racontez-moi la suite !

Elle ne s'était même pas rendu compte qu'elle s'était accrochée à sa manche comme une enfant gâtée avant qu'il ne se saisisse d'elle. Cédric enroula un bras possessif autour de sa taille et l'entraîna sur ses genoux. Anne repoussa la panique

que lui provoquait leur proximité soudaine, mais quand les muscles de Cédric se contractèrent autour d'elle, elle cessa de lutter.

— Vous aimez vraiment m'humilier, n'est-ce pas, lord Sheridan ?

Elle s'installa sur ses genoux puis fit un bond violent quand elle sentit directement sous elle une partie particulièrement dure de son anatomie.

— Seigneur, femme ! Doucement, sans quoi je ne serai pas capable d'exiger mes droits maritaux !

Cédric parut lui couler un regard avant d'ajouter :

— C'est peut-être ce que vous voulez, ma petite diablesse.

— Ne soyez pas ridicule. C'est juste que je ne suis pas habituée à...

Elle fit un geste vague de la main vers son entrejambe.

— ... à ce que cette chose fasse son apparition.

— Vous avez beaucoup de choses à apprendre sur les hommes. Cette *chose*, comme vous l'appelez, fera de nombreuses apparitions. Et en tant qu'épouse, vous vous en occuperez, tout comme je m'occuperai de *vos* désirs.

Il se pencha vers elle, ses longs cils bruns s'étendant en corolle alors que ses yeux aveugles paraissaient chercher en vain à apercevoir ses lèvres.

— Voulez-vous bien faire quelque chose pour moi, Anne, ma chérie ? demanda-t-il.

Il lui avait donné beaucoup de petits noms, mais *Anne, ma chérie* toucha quelque chose au plus profond d'elle.

— Cela dépend. Cela implique-t-il quelque chose que je vais regretter ?

— Mordillez-vous la lèvre inférieure pendant un bref instant.

— Quoi ? Pourquoi ?

— S'il vous plaît...

Les mains de Cédric remontaient et descendaient lentement sur son dos en un geste apaisant.

— Très bien.

Anne se prit à faire ce qu'il lui demandait, se mordillant la lèvre inférieure tout en contemplant le sourire qu'il lui adressait, son regard aveugle toujours blessé.

— À présent, dites-moi pourquoi je viens de faire cela, s'enquit-elle alors que Cédric fermait les yeux, le visage déchiré entre la douleur et le ravissement.

— Je voulais vous imaginer avec des lèvres roses et gonflées, comme si je venais de vous embrasser jusqu'à ce que vous ne puissiez plus respirer. Je l'ai vu très clairement quand j'ai fermé les yeux. La plupart des femmes se sont estompées dans mon esprit, mais pas vous. Vous, *jamais.*

La chair de poule courut sur la peau d'Anne. Elle se mordit la lèvre afin de réprimer un soupir mélancolique, souhaitant que ses propos puissent être vrais. Était-elle la seule femme qui ne s'effacerait jamais dans l'esprit de cet homme aveugle ? C'était certainement impossible, mais elle l'espérait.

Essayant de changer de sujet, elle reprit la parole.

— Était-ce une ruse pour m'entraîner sur vos genoux, ou bien allez-vous me raconter toute l'histoire ? Il n'y a peut-être rien à dire.

— Bien entendu qu'il y a une histoire, mon cœur. Je vous assure que mon désir de vous étreindre était entièrement secondaire à l'importance de satisfaire votre curiosité.

Le pouls d'Anne avait accéléré quand il l'avait appelée *mon cœur*. En toute logique, elle savait que, comme tous les libertins, il se servait généreusement de marques d'affection et qu'elles ne signifiaient rien pour lui. Elle ne put s'empêcher de se demander si ces petits noms continueraient à la toucher jusqu'à ce qu'elle soit au moins à demi amoureuse de lui.

Cédric frotta son nez contre son cou, redescendant jusqu'à

sa gorge. Anne se trémoussa sur ses genoux alors qu'une vague de désir s'emparait de son ventre. Mais elle ne pouvait pas céder à sa séduction et lui offrir son cœur ! Cela la dévasterait quand, comme elle le craignait, il ne se montrerait ni disposé ni capable de lui rendre son amour.

— Alors, que s'est-il passé ? insista-t-elle.

Cédric poussa un soupir déçu.

— Vous êtes très déterminée, ce soir, n'est-ce pas ?

Il recula la tête, ses yeux aveugles braqués à une dizaine de centimètres à gauche du visage d'Anne.

— Je le suis, puisque vous me faites miroiter une histoire de marchands d'esclaves arabes, de chevaux et de harems.

— Très bien, je vais satisfaire votre curiosité. Mais sachez simplement ceci : vous aussi allez devoir me satisfaire lorsque je viendrai à vous avec mes propres désirs.

Anne ne dit rien en se forçant à reprendre le contrôle d'elle-même avant que des images subreptices de Cédric et de ses désirs lui dérobent sa concentration.

— C'était une chaude journée de mars, l'année dernière. Ashton et moi passions la soirée à Berkley's, à jouer aux cartes avec un ami...

Londres, mars 1820

De la fumée de cigare formait des nuages brumeux au plafond de la salle de jeux de cartes mal éclairée de Berkley's. La majeure partie des hommes qui se prélassaient sur les fauteuils qui entouraient les tables avaient entre trente-cinq et quarante ans. Ce soir-là, les jeunes premiers raisonnables en âge de se marier étaient prisonniers des pistes de danse à Almack's. Seuls les hommes les plus dangereux étaient libres de rôder à leur guise et de chercher leur plaisir sans craindre de croiser la route des mères de la bonne société et de leurs filles en quête d'un époux. Cédric, Ashton et leur ami James Fordyce, le comte de Pembroke, avaient choisi une table près de la cheminée principale pour se livrer à quelques parties de whist avant de se rendre à un lieu de débauche pour y passer quelques heures.

Ashton prit les cartes et les mélangea alors que Cédric et James signalèrent à un serviteur du club de leur amener trois verres de porto.

— Dieu merci, Letty n'a pas exigé que je l'accompagne à Almack's, confessa James à Cédric.

James poussa un soupir soulagé. L'expression de soulagement dans les yeux du comte fit ricaner Cédric.

— Vous n'aimez pas les quadrilles, Pembroke ? demanda Ashton.

James éclata de rire. Quand un homme atteint ses vingt-huit ans, il ne devrait pas avoir à endurer de devoir escorter sa sœur à de tels événements. Je soutiens que c'est par principe que je me soustrais à ces danses abominables et ces flirts futiles.

— Votre mère s'attend-elle à ce que vous choisissiez bientôt une épouse ? demanda Cédric.

— Oui, mais je ne veux pas épouser n'importe qui. Il ne se trouve pas une seule femme à Almack's ce soir que j'aimerais épouser.

Cédric renifla d'un air moqueur.

— Alors mes sœurs ne craignent rien ! Quel soulagement !

— Je n'aimerais pas m'y trouver non plus, songea Ashton. D'ailleurs, je me sens un peu coupable, parce que j'ai forcé mon frère à y emmener Joanna ce soir. Rafe n'était pas content, mais quand Thomasina et moi l'y avons poussé, il a cédé.

— Cela fait plusieurs années que Joanna est dans le monde, n'est-ce pas ? demanda James en sirotant son brandy.

— Oui, la pauvre petite. Elle aura vingt-deux ans dans un mois et pas un seul homme n'est venu lui demander sa main. Je ne comprends pas pourquoi. J'ai été très encourageant envers tous ceux qui ont fait ne serait-ce que lui demander de leur passer le sel durant des soirées dînatoires. Cela n'a pourtant servi à rien. Aucun homme n'a exprimé le moindre intérêt.

Ashton soupira et parcourut rapidement ses cartes.

Cédric n'écoutait qu'à moitié. Parler de mariage et de sœurs lui mettait toujours les nerfs en pelote. Il n'aimait pas songer aux épousailles de ses propres sœurs. Thomasina, la sœur aînée d'Ashton, était déjà mariée et avait une ribambelle de gamins, mais Joanna était le bébé de leur famille et son frère était de toute évidence déterminé à ce qu'elle se marie.

— Quoi ? Pas de prétendants ? s'exclama James avec surprise. Joanna est une si jolie fille !

Ashton haussa les épaules.

— Thomasina pense qu'elle séduit en tant que camarade, pas en tant qu'épouse. De nombreux hommes admirent son esprit et son humour, mais aucun d'entre eux ne lui a même envoyé un bouquet de fleurs. Je n'y comprends absolument rien. Elle se targue d'une dot conséquente, fait que je n'ai jamais caché à qui que ce soit.

— Les hommes sont des imbéciles, annonça Cédric d'une voix sombre.

— Comment va Letty ? s'enquit Ashton en distribuant les cartes.

— Elle est gâtée, voilà tout. La semaine dernière, elle m'a dit qu'une dame bien née devrait posséder au moins une douzaine de paires de gants. J'ai osé lui demander à quoi serviraient autant de gants au printemps et elle a failli m'arracher la tête. Elle a utilisé des termes français dont je ne soupçonnais même pas l'existence..., fit remarquer James avec un amusement pensif.

Cédric ricana.

— Je pensais autrefois que la fascination pour la mode était réservée au beau sexe, mais malheureusement, j'ai vu bien trop de dandys qui flânent dans les rues rester en admiration devant leur reflet dans la vitrine des boutiques. Ce sont des petits coqs, tous autant qu'ils sont.

Cédric sirota son porto tout en regardant un de ces dandys aux vêtements colorés qui parlait avec le gentleman à l'air étranger qui venait d'entrer dans la pièce.

— Dites, Pembroke, connaissez-vous cet homme, là-bas ? Cédric désigna l'étranger.

— Freddy Poncenby ? demanda James, jetant par-dessus son épaule un regard cinglant au dandy qui faisait de grands gestes excités en parlant.

Poncenby ne comptait pas parmi les personnes que leur groupe préférait. Il était un peu trop pleutre et ses manières de furet n'inspiraient pas la confiance de Cédric.

— Non, l'autre gentleman.

— Oh ! C'est Samir Al Zahrani. Il vient de Nejd, en Arabie.

— Al Zahrani ?

Cédric dévisagea l'homme avec intérêt. Il était grand, le teint olivâtre, et avec un visage et une silhouette qui exprimaient à la fois la beauté et la rudesse. Des sourcils sombres s'étendaient au-dessus d'une paire d'yeux noirs qui parcoururent la pièce avec une précision quasi militaire qui attira la curiosité de Cédric.

— J'ai entendu dire que c'est un riche marchand, ce qui, vu les conflits de pouvoir et les bouleversements politiques dans cette partie du monde, est un véritable exploit.

— Quel genre de marchand ?

James, une canaille reconnue qui n'avait guère l'occasion de se montrer embarrassée par des questions délicates, eut l'air troublé.

— Cela change selon l'interlocuteur. La plupart des gens vous diront qu'il vend du textile, mais j'ai entendu dire qu'il mène en parallèle un autre commerce bien plus lucratif... basé sur les esclaves.

James prononça ces derniers mots dans un murmure. Ashton et Cédric échangèrent des regards surpris.

— Des esclaves ?

Le ton d'Ashton était lourd de désapprobation. Cela faisait plus d'une décennie que le parlement avait interdit la traite des esclaves, même si l'esclavage était toujours malheureusement légal à l'étranger, quoique pas sur le sol britannique. Comme William Cooper l'avait dit un jour : « les esclaves ne peuvent pas respirer en Angleterre ; quand leurs poumons reçoivent notre air, c'est à ce moment-là qu'ils sont libres. Ils touchent notre terre, et leurs entraves tombent. Cette noblesse indique une fière nation ».

Malheureusement, tous les résidents de la nation ne possédaient pas autant de noblesse.

— Oui. J'ai entendu dire qu'il avait récemment commencé à offrir ses « marchandises » dans divers bordels de Londres. Mais ce n'est pas aussi effrayant que les rumeurs qui disent qu'il est venu ici pour ramener nos propres roses anglaises avec lui afin de remplir les marchés de son pays. La rumeur dit qu'un tel trophée vaudrait dix fois ce qu'il gagne ailleurs.

— Quoi ?

Cédric redressa l'échine.

— C'est insensé, Pembroke. Quelqu'un le remarquerait, si nos femmes commençaient à disparaître, et l'alarme serait donnée.

Il posa ses cartes sur la table, perdant momentanément tout intérêt pour le jeu.

— Ce serait une déclaration de guerre, en convint Ashton.

— C'est la vérité, je vous le dis. J'ai entendu plusieurs membres de la Chambre en parler, la semaine dernière. En dehors de la session, bien sûr. Son père est un émissaire étranger et un marchand puissant, lui aussi. Si Al Zahrani s'essayait à un geste aussi audacieux, il pourrait s'en tirer. Il ne faudrait peut-être pas longtemps pour rallier les flottes et le prendre en chasse. Je garde fermement l'œil sur Letty depuis que cet homme a fait connaître sa présence à Londres.

James avait l'air très sérieux, comme s'il avait longuement réfléchi à cette histoire.

Ashton se pencha en arrière sur son siège et posa ses cartes à l'envers sur la table.

— Rassurez-vous, Pembroke. Je suis certain que s'il entretenait ce genre de projets, il aurait été dissuadé par les hommes dont vous parlez. Rien de tel qu'une lumière vive pour chasser les ombres. Et au cas où Letty disparaîtrait et que vous auriez besoin d'une flottille de navires, je mets les miens à votre disposition afin de prendre cet individu en chasse.

— Merci, Lennox, répondit James.

— Je crois que j'aimerais rencontrer ce monsieur.

— Cédric... le mit en garde Ashton. Nous avons déjà assez d'ennemis comme cela.

Cédric sourit.

— Qui a parlé d'ennemis ? Invitons-le à jouer au whist.

Cédric aimait jouer avec le feu, même au risque de s'y brûler les doigts. Il interpella Freddy et l'étranger.

— Freddy, pourquoi vous et votre ami ne venez-vous pas nous rejoindre, pour jouer aux cartes ? Nous sommes sur le point d'entamer une partie à la mise conséquente.

Le dandy Freddy Poncenby, qui n'avait que vingt-deux ans, courut jusqu'à leur table d'un pas enthousiaste, le mystérieux Samir Al Zahrani sur ses talons. Un duo d'hommes grands et aux cheveux noirs flanquait le marchand. Des gardes du corps, devina Cédric.

— Messieurs, je trouve que c'est une idée fantastique ! Avez-vous rencontré Mr Samir Al Zahrani ? Mr Al Zahrani, voici Cédric Sheridan, vicomte Sheridan, James Fordyce, le comte de Pembroke, et Ashton Lennox, baron Lennox.

— C'est un plaisir, Messieurs.

Le baryton profond d'Al Zahrani était fortement accentué, mais son anglais était absolument irréprochable.

Cédric et les autres se redressèrent pour le saluer. Puis avec un petit mouvement saccadé de la tête, Cédric indiqua une porte derrière eux.

— Que diriez-vous de nous retirer dans une pièce privée ?

Avec des murmures d'agrément, le groupe se déplaça vers

un salon privé et referma la porte. Ainsi, personne ne pourrait les observer ou surprendre leurs conversations.

— Asseyez-vous, proposa Cédric avec un sourire diabolique.

Quand Ashton croisa son regard, celui-ci leva les yeux au ciel, réalisant sans nul doute que la soirée n'allait pas se terminer aussi paisiblement qu'elle avait commencé.

— Avez-vous déjà joué au whist, Mr Al Zahrani ?

Cédric observa sa cible avec un sourire entendu. L'anticipation de vider les poches d'un marchand d'esclaves le faisait se contracter. Il détestait l'esclavage, et même si dépouiller cet homme devait lui vider les poches, il n'hésiterait pas une seconde.

— J'ai joué quelques fois, répondit Al Zahrani en prenant place à côté de Freddy. Ashton rassembla les cartes rapidement et les mélangea avant de les distribuer.

Les cinq hommes firent trois manches. Dans un premier temps, Cédric joua avec imprudence, perdant vite deux manches. Alors que la partie progressait, le porto fut consommé de façon libérale par tous hormis Al Zahrani, qui ne souhaitait pas s'alcooliser.

— Dites-moi, Al Zahrani, auriez-vous entendu parler d'un cheval qui s'appelle Tempête de Feu ? Je pense que c'est son nom anglais, demanda Cédric d'une voix que le porto avait rendue onctueuse et détendue.

Tempête de Feu était un étalon pur-sang arabe qui valait une fortune et dont on disait qu'il n'avait jamais quitté l'Arabie. L'animal n'avait pas non plus le droit de s'accoupler avec des montures étrangères. Aucun Anglais n'avait été capable de mettre les mains sur sa progéniture.

— Tempête de Feu ? Effectivement, Lord Sheridan. Ce cheval appartient à mon père. J'ai deux juments de un et deux ans qui ont été engendrées par lui.

— Ah oui ?

Cédric poussa un soupir mélancolique.

—Je tuerais pour voir des bêtes aussi remarquables.

— Je les ai amenées ici en Angleterre, si vous voulez les voir. Ce serait un honneur, lui proposa Al Zahrani avec un air de fierté hautaine dans ses prunelles sombres.

Il était évident qu'il était du genre à aimer se vanter de posséder quelque chose que les autres convoitaient.

— Pourquoi pas, songea Cédric en reprenant la partie.

Au bout de six autres manches, James et Freddy ne voulurent plus continuer, mais ils restèrent pour regarder Ashton, Cédric et Al Zahrani jouer pour des mises de plus en plus élevées. Cédric était réchauffé par l'alcool du porto et l'excitation du plan qu'il allait mettre à exécution.

— Je parie huit cents livres que je peux remporter cette manche. Personne ne peut jamais me battre quand je suis sur ma lancée.

C'est la voix légèrement traînante que Cédric finit son porto et sourit à Al Zahrani. L'Arabe le regarda d'un air spéculatif, puis afficha un sourire sombre que Cédric ignora complètement.

— Être sur sa lancée implique qu'on va finir par rentrer dans le mur, mon ami. Parions quelque chose de plus précieux. Que diriez-vous de ma paire de juments ? proposa Al Zahrani d'un ton détaché.

Cédric fit mine de réfléchir à cette offre.

— Et de mon côté ? Je pourrais vous envoyer ma maîtresse pendant la durée de votre séjour à Londres ? Elle est ravissante. Et elle sait rester à sa place. Elle vous servira bien sur le dos, comme toute femme devrait le faire.

Il patienta, attendant de voir si Al Zahrani allait mordre à l'hameçon.

—Une de vos femmes ?

Al Zahrani, l'air sombre, caressa le dos de ses cartes,

posées à l'envers sur la table. Il étudia Cédric comme s'il comprenait l'insinuation qui sous-tendait sa proposition.

— Même si cela m'intrigue, je devine que ce ne serait pas une grande perte pour vous.

Avec un soupir, Cédric reprit sa boisson.

— Deux femmes, alors ? Je crois que je ne mettrai guère de temps à en dégotter une autre.

— Hélas, non. Vous ne faites qu'étayer mon propos. Clairement, mes chevaux valent plus qu'une douzaine de vos femmes anglaises.

— Qu'est-ce qui vous satisferait, alors ?

— Je mène un commerce bien spécifique... Et j'aurais grand usage de vous en tant que serviteur dans ma maison, pour veiller sur mes précieuses marchandises.

— Avoir un vicomte pour serviteur ? Seigneur Dieu, mon brave, vous êtes audacieux ! Et sur quoi devrais-je veiller précisément, et durant combien de temps ?

Alors qu'il parlait, les gardes d'Al Zahrani se déplacèrent près de la porte, s'assurant que personne ne puisse entrer ou sortir.

— Vous serez positionné pour garder mes réserves de femmes. Bien entendu, il faudra vous rendre inoffensif pour nous assurer que personne n'y touche.

Cédric sourit d'un air narquois.

— Vous parlez d'une sorte de ceinture de chasteté ?

— Je crains que notre solution à ce problème ne soit un petit peu plus... permanente.

Cédric entendit ses compagnons déglutir.

— Vous feriez de moi un eunuque, c'est cela ? Allons... Je comprends que des femmes ne soient pas aussi précieuses qu'un bon cheval, mais un gentleman tient à ses parties.

C'était du bluff. Al Zahrani devait penser qu'il ferait machine arrière devant une telle proposition. Cédric ressentit un éclair de panique à la pensée d'être castré, pour un certain nombre de raisons. En tant qu'ultime héritier mâle au titre que portait sa famille, il avait le devoir d'engendrer un fils. Puis la perspective de ne plus jamais pouvoir coucher avec une femme était déprimante. Malgré ses fanfaronnades pour inciter Al Zahrani à accepter le pari, il appréciait cent fois plus la compagnie d'une femme agréable que la possession des meilleurs chevaux du monde.

— Ne me dites pas que vous avez peur de perdre ? Je croyais les Anglais intrépides.

Al Zahrani souriait toujours, mais la noirceur se lisait dans son regard.

— Peur ? Moi ? Allons, c'est absurde. Vous me voyez simplement hésitant, comme le serait tout homme menacé d'esclavage et de la perte de sa virilité, répliqua Cédric.

Il y eut un murmure d'agrément de la part de ses amis. Poncenby fit le geste manifeste de placer ses mains sur son entrejambe.

— Vous vous rendez compte que l'esclavage n'a pas cours sur le sol anglais ? s'interposa Ashton.

Cédric lui décocha un regard. *Bon sang, mon ami, ne vous en mêlez pas !*

— Cela ne serait pas de l'esclavage et vous ne seriez pas sur le sol anglais. Sur votre honneur, vous accepteriez de partir avec moi vers ma terre natale et d'y rester indéfiniment à mon service.

C'était une manière élaborée de dire la même chose.

— Alors ? Allons-nous accepter les conditions et terminer la manche ? demanda Al Zahrani.

Cédric reprit ses cartes et regarda sa main.

—Je ne suis pas vraiment certain que ma liberté vaille une paire de chevaux…, dit Cédric.

—Je vous promets, Lord Sheridan, que ces chevaux valent la liberté d'une centaine d'hommes, et même d'un vicomte. Encore une fois, cet homme exprima son arrogance inhérente.

— Cédric, entendez raison, dit doucement Ashton.

Cédric ne croisa pas le regard de son ami et pendant un moment, il redevint totalement sobre, en pleine possession de ses moyens.

— Je suis aussi raisonnable que le jour où je vous ai rencontré, répondit Cédric, ce à quoi son ami manqua d'éclater de rire.

Après tout ce temps, Ashton aurait dû apprendre à lui faire confiance sur les questions risquées.

La nuit où Cédric et Ashton s'étaient rencontrés pour la première fois était celle où ils avaient empêché Charles d'être noyé par Hugo Waverly. Ils avaient été assistés par Lucien et Godric, et c'était ce soir-là que la Ligue avait été fondée. Cédric avait été le plus calme pendant ce sauvetage éprouvant, ce qui avait sans aucun doute contribué à sauver la vie de Charles.

Ce soir-là, ils n'avaient commis qu'une seule erreur. Un autre homme avait été le premier à essayer de secourir Charles des mains d'Hugo, et il avait payé le prix de sa bravoure. Sa mort hantait toujours la Ligue, et c'était la raison pour laquelle Hugo les avait tous damnés à partir de cet instant.

— Très bien.

Ashton reposa ses cartes, signalant qu'il se retirait.

— Alors, avons-nous un accord, Milord ? demanda Al Zahrani.

Cédric lui répondit d'un sourire fou.

— Absolument.

Les deux hommes dévoilèrent leurs cartes et Cédric poussa un ricanement de triomphe. Tous sauf Ashton s'émerveillèrent de la main gagnante de Cédric.

— Quand puis-je venir récupérer mes juments ? demanda Cédric avec un sourire satisfait, comme un chat qui venait d'avaler un canari.

Al Zahrani cracha, jeta ses cartes sur la table et se redressa d'un bond.

— Vous avez triché ! Il était impossible que je perde. C'est mathématiquement impossible !

Cédric se gaussa de lui.

— Tricher ? Moi ? Balivernes ! Je sais bien jouer au whist. Comme n'importe quel Anglais.

Il croisa les bras et se cala contre le dossier de sa chaise, ne se laissant pas perturber par la fureur du marchand arabe.

— Je ne vais *pas* vous donner mes chevaux ! Je refuse ! s'écria Al Zahrani avec une telle haine que ce pauvre Freddy Poncenby plongea se réfugier sous la table la plus proche.

Ashton soupira en voyant le fond des culottes rayées vertes et blanches de Freddy émerger du rebord de la table.

— J'ai joué franc jeu avec vous, Al Zahrani. Tous les hommes présents ont assisté à la partie. J'ai gagné et vous me devez votre gage, de crainte que vos partenaires en affaires en Angleterre aient vent de votre refus d'honorer une dette. Ne me dites pas que c'est *vous* qui avez peur ?

Cédric se redressa enfin, déroulant nonchalamment sa silhouette grande et athlétique. Les autres se reculèrent, offrant à Cédric et à Al Zahrani assez de place pour évoluer s'ils en venaient aux mains.

Après un affrontement de regards intense, le marchand céda.

— Très bien ! Je les ferai envoyer chez vous dans la matinée. Profitez en tant que vous en êtes capable. La justice finit par rattraper les hommes tels que vous. Le jour viendra où je piétinerai votre tombe, récupérerai mes chevaux et aurai le dernier mot, déclara Al Zahrani.

— Ne vous flattez pas. Je n'ai jamais eu l'intention de vivre longtemps ou paisiblement. Si vous cherchez à vous venger d'une partie de cartes honnête, alors vous ferez mieux de faire la queue, parce que j'ai fait bien pire à des hommes bien meilleurs, et ils auraient davantage de raisons de me tuer que vous.

— Les choses ne sont pas finies entre nous, Lord Sheridan.

— Si ! Faites-le-moi payer sur-le-champ ou bien partez d'ici tant que vous êtes encore en vie.

Al Zahrani fusilla Cédric du regard avant de s'en aller avec ses gardes.

Une fois qu'il fut parti, Ashton et Cédric se rassirent avec James.

— Vous ne plaisantez pas avec le jeu, marmonna le comte de Pembroke avec un sourire tendu.

— Bien entendu.

Cédric lui adressa un sourire désinvolte.

— Euh, Poncenby, vous pouvez sortir, à présent.

Ashton pressa la pointe de sa botte hessienne contre le derrière du dandy effrayé. Freddy émergea, l'air embarrassé, le visage écarlate jusqu'à la racine de ses cheveux bruns coupés à la mode.

— Si vous voulez bien m'excuser, j'ai eu assez d'excitation pour la soirée.

Freddy leur adressa ses adieux et regagna pratiquement la sortie en courant. On entendit un grand fracas et un cri quand le serviteur se fit renverser par le dandy qui faisait sa sortie de Berkley's.

Cédric étouffa un rire. Quelle chance d'avoir enfin deux juments arabes pur-sang avec des pedigrees qui valaient une fortune ! Il ne lui restait plus qu'à trouver un étalon digne de ce nom pour les faire s'accoupler...

Anne se concentra sur le visage de Cédric, se réjouissant en secret de l'abondance d'émotions qui défilaient sur ses traits alors qu'il lui relatait cette histoire.

— Vous ne pensez pas que cet Arabe reviendra s'en prendre à vous, n'est-ce pas ?

Cédric sourit.

— Il a quitté Londres peu de temps après m'avoir livré ses juments. Il s'est simplement senti obligé de se réfugier derrière sa fierté avant de partir et j'ai dû répondre de même. C'est ce qui se produit quand les enjeux sont élevés.

Elle ne l'avait jamais vu aussi animé depuis qu'il était devenu aveugle. Durant quelques minutes, il était redevenu l'ancien Cédric, celui qui...

Anne secoua la tête, chassant les souvenirs, des pensées qui la blessaient trop profondément.

— Vous, les hommes, et votre fierté ! N'y a-t-il rien d'autre qui compte à vos yeux ?

Le rire profond de Cédric l'enveloppa.

— Oh, ma chère, vous me tentez par votre innocence en posant une telle question.

— Que voulez-vous dire ?

Cédric lui leva le menton et baissa la tête, trouvant facilement ses lèvres. Anne se raidit quand elle sentit sa langue parcourir la bordure de ses lèvres. Elle serra les poings contre sa poitrine et se raidit sur ses genoux.

Cédric écarta sa bouche pour murmurer :

— N'oubliez pas votre promesse, Anne. Ne vous changez pas en bloc de glace entre mes bras, mon amour.

Il frôla sa joue avec le bout de son nez.

— Je vous en prie, mon cœur, ne me repoussez pas.

Ses mots d'encouragement la firent glisser sur la pente du désir. C'était plus que du désir, plus qu'un simple impératif physique. Elle aurait été capable de s'arrêter, de s'empêcher de s'abandonner, s'il n'avait pas abaissé la bouche vers son cou et lui avait mordillé la peau, avant de lui donner un coup de langue lent et taquin. La morsure tranchante et légère de ses dents fit pulser une onde de plaisir à travers elle. Anne perdit le contrôle et fondit sur ses genoux.

Cédric poussa un grondement bas alors qu'elle s'abandonnait dans ses bras et tremblait sous ses baisers. Il tendit les bras vers le côté du canapé, jugeant la distance qui le séparait de l'autre côté avant d'incliner Anne pour l'étendre sous lui. Il remonta ses jupes, les retroussant en corolle autour de ses hanches. Puis il saisit ses genoux avant de les écarter doucement. Elle aurait dû resserrer les cuisses, mais au lieu de cela, elle jeta la tête en arrière et laissa ses genoux s'écarter.

Cédric passa la main le long de l'intérieur de sa cuisse, puis il lui fit plier la jambe. Elle suivit le mouvement, comprenant qu'elle avait besoin d'offrir un berceau à ses hanches minces. Elle laissa tomber sa jambe par-dessus le rebord du canapé, lui donnant largement la place pour se caler entre ses cuisses.

L'intimité de leur position était intenable. Ses seins se soulevaient et retombaient au fil de ses halètements légers et rapides. Prisonnière sous lui, elle était à sa merci et cela la dérangeait moins qu'elle l'aurait cru. Il lui semblait tout naturel de poser les mains sur ses épaules et de les glisser sous la veste moulante pour la lui retirer. D'un coup d'épaule, il se débarrassa de sa redingote et la laissa tomber à terre. Elle ne parvint pas à s'inquiéter de ce qu'ils pouvaient faire... Elle rougit légèrement, incapable de formuler la chose.

Là, dans la bibliothèque...

CÉDRIC PENCHA LA TÊTE, SES LÈVRES CHERCHANT LA moindre partie d'Anne qu'il pouvait atteindre. Elle hoqueta quand il atteignit les petits renflements du dessus de ses seins et y fit pleuvoir une série de baisers. Il avait hâte de plonger sous son corsage et de goûter les pointes serrées de ses mamelons, mais il se souvint de ralentir. Il n'allait pas prendre sa future épouse dans la bibliothèque de la maison de son ami... Du moins, pas une femme comme Anne. Elle méritait bien plus que cela pour sa première fois.

Il ne voulait pas précipiter leur union, étant donné que cela allait être douloureux pour elle. Mais il pouvait lui offrir un avant-goût de ce qui l'attendait. Cédric ondula fort des hanches contre les siennes, frottant son érection contre la soie de ses sous-vêtements. Anne décolla le dos du canapé avec un gémissement surpris, se pressant contre lui.

Les lèvres de Cédric remontèrent le long de sa gorge vers sa bouche afin de lui mordiller la lèvre inférieure jusqu'à la faire gémir. Elle ne paraissait pas avoir conscience des petits bruits qu'elle émettait. Sa dévergondée intérieure avait à présent pris les commandes... et pas simplement d'elle. Chaque son, chaque mouvement de son corps faisaient un sort à la raison de Cédric. Puis elle reprit la parole...

— Les... les juments arabes sont-elles ici à Londres ?

Sa voix était essoufflée et Cédric se frotta à elle plus fort, ne voulant entendre d'elle que des cris de plaisir. Mais il réprima un sourire quand elle fit à nouveau l'effort de répéter sa question. Sa femme aimait vraiment les chevaux !

— Non. Elles sont à Brighton.

Il frotta le nez contre son cou avant de la mordre fort sans prévenir, comme un lion immobilisant sa femelle pour l'accouplement. Elle poussa un cri de surprise et enfonça les ongles dans ses épaules, pas pour qu'il la lâche, mais pour qu'il la serre contre lui. Cédric aurait pu rugir ! Il avait découvert son point faible : ce délicieux cou satiné. Toutes les femmes avaient un endroit secret qui les rendait folles, leur faisaient perdre la raison. Bien entendu, les hommes ne possédaient pas autant d'endroits, mais en tant que vaurien, Cédric avait appris très tôt que trouver les points de plaisir d'une femme était la clé du succès, tant pour la satisfaction de la dame que la sienne. Ayant découvert celui d'Anne, il se montrerait sans merci.

— Brighton ? Pourquoi Brighton ?

Bon sang, elle a l'esprit assez clair pour parler ? Je manque cruellement de pratique. Cédric enfonça les dents dans la peau entre son cou et son épaule, ses mains glissant le long de ses flancs, jusque sous ses jupons, pour empoigner ses fesses. Il la serra fort contre lui jusqu'à ce qu'il ondule furieusement contre elle. Anne tressauta et fut parcourue de violents frissons, murmurant une exclamation surprise qu'il n'entendit pas au-dessus du rugissement du sang dans ses oreilles. Seigneur, sa femme et sa sensualité naturelle signeraient sa perte !

Jamais assez, je n'en aurai jamais assez d'elle.

Cédric captura les lèvres d'Anne avec les siennes, envahissant les recoins soyeux de sa bouche, en quête de sa langue timide.

Dans l'obscurité, chaque caresse, chaque toucher, chaque sensation et goût délicieux était tout ce qu'il avait, mais c'était phénoménal. Anne était phénoménale. Connaître une telle passion avec elle était différent de tout ce dont elle avait pu faire l'expérience auparavant. Comment était-il possible que ce soit encore meilleur que la promesse de ses fantasmes les plus sombres ?

Jamais assez... Il se tendit, pris par son propre besoin de basculer alors qu'Anne jouissait sous lui. Emprisonnée par ses bras, elle trembla des suites de ce moment avant d'enfoncer son visage au creux de son cou. Ce geste intime et cette communication silencieuse réchauffaient son corps tout entier avec quelque chose qui n'avait rien à faire avec le plaisir physique qu'elle venait de connaître.

Le souffle chaud d'Anne, émis en petits halètements, ne faisait qu'intensifier la douleur dans son entrejambe. Il ne voulait pas prendre son propre plaisir, pas ce soir. Mais ceci représentait un progrès. Il avait accompli la prouesse de lui donner un véritable plaisir, chose qu'il savait qu'aucun homme avant lui n'avait jamais faite. Il ressentait une satisfaction primaire à l'idée de savoir qu'à cet égard, il était le premier.

Cédric décolla son poids d'elle.

— Vous allez bien, mon cœur ?

Il sentit qu'elle commençait à s'écarter, mais il l'attrapa par la taille et la serra contre lui tandis qu'ils s'asseyaient.

— Je ne sais pas. Est-ce ainsi que... Est-ce toujours...

Anne semblait incapable de trouver les mots justes. Il ne se représentait pas la confusion qu'elle avait ressentie en connaissant un orgasme pour la première fois. « La petite mort » pouvait être effrayante, mais à ce qu'on lui en avait dit, c'était excitant pour une jeune femme qui ne savait pas à quoi s'attendre.

— Si c'est fait correctement, oui. Et je pense être calé en la matière.

Cédric regretta de ne pas voir son visage. C'était ce qui lui plaisait le plus quand il partageait son lit avec une femme. Il y avait quelque chose de superbe dans la façon dont le visage d'une femme s'illuminait d'extase et de joie quand elle fondait entre ses bras.

Je ne verrai jamais une telle joie dans le visage d'Anne.

— Et si quelqu'un nous avait surpris ? demanda Anne dont le corps se raidit dans son étreinte décontractée.

— Personne ne l'a fait et même si c'était arrivé, nous sommes fiancés et dans une semaine, nous deviendrons mari et femme, et cela ne fera plus rien. D'ailleurs, personne sous ce toit ne nous jugerait.

Cédric lui caressa la joue du revers de la main. Anne s'écarta.

Ce petit geste lui fendit le cœur. Pourquoi s'écartait-elle toujours de lui ? Il ne pouvait pas épouser une femme qui ne manquait jamais une occasion de le repousser. Il voulait, non, il avait *besoin* de quelqu'un qui ne se déroberait pas à son contact. Cédric laissa retomber sa main avec un profond soupir et lui lâcha la taille.

— Vous devriez partir. J'aimerais rester seul.

Anne ne bougea pas.

— Je vous en prie, laissez-moi, dit-il plus fort.

— Pourquoi ?

La surprise d'Anne semblait sincère.

— Anne, arrêtez. Votre diligence est appréciée, mais vous n'avez manifestement pas choisi de rester ici avec moi. Retournez auprès des autres. Je ne voudrais pas vous dégoûter davantage par mes avances.

Cédric quitta le canapé et tourna le dos à l'endroit où il pensait qu'elle se trouvait. Il bandait toujours et était contrarié de la désirer encore autant malgré sa colère. Il voulait désespérément coucher avec une femme qui détestait qu'il la touche, et le sens du toucher était celui sur lequel il s'appuyait le plus à présent. Cette ironie était presque risible. Presque. Son seul avantage était de se servir du manque d'expérience d'Anne en matière de passion afin de faire céder ses défenses.

— Vous ne me dégoûtez pas, lord Sheridan, insista-t-elle.

Cédric souffla.

— Quand je vous laisse partir, vous ne vous gênez pas pour sauter sur l'occasion.

— C'est seulement que je ne soutiens pas l'idée d'être intimes avant notre mariage. J'ai envie de suivre les règles, même si je sais que vous avez largement dépassé ce point dans vos... expériences.

— Les règles ? Nous en avons déjà brisé la plupart. Une de plus ne devrait pas vous déranger, Anne. Cela me dit simplement que vous ne me désirez pas. Quand deux personnes se désirent, ils ont du mal à attendre. Ils ne se raidissent pas dans les bras l'un de l'autre ou bien s'écartent d'une caresse dévouée.

Cédric fronça les sourcils, passant ses options en revue. Il n'était pas trop tard pour annuler la cérémonie. Ils avaient encore quelques jours pour décommander les préparatifs du mariage.

— J'abandonne, Miss Chessley.

Il ne ressentait plus le désir de souffler son prénom. Autrefois, il aimait que son prénom ne soit qu'une simple syllabe, si facilement murmuré comme le soupir d'une amante après un moment de félicité. À présent, il lui apportait de la douleur.

— Vous abandonnez ?

La voix d'Anne monta brusquement d'une octave.

— Oui. Je ne souhaite pas vous imposer un mari que vous ne désirez pas et je ne me lierai pas à une femme qui déteste que je la touche.

— Vous croyez réellement que je vous déteste ? Regardez-moi !

Anne le força à se tourner vers elle.

— Je ne peux *pas* vous regarder. Vous ne l'avez quand même pas oublié ?

— Certainement pas, car vous n'en donnez jamais l'occasion à personne ! Vous me le jetez constamment au visage, vous et vos amis, qui nous rappellent continuellement à quel point vous pensez être devenu inutile. Je ne veux pas épouser un homme qui a reconstruit sa vie autour de la pitié. C'est exaspérant, Cédric !

Anne lui enfonça un index dans la poitrine. Cédric ne put s'empêcher de sourire devant sa fureur.

— Que trouvez-vous si drôle ? crachota-t-elle.

— Vous m'avez appelé Cédr...

Il se sentit tiré vers le bas et la bouche d'Anne se fixa férocement à la sienne, le conquérant de sa langue et avec une faim puissante exprimée par le rythme de ses lèvres.

Quand elle le lâcha enfin, elle lui renfonça le doigt fort dans la poitrine.

— Ne croyez *jamais* que je ne vous désire pas ! Et si vous *pensez* que vous pouvez tout abandonner, je dirai à tout le monde à Mayfair que vous m'avez compromise et vous n'aurez pas d'autre choix que de m'épouser. Émily forcera Godric à vous traîner par les pieds dans Saint-Georges s'il y est contraint !

Elle tourna les talons et s'en alla alors que le vicomte éberlué souriait comme un jeune homme.

Elle me désire !

❧ 8 ❧

La Maison Blanche sur Soho Square résonnait du tapage des hommes riches et élégants qui cherchaient leur plaisir. C'était une nuit de diableries et de festivités. Les jeunes étalons qui avaient été prisonniers des bals et des fêtes, étouffés dans la foule d'Almack's depuis le début de la saison en janvier, étaient enfin capables de s'échapper vers des lieux moins renommés pour s'ébattre librement comme ils n'auraient jamais pu le faire avec des ladies éligibles sous l'œil attentif de leurs mères.

Même quelques femmes qui avaient donné à leurs maris les héritiers requis profitaient de la nuit pour se soustraire à leurs lits conjugaux glacés. Et avec quelques veuves aventureuses, elles étaient éparpillées dans les pièces richement meublées d'un des endroits de plaisir les plus célèbres de Londres.

Samir Al Zahrani sortit de la pièce des squelettes, une des zones au thème le plus macabre de l'établissement, son âme noircie par la cupidité. L'Angleterre lui offrait un marché parfait pour poursuivre ses affaires, tant légales qu'autre chose, avec discrétion et un anonymat quasi complet.

Même son père, un des émissaires qui visitaient Londres, ne connaissait pas tous les tenants des affaires de Samir. Ou plutôt, il ne voulait pas les connaître. C'était un homme d'honneur qui aurait essayé de l'arrêter, mais Samir savait également qu'il était un vieil imbécile qui ne reconnaissait pas une opportunité quand elle se présentait. Alors que les affaires de son père périclitaient, celles de Samir prospéraient et bientôt, il surpasserait la richesse et l'influence de son géniteur.

Il traversa la maison, admirant l'étalage de miroirs et d'autres ajouts étranges au manoir qui envoûtaient et enchantaient la clientèle dépensière. La vente récente de femmes exotiques fournies à l'établissement avait rempli sa bourse de pièces et de billets de banque. Pas d'esclaves en Angleterre ? Peut-être pas officiellement. Mais ceux qui pensaient comme lui avaient leurs façons bien à eux de passer outre des idéaux naïfs et d'éviter toute attention indésirable.

Un inventaire sans cesse renouvelé était une demande constante dans les lieux de plaisir les mieux tenus. Les hommes riches ne voulaient pas coucher avec des quadragénaires lasses et usées. C'est là qu'il intervenait. Samir Al Zahrani parcourait le monde, achetant, parfois même enlevant, des femmes rares et exotiques − et occasionnellement des hommes −, pour les vendre aux clients les plus riches. Comme les opérateurs de la Maison Blanche.

Mais les affaires de Samir n'étaient pas la raison de sa présence en Angleterre ce soir-là. L'année précédente, il avait perdu deux de ses atouts les plus précieux. Deux juments issues du fameux cheval de course arabe de son père, celui que les Anglais appelaient Tempête de Feu.

Samir avait été roulé lors d'une partie de cartes par ce satané Anglais, Sheridan. Cet homme allait payer pour son arrogance et sa tromperie. Samir s'était juré de tuer le vicomte et de récupérer ses juments. Mais se venger prendrait du temps, aussi Samir avait-il pansé sa fierté blessée en France pendant quelque temps avant de revenir.

Il avait songé à engager quelques vauriens du coin pour assassiner le vicomte Sheridan durant un faux cambriolage. Ses propres gardes particuliers auraient également pu s'en occuper, mais cela requérait plus d'attention. La dernière chose dont il avait besoin était que la mort de Sheridan se retrouve associée à lui ou à son pays. Ses affaires en souffriraient. Ce soir-là, il avait laissé ses gardes à la maison et parcourait les rues seul.

Alors qu'il s'apprêtait à sortir de Soho Square, une calèche le dépassa à grand bruit et s'arrêta, lui bloquant le passage. La lumière tamisée des lampadaires ne paraissait pas pénétrer l'obscurité qui enveloppait le véhicule qui lui coupait la route. Samir se hérissa, comme un chien qui aurait senti une menace encore invisible. Il aurait peut-être dû prendre des gardes, après tout...

— Écartez-vous de ma route ! gronda-t-il au cocher perché à l'avant de la calèche.

Mais l'homme resta silencieux. La portière de la voiture s'ouvrit et une main parfaitement manucurée se glissa hors des profondeurs ténébreuses, invitant Samir à monter.

— Vous êtes bien Al Zahrani, le marchand arabe ?

La voix était épaissie par la présomption arrogante d'avoir raison.

— La chance vous sourit, ce soir. Je suis Al Zahrani, gronda Samir.

Cet Anglais pensait-il réellement que le premier individu basané qu'il croisait était celui qu'il cherchait ? Il avait survécu à des batailles dans le désert, sous un soleil assez chaud pour tuer tout homme qui s'aventurerait hors de ce pays humide. Il ne craignait pas un aristocrate anglais arrogant.

— Vous et moi avons un ennemi en commun.

La main lui refit signe, mais Samir hésita.

— De quel ennemi s'agit-il ?

— L'homme qui vous a volé vos juments. Le vicomte Sheridan.

La voix prononçait le nom de Sheridan avec une telle haine que cela fit sourire Samir. Apparemment, ses requêtes étaient parvenues aux oreilles des bonnes personnes.

— Vous aussi voulez voir cet homme mort ?

— Un jour. Mais d'abord, je veux qu'il souffre, qu'il soit humilié, qu'il ne connaisse pas la paix tant que je n'aurais pas décidé du contraire, dit la voix en provenance de l'habitacle. Montez dans ma calèche et nous parlerons.

Il venait donc de rencontrer un allié... Un homme dangereux, mais un allié tout de même. *L'ennemi de mon ennemi...* Samir hésita, puis il vérifia que sa lame incurvée se trouve toujours dans la doublure en soie de sa redingote à l'anglaise. Il grimpa dans la calèche.

L'obscurité était presque totale, mais il pouvait distinguer la haute silhouette de l'homme assis en face de lui. Un visage pâle doté de cheveux si sombres qu'ils se fondaient dans l'intérieur lugubre du véhicule évoquait une tête sans corps qui lui rendait son regard.

— Depuis combien de temps êtes-vous revenu à Londres ? Êtes-vous arrivé avec votre père, Ramiz Al Zahrani ? demanda l'homme.

Samir avait la nette impression qu'il connaissait déjà la réponse à sa question. Il voulait simplement tester son honnêteté.

— Quatre jours. Comment connaissez-vous mon père ?

L'homme fit un geste de la main.

— Je sais beaucoup de choses sur lui. Un gentleman respecté, accueilli dans tous les cercles de Londres. Il fait honneur à son pays.

Samir ne détectait pas la moindre fausseté dans cette

déclaration, ce qui le poussa à se demander pourquoi un homme qui respectait son père lui parlait à présent de meurtre et de revanche.

— Et avez-vous cherché des nouvelles de Sheridan depuis votre arrivée ? s'enquit l'inconnu.

— J'ai été occupé à vendre ma marchandise.

— C'est une question dont nous discuterons bientôt. Je pense que vos intérêts professionnels et les miens pourraient trouver une cause commune.

Il devinait que cet homme ne faisait pas référence à sa façade légale.

— Vous vous intéressez à mes affaires ?

Le rire de Samir était froid.

— Absolument. J'ai cru comprendre que vous cherchez à rapporter un peu de nos marchandises dans votre pays. Les opinions de mes sources varient quant à vos motivations. Certains disent que c'est à cause du prix exotique qu'elles coûteraient, d'autres parlent du prestige que cela apporterait et de l'effet que cela aurait en termes de pouvoir et d'influence. Une connaissance est convaincue qu'un pari serait impliqué.

Samir sourit. L'homme ne voulait pas seulement lui faire savoir qu'il avait des informations, il voulait également qu'il sache qu'il possédait un certain nombre de gens pour les lui fournir. C'était une façon indirecte de montrer ses capacités. Un maître-espion, peut-être ? Mais Samir possédait ses propres techniques pour sonder les gens. Répondre à une simple question était très révélateur.

— Et qu'en pensez-*vous* ?

— Le pourquoi de la chose m'importe peu, répondit simplement l'homme. Je suis ici pour vous aider à obtenir de la marchandise. Disons, le vicomte Sheridan ?

Samir retint son souffle. Cet homme était-il sérieux ?

— Vous suggérez que je kidnappe un vicomte sur le sol anglais ? Ce serait impossible.

L'Anglais ricana doucement.

— C'est *exactement* ce que je suggère et selon mon expérience, peu de choses sont impossibles, seulement difficiles. Si vous voulez réussir et échapper à la loi, vous n'avez qu'à me demander.

— Il est toujours le même saligaud arrogant. Je crois que je peux m'occuper de lui tout seul.

L'Anglais secoua la tête. Peut-être était-il en train de sourire.

— Beaucoup de choses ont changé depuis votre départ. N'êtes-vous pas au courant que Sheridan est devenu aveugle ?

L'homme l'en informa avec une telle joie que Samir ne douta plus de son désir de voir Sheridan mort.

— Aveugle ? Je ne le savais pas. Mais cela devrait rendre les choses plus faciles, pas plus compliquées.

— Alors vous ne savez pas qui il fréquente. Tant que Sheridan reste à Londres, votre quête de revanche restera impossible. Vous ne vous rendez également pas compte du peu de temps qu'il vous reste. La semaine prochaine, il épousera une riche héritière, la fille d'un baron récemment décédé.

— Et qu'est-ce que cela a à voir avec moi ? demanda Samir.

— Sa fiancée possède de beaux étalons nés en Angleterre, que Sheridan a l'intention d'accoupler avec les juments qu'il vous a volées.

Samir serra les poings. Ses juments n'auraient dû s'accoupler qu'avec des Arabes.

— Et que proposez-vous de faire ? s'enquit Samir, les dents serrées.

— Sheridan se marie dans cinq jours. Un de mes hommes est employé à la maison des Sheridan et j'ai appris que le couple a l'intention de passer leur lune de miel à Brighton.

C'est là qu'il garde vos chevaux. Qui plus est, cela l'éloignerait aussi de ceux qui pourraient le protéger.

— Et quel rôle voulez-vous que je joue dans votre plan ?

— Possédez-vous un navire ?

Ils savaient tous les deux qu'il faisait référence au bateau d'esclaves de Samir.

— Oui. Je commande un bateau. Le capitaine a reçu l'ordre de jeter l'ancre quand et où je le décide.

— Excellent. Voici mon plan.

Samir se pencha en avant pour écouter l'Anglais, un sourire satisfait aux lèvres. Le vicomte Sheridan et sa ravissante épouse prieraient bientôt pour qu'il les tue, longtemps avant que Samir leur accorde sa grâce.

৩৩

HUGO WAVERLY REGARDA SAMIR AL ZAHRANI SORTIR DE sa calèche privée et poursuivre sa route. Une minute plus tard, la portière s'ouvrit à nouveau et Daniel Sheffield se glissa à l'intérieur, s'asseyant en face d'Hugo.

Daniel était son meilleur agent. L'espion le plus rapide, silencieux et mortel dont Hugo avait la charge au service de Sa Majesté. Il n'avait qu'une vingtaine d'années, mais il avait participé à plus de missions que n'importe quel autre espion anglais.

Daniel retira rapidement son chapeau.

— Eh bien, Milord ? A-t-il mordu à l'hameçon ?

S'installant confortablement sur sa banquette, il leva sa canne et tapota le toit, signalant à son cocher de rentrer à la maison. Puis il posa la canne sur ses genoux, observant la poignée à tête de loup. Ce n'était pas sa canne préférée, celle qui lui avait été volée voilà longtemps... par Sheridan. Essex et lui avaient attaqué Hugo et lui avait volé sa canne pour faire une blague de potaches. Quels diables ! Sheridan avait osé la garder comme trophée, une façon de faire la nique à Hugo chaque fois qu'il en avait l'occasion.

— Il fera ce que je lui demande et enlèvera Sheridan et son épouse. Puis il mettra les voiles depuis Brighton et c'est là que nous aurons la puissance de la Marine de Sa Majesté prête à couler son navire.

Daniel hocha la tête.

— Et durant leurs efforts valeureux pour faire sombrer le navire d'un marchand d'esclaves confirmé, ils tueront Sheridan et sa femme, ignorant que tous les deux étaient retenus en otage à son bord.

— Exactement.

Hugo se frotta le menton d'un air pensif. Daniel comprenait la nature délicate d'une relation avec Samir Al Zahrani. Son père, Ramiz, était véritablement un homme bon qui serait horrifié de découvrir que son fils menait un tel commerce sous son nez. Cela étant, c'était l'influence de Ramiz auprès du trône qui protégeait son fils de récriminations publiques. Samir ne pouvait pas être poursuivi en justice pour son rôle dans la traite d'esclaves, une pratique qu'Hugo détestait sur tous les plans.

Alors, pourquoi ne pas laisser cet imbécile penser qu'Hugo était de son côté, puis agir une fois que le marchand aurait accompli pour lui ses basses besognes ? Mais si Samir devait mourir dans un tragique accident lorsque son navire serait sabordé après avoir ignoré les injonctions de s'arrêter afin de présenter son chargement pour inspection... Eh bien... Ce serait dommage.

Un sourire lui courba les lèvres.

— C'est frapper deux coups avec une seule pierre... ou plutôt un boulet de canon, ajouta Daniel. Quels sont mes ordres, Milord ?

— Surveillez Samir et Sheridan. Ils sont tous les deux des têtes brûlées. Nous avons besoin de nous assurer qu'ils ne s'incitent pas à passer à l'acte avant que l'heure ne soit venue. Il faut que l'enlèvement se produise durant leur lune de miel à Brighton, pas avant. Sheridan a trop d'amis ici pour le protéger.

Daniel hocha la tête, se remémorant sans aucun doute que c'était ce détail qui avait contrecarré les deux dernières machinations d'Hugo.

— J'organiserai l'intervention de la Marine. Le HMS *Ranger* devrait être amarré sur place au moment où nous aurons besoin de faire couler le navire de Samir.

Relevant à nouveau sa canne à tête de loup, Hugo tapa sur le toit à deux reprises afin de faire s'arrêter la calèche. Elle s'immobilisa en bringuebalant à Curzon Street... où résidait Sheridan. Daniel remit son chapeau et se glissa hors du véhicule avant de disparaître comme un spectre dans la pénombre.

Si seulement vous saviez avec quelle attention on vous observe, vous et tous les Rebelles. À l'intérieur de chaque maison se trouvait un homme en planque qui lui fournissait des informations. L'heure venue, ces hommes passeraient à l'attaque, se débarrassant de tous les Rebelles qui resteraient, un par un.

Mais c'était l'étape finale. Pour le moment, il apprécierait de jouer les entremetteurs, son seul vice dans sa carrière sans quoi irréprochable dédiée au service de sa patrie.

Je vous vengerai, Peter. Ils paieront pour la nuit où ils vous ont laissé mourir. Ils paieront. Alors, vous pourrez reposer en paix. Et peut-être que moi aussi.

C'était un serment gravé dans son cœur, et il l'accomplirait quoiqu'il en coûte.

❧ 9 ❧

Cédric tripota du doigt le paquet de cartes qu'Ashton avait abandonné sur la table.

— Vous savez, Ash, vous n'êtes pas à cet instant mon ami préféré.

Ashton ricana.

— Vous me blessez, Cédric.

Celui-ci souffla et écouta le son des conversations féminines. Émily et Horatia étaient présentes avec Anne et les trois femmes murmuraient près du petit feu dans l'âtre. Il entendait les bûches crépiter et craquer. Le printemps avait beau être relativement chaud, la journée avait été plus fraîche que d'ordinaire.

— Qu'a fait Ash pour s'attirer votre mécontentement ? demanda Jonathan, le nouveau membre de leur Ligue.

Ses cheveux blonds et ses yeux verts, sans parler de sa ressemblance avec Godric, son frère aîné, le mettaient au niveau d'un jeune Adonis. Lors des divers événements sociaux de la bonne société, il se montrait plus réservé que les autres membres de la Ligue. Ayant passé la majeure partie de son existence en tant que serviteur, il était toujours peu sûr de lui quand il devait se mêler à la classe supérieure et essayer d'agir comme leur égal. Il avait seulement appris que Godric était son demi-frère en septembre dernier.

— Cette fripouille m'a abandonné au domicile d'Anne. Je n'avais pas de calèche, pas de serviteur, aucun moyen de rentrer chez moi.

Cédric tendit la main en direction d'Ashton.

— Laissez-moi trouver votre visage pour que je puisse vous faire saigner du nez.

Ashton ricana. Sa chaise grinça alors qu'il tentait sans aucun doute d'éviter la prise de Cédric.

—Jonathan, attrapez-le et maintenez-le en place pour que je puisse lui donner un bon coup dans la mâchoire, lui ordonna Cédric.

Mais Jonathan se contenta de rire.

— Je n'oserais pas me mettre en travers de vos poings. Vous pourriez rater et me frapper.

— Alors, scélérat, pourquoi m'avez-vous laissé ? demanda Cédric à Ashton d'un ton plus sérieux.

— Parce que j'ai pensé qu'Anne et vous devriez passer du temps seuls. Je n'avais pas eu l'intention de vous laisser seul chez elle, mais quand je suis descendu jeter un œil à notre calèche, un messager m'a fait parvenir un mot de la part d'un de mes contacts en affaires. J'ai pensé qu'Anne serait en mesure de vous escorter chez vous puis chez Godric sans le moindre problème. N'avais-je pas raison ?

— Vous savez bien que si. C'est ce qui me déplaît chez vous. Vous avez *toujours* raison. Mais dites-nous, quelle est cette affaire qui vous a propulsé hors de la maison d'Anne avec une telle urgence ?

La voix d'Ashton s'assombrit.

— Dernièrement, je me heurte à des murs de pierre avec les marchands qui achètent habituellement mes services de transport. Aujourd'hui, j'ai trouvé la source de ces murs.

— Était-ce un concurrent en affaires ? spécula Jonathan.

— Avec Ashton, c'est *toujours* un concurrent, l'interrompit Lucien alors que Godric, Charles et lui les rejoignaient dans le salon du soir et prenaient place autour de la table de jeu laquée.

— Cela dit, vous n'êtes normalement pas affecté par les tactiques de vos compétiteurs, remarqua Godric d'un air pensif.

— Oui, eh bien, c'est parce que jusqu'à maintenant, tous mes compétiteurs ont été des hommes. Ma dernière adversaire est une femme, déclara Ashton avec un mélange d'irritation et d'exaspération.

— Une femme ? J'aurais dû le savoir ! ricana Charles d'un air moqueur comme un écolier qui venait de faire la meilleure blague qu'il avait jamais inventée. Il vaudrait mieux que ce ne soit pas encore la fille d'un banquier. Vous devenez trop prévisible, mon vieux.

— Attention, mon ami !

La voix acérée d'Ashton attira l'attention des trois femmes qui tournèrent la tête vers les Rebelles. En réaction, ils baissèrent la tête et se rapprochèrent pour protéger leur conversation des oreilles féminines.

— Qui est donc cette femme si exaspérante ? demanda Lucien. Je la connais ? J'ai couché avec elle ?

— Je ne pense pas, Lucien, ce qui, je le comprends, réduit considérablement la liste des possibilités.

Le ton d'Ashton résonnait d'un amusement sarcastique.

— C'est lady Rosalind Melbourne, la veuve de feu lord Melbourne, un cousin éloigné du Premier ministre.

— Rosalind Melbourne... Ce nom me dit quelque chose.

Godric réfléchit un instant, puis son visage s'illumina.

— Rosalind est la sœur de ces trois Écossais auxquels je m'étais frotté à Édimbourg il y a quelques années de cela.

Il éclata d'un rire sonore et claqua la table avec la paume de la main.

— Et quelle bagarre ! Je me rappelle qu'on a cassé la moitié des meubles de l'auberge.

— Ces brutes étaient les frères de lady Melbourne ?

Charles écarquilla des yeux étonnés.

— L'un d'eux a réussi à me donner un coup, ce que je n'ai jamais laissé se reproduire depuis.

Cédric les interrompit.

— Attendez, quels Écossais ? Je n'en avais jamais entendu parler.

Jonathan se claqua le genou et ricana.

— C'est probablement parce qu'ils avaient battu mon frère comme plâtre, et leurs propres tempéraments l'auraient fait passer pour un ange. Comment s'appelaient-ils déjà, Godric ?

Jonathan adressa un sourire narquois à son frère.

— Brock, Brodie et Aiden Kincade. Des barbares, tous autant qu'ils sont. J'ai entendu dire que leur père est mort l'année dernière. Il leur a légué un château quelque part dans les Highlands.

— Et Rosalind ? Est-elle une barbare, comme ses frères ?

Comme toujours, Lucien se focalisait sur l'élément féminin de l'histoire. Tout réformé qu'il était, il n'en restait pas moins une canaille.

— Lady Melbourne ? Elle possède un certain degré de raffinement, mais elle est également impitoyable, dit Ashton. Elle me chipe des opportunités commerciales et cela ne me plaît pas.

— Enfin, il existe quelqu'un qui parvient à mettre Ashton en colère ! Je croyais que rien ne vous affectait jamais, dit Cédric.

— Elle est belle ? demanda Jonathan.

— Malheureusement, oui, admit Ashton, mais je ne pense

pas qu'elle l'utilise à son avantage.

— Alors, séduisez-la. Elle est veuve, n'est-ce pas ? Cela devrait être facile, suggéra Lucien.

Quelque chose l'atteignit soudain à l'arrière de la tête et ricocha vers Cédric.

— Qui a jeté ce coussin ? demanda Lucien en se retournant. Horatia, tenez-vous bien !

— Pourquoi devrais-je le faire quand ce n'est visiblement pas votre cas ? répondit l'intéressée installée devant la cheminée.

Il était évident qu'elle avait surpris toute leur conversation.

— Que cela signifie-t-il ? demanda Godric.

Lucien souffla avant de se retourner vers ses amis.

— Horatia a tendance à me jeter des coussins quand elle est en colère. Ce pourrait être pire ; elle pourrait lancer des vases. Alors je garde la maison généreusement équipée de toutes sortes de projectiles afin d'apaiser ses besoins vengeurs de me frapper à l'envi.

— Vous le méritez, Lucien, dit Horatia d'une voix tonitruante. Suggérer de la sorte une séduction ! C'est horrible !

— J'en suis certain, ma chère, lui répondit Lucien par-dessus son épaule.

Un autre coussin vint heurter Jonathan avec un bruit sec.

— Pourquoi avez-vous esquivé, Lucien ? marmonna Jonathan. C'est vous le mufle, pas moi. Je ne suis pas disposé à me faire battre par votre épouse. Vous savez, Cédric, je préfère votre autre sœur. Au moins, elle ne jette pas des choses quand l'envie lui en prend.

— Ah ! Jonathan, vous n'avez jamais vu Audrey les jours où elle ne trouve pas le bonnet correct, dit Cédric. Seigneur Dieu ! Ce petit démon est capable de retourner la maison tout entière pour trouver ce qu'elle recherche.

Ce souvenir le fit sourire. Elle lui manquait terriblement.

Il espérait qu'elle et la mère de Lucien reviendraient vite de leur voyage sur le Continent.

Jonathan jeta le coussin par-dessus son épaule. Il atterrit sur Pénélope, la chienne de chasse endormie. L'animal poussa un glapissement de surprise avant de le renifler avec suspicion.

Cédric s'éclaircit la gorge.

— En parlant d'Audrey, je dois vous dire quelque chose, Jonathan. Je lui ai promis qu'un mari potentiel l'attendrait à son retour d'Europe.

— Vous, euh... voulez dire qu'elle a envie de m'épouser ?

La voix de Jonathan monta dans les aigus, comme toujours lorsqu'un homme était sous la menace du mariage.

— Elle a mentionné un *intérêt* pour vous. Vous n'êtes pas forcé d'accepter et j'ai l'intention de lui proposer également d'autres perspectives. Je veux simplement que vous y pensiez si vous savez que vous pourrez être un bon mari pour elle.

— Je suis flatté, bien sûr... parvint à dire Jonathan. Mais il faut que j'y réfléchisse.

— Cela ne presse pas. Elle ne reviendra pas avant juin.

Cédric aurait aimé pouvoir voir le visage de Jonathan. Il pouvait presque s'imaginer la terreur du jeune homme. Jonathan était tout autant un vaurien que son frère, mais il ne possédait pas le même désir de séduire des dames de qualité, du moins pas dans l'intention de les garder.

— Cédric, permettez-moi une question, murmura Godric pour que les dames ne l'entendent pas.

— Allez-y, mon ami.

— Anne est-elle au courant que vous l'avez marquée durant votre... dîner en privé de ce soir ?

Le visage de Cédric rougit. Seigneur Dieu ! Il n'avait pas pensé qu'ils étaient tous capables de voir ses tendres morsures. Il ne songeait plus à ce qui était visible et ce qui ne l'était pas.

— Est-ce si évident ? demanda Cédric.

— On dirait qu'elle est tombée sur une fourchette... ou bien que vous l'avez copieusement mordillée le long du cou.

Le ton de Lucien débordait d'un amusement taquin.

— Votre cécité fait de vous un séducteur négligent, Cédric. Je ne vous ai encore jamais vu laisser une femme avoir l'air si clairement culbutée.

— Je ne l'ai pas culbutée...

Du moins pas complètement, ajouta-t-il en silence.

— Alors elle est tombée sur une fourchette ? proposa Lucien.

Cédric grogna et claqua sa paume sur son front d'un geste résigné.

— Si elle n'a pas remarqué les marques, alors je suis certain qu'Émily et Horatia n'en parleront pas, tenta de le rassurer Godric.

— Probablement, oui.

Ashton revint à un sujet plus sûr.

— Alors, comment se passent les choses entre vous ?

Cédric hésita, trop honteux pour admettre qu'il se sentait complètement désarçonné en présence de sa future épouse. La séduction ne lui avait encore jamais posé problème. Mais à présent, il remettait en question le moindre de ses actes et se demandait s'il faisait bouger les choses trop vite ou pas assez.

— Je ne suis pas certain que ce soit le mariage qu'elle désire. *J'*en ai envie, aussi bête que cela puisse paraître, mais elle essaie de me tenir à distance, comme si elle craignait que je lui fasse mal.

Cédric relâcha la tension avec un long soupir.

— Je ne vois pas comment. À l'heure actuelle, c'est seulement à moi-même que je fais mal.

— Elle craint peut-être une blessure sentimentale et non physique, suggéra Godric. Émily m'avait repoussé en partie parce qu'elle croyait que si elle tombait amoureuse, je finirais par cesser de la désirer et passerais au défi suivant. Avec une autre femme, cela serait peut-être arrivé, mais pas avec Émily.

— Une blessure sentimentale ? répéta Cédric, curieux. Je suppose que cela pourrait expliquer sa façade gardée. N'existe-t-il pas de moyen de la convaincre que je ne vais pas la rejeter pour une autre femme ? Certes, j'ai profité de mon libertinage, mais ma vie a changé et le mariage est une affaire délicate. Je ne m'engagerai pas dans cette situation privilégiée à la légère et avec n'importe qui.

— Nous le savons, Cédric, mais pas Anne. Vous devez trouver le moyen de faire vos preuves. Avec les femmes, ce sont les actes qui comptent, lui conseilla Ashton. Un millier de promesses délicieuses ne compteront pas contre celle qu'elle voulait que vous respectiez, mais que vous avez brisée. Ne la rassurez pas par des mots. Montrez-lui qu'elle est à vous, que vous êtes à elle, et que personne ne viendra se dresser entre vous.

Cédric posa les mains sur la table laquée, sentant la surface froide sous ses doigts.

— Comment diable suis-je censé m'y prendre ?

— C'est ce que vous devrez découvrir tout seul.

— Vous savez, Ashton, un jour, une femme vous retournera tant sur le plan émotionnel et physique que vous *me* prierez de vous donner des conseils. Ce jour-là, je me ferai un plaisir de vous dire de vous débrouiller tout seul, dit Cédric avec un ricanement sombre.

— Ne soyez pas bête. Ashton est bien trop posé et rationnel pour se faire la proie des charmes féminins, le taquina Lucien.

Ashton s'éclaircit la gorge, mal à l'aise.

— Bien sûr. Une femme n'aurait jamais l'avantage sur moi.

Cédric ricana.

— Allons bon, vous voilà condamné.

Anne écoutait Émily et Horatia lui raconter plusieurs anecdotes conjugales pour l'amuser.

— Godric était tellement nerveux qu'il m'a dit qu'il avait détruit trois cravates sur le chemin de l'église. Son valet a failli en pleurer.

Émily lança un regard en direction de son mari et rougit quand elle vit que lui aussi la regardait. Le visage de Godric était l'image même de l'amour et de la dévotion, faisant naître une flamme au plus profond d'elle.

— Lucien a dû subir un sermon d'une heure de la part de sa mère avant qu'elle le laisse entrer dans l'église. Apparemment, elle avait voulu que le mariage de son fils aîné soit normal. Au lieu de cela, il m'a épousée moins d'une semaine après avoir frôlé la mort lors d'un duel. Elle était très contrariée de ne pas pouvoir avoir de cérémonie de mariage conventionnelle. Quand Lucien a pu enfin entrer, Charles m'a dit qu'il était prêt à tomber à genoux et à implorer mon pardon éternel. Il n'en avait pas besoin, bien entendu, mais j'ai vraiment apprécié de pouvoir le taquiner à ce propos après la cérémonie. Horatia serrait un coussin contre son giron, une arme supplémentaire qu'elle jetterait à Lucien s'il recommençait à pourvoir ses conseils dévoyés. Il fallait bien que quelqu'un surveille cet être réformé !

— L'une de vous a-t-elle rencontré cette Rosalind Melbourne ? demanda Émily.

Horatia secoua la tête, mais Anne acquiesça.

— C'est la veuve de lord Melbourne. J'ai entendu dire que c'est une femme d'affaires remarquable, mais elle a tendance à éviter la plupart des rassemblements sociaux. Elle est écossaise et je crois qu'elle ne se sent pas toujours accueillie dans les cercles londoniens. Ce qui est dommage. C'est une femme charmante et plutôt amicale.

Émily se redressa sur son siège.

— L'avez-vous rencontrée personnellement, Anne ? Pourriez-vous vous arranger pour que je la rencontre ?

— Je le suppose. Pourquoi cet intérêt soudain pour lady Melbourne ?

Émily sourit.

— Je n'ai jamais vu Ashton aussi affecté. Et une femme capable de faire cet effet à un homme comme lui m'intrigue. Ashton aurait vraiment besoin d'être affecté.

— Je suis plutôt d'accord. Même victime de cette blessure par balle, il a maintenu un niveau de politesse formidable pendant que votre époux essayait d'enrayer le flot de sang. Lord Lennox possède une maîtrise de lui-même surnaturelle.

— Alors vous allez me présenter à cette lady Melbourne ?

Émily vibrait presque d'énergie.

— Bien sûr. Je crois qu'elle aime se rendre à l'opéra. Nous pourrions nous organiser pour nous y rendre tous ensemble et je vous la présenterai si elle s'y trouve.

— Oh, j'adore l'opéra !

Horatia sourit, ses yeux sympathiques ressemblant vraiment à ceux de son frère, illuminés par la joie de profiter d'une soirée de plaisir musical.

— Lady Rochester, commença Anne.

— Anne, veuillez m'appeler Horatia. Nous deviendrons bientôt sœurs. Je ne veux pas qu'il y ait de titre entre nous.

Anne se corrigea timidement.

— Horatia.

Fille unique, elle n'avait jamais connu la joie d'avoir des frères et sœurs. Être ouvertement acceptée par la famille de Cédric à présent que son père était décédé lui donnait une étrange envie de pleurer.

— Votre frère aussi aime-t-il l'opéra ?

Anne savait si peu de choses sur Cédric ! Enfin, peu de détails intimes. Elle connaissait ses maniérismes, sa façon de charmer tous ceux qu'il rencontrait, et ce qui était de notoriété publique. Durant sa première saison dans le monde, elle s'était donné pour but de le connaître, mais en tant qu'homme, il restait un mystère. Quelle était sa couleur préférée ? Son plat favori ? Aimait-il l'opéra ? Elle aurait aimé savoir beaucoup de choses et ressentait à ce sujet un enthousiasme surprenant.

— Cédric n'est pas très intéressé par les arts, à l'exception de l'opéra. Il loue une loge à Covent Garden, dit Horatia. Il ne s'y est plus rendu depuis...

Sa voix mourut ; elle n'avait pas besoin d'achever sa phrase.

— Mais je pense qu'il devrait y aller. L'opéra tourne plus autour de la musique que des décors et des acteurs.

— C'est vrai, en convint Émily. Alors c'est réglé. Nous devons convaincre Cédric d'aller à l'opéra. Vous devez le lui demander, Anne.

— Moi ? Pourquoi moi ?

— Il pourrait se sentir flatté que vous souhaitiez être vue avec lui en public.

— Je l'épouse, il n'y a rien de plus public, argumenta Anne.

— Certes, mais une soirée à Covent Garden en sa compagnie lui fera penser que vous n'avez pas honte de lui.

— Je n'ai pas honte...

— *Nous* le savons, mais malgré leurs bravades, les hommes sont parfois des créatures très volatiles et sensibles. Montrez-lui ce que vous ressentez, l'encouragea Émily. Les mots n'ont que peu de sens pour les hommes. Ils ne veulent pas de paroles rassurantes. Ils veulent des baisers sous la pluie, de longues étreintes profondes et des après-midi tranquilles passés ensemble.

Horatia lui adressa un sourire entendu.

— Émily a raison, Anne. Cédric a l'impression d'être un fardeau pour tout le monde, mais si vous parvenez à le convaincre de vous emmener à l'opéra, il se sentira aimé, désiré.

Les paroles d'Horatia ramenèrent Anne à l'épisode dans la bibliothèque, quand Cédric avait cru qu'elle ne le désirait pas. Son estime personnelle et son sens de la désirabilité étaient-ils donc si écornés ? Elle avait presque cru qu'il avait seulement eu l'intention de la faire tomber dans ses bras, mais à présent, elle connaissait la triste vérité. Il se croyait réellement indésirable, convaincu qu'aucune femme ne voulait de lui.

La question à laquelle Anne était confrontée était de savoir si elle était capable de l'attirer dans ses bras assez longtemps pour renforcer son estime personnelle, sans risquer d'y perdre son propre cœur. Lui prouver qu'il était désirable l'exposerait au plus grand chagrin d'amour qu'elle aurait connu. Était-elle assez forte pour supporter la destruction de la partie d'elle-même qu'elle avait protégée pendant toutes ces années ?

La dernière personne qu'elle avait osé aimer était morte voilà une semaine. Anne aurait voulu avoir moins peur de l'amour, mais c'était terrifiant. Aimer quelqu'un aussi totalement signifiait leur donner la clé de votre âme, et avec elle le plus grand des pouvoirs sur votre personne. Son père avait été la seule personne à qui elle avait osé confier cette clé. À cet égard, il ne l'avait pas déçue, mais sa mort n'en avait été que plus douloureuse, à cause de l'amour qu'elle lui portait.

— Allez-y, Anne, demandez-lui, l'encouragea Émily.

Anne regarda par-dessus son épaule et aperçut Cédric à la table de jeu. Entouré de ses amis, il avait l'air en meilleure santé, plus heureux, comme si leur bonne humeur le ravivait. Anne ressentit l'envie soudaine de pouvoir lui faire cet effet-là, de le faire sourire et se détendre suffisamment pour qu'il soit simplement lui-même, simplement heureux.

Elle se redressa et se dirigea vers les hommes qui étaient toujours en pleine conversation. Le faible grondement de leurs voix évoquait le tonnerre d'été après une légère tempête.

Leurs murmures bas formaient un son paisible, mais sa présence y avait mis un terme.

— Lord Sheridan, commença-t-elle, sa voix manquant de se briser sous la tension.

Elle essaya d'ignorer le poids des cinq regards masculins. Cédric était directement devant elle, son dos à quelques centimètres seulement, et sa proximité lui rappela quelques bribes de souvenirs de leur moment passionné dans la bibliothèque. Il tourna la tête vers elle.

— Qu'y a-t-il, Anne ?

Son ton n'était pas irrité, comme elle s'y était attendue, mais patient. Sans réfléchir, elle posa une main sur son épaule, sentant les muscles d'acier sous sa paume.

— Votre sœur dit que vous louez une loge à Covent Garden.

Cédric haussa des sourcils surpris.

— Effectivement.

— Serait-ce possible... J'aimerais bien voir l'opéra qui se joue demain soir.

— Souhaitez-vous que je vous prête ma loge ?

Il y avait une note morne dans sa voix, née de la supposition qu'elle voudrait se rendre à l'opéra sans lui.

— Non, non. J'aimerais que *vous* m'y escortiez.

Elle lui pressa légèrement l'épaule, dans l'espoir que cela l'encourage.

— Vraiment ?

— Bien entendu.

— Et un dîner aussi ? suggéra Cédric d'un ton plein d'espoir.

— Ce serait très bien, répondit-elle avec une sincérité parfaite qui fut récompensée par un sourire de la part son fiancé.

Il couvrit sa main de la sienne.

— Alors, considérez que c'est fait, ma chère.

Il lui pressa également la main puis laissa retomber la sienne sur la table.

— Vous vous rendez compte qu'Émily et Horatia souhaiteront aussi aller à l'opéra ? grogna Godric.

— Nous devrions tous y aller ensemble, suggéra Charles en jetant un regard plein de respect à Anne.

Celle-ci crut le voir lui adresser un signe du menton approbateur.

— Cela vous dérangerait-il ? demanda Cédric à Anne à voix basse alors que ses amis reprirent leur conversation à propos de ce nouveau développement.

— J'avais pensé que du temps en privé avec vous serait mon objectif principal, mais cette proposition aussi est une bonne idée.

Tout en parlant, les doigts d'Anne lui frôlèrent l'épaule. Elle appréciait de plus en plus les moments qu'ils passaient ensemble, mais être incluse au sein de la Ligue et de leurs familles était également fantastique. Cela étant, dans le cas présent, il valait mieux être en leur compagnie pour leur éviter d'être seuls, sans quoi il la séduirait par ses baisers. Pour le meilleur ou pour le pire, elle était en train de succomber à ses séductions patientes et pleines de tendresse.

— Ne vous inquiétez pas, Anne. Même dans une foule, je peux toujours trouver le moyen d'être seul avec vous.

Et même si elle soupçonnait son intention d'avoir eu l'air canaille, ses mots et son ton possédaient un charme juvénile.

— Je vous remercie.

Elle se pencha pour murmurer à son oreille et à sa propre surprise, elle se prit à frôler sa joue avec ses lèvres par le plus léger des baisers. C'était particulièrement inconvenant de l'embrasser en public, mais il devenait plus facile de se comporter bêtement quand Cédric était dans les parages.

Prenant sa joue dans sa paume chaude et puissante, Cédric lui caressa la lèvre inférieure avec le pouce avant de laisser retomber sa main. Il avait l'air d'avoir peur de prolonger son contact.

— Vous devriez rejoindre ces dames. Je ne voudrais pas vous ennuyer avec nos conversations d'affaires.

Anne renâcla d'une manière aussi distinguée que possible.

— Je doute fort que ce soit d'affaires que vous discutiez. Et je vous fais savoir que c'est moi qui ai passé les deux dernières années à gérer les investissements de mon père en compagnie de son notaire.

— Félicitations, Miss Chessley.

Ashton émit un petit rire et leva son verre de brandy dans sa direction.

— Espèce de petite...

Cédric attrapa sa future épouse par la taille et l'attira sur ses genoux. Anne poussa un petit glapissement outré, mais amusé à la fois.

— Oh, vous feriez mieux de la lâcher, Cédric, le prévint Lucien avec un petit rire. Horatia a l'air d'être à deux doigts de jeter un autre coussin.

— Très bien.

Cédric laissa Anne se libérer de son étreinte, mais pas sans lui claquer les fesses au passage. Elle le fusilla du regard par-dessus son épaule, se rappelant au dernier moment qu'il ne pouvait pas la voir.

— Les choses entre vous et Anne se passent mieux que je l'avais cru, dit Godric, visiblement soulagé.

— Je crois qu'elle commence à m'apprécier, se vanta Cédric.

Lucien poussa un ricanement moqueur.

— Je n'en suis pas si certain. Je crois que votre petite tape amicale vous a fait faire perdre une bonne semaine dans votre entreprise de séduction.

— Je suppose qu'on peut toujours compter sur le retour en calèche.

Cédric poussa un soupir dramatique qui fit rire ses amis.

— Allons-nous vraiment à l'opéra ? demanda Jonathan.

Sa voix recelait une note d'espoir qui serra le cœur de Cédric. Venant récemment de découvrir qu'il était le frère légitime d'un duc et non le serviteur qu'il avait cru être jusque-là signifiait qu'il montrait toujours une certaine prudence qui n'avait pas été là auparavant. Jonathan n'avait jamais été mal traité, mais il n'avait pas non plus vécu l'existence luxurieuse de Godric. Il percevait encore comme des aventures fantastiques des choses qu'eux-mêmes tenaient pour acquises.

— Bien entendu, lui assura Godric.

— Et quel opéra allons-nous voir, d'ailleurs ? demanda Charles.

Peu féru de théâtre, il n'aurait cependant manqué pour rien au monde un événement de groupe qui lui promettait une soirée d'allégresse passée à se gausser de ses amis mariés.

— Je crois que l'opéra joué est la dernière œuvre de Gioachino Rossini, *Matilde di Shabran*, dit Asthon.

Lucien arqua un sourcil en direction du baron généralement accaparé par ses affaires.

— Je ne savais pas que vous vous teniez au courant des derniers opéras.

— Nous avons tous nos petits plaisirs.

— Bien sûr, mais la plupart d'entre nous les satisfont dans le lit des jolies femmes... euh... de nos épouses, se corrigea Lucien quand Cédric toussota pour le mettre en garde.

— Vous avez de la chance que je vous ai déjà défié à ce sujet, répliqua ce dernier.

— Merci d'avoir la politesse de me le rappeler !

Se battre avec Lucien pour l'honneur d'Horatia avait été l'un des jours les plus sombres que la Ligue avait jamais connus, mais Cédric avait le mauvais pressentiment que d'autres les attendaient encore à l'horizon.

❧ 10 ❧

Le lendemain soir, Anne prit le bras que lui tendait Cédric et lui permit de l'escorter à travers la foule qui s'était assemblée dans le vestibule de l'opéra royal de Covent Garden. L'odeur percutante des corps sales et les groupes de courtisanes aux décolletés plongeants qui s'accrochaient à des hommes offraient un spectacle déplaisant, mais ce mélange des classes moyennes et supérieures ne pouvait pas être évité.

— Par les dents de Dieu, marmonna Cédric quand une femme plantureuse bascula contre lui avec un rire tonitruant.

Il l'écarta avec sa canne à tête de lion.

— Vous avez de la chance, Milord, d'être aveugle. Le spectacle est des plus déplaisants, confia Anne à son compagnon.

Cédric acquiesça dans un grognement et la laissa le diriger vers les marches qui les mèneraient à sa loge.

Un homme grand et blond se tenait entre eux et les escaliers. Anne s'immobilisa comme un lapin pris au piège. Elle n'oublierait jamais cet individu et ses yeux pâles. Le voir suffit à lui glacer le sang.

Crispin Andrews.

Il était le dernier homme sur cette Terre qu'elle aurait eu envie de croiser. Son estomac se retourna et elle essaya de se souvenir de respirer.

Pas ici. Pas maintenant... Le regard de l'homme balaya la foule et s'arrêta quand il se posa sur Anne.

— Qu'y a-t-il, Anne ? demanda Cédric quand elle enfonça les ongles dans son bras.

Avant qu'elle ne puisse répondre, Crispin les avait rejoints.

— Miss Chessley, quel plaisir de vous voir ! Je suis désolé pour votre père. Je vous présente toutes mes condoléances, bien entendu.

Ses yeux froids l'étudièrent des pieds à la tête avec une telle familiarité qu'elle crut qu'elle allait vomir là, devant tout le monde.

Il attendait qu'elle réponde quelque chose, par simple politesse. Ce qu'elle aurait voulu faire était de le frapper, de marquer au fer rouge son visage avenant avec le sigle du diable afin de dissuader les femmes de s'approcher de lui. Mais c'était impossible ! Elle invoqua ce mur de glace qu'elle s'était construit au cours des deux années précédentes. Son but n'avait jamais été de repousser des gens tels que Cédric, mais de se protéger de cet homme-ci.

Le visage d'Anne devint un masque de politesse.

— Merci, Mr Andrews. Connaissiez-vous lord Sheridan ?

Le regard de Crispin se posa alors sur Cédric, un sourire narquois étirant le coin d'une bouche que certaines femmes trouvaient attirante. Anne était bien placée pour savoir de quoi cette bouche était capable, et ce n'était pas de plaisir.

— Je crois que nos chemins se sont croisés plusieurs fois, mais cela fait plusieurs années. Si je me rappelle bien, c'était à un bal. Vous étiez en compagnie d'une veuve très attirante, répondit Crispin.

Son ton informel formait un contraste marqué avec le regard de prédateur qu'il fit à nouveau passer sur le corps d'Anne. De toute évidence, ce regard entendu lui rappelait qu'il se souvenait de ce qui s'était déroulé entre eux. Pour lui, cela avait été un plaisir ; pour elle, un cauchemar.

— Je dois dire que c'est surprenant de vous voir en société, Miss Chessley. Étant donné la profondeur de vos sentiments envers votre père, j'aurais cru que vous auriez souhaité honorer sa mémoire pendant toute la durée de son deuil.

Cette implication fit grimacer Anne et elle serra si fort son réticule qu'elle aurait pu déchirer le tissu.

Cédric vint galamment à sa rescousse.

— Je crains d'en être responsable. Vous comprenez, j'ai pratiquement exigé que ma fiancée m'accompagne à l'opéra. Elle voulait rester enfermée à la maison, mais vous connaissez ma réputation. Je suis peu attaché à des conventions sociales telles que le deuil.

— Votre fiancée ? Allons, Miss Chessley, je ne savais pas que vous auriez cherché un époux après... Oh, mais je suis désolé. Je ne devrais pas parler si franchement de telles choses.

L'incrédulité dans la voix de Crispin blessa Anne jusqu'à la moelle. Il était évident qu'il ne l'avait pas cru capable de s'attacher un futur époux de ce calibre... pas après ce qu'il lui avait fait. Crispin haussa un sourcil en la dévisageant, comme s'il trouvait la situation amusante. La haine qu'elle ressentait pour cette vile créature ne cessait de croître.

— Nous allons nous marier ce samedi, poursuivit Cédric qui ne percevait pas la guerre silencieuse entre Crispin et Anne.

— Vraiment ? Vous... vous devez vous sentir privilégié, Lord Sheridan, d'avoir toute la richesse du... tempérament d'Anne à votre disposition.

Crispin s'adressait à Cédric, mais ses yeux restaient braqués sur le visage d'Anne.

— Je n'ai pas vu d'annonce dans les journaux. Quand avez-vous publié les bans ?

— Nous ne l'avons pas fait. Nous nous marions par autorisation spéciale.

Le ton de Cédric se fit glacial, renforcé par une inclinaison en avant agressive. En dépit de sa cécité, il paraissait sentir la menace que représentait Crispin et était tout disposé à la protéger. La colère et la haine qu'elle ressentait pour Crispin diminuèrent devant la protection que lui témoignait Cédric. Celui-ci avançait lentement vers Crispin, la tête légèrement inclinée comme s'il tendait l'oreille... Ou peut-être le traquait-il ?

Crispin marqua un temps d'arrêt, adressant un sourire dévoyé à Anne avec de poursuivre.

— Alors vous avez toutes mes félicitations pour les noces à venir. Devrais-je vous adresser mes félicitations pour *autre* chose, Miss Chessley ?

Avant que Crispin ne puisse prononcer une parole de plus, Cédric se précipita en avant, plaquant l'aristocrate contre le mur doré et pressant sa canne contre la gorge de Crispin à la manière d'une lame.

— Cédric, lâchez-le ! le pria Anne en le tirant par les épaules.

Le visage de Crispin commençait à devenir violacé.

— Prenez garde, Monsieur. Ce genre de calomnies ne m'atteint peut-être pas, mais c'est ma future *épouse* que vous avez insultée, acheva Cédric avec un grondement primal.

Anne, souhaitant désespérément empêcher Cédric de faire du mal à Crispin et de créer plus de problèmes, enroula les bras autour de Cédric et le tira en arrière. Celui-ci lâcha l'autre homme, le laissant retomber comme un sac de pommes de terre. Puis il se tourna vers Anne, lui attrapa le poignet et, passant sa canne comme une faux le long des tapis, il écarta la foule alors que sa fiancée le guidait jusqu'en haut des marches, jusque dans sa loge. Malgré sa hâte et sa colère, il ne tituba pas une seule fois durant tout le trajet. La porte claqua derrière eux assez fort pour que le chambranle tressaute.

Les rideaux qui bordaient la loge n'avaient pas encore été ouverts, ce qui signifiait qu'Anne et Cédric étaient plongés dans la pénombre. Il la poussa contre le mur. Elle sentait la chaleur des rideaux de velours contre son côté gauche et le corps de Cédric devant elle. Sa canne tomba à terre et il lui prit le visage entre les mains, enfonçant les doigts dans ses cheveux. Au lieu de l'embrasser, comme elle s'y était attendue, il la tint contre lui, posant le menton au sommet de son crâne. Sa respiration était saccadée et ses yeux bruns distants étaient voilés par des tempêtes émotionnelles.

— Apaisez-moi, Anne. Dites-moi qu'il n'y a rien entre Andrews et vous. Il avait l'air de suggérer que vous et lui étiez plus que de simples connaissances.

Sa supplique avait la tonalité rauque du désespoir.

— Il ne signifie absolument rien pour moi. C'est un vaurien sans scrupules et j'espère bien ne jamais le revoir.

Anne plaça les mains autour des poignets de Cédric, frottant les doigts d'avant en arrière sur sa peau. Elle n'avait pas eu l'intention de parler avec autant de sincérité ; les mots étaient sortis tous seuls. En présence de Cédric, ses barrières avaient tendance à s'effriter.

— J'ai eu envie de le tuer. Je ne pouvais pas le voir, bien entendu, mais il y avait quelque chose dans le ton de sa voix... J'avais envie de...

Cette confession terrible aurait dû la choquer, mais elle connaissait Crispin et le méprisait. Elle plaça le bout des doigts sur les lèvres de Cédric, lui faisant savoir qu'il n'avait pas besoin de rajouter quoi que ce soit.

— Nous sommes ici à présent. Vous et moi. *Ensemble.* Alors, installons-nous et profitons du reste de la soirée.

Les mains de Cédric sur son visage se resserrèrent comme s'il craignait qu'elle ne disparaisse. Puis il relâcha sa prise et se pencha pour récupérer sa canne. Anne l'aida à trouver son siège puis écarta les rideaux. Un silence malaisant s'attarda dans l'air.

— J'espère ne pas vous avoir embarrassée tout à l'heure, dit-il au bout d'un long moment.

Il détournait le visage.

— Ce n'est pas le cas. Mr Andrews est la dernière personne au monde à laquelle je pense. Vos instincts ne vous ont pas trompé. Il ne s'est pas montré civil, ce soir, aussi votre réaction n'était pas tenue de l'être non plus.

Le soupir de soulagement de Cédric ne lui échappa pas. Elle aurait voulu lui avouer ce qu'elle ressentait vraiment, que l'avoir vu à deux doigts d'étrangler Crispin pour défendre son honneur avait rempli ses yeux de larmes et son cœur d'affection. Elle ne voulait pas que Cédric fasse du mal à qui que ce soit, mais elle s'était sentie un peu mieux en voyant souffrir l'homme qui lui avait causé tant d'insomnies. Voulant poursuivre, Anne ouvrit la bouche, mais en regardant la galerie en contrebas, elle reconnut quelqu'un.

— Oh, voici lord Lonsdale !

Anne regarda le comte blond poursuivre une ravissante gourgandine en robe écarlate à travers une rangée de sièges vides. La femme poussait des cris alors qu'elle fuyait devant les avances du fringant comte, à la vue du public qui ne cessait de croître.

— Ai-je vraiment envie de savoir ce que mijote Charles ?

La voix de Cédric était plus détendue et légèrement déconcertée.

— Je crois qu'il pourchasse une femme dans la galerie. Et ils vont... derrière les rideaux verts en feutrine de la scène.

Anne se prit à pouffer quand Charles et sa dernière conquête se firent promptement éjecter de la scène, réintégrant la foule tapageuse rassemblée dans la partie inférieure du théâtre. Au lieu de s'enfuir, il se contenta de faire asseoir la femme sur ses genoux et se mit à l'embrasser. Par Dieu, cet homme était incorrigible !

Elle sourit, incapable de contenir la joie qu'elle ressentait. Elle était assise là avec Cédric, à discuter de ses amis, dans l'intimité, au lieu d'être l'étrangère qu'elle avait toujours été.

Cela pourrait fonctionner entre nous, après tout…

CÉDRIC ÉCOUTAIT LES FOULES QUI SE RASSEMBLAIENT DANS le théâtre, alors que l'arôme de la bière, des corps et des oranges imprégnait ses sens. Il se représentait les bougies qui longeaient le bord de la scène comme des lueurs féériques, dansant pour illuminer les artistes qui peupleraient bientôt les planches. Les gens continueraient à parler, même lorsque les bougies et les lampes de la galerie seraient mouchées et que l'orchestre se mettrait à jouer. Cédric se rappela la joie sensuelle que c'était de partager cette expérience en compagnie d'une belle femme.

— Anne, murmura-t-il en levant la paume de sa main gauche.

Il s'attendait à ce qu'elle lui demande ce qu'il voulait, mais elle ne dit pas un mot. Le poids chaud de sa main, élancée, mais forte, quand elle referma les doigts autour des siens, fit galoper le cœur de Cédric. Était-il pathétique d'apprécier ce simple contact, ce moment étrangement paisible ? Par le passé, il avait invité des femmes dans sa loge d'opéra, les avait séduites et contentées au beau milieu d'arias emportés. Pourquoi ces moments lui semblaient-ils à présent moins érotiques que le simple poids de la paume d'Anne dans l'obscurité ? Cédric savoura l'anticipation, cette inspiration avant que la première note ne résonne et que l'opéra débute.

Cédric laissa ses yeux se refermer, accueillant l'abîme

grisâtre alors que la musique s'abattait sur lui. Son italien était correct, mais c'était plus difficile de comprendre quand il était chanté durant un opéra. Il essaya de s'imaginer les acteurs, de se représenter l'histoire. Plus tôt dans la journée, Ashton lui avait lu le résumé de l'action afin qu'il soit prêt pour la soirée.

Corradino, un homme froid qui détestait les femmes, se retrouvait chargé de Matilde après un pacte passé avec le père de cette dernière. Cédric écouta la voix riche et profonde de Corradino qui jurait de marier Matilde à quelqu'un, n'ayant pas encore posé les yeux sur sa beauté. S'étant juré de rester exempt de l'influence des femmes, Corradino voyait la beauté d'une Matilde en colère alors qu'elle se disputait avec son ancienne fiancée, une comtesse jalouse.

Anne était sa Mathilde, une femme entêtée et querelleuse qui l'avait fait brûler de désir au premier regard. Elle ne le savait pas et n'avait pas la moindre idée du désir qu'il avait ressenti pour elle quand elle avait fait sa sortie dans le monde, en débutante rougissante, deux ans auparavant.

Toutefois, il ne couchait pas avec des innocentes, car à l'époque, il n'aurait pas pu supporter qu'une femme puisse tomber amoureuse de lui. Cela se produisait toujours. Alors qu'il rugissait de plaisir et jouissait au creux d'une femme innocente, elle ronronnait, soupirait et le regardait avec des yeux pleins d'amour, s'attendant à une demande en mariage imminente.

Mais Anne... Dieu savait qu'il l'avait désirée dès le soir de leur rencontre. Son désir avait été si dangereux que pour apaiser son corps bouillonnant, il avait courtisé une ravissante jeune veuve de sa connaissance et l'avait attirée dans une alcôve loin de la piste de danse principale d'Almack's. Il avait pris la veuve consentante fort et vite, contre le mur, avec des coups de reins et des caresses brutales.

Mais après, il n'avait ressenti qu'un répit momentané au désir qu'il avait d'Anne. Ses yeux l'avaient cherchée dans la salle de bal, mais il n'avait pas osé lui parler, n'avait pas osé admettre ce que son corps voulait d'elle.

Je vous désirai alors. À présent, je vous désire plus que jamais, songea-t-il, n'osant pas jeter un regard aveugle dans sa direction. Il le lui avait caché, mais l'acquisition des chevaux arabes avait changé la donne. Cela lui avait fourni une raison pour l'aborder, et il l'avait fait.

Mais comme elle s'était montrée froide, avec des sourires moqueurs et un corps qui ne répondait pas à ses regards enflammés ou ses paroles suggestives ! Il avait presque abandonné la partie, se résignant à vivre sans la femme qui le fascinait comme personne.

Puis elle était venue à lui, le priant de la secourir. Il ne se préoccupait plus que ce soit de son nom et non de son cœur qu'elle avait eu besoin. Il prendrait Anne de toutes les façons dont il pouvait l'avoir, même si cela signifiait simplement pouvoir lui prendre la main, comme il était en train de le faire.

❧

LES SPECTATEURS SE PERDIRENT EN APPLAUDISSEMENTS quand les rideaux émeraude retombèrent, dissimulant la scène aux regards.

— C'était magnifique, admit Anne.

— J'ai trouvé l'histoire particulièrement captivante, répondit Cédric.

— Vous la connaissez ?

Elle fut surprise qu'il étudie les opéras et ne se contente pas d'y assister.

— J'ai demandé à Ashton de me lire le résumé afin que je puisse me représenter quelque chose dans mon esprit. Matilde est-elle aussi belle pour Corradino que le laisse deviner sa voix ? demanda Cédric, l'ombre d'un sourire jouant sur ses lèvres.

— Oui. Elle est très belle. Je crois que c'est la réaction de Corradino envers elle qui est tellement charmante. Il ne voit qu'elle, ne désire qu'elle. Ce doit être quelque chose d'être désirée ainsi ! acheva Anne avec un soupir avant de regarder la scène qu'avaient quittée les acteurs dynamiques.

Cédric lui prit la main et frôla sa paume ouverte du bout des lèvres, la faisant frissonner. Elle se retourna vers lui, fascinée par le spectacle de sa bouche qui explorait sa main. Il lui lécha le centre de la main et la brûlure de sa langue réveilla l'endroit entre ses cuisses, espérant quelque chose qu'elle continuait de se refuser. Mais le samedi venu, elle savait qu'elle ne pourrait pas interdire à Cédric l'accès à sa chambre à coucher. Et en cet instant, elle n'en avait pas envie non plus.

— Fermez les rideaux de la loge, Anne. Laissez-moi vous faire tourner la tête avec mes baisers. J'ai envie de goûter à la douce innocence de votre bouche et de sentir le poids de votre corps entre mes bras.

Anne était sur le point de l'y autoriser quand la porte de leur loge s'ouvrit à la volée. Un rayon de lumière vint éclairer le visage irrité de Cédric.

— Émily !

Anne libéra sa main de sa bouche alors qu'Émily et Godric entrèrent.

— J'espère que nous ne vous dérangeons pas, s'excusa Godric en avisant l'air sombrement désapprobateur du visage de son ami.

— Pas du tout, Votre Grâce, lui assura Anne.

— Vous savez très bien que oui, grommela Cédric, assez bas pour que seule Anne l'entende.

— Splendide ! Avez-vous apprécié le spectacle, tous les deux ? demanda Émily, animée par son espièglerie habituelle.

— Oui. Lord Sheridan et moi étions justement en train de parler de l'histoire, dit Anne.

— Et on s'apprêtait à créer la nôtre, dit Cédric dans un murmure qu'encore une fois, les autres n'entendirent pas.

Elle sourit plus fort quand elle repensa au moment que Cédric et elle venaient de partager avant d'avoir été interrompus. Elle s'était sentie comme Matilde, ne serait-ce que pendant quelques secondes.

— Anne, n'y a-t-il pas une personne que vous avez croisée plus tôt et que vous aviez envie de rencontrer ?

La voix d'Émily baissa d'un ton.

Anne fit un bon. Bien entendu ! La raison pour laquelle elle était venue à l'opéra ce soir-là était pour la présenter à lady Rosalind Melbourne.

— Cela m'était sorti de la tête, répondit Anne avant de se tourner vers Cédric. Émily et moi ne mettrons pas longtemps. Nous devons aller parler avec quelqu'un.

— Voulez-vous que je vous accompagne ?

Anne sentit sa poitrine se serrer en entendant l'espoir dans sa voix. Sans le besoin qu'avait Émily d'espionner et de mettre un projet à exécution, Anne aurait insisté pour que Cédric les accompagne.

— Restez pour tenir compagnie à Godric, s'interposa Émily. Je vous promets de vous ramener bien vite votre dame, Cédric.

Malgré son air déçu, il sembla moins blessé. Émily avait cet effet-là sur les gens.

— Je reviens vite, promit Anne avant de laisser son amie la guider vers le couloir à l'arrière des loges.

En descendant les escaliers, elle ne vit plus aucune trace de la lutte entre Cédric et Crispin. Anne se demanda vaguement où ce dernier était parti. Elle espérait que c'était très, très loin.

Les deux femmes ne s'attardèrent pas dans le vestibule pour se rapporter les derniers potins ainsi que les dames le faisaient généralement à l'opéra. Au lieu de cela, Émily traversait la foule avec une lueur déterminée dans le regard, comme une prédatrice en maraude.

— Prévenez-moi quand vous aurez repéré lady Melbourne, lui ordonna-t-elle.

Anne observa le théâtre d'un bout à l'autre et repéra leur cible. Lady Melbourne n'était pas seule !

Oh...

— Je crois que je l'ai repérée, mais je pense qu'elle préférerait ne pas être dérangée.

— Que voulez-vous dire ?

Émily parcourut la foule du regard et comprit ce qu'elle avait voulu dire. Elle se couvrit la bouche avec les mains.

— C'est elle ? La femme qu'Ashton est en train d'escorter dans cette alcôve sombre ?

— Oui.

Anne ne savait pas si elle devait laisser cette dame seule avec le lord, ou bien s'il fallait se précipiter à sa rescousse. Lord Lennox arborait une expression particulièrement punitive. Anne n'était pas certaine de savoir évaluer ses intentions. Comment un homme pouvait-il être à la fois irrité et intrigué par une femme ?

— Bon, je crois que je n'aurais pas la chance de la rencontrer ce soir. Je dois avouer ne jamais avoir vu Ashton aussi...

Émily ne trouva pas le bon mot et fit un geste vague de la main.

— Déconcerté ? proposa Anne.

— Stupéfié. Et furieux. Vous pensez qu'elle a besoin qu'on s'en mêle ?

Anne regarda le couple qui disparut à leur vue.

— Vous ne pensez quand même pas qu'il puisse lui faire du mal ?

Émily pouffa.

— Ashton ? Seigneur Dieu, jamais ! Du moins pas physiquement, se corrigea-t-elle d'un ton pensif. Elle risque plus de mettre ses affaires en danger. Nous devrions la mettre en garde à ce sujet, mais pas ce soir.

— On se demande quand même ce qui se passe entre eux, songea Anne longtemps après qu'elle ne puisse plus voir la moindre trace de lady Melbourne et de lord Lennox au sein du théâtre.

Que mijotait donc le mystérieux baron ?

ASHTON ÉTAIT À DEUX DOIGTS DE PERDRE PATIENCE. UNE main sur le bras de lady Rosalind Melbourne, il avait saisi l'occasion de l'entraîner dans l'intimité d'une alcôve voisine. Il avait peur de ce qu'il allait faire à présent qu'il la tenait là.

Tous ses muscles étaient tendus, tous ses sens aiguisés par l'excitation et – pour être honnête – le désir. Cela n'avait aucun sens. Il était furieux contre cette dame. De toute sa vie, la colère et l'excitation n'étaient encore jamais allées de pair, alors, pourquoi ressentait-il l'envie de pousser cette femme contre un mur et de la ravir jusqu'à qu'elle en oublie son prénom ?

— Je dois vous parler, Madame, dit-il d'une voix ténébreuse qui suggérait une mise en garde.

Rosalind se débattit contre son emprise et à sa surprise, Ashton eut du mal à tenir bon. Avec un mouvement rebelle de la tête, elle rabattit sa chevelure noire derrière son épaule. Cela ne régla pas le problème de son désir croissant. Cette diablesse écossaise aurait besoin d'être prise correctement pour domestiquer toute cette sauvagerie. Et il voulait que ce soit dans *son* lit qu'elle bascule.

Damnation ! Reprends-toi, Lennox. C'est une question d'affaires. Ce n'est pas le moment de te laisser diriger par la passion.

— Nous n'avons rien à nous dire. À présent, lâchez-moi.

Rosalind refusait de le regarder. Elle gardait le menton

pointé dans une autre direction. Sa résistance était charmante.

Charmante ? À quoi diable pensait-il ? Il n'avait jamais aimé que les gens refusent de faire ce qu'il leur demandait. Il n'accepterait pas un non. Dans le monde des transports maritimes, il était aussi impitoyable que calculateur et précis, s'attirant le respect, mais aussi l'antipathie de ses compétiteurs.

— Oh, ma chère, sur ce point, vous vous trompez. Nous avons *beaucoup* de choses à nous dire.

La main libre d'Ashton lui saisit le menton pour la forcer à se tourner vers lui. Surprise, elle cligna des paupières, ses yeux brillants dans l'obscurité.

— Vous avez été une méchante fille.

Le timbre riche de sa voix la fit pâlir. Était-elle aussi légèrement effrayée ? Bien. Pourquoi l'idée de la surprendre de la sorte, de la tenir captive, lui réchauffait-elle les sens ? Était-ce ce que ressentait Godric quand il dominait sa chère Émily ? Était-ce pour cela que son ami avait perdu la tête à propos de tout ce qui touchait à la jeune femme ?

Je ne peux pas ressentir une telle chose. Certainement pas pour cette femme.

Cette pensée, aussi dissuasive qu'elle le fût, ne parvint pas à pénétrer son besoin prédateur de régler cette histoire entre eux.

— Je ne vois pas de quoi vous parlez.

L'hésitation dans sa voix lui révéla tout ce qu'il avait besoin de savoir.

— Existe-t-il une raison particulière pour laquelle vous m'avez chipé mes contrats dans la marine marchande ? Ou bien allez-vous soutenir que c'est purement une question d'affaires ?

Rosalind essaya de se dégager le visage, mais Ashton la coinça dans le coin de l'alcôve. Il avait conscience que son empiétement dans son espace personnel était prédateur, comme un animal sur le point d'attaquer. Ses yeux ravissants s'écarquillèrent et elle essaya de reculer, mais s'en trouva incapable. Il la tenait prisonnière contre le mur, exactement comme il en avait eu l'intention...

— ALORS ? RÉPONDEZ-MOI.

Ashton fit glisser la main le long de son cou. Ses doigts se refermèrent autour de la colonne de son cou, et Rosalind ressentit un pincement de terreur. Mais au lieu de l'étrangler, il la caressa. Elle eut la chair de poule quand une certaine anticipation commença à poindre en elle. Rosalind connaissait la réputation d'Ashton. Il était largement capable de la compromettre. Mais en un tel lieu ? S'y oserait-il ?

Ils s'étaient déjà rencontrés une fois. En décembre dernier, ils avaient été engagés dans une guerre d'enchères pour une compagnie maritime. Elle la lui avait concédée simplement pour satisfaire sa curiosité concernant la cause de sa blessure au bras. En échange de la vérité, elle avait cédé et lui avait laissé remporter la compagnie.

Elle n'avait toutefois pas accepté d'abandonner ses autres intérêts. Les affaires de son défunt mari étaient très importantes pour elle, représentant le moyen de rester indépendante. S'il s'imaginait ne serait-ce qu'une seconde qu'elle les abandonnerait parce que leurs intérêts convergeaient, il se trompait complètement.

— J'ai tout autant le droit que vous de briguer ces contrats, argumenta-t-elle.

Le regard d'Ashton fit un bond de ses yeux à ses lèvres.

— Si c'est mon attention que vous voulez, ma petite chatte, je vous assure que vous l'avez.

— Je ne suis pas votre *petite chatte*, répliqua Rosalind.

Il se colla encore davantage à elle contre le mur, pressant son corps contre elle avec un ricanement bas.

— Vous le deviendrez. J'ai fait plier plus d'une femme à ma volonté en utilisant ses propres désirs contre elle. Vous ne serez pas différente.

Ashton avança suffisamment les hanches pour lui faire comprendre que se tortiller pour lui échapper ne servirait pas à grand-chose.

— C'est une question d'affaires, rien de plus.

Pourquoi fallait-il qu'elle soit aussi essoufflée ?

— Balivernes !

Il utilisait contre elle cette même voix dangereusement rauque. Sur ses lèvres, ce mot généralement bête avait une étrange consonance érotique.

— C'est vrai.

— Menteuse !

— Comment osez-vous me traiter de menteuse ? siffla Rosalind, outrée.

Cette crapule avait l'audace de lui sourire. Son tempérament écossais s'enflamma et son accent naturel lui échappa.

— 'spèce de brute !

Elle se libéra de son emprise et abattit un poing serré contre sa poitrine.

Ce coup tira un grognement à Ashton, apparemment surpris par sa force, et il baissa les yeux vers le poing enfoncé dans son torse. Il leva le visage pour croiser son regard et haussa un sourcil blond d'un air défiant.

— Vous n'avez pas mené « d'affaires » avec d'autres compagnies maritimes. Seulement la mienne.

Elle lui répondit en arquant un sourcil sombre.

— Comment pouvez-vous le savoir ?

— C'est dans mon intérêt de connaître ce genre de choses.

— Fichtre, vous m'avez donc épiée ?

Elle détestait ne pas pouvoir s'empêcher de parler comme une Écossaise, au lieu de la lady anglaise qu'elle avait tant peinée à devenir.

— Alors vous l'admettez ?

Il avait toujours une main sur son cou et ses doigts élégants lui caressaient la peau, même alors qu'elle essayait de se libérer de son emprise.

— Bien sûr que non. J'aimerais simplement savoir comment vous êtes parvenu à une conclusion aussi *stupide*.

La main d'Ashton se resserra très légèrement autour de sa gorge comme le murmure d'une menace.

— J'ai rencontré les autres gérants de compagnies cet après-midi. Selon eux, je suis le seul à subir les effets de votre tempérament écossais.

Rosalind rougissait plus de fureur que d'embarras. Elle enfonça les doigts dans le poignet robuste positionné si près de son cou et tenta de le retirer. L'espace d'une seconde, elle parut sur le point de réussir et Ashton la regarda d'un air surpris avant de redoubler ses efforts pour la tenir en place.

— Qu'espériez-vous obtenir par vos manigances ? demanda Ashton. J'étais prêt à vous laisser tranquille si vous gardiez également vos distances. Mais voilà que vous tirez sur la queue du chat et osez me demander *pourquoi* vous êtes à deux doigts de vous faire griffer ?

— Me menacez-vous, Lord Lennox ? demanda Rosalind.

Il allait certainement s'arrêter. Il allait certainement la laisser tranquille à présent qu'il lui avait fait connaître son mécontentement.

— Oui, Lady Melbourne. Et j'ai bien peur que vous n'appréciiez pas mon type de châtiment.

— J'ai eu vent de vos ruses, Lord Lennox. Vous ne parviendrez pas à détruire ma compagnie. Mes finances sont solides. J'ai très peu de dettes et mes contrats sont en béton. Votre « châtiment » serait une perte de temps.

Rosalind était certaine de l'avoir mouché. Aucun de ses actes ne lui causerait la moindre frayeur.

Puis il l'embrassa. *Fort.*

Elle essaya de le repousser, mais malgré tous ses efforts, le féroce baron était comme un bloc de pierre. C'était comme d'essayer de déplacer un rocher. Un rocher très beau, chaud et masculin...

Alors, le baron souhaite jouer à ce petit jeu ?

Rosalind allait combattre le feu par le feu. Avait-il l'intention de lui enivrer les sens et de remplacer la raison par le désir ? Croyait-il sa résolution aussi faible ? Toutes les femmes pouvaient s'attendre à ce genre de comportement choquant de la part d'un homme, mais avait-il vraiment réfléchi à ce qu'*il* ferait s'il était confronté à une femme tout aussi déterminée ?

Elle lui rendit chaque baiser, s'avançant jusqu'à ce que son corps se retrouve plaqué contre lui. Elle ne niait pas que c'était agréable, mais elle ne pouvait pas se permettre d'y penser, pas maintenant. Une bataille était en train de se jouer et elle allait l'emporter !

Quand il cala sa cuisse entre ses jambes et commença à retrousser ses jupons autour de ses hanches, elle se mordit la lèvre inférieure. Il montait déjà les enjeux ! Elle sentit ses doigts s'enfoncer dans la chair nue de ses cuisses alors qu'il lui soulevait la jambe droite pour la passer autour de sa hanche. Le goût du sang et du brandy que s'échangeaient leurs bouches fut le catalyseur de l'excitation de Rosalind.

Elle avait toujours préféré que les choses soient un peu sauvages, mais son ancien époux avait été bien trop vieux et gentil pour lui donner ce qu'elle désirait... pas comme cet homme qui la plaquait contre le mur. Il lui enflammait les sangs avec ses baisers appuyés et ses mains rudes. Il n'était pourtant qu'un outil, une arme à sa disposition, dont elle ne craignait pas de faire usage.

Forçant une main entre leurs corps qui fusionnaient, elle fit descendre ses ongles le long de sa chemise cintrée et de son gilet pour venir empoigner le renflement de son désir qu'elle sentait poindre contre son ventre. Elle le pressa, s'attendant à ce qu'il pousse un cri. Au lieu de cela, elle entendit un grondement guttural alors qu'il se frotta contre la paume de sa main comme un fauve apprivoisé.

— Seigneur, l'effet que vous avez sur moi ! gémit Ashton avant d'enfoncer sa langue au plus profond de sa bouche.

Quelque chose dans la façon bourrue dont il avait prononcé ces mots fit s'enflammer le corps de Rosalind. Elle captura sa bouche, lui rendant son baiser avec autant de férocité. La bataille se poursuivait.

Rosalind se contorsionna contre lui, essayant de se rapprocher, d'apaiser le désir croissant qui l'habitait, un désir qu'elle n'aurait jamais cru ressentir à nouveau pour un homme. Elle avait eu des sentiments pour feu lord Melbourne, mais cela n'était pas de l'amour et certainement pas un désir tel que celui-ci. Si seulement ils s'étaient rencontrés dans d'autres circonstances... Mais il était temps de mettre un terme à cette rencontre.

— Vous appelez cela une punition ? le défia-t-elle, réprimant l'envie de sourire.

Ses halètements et les tremblements de son corps suffisaient à lui faire comprendre qu'il perdait le contrôle. Le baron Lennox, si posé et prudent, était à deux doigts de libérer le côté obscur qu'il croyait si bien cacher.

Elle les soupçonnait d'être faits du même bois, tous les deux. Leurs désirs sombres et avides restaient cachés en société derrière un comportement calme et retenu. Elle voulait voir jusqu'où elle parviendrait à le pousser. Si elle pouvait le faire craquer comme il tentait de le faire avec elle...

— Espèce de petite renarde ! gronda Ashton en la plaquant contre le mur avec une telle force qu'elle s'arrêta momentanément de respirer. Elle sentit son cœur se remettre à battre la chamade et agrippa la nuque d'Ashton, lui abaissant la tête de force pour un autre baiser.

— Vous ne pouvez pas faire mieux ? le nargua-t-elle.

— Qu'est-ce qui vous fait croire que je faisais de mon mieux ?

Avant que Rosalind ne puisse réagir, il avait pénétré de la main ses sous-vêtements en dentelle et collé une paume sur son pubis. Elle en resta bouche bée. Cet acte désespéré risquait de signer sa perte.

Malgré la langue d'Ashton qui conquérait violemment sa bouche, les doigts entre ses jambes étaient doux. Ils exploraient sa moiteur croissante, répandant partout le miel sucré de son intimité. Son ancien mari ne la touchait jamais de la sorte. Il avait pris son corps posément, prenant garde à ne pas lui faire mal, mais il ne lui avait jamais véritablement donné de plaisir non plus.

Par comparaison, le toucher d'Ashton était une douce agonie. Ses caresses sensuelles l'enflammaient. L'excitation était intense et presque douloureuse. Cet homme était son compétiteur. C'était un être impitoyable, ainsi qu'un libertin notoire. Et pourtant, tout ce que ressentait Rosalind était le plaisir d'être désirée, séduite et embrassée avec un abandon sauvage. Elle n'avait jamais encore fait l'objet du désir, et cet instant renforçait les derniers vestiges de son assurance en tant que femme.

ASHTON NE SAVAIT PAS COMMENT RÉAGIR AUX ASSAUTS réciproques et enthousiastes de Rosalind. Il était habitué à ce que les femmes s'abandonnent, succombent ou même s'évanouissent, mais Rosalind luttait avec une férocité égale, lui rendant la pareille. Finalement, il avait frappé là où elle serait la plus vulnérable, et l'initiative paraissait payer.

Il glissa un doigt dans l'intimité de Rosalind, grognant d'un plaisir tendu en sentant la succion et la chaleur. Ses parois internes se serrèrent sur son doigt, et Ashton fut à peine capable de se contrôler. S'imaginer la pénétrer avec autre chose que son doigt suffit à le faire haleter.

— Votre cœur a envie de moi, Rosalind... Il veut que je m'enfonce en vous jusqu'à la garde. Vous le sentez ?

Il inséra en elle un deuxième doigt. Rosalind gémit, sa tête retomba en arrière, ses mains se serrant et se desserrant sur les épaules d'Ashton, comme un chat qui l'aurait frappé avec ses pattes.

— C'est vrai, Milord, mais ne pensez-vous pas que le vôtre aussi a envie de moi ?

Elle referma la main sur son érection, la serrant encore plus sur son pantalon. Elle remua la paume et il faillit tourner de l'œil, ressentant un mélange de douleur et de plaisir. Où avait-elle appris à...

Avant qu'il n'ait eu le temps de réaliser ce qui était en train de se passer, la petite femme l'avait attrapé par les épaules et plaqué contre le mur. Elle reconquit sa bouche et il sentit à nouveau son goût sucré exploser sur sa langue.

Je devrais la repousser. Moi aussi, je suis sur le point de... Oh, diable ! J'ai envie de redevenir coquin...

Ashton replia les bras autour de son corps, s'adossant au mur. À chaque va-et-vient de sa main, il sentait son corps réagir, et l'étroitesse de son pantalon était presque insoutenable.

— N'aimeriez-vous pas me plaquer contre un lit, Lord Lennox ? Voir mes cheveux en corolle sur l'oreiller ? Apprivoiser mon tempérament écossais ? murmura-t-elle.

Un éclair d'excitation bouillonnante descendit directement dans sa verge quand elle parcourut de la langue le contour de son oreille. Il poussa un grognement d'impuissance ; l'image qu'elle venait de décrire était trop parfaite pour la combattre. Puis elle gémit et haleta comme s'il était en train de la prendre, encore et encore. Quelques secondes de plus et il allait...

— Rosalind !

Il siffla son nom quand son corps devint rigide et que le plaisir explosa en lui. Sa verge tressauta et il s'écroula en arrière contre le mur.

Il baissa les yeux vers ses culottes. *Oh, non...*

La petite diablesse écossaise fit un pas en arrière. Au début, il avait cru que c'était par choc ou regret, mais non. Au lieu de cela, elle sourit devant son ouvrage et poussa un éclat de rire rauque.

— Allons... Au moins, mes jupons dissimulent ma légère disgrâce. Je vous souhaite bien de la chance pour gérer la vôtre, Milord.

Avec un sourire narquois, elle retira un de ses gants noirs et le laissa tomber à terre entre eux.

Se débarrassait-elle de l'accessoire qui avait touché son membre ou était-ce une sorte de défi ? Souriant toujours, elle lissa ses jupes et quitta l'alcôve.

Se retrouvant seul pour réprimer son irritation, Ashton ne put que lancer un regard noir à lady Melbourne alors qu'elle disparaissait dans la cohue, se préparant au deuxième acte de l'opéra. Comment une femme était-elle parvenue à avoir la main haute sur lui ? Impossible de sortir dans cet état-là ! Il devrait attendre que l'opéra ait pris fin et que la foule se soit dispersée.

Ashton abattit la paume de sa main sur le mur contre lequel il était adossé et il inspira profondément. Puis il baissa les yeux vers le gant avant de le ramasser avec une joie vengeresse, le remisant dans la poche de sa redingote. Il trouverait un moyen de le rendre à Rosalind quand les circonstances joueraient en sa faveur. Une fois qu'il aurait mis un terme à ce petit jeu.

Petite renarde. Je vais vous le faire payer.

11

La petite carte blanche calée contre le miroir de la coiffeuse épelait le destin d'Anne avec une écriture délicate.

Vous êtes cordialement invité à Chessley Manor
pour un petit-déjeuner afin de célébrer le mariage de
lady Anne Isabelle Chessley et de
lord Cédric Alexander Sheridan.

— Suis-je vraiment en train de le faire ? demanda-t-elle à haute voix.

Émily se dressait derrière Anne, sa ravissante silhouette sublimée par une robe de demoiselle d'honneur en soie bleu pâle.

— Anne, vous êtes vêtue d'une robe de mariée, en train d'attendre la calèche qui vous emmènera à Saint-Georges. Ou bien c'est un monstrueux canular que vous avez concocté pour choquer le Tout-Londres, ou alors vous êtes bel et bien en train de le faire.

Anne s'agitait, ses mains courant sur la robe en soie argentée ornée de dentelle le long du corsage, des manches et de l'ourlet. La porte de la chambre à coucher d'Anne s'ouvrit et Horatia jeta un œil à l'intérieur. Émily et elle portaient de ravissantes robes assorties surmontées de petits voiles de tulle.

— Émily, votre calèche est apprêtée. Cédric et les hommes sont en route vers l'église. C'est à votre tour.

Horatia adressa un sourire radieux à Anne.

— Déjà ? Très bien, je suis prête.

Les mains d'Émily placèrent la couronne de roses et de fleurs d'oranger par-dessus le voile fin et l'y fixèrent avec quelques épingles. Une fois satisfaite, elle déposa un baiser sur la joue d'Anne et quitta la pièce.

Horatia s'attarda un instant.

— Je voulais vous remercier, Anne.

— De quoi ?

La sœur de Cédric serrait les mains devant elle, les yeux remplis de larmes.

— Mon frère est le meilleur des hommes. Il a dû élever deux sœurs et a subi la perte de nos parents ainsi que plus tard, celle de ses yeux. La vie lui a dérobé tant de choses et je crains qu'elle lui en retire encore beaucoup ! Mais grâce à votre présence à ses côtés, il n'affrontera pas le monde seul. Je ne sais pas si vous êtes en mesure de comprendre mon point de vue, puisque vous êtes fille unique. Quand j'ai épousé Lucien et qu'Audrey a été envoyée en Europe... j'ai eu peur pour lui. Il était terriblement seul.

— Il ne l'est plus.

Anne aurait voulu que ses yeux cessent de brûler. Elle se sentait bête d'avoir envie de pleurer.

— Je ne sais peut-être pas ce que c'est que d'aimer un frère ou une sœur et de partager leurs tourments, mais la solitude est quelque chose que je comprends. Aujourd'hui, je vais me promettre à votre frère pour que ni l'un ni l'autre ne soyons plus jamais seuls. Nous allons survivre ensemble.

Anne avait à peine fini de parler qu'Horatia l'étreignit férocement.

— Merci, ma sœur.

Horatia essuya une larme qui coulait sur sa joue et embrassa Anne avant de quitter la chambre. Anne inspira profondément, mais un coup à la porte la fit sursauter. Elle rassembla ses jupons et alla ouvrir, découvrant que le duc d'Essex se dressait là.

— Pardonnez-moi, Madame, mais j'ai pensé que je pourrais vous escorter jusqu'à l'église. Cédric m'a dit que vous n'aviez pas de parents masculins pour vous accompagner à l'autel.

À cet instant, Godric rougit, mais il poursuivit courageusement.

—Je serais honoré de le faire, si vous le désirez.

Anne n'avait jamais encore vu chez lui ce côté timide, balbutiant et incertain. Pas étonnant qu'Émily soit folle amoureuse de lui ! Sous un masque de sévérité se trouvait un homme aux émotions profondes.

— Vous feriez cela pour moi ?

— Vous faites à présent partie du monde de Cédric et donc du mien. Je ne souhaite rien de plus que de vous escorter comme il se doit jusqu'à mon ami. Qui plus est, personne ne devrait se rendre seul à son propre mariage.

Godric lui tendit le bras. Anne y passa une main et se laissa conduire jusqu'à la calèche.

Anne s'était attendue à ce que son trajet jusqu'à Saint-Georges soit solitaire, mais le charmant duc assis en face d'elle rendit le voyage amusant et bien moins inquiétant. Ils ne mirent guère de temps à arriver à l'église. Godric sortit en premier et lui offrit sa main. Elle aplatit ses jupes et descendit.

Devant elle, les portes s'ouvrirent et à l'intérieur, elle vit des centaines de curieux, ainsi que des membres de la famille des amis les plus proches de Cédric. Il ne paraissait pas y avoir un seul siège de libre.

Une onde de peur la traversa et elle se glaça, incapable de faire un pas de plus. Godric la fit se tourner vers lui.

— Anne, écoutez-moi. Regardez droit vers l'avant de l'église. Trouvez-le. Il vous attend.

Godric la fit se retourner vers l'ouverture caverneuse et elle l'aperçut. Cédric était très agité, comme s'il avait senti ses yeux sur lui.

— Regardez-le-*lui*, seulement lui. Aujourd'hui, c'est juste vous et Cédric. Il n'y a personne d'autre dans l'église. Avancez vers lui et lui seul.

Godric lui pressa la main et elle se retrouva subitement descendant l'allée centrale avec lui. Ses pieds se déplaçaient tous seuls, la rapprochant de plus en plus de son destin.

Ne regarde que lui. C'était exactement ce qu'elle faisait. Se dressant à côté de Cédric, Ashton se pencha et lui murmura quelque chose à l'oreille. Ce qu'Ashton lui avait dit parut bannir les ombres sur le visage de Cédric, les remplaçant par un sourire empli de soulagement. L'imitant, Anne ne put s'empêcher de sourire.

On est capables de le faire ! s'encouragea-t-elle en silence.

Plus elle s'approchait, plus elle admirait l'homme qu'elle s'apprêtait à épouser. Il se dressait fièrement de toute sa taille dans une redingote bleu foncé. Son gilet blanc moulait sa silhouette athlétique, comme le faisaient ses pantalons légers blanc ivoire. Même sa cravate était parfaitement nouée. Elle était simple et légère, différente des créations empesées aux multiples ruches que portaient la plupart des hommes. Elle était exactement comme lui : pas d'illusions ; pas d'artifices. Il s'habillait comme le monde aurait dû le voir : un homme de force et de volonté. Il n'était pas un aristocrate aux allures de dandy, mais simplement Cédric, et il était tout ce dont son cœur avait rêvé depuis qu'elle était petite fille.

Plus tard, Anne s'émerveillerait de ne pas pouvoir se souvenir de la musique ou même du visage de l'homme d'Église qui les avait unis. Son esprit et son cœur étaient entièrement concentrés sur la sensation de la main chaude de Cédric unie à la sienne alors qu'ils échangeaient leurs vœux et leurs alliances.

C'était puissant et merveilleux de savoir que ce qu'ils avaient fait aujourd'hui, aucun homme ne pourrait le détruire. Une fois proclamés mari et femme, Cédric déposa un baiser chaste, mais appuyé sur sa joue, dont la tendresse donna le vertige à Anne.

— Et si nous y allions, mon épouse ?

Le visage de Cédric était faussement sérieux.

Anne rit alors qu'il se laissa aller à un ricanement taquin.

— Ouvrez la route, mon téméraire époux, répondit-elle en lui prenant le bras.

Ils passèrent devant les rangées infinies de curieux et de gens qui les félicitaient pour se rendre à leur calèche stationnée à l'extérieur. Des orchidées et des roses avaient été tressées dans le filet délicat qui entourait les côtés de l'habitacle, et les chevaux bais à la robe brillante soufflaient et frappaient du sabot avec impatience. Cédric saisit la main d'Anne pour l'aider à grimper à l'intérieur. Elle se tourna vers lui, prenant son bras pour l'aider. Pour une fois, il ne refusa pas son aide.

Il venait à peine de s'asseoir que Charles et Lucien poussèrent des vivats et que la foule les cribla de riz. Cédric éclata de rire et serra Anne contre lui, la protégeant de la pluie de projectiles. Cédric sortit alors une bourse en velours bleu et en jeta le contenu en l'air. Des enfants se précipitèrent en avant pour ramasser les trésors brillants qui roulaient et cliquetaient contre les marches en pierre de l'Église.

— Allons-y, cria Cédric au cocher.

Les chevaux se mirent brusquement en route et Cédric se rassit, gardant un bras autour de la taille d'Anne.

— Je suis absolument affamé. Pas vous ? demanda-t-il.

— Oh, absolument. C'est drôle. Ce matin, je n'ai pas réussi à avaler quoi que ce soit, mais à présent, je meurs de faim, admit Anne.

— J'ai eu la même crise de panique. J'avais mangé la moitié d'un scone quand je me suis rendu compte que je ne serais pas capable d'avaler une bouchée de plus. Je suis vraiment soulagé que tout ceci soit terminé...

Il s'interrompit, l'air hésitant.

— Je doute que ce soient des paroles particulièrement romantiques, n'est-ce pas ?

Anne posa la tête sur son épaule.

— Effectivement, cela ne l'était pas, mais je dois avouer que je partage ce sentiment. Quand Godric et moi sommes arrivés devant les portes de l'église, j'ai failli m'enfuir. Vous vous imaginez ? Apercevoir tous ces gens qui me dévisageaient...

— Alors comment êtes-vous parvenue à vous rendre à l'autel ?

Le ton léger de Cédric ne dissimulait pas son inquiétude.

— Je vous ai vu ; vous m'attendiez. Après quoi, plus rien d'autre n'a compté.

Anne se reprocha d'avoir dit quelque chose d'aussi bête et sentimental. Cela la faisait passer pour une romantique invétérée. Elle ferma les yeux, espérant pouvoir ravaler ces paroles. Quand elle les rouvrit, le visage de Cédric n'était qu'à deux centimètres du sien. Il entoura son visage de ses gants blancs et colla leurs fronts ensemble.

— C'est ce que j'aime chez vous.

— Quoi, donc ?

Le regard d'Anne tomba sur ses lèvres sensuelles, si proches des siennes.

— Qu'au fond, vous n'êtes pas froide. Vous êtes un incendie, un brasier qui me consume.

— Je ne suis pas..., commença-t-elle.

Mais Cédric prit possession de sa bouche par un baiser lent et captivant. Il effaçait tout ce qui s'était produit avant. Elle se sentait toute nouvelle, la jeune mariée rougissante qu'elle aurait dû être plusieurs années auparavant. Quand leurs lèvres se séparèrent enfin, elle avait tout oublié de leur conversation.

— De quoi parlions-nous ?

Cédric frottait ses lèvres contre les siennes en une caresse délicate.

— Que je sois damné si je m'en souviens.

Sa remarque les fit rire tous les deux.

La calèche s'arrêta devant Chessley Manor où devait se tenir le repas de mariage. Durant leur brève absence, le personnel avait transformé le manoir en un jardin vivant.

— Je sens l'odeur des fleurs, beaucoup de fleurs, fit observer Cédric en tournant la tête comme un chien de chasse qui humait une odeur familière.

— Ma gouvernante s'est surpassée.

Anne et Cédric entrèrent dans le salon du matin et découvrirent l'étalage de nourriture. Il y avait notamment des plateaux en argent délicats chargés de viandes et de salade de homard. Au centre de la table trônait un gâteau richement décoré qui attendait d'être dévoré.

— Sommes-nous seuls, Anne ? s'enquit Cédric.

Les invités n'étaient pas encore arrivés de l'église et les serviteurs avaient pris la poudre d'escampette en voyant le couple de jeunes mariés entrer dans le petit salon.

— Nous le sommes.

— Excellent. Guidez-moi jusqu'au gâteau.

Il retira ses gants blancs et les mit dans sa poche. Anne fit ce qu'il lui demandait, curieuse de voir ce qu'il voulait.

— Maintenant, enfoncez un doigt dans le glaçage.

— Quoi ?

— S'il vous plaît... Malgré son regard vide, son expression bouillonnait de chaleur.

— Très bien, même si je ne vois pas pourquoi vous voudriez que je gâche notre gâteau.

Anne enfonça le doigt dans un endroit discret près de la base de la pâtisserie, là où elle espérait que personne ne le remarque. Une noix de glaçage blanc lui recouvrait l'index.

Avant de pouvoir l'en empêcher, Cédric lui captura la main pour prendre son doigt dans sa bouche et le sucer. Elle sentit le glissement chaud de sa langue et un gémissement s'échappa de ses lèvres.

— Et si on recommençait ? proposa-t-il d'une voix rauque.

— Non, dit-elle.

Mais elle le regretta quand elle vit son visage se défaire. Il ne pouvait pas la voir, ne pouvait pas savoir qu'elle avait eu l'intention de lui rendre la pareille. Elle lui prit la main pour lui faire prudemment courir l'index le long du même tracé qu'elle avait effectué, et le recouvrit de glaçage. Il se raidit quand elle porta sa main à sa bouche. Anne lécha le glaçage sur son doigt, savourant le goût du sucre sur sa peau. Cette combinaison était presque un péché. Elle s'habituerait vite à un goût aussi décadent ! Et à en juger par l'expression de Cédric, elle sentait qu'il avait envie de faire plus que de lui rendre son coup de langue.

— Comme je l'ai dit, mon épouse. Un brasier !

Charles marmonnait tout seul alors qu'il examinait les deux sillons suspects dans le glaçage de sa part du gâteau des mariés.

— Dites donc, on dirait que quelqu'un s'est servi avant moi !

— Contentez-vous de manger, répondit Cédric d'un ton bourru en enfonçant sa cuillère dans sa propre part.

Sa chère Anne, prévenante, lui avait apporté une cuillère, se souvenant de son aversion pour les ustensiles pointus.

— Très bien, mon vieux.

Charles enfonça la fourchette dans le délicieux gâteau et en avala une bouchée avant de reprendre la parole.

— Je ne pensais pas que vous aviez vraiment l'intention de le faire, vous savez. Mais quelque part entre l'échange des anneaux et les vœux, je me suis fait la réflexion que vous avez vraiment des sentiments pour votre épouse.

— Bien sûr que j'ai des sentiments pour elle.

— Je veux dire *vraiment*. Je crois que vous êtes à deux doigts de tomber amoureux d'elle.

Les mots *tomber amoureux* avaient été prononcés avec la même excitation qu'un médecin qui découvre une épidémie de peste.

Cédric trouva l'épaule de Charles et la secoua d'un geste fraternel.

— Allons, ne vous réjouissez pas trop pour moi.

Tout autour d'eux, le petit salon des Chessley était rempli d'invités qui mangeaient et discutaient. Cédric avait rempli à ses obligations de saluer les invités et recevoir les nombreux toasts à la santé de tout le monde avant de pouvoir s'échapper. Il s'était terré à l'écart, dans un coin, où Charles était venu le rejoindre.

Ce dernier changea de sujet.

— Anne et vous avez songé à ce que vous pensez faire du manoir ?

— Je n'ai pas encore décidé. C'est une demeure charmante, mais je me demande si Anne voudra la garder après avoir perdu son père. Pourquoi me posez-vous la question ?

— Eh bien, j'ai accompagné Jonathan à la banque de Drummond hier, et il avait bien l'intention de décrocher un prêt pour acheter sa propre résidence indépendante. Je crois qu'il a l'intention de s'établir et de se construire une vie. J'imagine qu'il est las d'être constamment transbahuté entre les demeures de Godric et d'Ashton.

— Vous pensez qu'il a l'intention de se poser ? À son âge ?

Cédric n'avait pas cru cela possible. Ses amis et lui venaient à peine de commencer à se poser eux-mêmes et Jonathan avait quasiment dix ans de moins qu'eux.

— Il s'intéresse peut-être sérieusement à votre proposition concernant Audrey. S'il décroche un prêt d'ici la semaine prochaine, il pourra commencer à préparer un joli petit nid pour une future épouse.

Quelques mois auparavant, ce commentaire aurait provoqué chez lui une rage incontrôlable, mais à présent, Cédric y songeait sérieusement.

— Vous le pensez vraiment ? J'en discuterai avec Anne ce soir.

— N'êtes-vous pas plus intéressé par des activités qui n'impliquent *pas* de parler ?

— Faites attention, Charles, le prévint Cédric d'un ton qui restait taquin.

— Vous pensez que vous allez vous entendre ?

— Avec le temps, oui, mais je crois que je vais devoir lui faire découvrir la passion lentement. Elle se sentira probablement complètement dépassée. Étant vierge, la première fois, elle ressentira de la douleur et de la gêne. Seigneur ! J'aimerais endosser cette douleur un millier de fois si cela pouvait la lui épargner.

— Vous êtes devenu tendre, Cédric. Il y avait dans la réprimande de Charles de l'amour que seule pouvait produire la plus profonde des amitiés.

— Si c'est le cas, alors que mon cœur ne s'endurcisse plus jamais !

— Trinquons à cela ! le félicita Charles avant de redevenir sérieux. Oh, vous feriez mieux d'aller secourir votre épouse. Je crois que lady Dalrumple et sa sœur sont en train de lui rebattre les oreilles.

— Quoi ? Guidez-moi, voulez-vous ?

Cédric s'accrocha au bras de Charles et ils traversèrent la foule des invités. Cédric sut qu'il avait atteint sa destination parce que la voix aiguë de lady Dalrumple menaça de lui percer les tympans.

— *Vous* ! Lord Sheridan, vous avez fait quelque chose de *très* téméraire. Je disais *justement* à votre femme…

— Je vous demande pardon ?

Cédric interrompit ses cris perçants.

— Vous *marier* moins d'une *semaine* après la mort de lord Chessley ? Cela ne se fait *pas* !

— Absolument pas ! ajouta la sœur de lady Dalrumple.

— Je suis désolé que vous le pensiez, Lady Dalrumple. J'admets avoir un faible pour lancer de nouvelles modes en société, répondit Cédric en plaquant un sourire charmeur sur son visage. Je ne doute pas qu'à la saison prochaine, ce sera très en vogue parmi la bonne société.

— Quelle *impudence* !

Lady Dalrumple braqua à nouveau son attention vers Anne.

— N'avez-vous pas *honte*, lady Sheridan ? Vous avez *craché* sur les codes d'éthique de la société *raffinée* et je ne le *tolèrerai* pas. Sachez bien que je m'assurerai *personnellement* de vous bannir pour toujours de la *bonne* société !

Cédric entendit Anne retenir son souffle et sa propre fureur grandit comme une violente tempête. Se raccrochant à son contrôle qui se délitait, il reprit une attitude polie.

— Cela ne me dérange absolument pas, dit-il avec un

sourire narquois. D'ailleurs, je considérerais cela comme une faveur si votre influence parvenait à accomplir une tâche aussi herculéenne. Ma femme et moi avons des choses beaucoup plus amusantes à faire entre nous que d'assister à des bals et des galas. À présent, je crois que je vais vous raccompagner hors de notre maison. Je ne voudrais pas que votre réputation soit souillée par votre présence en ces lieux. Cédric relâcha sa prise sur Charles et par chance, il trouva le bras ballant de lady Dalrumple.

— Venez, Madame, je vais vous accompagner jusqu'à la porte, dit-il à voix haute. Alors qu'il commençait à entraîner la matrone balbutiante à sa suite, il pria pour ne pas entrer en collision avec quoi que ce soit. Quant à la dame...

Lady Dalrumple poussa subitement un glapissement de douleur.

— Oh, vraiment désolé. J'ai toujours trouvé cette porte trop étroite.

L'excuse feinte de Cédric lui valut un ricanement moqueur de la part de Charles.

— Mais que... Ouh !

La réponse de lady Dalrumple s'interrompit brusquement quand la botte de Cédric la fit trébucher. Sa main libre trouva le loquet de la porte et il l'ouvrit en grand.

— Ah, voici la sortie. Passez une bonne journée, Madame, et je vous prie de ne jamais revenir. Au revoir !

Cédric la poussa pratiquement à travers la porte alors que sa sœur lui courait après.

— Vous ne pourrez pas vivre sans les bénéfices de la société, Lord Sheridan ! cria lady Dalrumple.

— Si, nous le pouvons, et nous serons ravis de le faire. À présent, si vous voulez bien m'excuser, il faut que j'aille ravir ma femme.

Cédric claqua la porte épaisse en bois de chêne et s'y

adossa. C'est alors qu'il huma l'odeur des orchidées sauvages qui taquinaient l'air.

— Anne ?

Le son des jupes de satin qui glissaient sur le sol se dirigea vers lui. Avant qu'il ne puisse dire quoi que ce soit, son corps fut enveloppé par celui d'Anne. Elle enfonça le visage dans le creux de son cou et enroula les bras autour de lui.

— Êtes-vous terriblement en colère contre moi ? demanda Anne.

Cédric était véritablement confus.

— Pourquoi devrais-je être en colère ?

— C'est moi qui suis venue vous trouver pour cette histoire de mariage et voilà que vous vous êtes fait des ennemies puissantes.

— Des ennemies puissantes ? Ma chérie, je vous en prie. Lady Dalrumple n'est qu'un moucheron irritant. Ses bourdonnements sont certes contrariants, mais entièrement inoffensifs. Je ne sais même pas comment elle a reçu une invitation. Cela étant, si vous pensez me devoir quelque chose, je serais ravie de vous fournir quelques idées pour me repayer.

— Pourquoi ai-je le soupçon que cela implique le ravissement de ma personne ?

Anne rit. Cédric se délecta de la sensation de son corps qui tressaillait de rire. Il posa les mains sur ses hanches, la plaquant contre lui alors qu'il pressait les lèvres sur son front.

— Je ne vous demande qu'un baiser, ma chère épouse.

— Juste un ?

— Mais long, de préférence, clarifia-t-il.

— Très bien. Les mains d'Anne remontèrent le long de son dos, traçant les contours de ses muscles et de la courbe de ses omoplates alors qu'elle se hissait sur la pointe des pieds pour l'embrasser.

Quand leurs lèvres se rencontrèrent, Cédric ferma les

yeux, s'enfonçant plus profondément dans cette grisaille dont il ne pouvait jamais s'échapper. Mais quand il étreignait Anne, quand il l'embrassait de la sorte, il pouvait presque sentir sa vision revenir. Un fourmillement parut s'emparer de lui et pendant une brève seconde, il crut voir des étoiles. Anne approfondit le baiser et il abandonna volontiers tout son être à sa tendre douceur. Il avait beau aimer dominer les sens de la jeune femme, il préférait quand elle faisait bien plus que simplement réagir à lui, quand elle se comportait comme si elle le désirait tout autant qu'il la désirait. Leurs lèvres se séparèrent avec un petit bruit et Anne poussa un soupir rêveur.

— Sommes-nous tenus de retourner au petit-déjeuner ? murmura Cédric contre le creux de sa gorge alors qu'il faisait pleuvoir des baisers le long de sa peau. Il se réjouissait de la façon dont le corps d'Anne réagissait.

— Nous le devons. Ce serait particulièrement déplacé, même pour nous, de disparaître de notre propre petit-déjeuner de mariage. Particulièrement après avoir congédié une invitée. Moucheron ou pas.

Cédric poussa un grognement de défaite et à contrecœur, il laissa Anne quitter son étreinte. Il perçut la perte de sa chaleur comme un trou béant dans sa poitrine.

— Très bien.

Cédric prit le bras d'Anne et ils retournèrent dans le salon du matin.

❧

LES DERNIERS INVITÉS PARTIRENT ENFIN APRÈS QUATRE heures de l'après-midi. Anne et Cédric s'écroulèrent, épuisés, dans le parloir. Le voile et la couronne grattaient terriblement la tête d'Anne, et elle s'autorisa enfin à les retirer. Tout en ôtant les épingles de sa coiffure, elle regarda Cédric s'installer près d'elle sur le canapé.

— Dites donc, je crois qu'on s'est très bien débrouillés, mon cœur. Qu'en pensez-vous ?

— À part la scène désagréable avec lady Dalrumple, je suis plutôt d'accord.

Elle décrocha la couronne de ses cheveux et la posa à terre. Le voile suivit et Anne laissa la dentelle flotter jusqu'à terre avant de pousser un soupir de soulagement. Son poids n'alourdissait plus sa tête et les débuts d'une migraine atroce s'estompèrent avant de pouvoir prendre racine.

— Tout va bien ? demanda Cédric.

— Oui. Je viens enfin de me débarrasser du voile et de la couronne.

— Venez, dit Cédric.

— Pourquoi ?

Anne était trop fatiguée pour le repousser s'il décidait de la ravir enfin.

— S'il vous plaît, approchez-vous.

Il écarta les bras et elle trouva ce geste tendre. Cela la faisait se sentir désirée, et pas simplement physiquement. Elle n'hésita que pendant un moment. À la seconde où elle fut suffisamment proche, Cédric la saisit par la taille et l'attira sur ses genoux. Il ajusta son corps pour pouvoir s'allonger sur toute la longueur du canapé. Il tira le corps d'Anne au-dessus du sien, le dos contre sa poitrine. Anne posa les mains sur ses cuisses et se déplaça lentement alors que les mains de Cédric lui caressaient ses épaules, désamorçant la tension d'un massage et dénouant les points de stress.

— Laissez votre tête retomber.

Anne obéit sans protester, sa tête trouvant un endroit parfait sur son épaule.

— C'est le paradis.

Anne se sentait comme un chat qui ronronnait, ravie de laisser son maître la caresser et la masser pour l'éternité.

— Qui aurait deviné que ma femme se laisse séduire aussi

facilement ? ricana Cédric, son souffle chaud caressant plaisamment l'oreille d'Anne.

Elle avait les paupières lourdes.

— C'était une belle journée, n'est-ce pas ? Elle lutta pour rester éveillée, mais elle perdait la bataille.

— Je suis simplement soulagé que ce n'ait pas été un désastre, dit-il.

Elle sombra dans le sommeil, sentant le contact de Cédric l'envelopper de chaleur.

Une fois qu'Anne se ramollit entre ses bras, Cédric comprit qu'elle était entièrement à sa merci. Au lieu d'en tirer profit comme il l'aurait fait autrefois, il se sentit plutôt tenu de la protéger. Il poursuivit ses douces caresses jusqu'à ce que la respiration d'Anne s'approfondisse pour adopter le lent et doux rythme du sommeil. Il aurait voulu rester là, son corps enlacé contre le sien, mais leur position n'était pas très confortable s'il souhaitait également se reposer.

— Il est temps d'aller se coucher, murmura-t-il même si elle ne pouvait pas l'entendre.

Il s'extirpa du corps d'Anne et se redressa pour aller ouvrir la porte du parloir. Il appela une bonne pour aller préparer le lit d'Anne et sortir de sa malle une de ses chemises de nuit. Il n'était pas question de l'emmener dans sa maison de Curzon Street ce soir-là.

Au cours des derniers jours, Cédric avait passé beaucoup de temps à s'habituer à la configuration de Chessley Manor. Cela lui servit quand il prit Anne dans ses bras et se mit prudemment à descendre le couloir vers sa chambre. Aidé par la bonne qui lui murmura quelques conseils, il déposa Anne sur les draps fraîchement lavés.

— Devrais-je la déshabiller ? proposa la bonne.

— Oui, merci. Je le ferais volontiers moi-même, mais je ne souhaite pas la réveiller en essayant.

Cédric s'assit près de la cheminée vide et écouta le frou-frou du tissu alors que la bonne habillait Anne pour la nuit.

— Elle est prête, Milord, murmura la bonne avant de s'éclipser.

Cédric retrouva son chemin jusqu'au lit et retira ses bottes, sa redingote et son gilet. Quand il se retrouva seulement vêtu de son pantalon, il se trouva assez bien pour se détendre, mais pas assez pour choquer Anne si elle devait se réveiller et découvrir sa compagnie sous les couvertures.

Petit à petit, se rappela-t-il. Il fit glisser Anne sous la courtepointe, s'arrêtant quand elle remua et murmura quelque chose d'inintelligible.

— Reposez-vous.

Il lui écarta les cheveux du visage puis grimpa dans le lit avec elle, calant son corps contre le sien. Elle se lova entre ses bras et soupira comme un nourrisson contenté. La sentir contre lui était fantastique, divin. Après des années passées à séduire et culbuter les femmes, il avait enfin attrapé celle qu'il n'aurait jamais voulu laisser filer.

❧

ANNE S'ÉVEILLA TÔT DANS LA MATINÉE, ALORS QUE LES lueurs pâles de l'aube n'étaient qu'une présence terne et grise derrière les rideaux. Même si le lit était vide, elle avait la sensation étrange qu'il ne l'avait pas été quelques instants auparavant. Clignant des paupières et avec un bâillement délicat, elle étira ses membres et se redressa.

C'est alors qu'elle se rendit compte qu'elle était toujours dans sa propre maison, dans sa chambre à coucher de Chessley Manor. Elle n'était pas parvenue à la résidence particulière de

Cédric la veille, après la longue célébration. Que s'était-il passé ? Il n'avait certainement pas accepté de se voir privé de sa nuit de noces ? Anne se rappela vaguement s'être installée sur les genoux de Cédric dans le parloir puis somnoler sous ses tendres caresses. Après quoi, ses souvenirs s'estompèrent. Où était son mari ?

Son mari. Ce mot si étrange avait à présent intégré son vocabulaire quotidien.

— Madame ?

Une jeune femme de chambre passa la tête dans la chambre à coucher d'Anne.

— Entrez, Nelly.

La bonne entra, chargée d'un plateau de thé et de scones à l'odeur délicieuse. L'estomac d'Anne en gronda de plaisir.

— Sa Seigneurie a pensé que vous auriez peut-être faim.

— Et il a raison !

Son estomac émit un autre bruit impatient alors que Nellie posait le plateau sur le lit.

— Nellie, mon mari est-il toujours ici ?

— Il est parti il y a dix minutes à peine. Il m'a chargée de vous dire qu'il a fait des préparatifs pour votre départ pour Brighton dans quelques heures. J'ai déjà empaqueté vos plus beaux atours. Sa Seigneurie a dit que tout ce dont vous auriez pu avoir besoin par ailleurs pourra être acheté à Brighton plus tard.

Anne avala une gorgée de thé et essaya de rester calme. Ils partaient déjà ? La perspective d'abandonner sa vie ici, même si ce n'était que pour une lune de miel d'un mois, l'effrayait. Elle resterait seule avec Cédric sur sa propriété. Ce n'était pas qu'elle ne souhaitait pas passer du temps en privé avec lui. Ce qui l'inquiétait était qu'ils en connaissaient très peu l'un sur l'autre. Anne haïssait par-dessus tout les silences maladroits.

— Vous avez déjà tout empaqueté ? demanda Anne à Nellie, même si elle connaissait déjà la réponse.

— Oui, Madame. Oh ! J'ai complètement oublié. Sa Seigneurie a laissé ceci pour vous.

Nellie tendit à Anne un petit écrin en velours bleu. Elle le prit et l'ouvrit avec une certaine appréhension. À l'intérieur se trouvait un magnifique grenat encerclé par des diamants minuscules. Il n'y avait pas de chaîne, seulement un lourd ruban de satin équipé à l'arrière d'un fermoir en métal.

— Qu'est-ce que c'est ? demanda Anne à Nellie.

— Il m'a chargée de vous dire qu'il a pensé que vous aimeriez le porter quand vous choisirez de retirer la bague qu'il vous a offerte. Il sait que vous aimez faire du cheval et qu'une bague risque de s'accrocher à vos gants. Il avait peur que si cela arrive, vous soyez tentée de la retirer souvent, risquant ainsi de la perdre. Voulez-vous que je vous aide à l'enfiler ?

— Oh, oui, s'il vous plaît.

Anne s'émerveillait de la couleur bordeaux soutenue du grenat et du chatoiement subtil des diamants élégants. Elle n'avait jamais été séduite par les joyaux coûteux, mais cet imposant bijou simple semblait fait pour elle. Comment avait-il su qu'il lui plairait ? Qu'elle le chérirait comme elle ne l'avait jamais fait pour d'autres bijoux, à part l'anneau qu'il lui avait offert et qui appartenait à sa mère ?

Nellie poussa un soupir rêveur.

— Sa Seigneurie a bon goût.

— Oui, n'est-ce pas ? J'aimerais simplement savoir quel cadeau je pourrais lui offrir. Elle savait qu'une boîte de cigares de qualité ou une tabatière gravée n'aurait pas le même effet. Elle voulait lui offrir quelque chose d'extraordinaire, quelque chose dont il ne pourrait plus se passer. Mais quel cadeau pourrait se mesurer à ce critère impossible ?

Anne passa le reste de la matinée à gérer la maison et le personnel avant de partir pour Brighton. La gouvernante avait les choses bien en main et Anne savait qu'elle pourrait dormir sur ses deux oreilles pendant son absence. Anne rangeait son étude quand elle entendit le fracas des sabots et des roues à l'extérieur. Elle dévala les marches comme un chiot, surprise de se sentir impatiente de voir Cédric. Ils faillirent entrer en collision dans le vestibule.

— Ma chérie, vous voilà, grogna Cédric en s'accrochant à elle afin d'éviter qu'elle les renverse tous les deux à terre.

Un bras enroulé autour de sa taille, il baissa prudemment la tête afin de déposer un tendre baiser sur son front.

Ce geste était gentil, doux, domestique et à l'opposé des baisers habituels de Cédric, mais pas moins attachant. Elle ne savait pas qu'il pouvait exister plus qu'un seul type de baiser et à présent, elle les désirait tous, plusieurs centaines, sous toutes leurs formes.

Cédric sourit.

— Vous étiez pressée.

— J'ai couru quand j'ai entendu les chevaux. Je voulais vous voir...

Elle n'eut pas le temps de finir. Les lèvres de Cédric conquirent les siennes en une prise de pouvoir silencieuse. Il y avait de l'amusement dans ce baiser, mais également un feu qui couvait lentement sous cette taquinerie, comme la chaleur réconfortante d'un second verre de scotch.

— Je suis désolée de vous avoir emboutie, marmonna-t-elle entre deux baisers.

— Ne vous excusez jamais pour votre exubérance enfantine. Je la trouve charmante. Je n'aurais pas eu envie d'épouser une créature gracieuse comme un cygne. Je voulais d'une femme qui pourrait sautiller à travers les champs et parcourir des chemins forestiers avec moi.

— Vous parlez de moi comme d'un fidèle chien de chasse, songea Anne d'un air sarcastique.

— Balivernes. Mes chiens dorment à l'écurie, mais votre place est à mes côtés, pour toujours. Qu'en dites-vous ?

Cédric lui pinça les fesses et Anne lui battit la poitrine avec le poing.

— Vous êtes incorrigible.

— Au fond, je suis une canaille. Vous feriez mieux de vous y habituer.

Anne laissa Cédric la conduire à l'extérieur, dans la calèche qui les attendait. Elle dit au revoir au manoir et à la seule maison qu'elle eut jamais connue. De nouveaux horizons s'étendaient devant elle.

❧

MAUDIT SOIT CE SATANÉ ANGLAIS ! JE DÉCIDERAI MOI-MÊME de sa punition.

Samir Al Zahrani avait suivi de loin la voiture des Sheridan le long de la voie très fréquentée qui menait à Brighton. Mais quand la calèche du couple avait emprunté des routes de campagne moins pratiquées qui menaient au domaine, Samir avait été forcé de se retirer, de crainte que le cocher de Sheridan ne se rende compte qu'ils étaient suivis. Se dissimulant derrière les broussailles de la route, il fut en mesure de guider son cheval à travers la forêt qui bordait le sentier tout en évitant d'être vu.

Quand enfin, la calèche s'engagea dans l'allée qui menait à l'immense maison de campagne qu'était Rushton Steading, Samir fit claquer les rênes contre le cou de l'animal, le guidant plus profondément dans la forêt.

L'Anglais, Sir Hugo Waverly... Oui, Samir avait mené sa petite enquête et avait découvert qui était cet homme, ou du moins son identité présumée. Il lui avait conseillé d'attendre le moment idéal avant d'enlever Sheridan et son épouse à leur domicile pour les emmener au port.

Mais Samir n'avait pas la moindre intention de suivre les instructions de Waverly. S'il enlevait Sheridan et sa femme en avance, son bateau pourrait quitter le port plus tôt. Ses hommes étaient de retour en ville, attendant ses instructions. Il aurait été trop ostensible de les faire venir alors qu'il cartographiait encore le terrain de son ennemi et déterminait le degré de protection dont Sheridan disposait.

Observant les cieux, Samir fronça les sourcils. D'épais nuages de tempête se rassemblaient à l'horizon et un vent froid commençait à gagner en intensité.

Le temps anglais. Il en grimaça de dédain. C'était glacial, humide et suffocant. Ce serait un soulagement d'obtenir ce qu'il était venu récupérer avant de rentrer chez lui.

Ce soir, je vais supporter ce temps, mais pas pour très longtemps. Il descendit de son cheval et commença à le guider à travers les bois, ralentissant quand il approcha de la maison. Il devrait certainement ronger son frein en attendant, mais il ferait le nécessaire pour récupérer ses chevaux dans les écuries de Sheridan et – plus important encore – pour accomplir sa revanche.

12

Le temps que Cédric et elle arrivent au domaine des Sheridan, dans les environs de Brighton, Anne avait adopté la douloureuse habitude de se tordre les mains. Rushton Steading, la vaste demeure ancestrale de la famille Sheridan, était intimidante. Le domaine était principalement composé de zones boisées où des bosquets d'arbres se penchaient au-dessus du bord de la route comme des sentinelles silencieuses. Anne inspira d'un air choqué quand leur calèche de voyage sortit de derrière le bosquet le plus proche et que son nouveau monde s'ouvrit devant elle. La demeure était un grand manoir en pierre blanche, comme une balise claire qui se détachait sur une épaisseur vert émeraude.

— Elle vous plaît ?

La voix de Cédric était douce contre son cou et il inspira son odeur.

Anne ne put s'empêcher d'admirer l'édifice aux multiples fenêtres.

— Je n'ai jamais rien vu d'aussi beau. Je vois pourquoi vous aimiez chasser et chevaucher, Cédric. Ce terrain est fait pour ce genre d'activités.

— Mon père et moi avons passé de nombreuses heures dans ces bois, avec des carabines et des chiens.

La voix de Cédric se fit rauque quand l'émotion imprégna ses paroles.

Anne se reprocha son manque de tact. Lui rappeler son passé avait dû être douloureux, hanté qu'il était par le souvenir d'avoir perdu ses proches et ses yeux.

— Quel est le problème, Anne ? Vous vous êtes tendue, fit remarquer Cédric.

Ce n'est qu'alors qu'Anne se rendit compte qu'il s'était approché d'elle par-derrière et l'avait prise dans ses bras. Il lui offrait constamment du réconfort alors qu'elle-même ne lui avait témoigné qu'une indifférence froide. Elle inspira profondément avant de prendre la parole.

— Je suis désolée de vous avoir repoussé, confessa-t-elle.

Ses paroles firent s'immobiliser les mains de Cédric, posées sur sa taille.

— Vous n'avez pas besoin de vous excuser de vous protéger.

Cédric baissa la tête pour lui caresser le cou avec le nez.

— Êtes-vous contrarié que nous n'ayons pas partagé un lit hier soir ? demanda Anne en observant ses lèvres pulpeuses.

— Ne soyez pas bête, mon cœur. Qui plus est, j'ai partagé votre lit, même si nous n'avons fait que dormir.

— Vous étiez là ! J'ai pensé que j'avais peut-être rêvé que vous étiez resté.

— Attendez-vous à ce que je revienne ce soir !

Les mains de Cédric glissèrent le long de ses côtes, les serrant d'un geste possessif. Anne tremblait d'anticipation et sa respiration s'accéléra. Ce soir, elle s'offrirait à lui, le laisserait libérer ses désirs les plus profonds. Cela faisait très longtemps qu'elle attendait d'avoir quelqu'un en qui elle pourrait avoir confiance. Elle priait simplement pour qu'il ne s'emporte pas quand il découvrirait qu'elle n'était pas vierge. Elle regrettait plus que jamais sa nuit avec Crispin... même si elle n'avait pas eu le choix.

La calèche s'arrêta devant les marches du manoir et un valet de pied se précipita à leur rencontre.

— Bienvenue, Milord, Madame.

Le jeune valet offrit sa main à Anne et elle mit pied à terre.

Anne prit garde à donner à Cédric assez de temps et d'espace pour sortir tout seul, mais le valet et elle restaient présents pour le rattraper.

— Hartley, c'est vous ? demanda Cédric en émergeant de la calèche.

— Oui, Milord, répondit Hartley avec un léger accent irlandais, souriant quand son maître le prit par l'épaule.

— Comment se porte la maisonnée ?

Cédric glissa le bras d'Anne dans le sien et remonta les marches, frappant la pierre du bout de sa canne.

— Mr Bodwin se ravit de votre retour, bien sûr. Cela dit, Mrs Pickwick a retourné toute la maison, paniquée à l'idée que lady Sheridan ne soit pas satisfaite de l'état de la demeure.

— Moi ? souffla Anne.

— Ne vous inquiétez pas, mon cœur. La gouvernante a tendance à souffrir de ces accès de panique, quelles que soient les circonstances. Vous trouverez Mr Bodwin, mon majordome, bien plus à votre goût. Il est plus posé que notre estimée Mrs Pickwick.

Quand Cédric la fit entrer dans sa nouvelle demeure, Anne ressentit une timidité soudaine. Le hall d'entrée était rempli de files de serviteurs qui attendaient de la rencontrer. Anne parvint à peine à intégrer tous leurs prénoms, mais Mr Bodwin et Mrs Pickwick se distinguaient comme étant les plus âgés et les plus aguerris.

— Milord, préféreriez-vous dîner dans vos appartements ou bien dans la salle à manger ? demanda la gouvernante.

— Dans mes appartements, je vous prie. Veillez à préparer deux couverts. Mon épouse se joindra à moi.

— Bien entendu, Milord.

Mrs Pickwick parut particulièrement soulagée d'apprendre qu'ils souhaitaient dîner à l'étage.

— Voici quelques lettres qui sont arrivées de Londres par le courrier de l'après-midi. Elle tendit un paquet de lettres qu'elle déposa dans la main tendue de Cédric.

— Venez, laissez-moi vous emmener à l'étage, Anne. Je pourrais vous faire faire le tour du propriétaire demain. Ce soir, nous allons manger, nous reposer et nous installer.

Le sourire de Cédric était plus empreint d'un charme de jeune homme que de diablerie. Anne lui répondit d'un rire.

— Vous ne plaisantiez pas quand vous me parliez de vos appétits.

— Je ne plaisante jamais à propos de mes désirs physiques.

Anne prit le bras que lui tendait Cédric et le laissa la guider jusqu'en haut du grand escalier vers une chambre à la décoration délicate. Des soies bleues et des murs crème donnaient à la pièce un attrait doux et sensuel. Les couleurs et l'atmosphère de la pièce surprirent Anne. Elle s'était attendue à du rouge bordeaux et du bois sombre qui auraient été assortis à la passion qu'elle avait goûtée entre ses bras.

— Asseyez-vous, mon amour.

Cédric la fit s'asseoir dans un grand fauteuil près de la cheminée et Anne comprit qu'il y était très à l'aise.

— Oh, j'ai besoin d'une minute pour me rafraîchir.

— Ah, bien sûr.

Cédric fit un geste.

— Par là, mon cœur.

LES PAS D'ANNE S'ÉLOIGNÈRENT ET CÉDRIC FIT CLAQUER LA pile de lettres contre sa paume. Il y en avait bien trop pour qu'il ait envie de s'y atteler. Après tout, cette nuit serait leur véritable nuit de noces. Nuit de *noces*. Il ricana.

J'ai une chance du diable !

Anne et lui auraient enfin l'occasion d'explorer toutes leurs passions cachées.

— Milord, avez-vous besoin de quoi que ce soit ? demanda Thomas Pennyworth, un autre valet, depuis la porte.

— Thomas ? Pourriez-vous me lire quelques-unes de ces lettres pendant que j'attends ma femme ?

Ma femme. Il sourit. Quel mot fantastique c'était !

Thomas retira à Cédric la pile de lettres et il entendit le bruissement du papier.

— La première provient d'un Mr Crispin Andrews.

Le nom frappa Cédric en pleine figure. Il allait demander à Thomas de brûler cette lettre quand celui-ci entama sa lecture.

« MA TRÈS CHÈRE ANNE,

Cela a été un plaisir de vous revoir au théâtre. Écrivez-moi quand vous le pourrez. Nous avons beaucoup de choses à planifier à présent que vous vous retrouvez dans une position aussi confortable.

Je pense que des félicitations sont de mise, pour vous comme pour moi.

Crispin. »

LE CŒUR DE CÉDRIC SE GLAÇA. CETTE LETTRE NE LUI ÉTAIT absolument pas destinée. Il avait du mal à respirer, car le ton suggérait quelque chose... Cela ne voulait quand même pas dire que...

Ma très chère Anne ?

Nous avons beaucoup de choses à planifier ?

Que diable Andrews avait-il voulu dire par là ?

— Thomas, l'interrompit Cédric. Ce sera tout. Veuillez me rendre ces lettres.

Thomas se rapprocha et plaça les lettres dans sa main tendue, puis il battit en retraite vers la porte.

—Je vais chercher votre dîner, Milord.

Les pas du valet s'estompèrent, laissant à Cédric le temps de penser et de se tracasser.

Quelques minutes plus tard, Thomas revint avec le dîner.

Cédric sentait déjà l'odeur du ragoût de bœuf, du faisan et du pain perdu.

— Merci, Thomas, dit-il avant que le valet ne puisse ouvrir la bouche. Vous pourrez partir dès que vous aurez dressé la table.

L'esprit de Cédric était toujours tourneboulé par la lettre et ce qu'elle signifiait. Anne lui avait juré qu'elle méprisait Crispin, alors pourquoi recevait-elle une telle lettre ? Qu'est-ce qu'Andrews et elle avaient pu planifier ? Devrait-il directement poser la question à Anne ? Mais elle risquait de dissimuler la vérité et de la dénier... Si seulement il avait su de quoi il en retournait.

Des pas légers et féminins le prévinrent de l'approche d'Anne. Il fourra entre les coussins de son fauteuil près de l'âtre la pile de lettres que lui avait confiée Thomas.

ANNE JETA UN ŒIL AU JEUNE VALET QUI S'ATTARDAIT DANS l'encadrement de la porte, les yeux braqués sur Cédric qui était assis, très raide, dans son fauteuil, une expression étrange sur le visage. Le valet – qui s'appelait Thomas – avait les cheveux auburn et environ le même âge qu'elle. Quand il se rendit compte qu'elle le regardait, il baissa la tête, affichant un sourire timide avant de s'éclipser hors de la pièce.

— Comment faites-vous ? Je veux dire pour faire la différence entre Hartley et Thomas ?

Anne leur servit deux verres de vin rouge et en plaça un dans la main de Cédric.

— Comment quoi ?

— Comment savoir à quelle personne vous vous adressez alors qu'elles n'ont encore rien dit. Si vous reconnaissiez les voix, je pourrais le comprendre, mais Hartley n'avait pas encore prononcé un mot quand nous sommes sortis de la calèche. Comment avez-vous su que ce n'était pas Thomas ?

— Ah, c'est très simple. J'ai juste commencé à tous les appeler Hartley. Cela simplifie les choses, vous savez.

Cédric ricana et la tension dans ses épaules parut s'apaiser. Ses tracas avaient l'air de s'être estompés. Il avait dû s'imaginer des choses, rien de plus.

— Vous plaisantez ! souffla Anne.

— Effectivement.

Il rit, mais il y avait une véritable fierté dans sa voix alors qu'il se calait contre le dossier de sa chaise. Anne suivit le mouvement, admirant ses belles jambes qui s'étendaient et se croisaient aux chevilles. Cédric était tout simplement magnifique.

— Pour les femmes, je peux souvent les identifier au parfum. Pour les hommes, c'est ou bien leurs voix ou alors leurs mouvements. Sean Hartley souffre d'un léger boitement depuis qu'un cheval lui a donné un coup de sabot l'année dernière. Je peux détecter la différence dans ses mouvements.

— Et à quoi me reconnaissez-vous ? demanda Anne qui attendit sa réponse en retenant son souffle.

— Venez par ici et je vous le dirai.

Cédric lui adressa un regard faussement lubrique et elle ne put s'empêcher de rire de ses taquineries. Elle s'exécuta et l'autorisa à la placer sur ses genoux. Elle n'était toujours pas habituée à son contact.

Cédric lui frotta les reins d'un geste léger et circulaire, comme un père qui console un enfant troublé.

— Je vous fais peur, Anne ?

— Je n'ai pas peur.

C'était un mensonge et ils le savaient tous les deux.

— Vous restez très immobile et vous respirez à peine, comme un lapin dans les fourrés. Je n'ai pas envie de vous faire sursauter et prendre vos jambes à votre cou.

L'honnêteté qu'elle lisait sur son visage était déchirante.

— Est-ce vraiment ainsi que vous me percevez ?

La voix d'Anne trembla alors qu'il traçait un motif complexe le long de sa clavicule. Cette caresse aussi légère qu'une plume inonda son corps de chaleur.

— Me demandez-vous si je vous perçois comme un lapin effrayé ?

Il y avait de l'amusement dans la voix de Cédric.

— Anne, Anne, mon épouse ravissante, mais complexe. Je vous perçois sous bien des jours, mais certainement pas comme un lapin effrayé. Vous êtes plutôt comme un poulain nerveux qui n'a pas encore intégré le contact de son maître.

— Un poulain nerveux ?

Anne étouffa un rire. Ils avaient toujours eu le même sens de l'humour et elle sentit qu'elle se détendait.

— Je crois que j'ai épousé le seul homme d'Angleterre qui compare sa femme à un cheval.

— Ce n'est pas vrai. Beaucoup d'hommes traitent leurs épouses comme des juments poulinières, contra Cédric, ses yeux aveugles adoptant une teinte cannelle profonde.

— Est-ce censé me conquérir, Cédric ?

Anne prit son visage entre ses mains lorsqu'il arbora un sourire terriblement ravageur qui la fit fondre.

— J'aime quand vous dites mon prénom.

Il parlait dans un ronronnement bas et profond comme un chat de la jungle.

— Vos anciennes amantes vous ont-elles déjà appelé Cédric ?

Cédric plissa le front comme si parler du passé lui faisait mal. Anne passa le revers de la main sur son front, essayant d'apaiser son inquiétude. Il s'abandonna à ses gestes et ferma les paupières.

— La plupart préféraient m'appeler Sheridan. Je pense qu'elles aimaient se souvenir de mon titre. J'ai l'impression d'avoir passé toutes ces années à coucher avec des femmes pour leur corps, tandis qu'elles couchaient avec moi pour mon titre. Un échange de bons procédés, je suppose. J'espère qu'un jour, avec vous...

Il s'interrompit pour se tourner et déposer un baiser dans la paume de sa main droite.

— Nous serons simplement Anne et Cédric. Pas de titres, pas de distance entre nous.

Anne murmura une prière fervente, espérant qu'un jour, il pourrait la voir pareillement : simplement en tant qu'Anne. Elle cala la tête sur son épaule et il la serra contre sa poitrine.

— Me voilà devenu mélancolique, mon amour. Je vous jure que je n'en avais pas l'intention.

— Ne vous excusez jamais d'être honnête à propos de vous et de votre passé. Je ne veux que la vérité entre nous.

Malgré ses paroles, il passa sur son visage une froideur soudaine qu'elle reconnaissait : il essayait de s'éloigner d'elle émotionnellement. Il l'avait autrefois fait à maintes reprises quand il pensait qu'elle ne voulait pas l'épouser et ne ressentait rien pour lui.

— La vérité... Je suis d'accord.

Il y avait une note pesante dans sa voix qui provoqua chez Anne une vague de malaise.

— Anne, quelle est la nature de votre relation avec Crispin Andrews ?

— Cédric..., commença-t-elle.

Pas maintenant. Elle ne voulait pas avoir cette conversation. C'était trop tôt.

— Je ne vous ai pas interrogé sur toutes les femmes avec lesquelles vous avez couché avant de m'avoir épousée.

— Nous nous sommes promis l'honnêteté. Ne m'insultez pas en commençant à mentir. Il est clair que vous avez un passé en commun.

La gorge d'Anne se serra, mais elle sut qu'il avait raison. Elle devait le lui dire. Il méritait la vérité.

— C'était il y a deux ans, à Almack's, le soir de notre première rencontre.

— Vous y aviez également rencontré Crispin, si je ne m'abuse.

— Je le connaissais déjà vaguement, mais c'était la première fois que nous étions ensemble sans chaperon. Les matrones m'avaient donné la permission de valser et il m'a demandé de lui faire l'honneur de m'escorter sur la piste pour ma première danse.

Anne inspira profondément en revenant sur le souvenir perturbant de cette nuit-là. Sur le désir qu'elle avait ressenti pour un homme alors qu'un autre la tenait dans ses bras.

— Je vous avais vu danser avec lui ce soir-là.

Le ton de Cédric contenait une véritable fureur, un vide dévorant qui contraint Anne à se reculer.

— Je vous ai *vu* aussi. Vous vous êtes éclipsé avec Mrs Thornton, cette ravissante jeune veuve que tous les hommes courtisaient cette année-là.

Son commentaire était tout aussi accusateur que celui de Cédric.

— Ah, oui. Mrs Thornton. Je suis certain que vous savez déjà que je l'ai mise dans mon lit.

Son ton se faisait de plus en plus insensible, comme s'il pensait la provoquer.

— Cela n'impliquait pas un lit. Je vous ai *vus*. Vous l'aviez plaquée contre le mur de l'antichambre de la salle de bal.

Anne retint un hoquet quand il enfonça les doigts dans ses hanches, l'empêchant de s'échapper ou de battre en retraite.

— Ah oui ?

Son ton était sombre, sarcastique, tranchant.

— Vous êtes mal placée pour juger de telles choses, *ma très chère Anne*.

Son prénom était très froid sur sa langue, ressemblant plus à une malédiction gitane qu'au doux murmure d'un amant. Il garda les yeux braqués sur elle et elle se serait presque attendue à ce qu'ils se transforment en glace.

— Dites-moi, Anne. Avez-vous laissé Crispin vous posséder ? Est-ce là le petit secret inavouable que vous m'avez caché ? L'homme que vous feignez de détester a osé *vous* envoyer une lettre de félicitations. Il vous a appelée « sa très chère Anne » et dit que vous et lui avez beaucoup de choses à planifier. Dites-moi, que planifiez-vous, ma *femme* ?

Ses paroles débordaient de tant de cruauté qu'Anne reconnaissait à peine l'homme qu'elle avait épousé la veille.

Elle se mordit la langue et sentit le goût du sang. Son silence fit grimacer Cédric.

— Parlez, bon sang ! Dites-moi que mes soupçons sont infondés, qu'il ne s'est rien passé entre vous !

La douleur qu'elle lisait dans ses yeux la remplissait d'une peur et d'une terreur étouffantes. Il avait réussi à découvrir la vérité, du moins en partie. Elle devait lui parler, tout lui expliquer sur cette soirée-là.

— Il a été le seul homme avant vous...

— Et pendant tout ce temps, vous avez joué à la vierge effarouchée ! Mais Crispin vous a possédée cette nuit-là et vous ne m'en parlez que maintenant, alors qu'il est trop tard pour revenir sur ce désastre. Alors, quel est votre plan ? Vous avez pris au piège du mariage un homme riche et titré qui ne peut pas s'échapper. Bravo ! Est-ce qu'il vous attend avec du champagne dans une petite auberge confortable une fois que vous m'aurez abandonné quand je serais au fond du trou ?

Sans prévenir, Cédric la fit tomber de ses genoux. Anne heurta le sol avec un bruit sourd.

Elle tendit la main vers son genou, voulant le toucher, mais il l'écarta d'une tape. Ce bref contact la brûla autant que s'il l'avait giflée au visage.

— Ce n'est pas ce qui s'est passé ! Je vous en prie, laissez-moi vous expliquer ! Je n'ai pas eu le choix !

Les yeux d'Anne la brûlaient et une hystérie à peine contenue ébranlait sa raison.

— Il n'y a rien à expliquer. J'ai pensé que je pourrais vous demander la vérité sans m'emporter. Mais par le sang et les flammes de l'enfer, je ne tolérerai pas ce genre de choses ! M'utiliser comme couverture alors que vous et votre amant fomentez vos plans !

— Non !

— Mon nom ne sera *pas* traîné dans la boue. Sortez ! Pour l'amour de Dieu, sortez d'ici ! hurla-t-il.

Anne se redressa maladroitement et boitilla alors que sa hanche meurtrie palpitait de protestation.

— Vous devez comprendre pour Crispin. Il m'a forcée à...

Bêtement, elle tendit à nouveau la main vers lui, mais à la seconde où elle entra en contact avec le mollet de Cédric, il envoya un coup de pied. Elle se précipita sur le côté et il la rata de peu.

— Sortez ou c'est moi qui vais vous *forcer*.

Anne n'avait jamais entendu une menace aussi évidente. Ses yeux bruns étaient devenus morts et il serrait les poings contre lui. Il émanait de lui des vagues de colère, prévenant Anne qu'elle était en danger si elle restait. Mais elle avait désespérément envie de l'atteindre à travers le brouillard de la douleur de sa trahison.

— Je vous en prie.

— Je n'ai encore jamais frappé une femme. Ne me forcez pas à m'abaisser à un tel acte ce soir, à présent que vous m'avez brisé en mille morceaux.

Il fit un pas menaçant dans sa direction et Anne sentit une vague de panique. Elle se tourna et s'enfuit, le bruit de sa robe qui se déchirait rompant le silence entre eux. Anne s'enfuit à travers le couloir et au bas des grands escaliers de marbre, jusqu'à ce qu'elle atteigne la porte d'entrée. Un valet déboussolé la lui ouvrit et elle fila devant lui pour se précipiter dans la nuit.

Sans réfléchir, elle continua à avancer. De l'air frais ! Si elle pouvait seulement en inspirer quelques goulées, elle se calmerait et serait en mesure de réfléchir... Cédric ne lui avait pas donné l'occasion de se reprendre suffisamment pour lui révéler ce que Crispin avait fait. Il avait simplement supposé qu'il avait été son amant.

Le lendemain, quand elle aurait l'occasion de pouvoir lui parler une fois qu'il se serait calmé, elle pourrait tout expliquer depuis le début. Elle connaissait Cédric, *savait* au fond d'elle que s'il comprenait qu'elle avait été violée, il ne pourrait pas rester en colère contre elle. Mais pour l'instant, sa fierté le rendait aveugle à la vérité et il ne voulait rien entendre.

La noirceur de la nuit avait englouti le domaine jusqu'à ce que le paysage tout entier baigne dans le crépuscule. Quelques rayons de lune illuminaient un chemin dans l'obscurité. Pour l'instant, Anne n'avait plus jamais envie de revoir un autre être vivant. Elle ne savait pas quelle distance elle avait parcourue, mais de là où elle était, elle ne perdait pas la maison de vue. Il faisait froid à l'extérieur et des nuages épais traversaient le ciel, dissimulant régulièrement la lune.

Quand elle atteignit les arbres, une racine déterrée retint le bout de son chausson et elle tituba. Elle tendit les bras en avant alors qu'elle s'écroulait à terre. Elle y resta allongée, haletante, endolorie, étourdie. C'est là qu'elle la vit, une ombre qui se détachait d'un arbre. Non, pas une ombre, un *homme*.

— Madame, je n'aurais jamais pensé que vous feriez une proie aussi facile.

L'homme se rapprocha en ricanant. Ses pas étaient silencieux sur le sol de la forêt.

— Qui êtes-vous ?

— Un homme qui a soif de justice... et de revanche.

Le clair de lune se refléta sur ses dents quand il sourit. Il y avait une trace d'accent dans sa voix, à peine perceptible, et qu'elle ne reconnut pas.

Tous ses instincts criaient à Anne de s'enfuir. Se redressant maladroitement, elle essaya de filer, mais il l'attrapa par le bras et la projeta la tête la première contre l'arbre le plus proche. Elle se jeta en arrière pour essayer de se libérer, déséquilibrant l'inconnu avant de se tourner pour lui faire face. Dans l'obscurité, elle distinguait seulement son horrible sourire entendu.

— Ce soir, j'avais simplement prévu de vous observer, dit-il en riant, mais qui suis-je pour résister à ce que m'offre le destin ?

Elle lança un poing dans sa direction, mais ce coup ricocha sur la joue de l'intrus.

— Madame ?

Un cri non loin de là arrêta l'inconnu. Quelqu'un l'appelait, la cherchait. Elle faillit en pleurer de soulagement. C'était Hartley, le valet de pied.

— Par ici ! cria-t-elle avant que l'ombre de l'homme se précipite à nouveau sur elle.

Il lui bloquait le passage jusqu'à la demeure, ce qui ne lui laissait guère d'issues. Prenant ses jambes à son cou, elle se dirigea vers le lac qui s'étendait derrière la maison.

Une main s'enroula autour de son épaule, arrêtant sa progression.

— Je vous tiens, petite catin anglaise...

Il y eut un craquement sourd et un élancement horriblement douloureux dans sa tête alors qu'ils atteignaient le sommet d'une colline. En contrebas, des rochers et des racines jonchaient le sol. Il n'y avait rien pour amortir sa chute. Derrière elle lui parvinrent un léger grognement et un autre coup, puis les étoiles tombèrent sous ses paupières.

$\clubsuit$ 13 $\clubsuit$

Sean Hartley, le valet, polissait l'argenterie dans la salle à manger quand il entendit du vacarme à l'étage supérieur. L'écho des cris résonnait à travers tout le manoir. Ce n'était pas le genre de cris auxquels il se serait attendu pendant une lune de miel. Ils n'étaient que fureur et rage. Sean se redressa et se dirigea vers les portes de la salle à manger. Tout vicomte qu'il était, aucun homme ne ferait du mal à lady Sheridan, pas si Sean pouvait l'en empêcher ! Élevé par une mère célibataire, il respectait les femmes et leur impuissance contre le tempérament trop souvent violent des hommes. Il protègerait lady Sheridan, même contre son propre maître, quelles qu'en soient les conséquences.

— Hartley ! hurla lord Sheridan. Montez tout de suite !

Sean laissa tomber la cuillère qu'il tenait à la main et courut vers les escaliers. Au passage, il croisa lady Sheridan. Elle semblait bouleversée. Il s'arrêta pour la suivre, mais son maître se remit à crier. Avec un grondement, il fit volte-face et alla le rejoindre.

Lord Sheridan était absolument furieux. Parcourant sa chambre comme un animal en rage, il ne cessait de donner des coups de pied dans les éclats de porcelaine brisée répandus à terre. Les éclats d'ivoire étaient comme les morceaux réduits en poussière d'un rêve brisé, ne pouvant pas être réparés ou utilisés à nouveau.

—Je suis là, Milord, dit Sean depuis la porte.

Lord Sheridan fit volte-face dans sa direction.

— Préparez immédiatement ma calèche de voyage. Rassemblez tout le personnel dans la demi-heure et préparez-moi une valise. Je repars à Londres.

— Bien sûr. Dois-je demander à une bonne de faire les bagages de lady Sheridan ? demanda prudemment Sean.

— Cette femme n'est pas la bienvenue ici. Demain, je veux qu'on la ramène à Chessley Manor. Mais restez discret. Je ne veux pas attiser le moindre soupçon de scandale jusqu'à ce que je puisse demander une annulation.

Sean fronça les sourcils, mais il n'argumenta pas avec son maître. Il espérait que ce qui avait divisé le couple était temporaire. Peut-être que quelques jours éloignés l'un de l'autre apaiseraient les flammes de leur dispute. Sean se glissa hors de la chambre de son maître et retourna au rez-de-chaussée dans les quartiers du personnel. Il réveilla Taylor Higgins, le cocher, un jeune homme de son âge.

— Qu'y a-t-il, Sean ? grommela Taylor, à peine éveillé.

— Lord Sheridan veut que sa calèche soit prête à partir dans la demi-heure.

— Vous plaisantez ?

Taylor se força à sortir du lit et s'habilla sans cesser de marmonner des choses sur les vicomtes fous.

Sean ne s'attarda pas. Il avait une étrange sensation au creux du ventre. Il réveilla le valet de Cédric et l'envoya boucler un bagage, puis il reprit conscience de son inquiétude croissante. Il avait un mauvais pressentiment concernant lady Sheridan.

Les nouveaux appartements de la vicomtesse étaient vides.

Sa malle n'avait pas encore été ouverte. Le pli du front de Sean s'approfondit. En arrivant au bas des marches, il remarqua un valet de pied qui scrutait le paysage nocturne.

— Que se passe-t-il, Henry ? demanda l'autre valet.

— C'est lady Sheridan. Je viens de la voir se précipiter à l'extérieur voilà quelques minutes. Elle pleurait. Je n'ai pas vu où elle est allée. Je sais simplement qu'elle est partie. Faudrait-il qu'un de nous aille la chercher ?

Henry se mordit la lèvre inférieure et continua de scruter la pénombre.

— Oui. Je vais y aller. Restez ici.

Passant devant Henry, Sean sortit de la maison.

Il venait d'atteindre la forêt qui longeait la route qui menait à Rushton Steading quand les nuages obscurcirent le croissant de lune. Il y voyait à peine, mais quelque chose le poussait à se diriger vers les bois. L'image du visage maculé de larmes de lady Sheridan quand elle l'avait croisé dans les escaliers lui revint à l'esprit.

Puis un cri brisa le silence nocturne.

— Dieu du ciel !

Sean se mit à courir, mais il était plus lent depuis l'accident. Il garda cependant un rythme régulier alors qu'il continuait à fouiller les bois autour de la propriété. Loin derrière lui, il entendit le vacarme des chevaux et l'arrivée de la calèche de lord Sheridan, mais il ne se retourna pas. Il devait retrouver lady Sheridan.

— Lady Sheridan ? cria-t-il.

— Ici !

Le cri distant résonna contre les arbres, rendant toute localisation impossible.

Plus d'une fois, Sean pensa repérer des traces de pas récentes, mais l'obscurité empêchait toute certitude. Le tonnerre rugit et gronda au-dessus de lui comme un loup impatient de dévorer la terre, mais les instincts de Sean le poussèrent à avancer. Il espérait qu'il ne pleuve pas. Ce serait d'autant plus dangereux et difficile de retrouver sa maîtresse. Quelque chose clochait terriblement et il ne s'arrêterait pas avant d'avoir retrouvé lady Sheridan.

Très vite, il tremblait et maudissait le vent croissant. Il ne serait pas capable de tenir beaucoup plus longtemps dans l'obscurité.

C'est alors qu'il la vit.

Illuminée par un éclair momentané, elle semblait petite et frêle. Elle était à demi étendue dans les bas-fonds du lac, les vêtements trempés.

Quand Sean parvint jusqu'à elle, sa première crainte fut qu'elle était morte. Le visage d'Anne, trop patricien pour être joli était tendu. Ses lèvres étaient écartées comme si elle avait rendu son dernier souffle depuis longtemps. Du sang dégoulinait de sa tempe. Il leva les yeux vers la petite colline, voyant la myriade de rochers et de racines d'arbres qui auraient pu être la cause de sa blessure.

Il plia les genoux et glissa un bras derrière le dos de lady Sheridan et l'autre sous ses genoux afin de la prendre dans ses bras. Le contact rapproché et soudain de son corps contre le sien réveilla Anne.

— Cédric... Je vous en prie... murmura-t-elle avant que sa tête ne roule sur l'épaule de Sean.

— Tenez bon, Madame. Je vous ramène à la maison, l'apaisa Sean d'un ton bourru. Il priait pour qu'il ne soit pas trop tard.

CÉDRIC S'ÉCROULA SUR LE LIT DE LA PREMIÈRE AUBERGE À laquelle sa calèche arriva tôt dans la matinée. Il était épuisé, contrarié et pris de tremblements. Comment en quelques minutes seulement, tout avait-il pu basculer du bonheur parfait au cauchemar ? Tout ceci à cause de cette satanée lettre.

Ma femme ne m'aime pas. Elle se sert de moi.

Ces pensées ne cessaient de tourbillonner dans sa tête, les mots de cette lettre résonnant dans son esprit. « *Ma très chère Anne... Nous avons beaucoup de choses à planifier...* »

Anne l'avait trahi. Elle l'avait épousé et lui avait donné l'espoir d'une vie heureuse, alors qu'elle était amoureuse d'un autre homme. Crispin Andrews. Sa réaction quand il avait prononcé son prénom avait suffi à tout lui révéler. Crispin et elle étaient amants.

Elle ne voulait pas que je le sache. C'est pour cela qu'elle a paniqué quand nous l'avons croisé au théâtre ce soir-là. Tout devenait clair à présent. *J'ai été un véritable imbécile. Anne n'aurait jamais désiré quelqu'un comme moi. Je suis un homme brisé. Je l'ai perdue pour toujours. Non ! Je ne l'avais jamais possédée.*

Il avait placé tant d'espoirs et de rêves dans leur union, mais à présent, tout ceci était terminé. L'obscurité qui l'entourait était toujours aussi oppressante, peut-être encore davantage. Il aurait voulu mourir, mettre un terme à la douleur, à la solitude. Quelque chose l'avait toujours retenu avant : sa sœur, ses amis. Pourtant, sans Anne, il était aussi vide qu'une mer désertique. Sa douleur était profonde, vaste et sans vie. Son futur n'était pas meilleur.

— Oh, Anne, comment avez-vous pu ?

Il jura et roula sur le ventre, enfonçant le visage dans l'oreiller. Il se demanda cependant où elle se trouvait en cet instant. Faisait-elle sa valise et écrivait-elle une lettre d'amour à son amant ? Une rage violente grandit en lui.

J'aurais dû le tuer, ce soir-là à l'opéra. La perspective de placer ses mains autour du cou de Crispin pour la seconde fois lui fit retrousser les babines.

Le son d'un tonnerre lointain attira l'attention de Cédric. La fureur de la nature faisait vibrer les murs en bois de l'auberge. Les clapotements de la pluie battante évoquaient au cœur brisé du vicomte le chant des sirènes. Cédric se redressa difficilement et traversa la pièce à tâtons pour aller à la fenêtre. Le loquet céda sous ses mains maladroites et les pans s'ouvrirent.

De la pluie s'abattit sur son visage, le froid mordant représentant une sensation bienvenue après la douleur sourde causée par la perte d'Anne. Le tonnerre fit trembler la pièce, mais Cédric ne sentait que la pluie, ne voyait que l'obscurité. Il restait debout, laissant la tempête l'assaillir jusqu'à ce qu'elle se calme, devenant une bruine au rythme apaisant.

— Cédric !

Une voix éloignée résonnait comme celle d'un agneau qui bêlait.

Un frisson s'infiltra dans ses os.

— Anne ?

— Cédric !

Le cri devint plus profond, plus rauque.

Cédric secoua la tête, voulant éclaircir ses pensées confuses. Anne était partie. Il était seul. Personne ne le cherchait ; personne n'avait besoin de lui. Fatigué, il s'affaissa contre le rebord de la fenêtre, ses genoux cédant sous lui. Un fracas, un cri, puis des bras puissants le soulevèrent et l'aidèrent à regagner le lit.

— Que Diable faites-vous ? demanda une voix familière.

Cédric resta amorphe et immobile alors que des mains puissantes retiraient ses vêtements trempés et le bordaient dans la chaleur de son lit sec.

— Pauvre imbécile, marmonna la voix.

Cédric reconnut enfin la voix de son ami.

— Ash ?

— Évidemment. Qui voulez-vous que ce soit ?

S'il en avait eu la force, Cédric aurait souri. Si Ashton s'emportait enfin contre lui, la situation était grave. L'inquiétude et la colère de son ami étaient comme un baume apaisant sur son cœur meurtri.

— Que faites-vous, Cédric ? Vous allez vous rendre malade à rester debout sous la pluie de la sorte. Pourquoi êtes-vous ici, d'ailleurs ? Et où est Anne ?

Cédric grimaça à la mention de son nom.

— Partie, parvint-il seulement à dire.

— Partie ? répéta Ashton.

— Que faites-vous ici, Ash ?

Cédric entendit son ami s'affairer dans la pièce. Les craquements et crépitements de nouvelles bûches dans la cheminée communiquèrent un peu de chaleur à son corps.

— J'allais vous voir.

— Pendant ma lune de miel ?

— Oui. Malheureusement, les affaires qui m'amènent jusqu'à vous sont urgentes.

— Il y a toujours des affaires, avec vous.

Le ton de Cédric était plus doux qu'il n'en avait eu l'intention. Charles avait-il eu raison ? Se ramollissait-il ?

— Je viens de passer un après-midi plutôt déplaisant à Berkley's.

— Et qu'est-ce que cela a à voir avec moi ?

— Tout, j'en ai bien peur. Tenez. Buvez un coup.

Ashton plaça une flasque dans les mains de Cédric.

— C'est si terrible que cela ?

— Oui. Buvez.

Cédric avala le whisky et toussa avant de le rendre à Ashton.

— Racontez-moi vite.

— C'est à propos d'Anne et de Crispin Andrews.

Ashton avait l'air hésitant et Cédric éclata d'un rire amer.

— Trop tard. Je connais déjà la vérité. Elle a pratiquement confessé avoir eu une aventure avec lui.

— Quoi ? Elle vous l'a confirmé ? Ou bien avez-vous

simplement tiré une conclusion hâtive, avec votre imprudence habituelle ?

Cédric se dit que c'était une malédiction que ses amis le connaissent aussi bien.

— Elle a reçu une lettre de sa part, adressée à moi par erreur. Une lettre de félicitations parsemées d'indices sur – notamment – leur relation. Elle a admis avoir couché avec lui. Elle n'a pas eu le temps de dire grand-chose d'autre avant que...

— Avant que vous ne quittiez la pièce en coup de vent sans attendre d'explication ? Cédric, vous êtes un de mes amis les plus proches, mais parfois, je pourrais vous étrangler pour votre imprudence.

La colère de son ami irradiait à chaque syllabe.

— Pourquoi ces jugements ? Sauriez-vous quelque chose que j'ignore ? J'ai en ma possession une lettre qui prouve leur relation !

Ashton soupira.

— C'est une longue histoire, mais premièrement, Anne est innocente de toutes les horribles choses dont vous l'accusez. Elle et Crispin ne sont pas amants.

— Et comment l'avez-vous appris, exactement ?

— De la bouche même de Crispin, quand il a admis s'être imposé à elle voilà plusieurs années.

— Quoi ?

— Vous m'avez bien entendu, Cédric. Il l'a violée le soir où vous l'avez rencontrée à Almack's.

Le sol céda sous les pieds de Cédric.

Non...

❦

SEAN ET MR BODWIN REGARDAIENT LE VIEUX MÉDECIN évaluer l'état de lady Sheridan. Elle avait une mauvaise blessure à la tête et une épaule disloquée, probablement due à sa chute le long de la colline escarpée jusqu'au lac où Sean l'avait trouvée. Les yeux du médecin se rétrécirent et il fit signe à Sean de s'avancer. Il tendit au garçon un épais morceau de cuir.

— Placez ceci entre ses dents. Si elle est consciente quand je remettrai son bras en place, elle serait capable de se mordre la langue de part en part.

Sean ouvrit la bouche de lady Sheridan et y glissa le cuir. Toujours sans connaissance, elle était atrocement pâle. Sean regarda Mr Bodwin prendre le bras d'Anne, le soulever doucement, le faire tourner et le remettre en place. Lady Sheridan ouvrit brusquement les yeux et elle poussa un cri qui faillit faire saigner les oreilles de Sean. Le bout de cuir retomba sur sa poitrine. Elle commença à haleter, cherchant à reprendre sa respiration alors qu'elle regardait son bras puis levait les yeux vers le médecin.

— Mille pardons, Madame. J'avais espéré que vous resteriez évanouie pendant cette étape.

Le médecin lui passa alors une écharpe qu'il se mit à enrouler autour de son cou et de son épaule. Lady Sheridan, ne trouvant aucun réconfort dans les gestes brusques du médecin, tourna le regard vers Sean et Mr Bodwin.

Sean ne pouvait pas s'en empêcher : il s'empara de sa main valide et se mit à lui parler doucement, même s'il doutait que ses paroles veuillent dire quoi que ce soit. Elle poussa un soupir d'épuisement et ses cils retombèrent contre ses joues de porcelaine.

Regardant lady Sheridan dormir, Sean se dit que c'était une chose étrange, mais merveilleuse de savoir qu'il aurait pu mourir pour la protéger, alors qu'elle n'était sa maîtresse que depuis une journée.

ANNE IGNORAIT QU'ELLE AVAIT UN NOUVEAU PROTECTEUR. Elle était prisonnière d'un monde ténébreux où les rêves accaparaient toute son attention. Elle revit les lèvres cruelles et les yeux aveugles de Cédric, apparemment sans vie, mais tout de même emplis de douleur. La fuite depuis sa chambre. Le flou des bougies dans les appliques. La forêt baignée par le clair de lune, la noirceur et la douleur qui s'étendaient. La douleur infinie, insupportable et déchirante de la perte.

Cédric. Crispin. Son terrible secret qui lui avait tout coûté. Une erreur stupide et bête avec le mauvais homme et voilà qu'elle avait perdu la seule chose qui en était venue à compter le plus pour elle.

Mon cher cœur ; mon amour. Elle l'aimait, mais ce n'était pas une surprise. Elle l'avait toujours aimé, depuis la première fois qu'elle avait entrevu son nom dans son registre de la pairie quand elle n'avait eu que dix-sept ans. À l'époque, il n'avait été que le fantasme d'une jeune bécasse. Elle ne s'était jamais imaginé qu'elle en arriverait à l'aimer autant. Elle l'avait aimé jusqu'au moment où, dans sa fureur, il l'avait propulsée hors de son étreinte.

Si seulement vous m'aviez laissé vous parler... Si seulement vous connaissiez la vérité.

❧

LONDRES, DÉCEMBRE 1819

Les doigts d'Anne s'enfoncèrent dans les bras de son père alors qu'il la guidait dans la salle de bal principale des salles de réunions d'Almack's.

— Tête haute, Anne ! Vous êtes une femme intelligente et ravissante. Fille de baron. Vous avez tous les droits d'évoluer parmi l'élite, lui avait assuré son père avec son assurance habituelle.

Affichant la taille et la rudesse d'un ours immense, à l'intérieur, il n'était pourtant que douceur.

— Je sais, Papa. Mais si les patronnesses ne m'autorisent pas à danser la valse ce soir ? Je serais mortifiée, confessa Anne dans un murmure tremblant alors que son père l'entraînait à travers les jardins et jusque dans le vestibule.

— Je leur ai déjà parlé. Vous aurez le droit de valser. D'ailleurs, je crois que vous faites bonne impression sur ces dames.

Son père lui sourit, sa chaleur et son affection naturelles apaisant les craintes les plus immédiates d'Anne.

— Que ferais-je sans vous, Papa ? demanda-t-elle.

Il sourit d'un air effronté.

— Vous choisiriez un homme qui aime les chevaux presque autant qu'il vous aimerait, et vous aurez une centaine de magnifiques enfants.

Elle pouffa.

— Une centaine ? Papa, il n'y a pas le temps d'avoir autant d'enfants. Je peux vous en promettre… six ou sept, peut-être ?

— C'est un nombre acceptable, je suppose.

Anne exprima une autre peur.

— Papa, et si personne ne veut danser avec moi ?

À dix-huit ans, elle était entrée dans la féminité, mais jusqu'à ce soir-là, elle n'avait pas connu la vie hors de son pensionnat.

— Vous vous inquiétez trop, ma douce, dit le baron Chessley. Sur ce point, vous ressemblez à votre mère. Soyez audacieuse. Prenez ce que vous voulez de la vie. Ne vous en détournez jamais.

« Sois audacieuse. » Anne se répéta ces paroles avec conviction.

À cet instant, le groupe de gens le plus proche s'écarta et dévoila une troupe d'hommes grands et incroyablement beaux qui se tenaient près des couples qui dansaient. Il y avait en tout cinq hommes, mais c'est l'un d'eux en particulier qui retint son intérêt. Il lui tournait le dos, mais il tourna la tête vers le côté en parlant, lui présentant un profil aristocratique bien dessiné. Ses épaules larges surmontaient une taille fine et de longues jambes bien galbées. Anne rougit quand elle se rendit compte qu'elle l'examinait comme un étalon. Ses cheveux châtain présentaient quelques mèches auburn foncé. Les mains d'Anne se tordirent dans ses jupes alors qu'elle imagina ses doigts se mêlant à ces mèches soyeuses. Elle s'approcha discrètement, voulant savoir ce qui l'avait fait rire.

— Et alors je lui ai dit : « vous ne sauriez pas reconnaître un cheval de trait d'un cheval de course ». Cet idiot a protesté pour sauver son honneur. Je lui ai dit que c'est *lui* qui me devait une dette d'honneur pour m'avoir forcé à subir sa pitoyable évaluation des pur-sang anglais.

Anne ne comprenait presque rien de ce que venait de dire le brun, mais de toute évidence, il prenait les chevaux au sérieux. Elle ajouta ce point à la liste croissante de détails sur ce séduisant étranger.

— Eh bien, Cédric, je crois que vous avez rabattu un lapin dans votre terrier de renard, murmura un homme roux en dévisageant Anne des pieds à la tête avec une familiarité qui lui réchauffa les sangs.

L'homme – Cédric – se tourna vers elle et c'est à cet instant qu'Anne sut qu'elle était complètement et entièrement perdue. La musique devint un simple murmure et les bougies au coin de la salle de réunion s'éteignirent brusquement. Toute lumière, toute vie cessèrent d'exister en dehors du moment où Cédric croisa son regard. Ses yeux bruns avaient l'éclat chaleureux de la cannelle. Il croisa les bras pour l'observer et faire passer ses yeux pénétrants sur toute sa personne. Il sembla la trouver assez plaisante pour lui adresser un sourire véritablement charmant.

— Et qui êtes-vous donc, ma belle ? la taquina-t-il.

Le corps d'Anne faillit prendre feu quand sa voix sensuelle se déversa sur elle. Elle voyait bien qu'il se montrait bien trop familier avec elle, mais elle ne put résister au pincement subtil de ses lèvres pulpeuses quand il se remit à sourire.

— Je m'appelle Anne Chessley.

Elle eut de la chance de ne pas bégayer.

— La fille du baron Chessley ?

— Oui.

Elle continua de le regarder, absolument ravie.

— C'est un plaisir, Anne, ma chère.

Il avait dérobé son prénom et l'avait paré d'un terme affectueux et séducteur comme s'il avait tous les droits de le faire. Cédric affichait le grand sourire d'un chat qui regardait un bol de lait. Il prit la main droite d'Anne et la porta à ses lèvres, déposant un baiser léger, mais brûlant sur les jointures de ses doigts sans cesser de la regarder dans les yeux.

— Je suis le vicomte Sheridan.

Ce nom manqua de la faire tomber à la renverse. C'était donc le vicomte qu'elle avait étudié avec ferveur dans *Debrett's* ? Celui dont elle avait entendu le nom murmuré par d'autres jeunes femmes. Celui qui embrassait divinement et dansait comme un prince. Elle s'était convaincue que ce devait être un aristocrate blond et délicat qui aimait étudier dans une bibliothèque confortable. Elle ne s'était jamais autant trompée. Cédric n'était que vitalité, masculinité et séduction à l'état pur.

— Je suis ravie de faire votre connaissance, Milord, répondit-elle, le souffle manifestement coupé.

Les hommes qui flanquaient Cédric échangèrent des sourires entendus, comme si sa réaction était une chose très familière pour eux.

Cédric éloigna ses amis d'un coup d'épaule afin d'apaiser la timidité d'Anne.

— Appréciez-vous la saison, Anne ?

— Oui, Milord. C'est ma première. Je fais mon entrée dans le monde ce soir.

Son espoir et son envie de passer une première soirée extraordinaire illuminaient son visage et sa voix. À cette annonce, le regard de Cédric s'obscurcit. Quelque part, la réponse d'Anne l'avait changé.

— Vraiment ?

La froideur soudaine de ses paroles prit Anne au dépourvu. Était-il mal vu d'admettre une telle chose ?

Le roux donna à Cédric un coup de coude encourageant.

— Invitez-la à danser. Allez... C'est une gentille petite chose. Il n'y a pas de mal à danser avec elle.

Cédric jeta un regard impatient à son ami avant de braquer à nouveau son attention sur elle.

— Voudriez-vous... commença Cédric.

C'est alors que le père d'Anne les rejoignit, flanqué d'un autre homme.

— Anne, ma chérie, voici Mr Andrews. Vous vous souvenez... Oh, bonsoir, Lord Sheridan.

Son père adressa un sourire chaleureux à Cédric qui le lui rendit avec une affection égale.

— Je viens d'avoir le plaisir de rencontrer votre fille.

— Excellent !

Le baron Chessley se tourna vers Mr Andrews, un homme blond qui avait quelques années de plus qu'Anne.

— Milord, puis-je vous présenter Mr Crispin Andrews ? C'est le fils d'un de mes partenaires en affaires.

Cédric inclina la tête vers Crispin, mais Anne sentit que sa passion déclinait. Quelque chose avait gâché le flirt séducteur qu'il avait entamé voilà quelques secondes à peine.

— Je crois comprendre que vous avez la permission de valser, Miss Chessley ? Votre père m'a donné son consentement afin que je puisse avoir le privilège et l'honneur de vous escorter.

Mr Andrews – bel homme, elle l'admettait – l'éloignait déjà de Cédric et de ses camarades. L'un d'eux lui murmura quelque chose à l'oreille, mais il le repoussa et s'éloigna à grands pas. Anne le perdit de vue alors que les foules tournoyaient autour d'elle, se préparant à la valse.

— C'est une belle soirée, commenta Crispin.

Anne sourit. C'était trop espérer que de passer un moment seule avec Cédric. Elle se trouvait en compagnie d'un gentleman parfaitement convenable qui semblait sincèrement intéressé par elle, et elle aurait été impolie de lui refuser son attention. Malheureusement, elle le trouvait courtois, mais relativement prétentieux. Elle savait qu'il était attirant, mais ni ses traits ni sa voix ne la touchaient comme Cédric Sheridan savait le faire.

— Oui, répondit-elle, distraite, repérant Cédric.

Il n'était plus seul ! Une femme ravissante à la chevelure de feu s'appuyait avec provocation sur son bras tandis qu'il murmurait quelque chose contre son cou dans une alcôve isolée. Le regret et la douleur se battirent en duel alors qu'elle regardait l'homme qu'elle désirait quitter la salle de bal en compagnie d'une autre femme.

Il n'est pas à toi, se rappela-t-elle.

Mais j'ai envie qu'il le soit.

— Ne perdez pas votre temps avec un homme tel que Sheridan, Miss Chessley. Il ne s'intéresse qu'aux femmes expérimentées comme Mrs Thornton.

Le commentaire de Crispin reporta l'attention d'Anne sur son partenaire.

— *Mrs* Thornton.

— La jeune veuve que Sheridan vient d'escorter.

Cette pensée lui provoqua un élancement douloureux.

— V... Veuillez m'excuser. Anne s'arracha de ses bras et s'échappa de la piste de danse en évitant de justesse d'être renversée par les couples qui valsaient. Un démon dévoyé dans son esprit l'encourageait à aller trouver Cédric, pour voir de ses propres yeux s'il était dans les bras de cette femme.

Cela ne devrait rien me faire, je ne le connais pas vraiment, mais j'avais espéré... Crispin exagérait peut-être, ou bien il avait mal interprété les intentions de Cédric et le couple n'était pas réellement amants.

Anne suivit le chemin qu'il avait pris et se retrouva dans une antichambre plongée dans la pénombre, juste au-dehors de la salle principale. Quelques mélodies flottaient dans l'air, leurs notes assourdies fantomatiques et lancinantes. Il y eut un murmure, un halètement, et les rideaux tout au bout de la pièce s'ouvrirent.

Anne se dissimula derrière une petite alcôve au coin de la porte et regarda Mrs Thornton esquiver en courant un Cédric hilare qui la poursuivait avec enthousiasme. Il l'attrapa par la taille et la plaqua en arrière contre sa poitrine. Elle soupira quand Cédric lui mordilla l'oreille, ses mains venant se poser sur ses seins. Ses doigts s'activèrent sur les dentelles, ouvrant l'avant de la robe de Mrs Thornton pour libérer un sein dans sa main avide. Sans hésiter, Cédric poussa la femme contre le mur, lui écartant les jambes avec ses cuisses. Il lui souleva ses jupes, retroussant ses jupons pour la caresser entre les jambes.

Le corps d'Anne se couvrit de sueur. Sa matrice se contracta. Elle aurait voulu que ce soit elle, face au mur, alors que Cédric préparait son corps, et pas Mrs Thornton.

— Je vous en prie, Milord.

Prenez-moi fort. Cédric lui pinça la pointe du sein avant d'ouvrir maladroitement l'avant de son pantalon.

— Fort, c'est ma spécialité, grogna-t-il en tirant sur ses hanches pour la pénétrer.

Avec une fascination horrifiée, Anne regarda Cédric prendre Mrs Thornton contre le mur. Cela semblait à la fois violent et sensuel, comme un léger baiser fusionnant avec une chevauchée sur un cheval lancé au galop. Une fois que ce fut terminé, les amants arrangèrent leurs vêtements et se séparèrent.

Anne s'écroula à terre, haletante. Elle ne pouvait pas aimer un homme qui flirtait avec elle, puis allait prendre une femme dans la pièce d'à côté.

Si je ne l'aime pas, alors pourquoi est-ce aussi douloureux ?

Une voix interrompit ses sanglots.

— Je vous avais prévenue, Miss Chessley.

Crispin Andrews émergea de la porte. Ses yeux luisaient comme du mercure.

— Il ne vous respecterait jamais. Il ne comprendrait jamais la beauté d'une femme telle que vous. Mais moi, si.

Crispin bondit sur elle avant qu'elle ne puisse vraiment réagir. Ils s'écroulèrent à terre. Le cri de douleur d'Anne fut avalé par la bouche de Crispin. Il paraissait lui avoir poussé six mains supplémentaires, parce que ses jupes étaient soudainement autour de sa taille et qu'il abaissait son corps vers elle.

— Mr Andrews ! Non !

Elle posa les mains sur sa poitrine, tentant sans résultat de le repousser.

— Oui, touchez-moi, l'encouragea-t-il d'une voix rauque alors qu'il baissait ses culottes et se libérait.

— Arrêtez ! Je vous en prie !

— Donnez-moi juste quelques minutes et je vous jure que je vous ferai changer d'avis.

Crispin conquit de force la bouche d'Anne et il était trop puissant pour qu'elle puisse l'arrêter. Il la pénétra sans prévenir et la douleur déchira le ventre d'Anne.

Le moment ne dura que le temps de quelques coups de reins. Après coup, Crispin se redressa maladroitement, remit son pantalon et s'en alla, laissant Anne décoiffée, confuse et endolorie. Du sang maculait l'intérieur de ses cuisses et Anne faillit hurler.

Pourquoi y a-t-il du sang ? Au plus profond de ses cuisses, tout était endolori, meurtri, déchiré.

Crispin avait-il abîmé quelque chose en elle ? Anne tenta de maîtriser sa panique, comparant son moment avec celui de Mrs Thornton. Celle-ci avait paru apprécier l'intimité. Elle avait crié et gémi. Mais Anne ? Elle n'avait ressenti que de la douleur et la friction régulière entre ses jambes lui avait provoqué de la honte, du dégoût et de la douleur. Elle n'avait pas ressenti le moindre plaisir.

Elle n'était peut-être pas faite pour aimer. Son cœur n'était peut-être pas fait pour la passion physique. Cette triste pensée glaça son âme. Elle n'était peut-être pas faite pour l'amour...

Suis-je une femme de glace ? se demanda-t-elle dans son étourdissement. *Non, je ne le suis pas. Mais je ne saurai jamais ce que cela fera que d'être aimée comme cette autre femme ce soir...*

Anne se redressa, arrangea sa robe avec des mains tremblantes et réprima une autre vague de larmes. Quelque chose de précieux avait été perdu ce soir-là, et c'était plus que la simple innocence de son corps. On venait de lui dérober l'innocence de son cœur.

❧ 14 ❧

Cédric avait du mal à respirer.

— Vous voulez dire que le soir de notre rencontre, elle a été violée ?

— À la façon dont Andrews l'a raconté, il s'est jeté sur elle dans une pièce vide. Il n'a pas donné à Anne l'opportunité de se débattre ou de s'enfuir.

Malgré le calme avec lequel il parlait, la colère sous-tendait les paroles d'Ashton.

Cédric serrait si fort les poings que ses mains s'engourdissaient.

— Comment l'avez-vous appris, Ash ?

— Il m'a vu prendre un verre. Il était déjà gris. Incroyablement, il m'a demandé de le féliciter. Je crois qu'il n'a pas reconnu que j'étais votre ami ou bien il m'a pris pour quelqu'un d'autre. Andrews a affirmé que bientôt, il aurait la mainmise sur votre fortune quand il affirmerait que votre premier-né est en réalité son fils. Il avait prévu de vous faire chanter tous les deux. Il a dit qu'il savait qu'Anne ferait n'importe quoi pour vous cacher ce secret ou, sans quoi, vous achèteriez son silence concernant le passé de votre épouse.

— Cet imbécile m'a adressé la lettre, dit Cédric. Il a dû lancer son plan alors qu'il avait déjà descendu une demi-bouteille.

« Ma très chère Anne, nous avons des choses à planifier... »

La réaction d'Anne envers Crispin au théâtre ce soir-là n'avait pas été celle d'une femme qui dissimule son ancien amant, mais de celle qui se cache de l'homme qui lui a fait du mal, qui l'a violée, qui lui a dérobé son innocence.

Si jamais je la retrouve, aveugle ou pas, il y aura un duel. J'épinglerai une clochette sur son cœur sombre si j'y suis contraint.

Cédric lutta pour rester calme, balayé par l'effroi et une terreur sombre. Il avait perdu Anne pour toujours parce qu'il avait refusé d'écouter ses explications. Cela étant, vu l'ampleur de sa colère, l'aurait-il crue ? Se serait-il montré aussi bête que le reste de la bonne société et aurait-il cru en la parole d'un scélérat au lieu de la sienne ?

Il l'avait accusée de la pire des trahisons, mais c'était lui qui l'avait trahie.

— Cédric, qu'avez-vous fait ? demanda doucement Ash.

— Elle a essayé de m'en parler... Mais je n'ai pas voulu l'entendre. Cette lettre... Je me suis imaginé trop de choses. J'ai inventé une histoire qui confortait mon propre apitoiement et j'ai cru le pire d'une femme qui n'a jamais songé même qu'un instant à me faire du mal. J'ai perdu mon calme et je lui ai crié de quitter ma maison. Je l'ai jetée dehors alors qu'elle était vulnérable.

Un frisson secoua son corps.

— Ash, si je mérite une place dans les flammes de l'enfer, c'est certainement à cause de ce que j'ai fait ce soir, au-delà de tous mes autres péchés.

— Où est-elle à présent ?

— Probablement en route vers Londres. J'ai donné l'ordre qu'on la ramène chez son père dans la matinée. J'avais l'intention de demeurer ici quelques jours. Je ne pouvais pas supporter de rester à Rushton tant qu'elle ne serait pas partie.

— Je viens d'arriver par la route de Londres. La tempête a empêché toute autre calèche de faire le voyage. Je ne l'ai pas croisée.

Ashton commença à s'activer dans la pièce, rassemblant les vêtements de Cédric.

— Alors elle doit toujours se trouver à Rushton Steading.

— Bien. Habillez-vous. Nous partons immédiatement. Il faudra qu'on prenne un cheval, puisque les voitures ne passeront pas à travers la boue.

Ashton commença à fourrer des vêtements dans les mains de Cédric et partit demander deux nouveaux chevaux.

— Ash..., siffla Cédric. Vous savez bien que je n'ai pas chevauché depuis l'accident.

— Bon sang, mon ami... Vous chevaucherez derrière moi sur le même cheval.

Quelques minutes plus tard, Cédric et Asthon montaient un animal robuste dans la pluie battante. Cédric était accroché à la taille d'Ashton, le corps de son ami représentant l'unique phare dans la tempête qui faisait rage autour d'eux, dans l'obscurité à laquelle il n'échapperait jamais.

Ashton poussa son cheval à un rythme effréné qui épuiserait certainement la bête en quelques minutes, mais il refusait d'octroyer à l'animal une seconde de repos. Le cheval conserva sa vitesse folle pendant près d'une demi-heure, puis la maison de Cédric apparut. Cédric ne pouvait pas la voir, mais il sentait la forêt qui s'épaississait et entendit les sabots du cheval ralentir sur l'allée de gravier qui menait aux marches du manoir.

La voix de Mr Bodwin s'entendit à travers le clapotement de la pluie sur la pierre.

— Milord ! Dieu merci, vous êtes revenu ! J'allais envoyer

un messager à cheval, mais personne ne savait où Taylor vous avez déposé.

Il n'avait jamais entendu autant de panique dans le ton de Bodwin.

— Bodwin, que s'est-il passé ?

— C'est Madame. Elle a eu un accident...

Cédric remontait déjà les marches à la hâte, soutenu par le bras d'Ashton. Ses bottes couvertes de pluie et de boue glissèrent sur le marbre et il faillit tomber. Les bras d'Ashton le retinrent.

— Où est-elle ? demanda Cédric.

— Dans sa chambre. Sean Hartley est avec elle. Il refuse de quitter son chevet, Milord. Il l'a trouvée blessée près du lac. Il a dit que vous vous étiez disputés et que c'était votre faute.

— Ma faute ?

Cela contenait peut-être une part de vérité, mais entendre de telles accusations de la part du personnel !

— Il a soutenu, avec une certaine audace, qu'il allait vous dire deux mots. Je lui ai répondu que vous ne toléreriez pas ce genre de comportement dans cette maison. J'ai essayé de le faire escorter hors de la chambre, mais Madame ne veut pas lui lâcher la main, alors...

— Hartley pourra aller dormir dehors le temps de se trouver un nouvel employeur. Aucun homme ne se dresse entre moi et ma femme.

Peu importait à Cédric de parler comme un ogre. Tout ce qui comptait était de rejoindre Anne.

— Que lui est-il arrivé ? Vous dites qu'il l'a trouvée près du lac ? s'interposa Ashton.

— À ce que nous en savons, elle est tombée du sommet de la colline du nord et a atterri sur le rivage près du lac. Je crois que Sean connaît toute la vérité.

Cédric écoutait à peine alors qu'Asthon l'aidait à monter à

la hâte les escaliers qui menaient à la chambre qu'il avait choisie pour elle. À deux doigts d'arracher la porte de ses gonds, il fit irruption dans les appartements de son épouse.

— Anne ? s'écria-t-il.

Un corps solide lui bloqua le passage.

— Elle ne veut pas voir des hommes tels que vous, Milord. Pas aujourd'hui.

L'accent irlandais de Sean, plein d'insolence, mit Cédric en rogne.

— Poussez-vous, Sean.

Il essaya d'écarter le valet de sa route. Ce satané homme était aussi inébranlable qu'une montagne.

— Non, Milord. Congédiez-moi si vous le souhaitez, mais je ne partirai pas et vous n'entrerez pas.

Ashton essaya de calmer le jeu.

— Pourquoi n'irions-nous pas discuter dehors, pour ne pas déranger la dame ?

— Je ne la laisserai pas, déclarèrent Sean et Cédric d'une même voix.

— Très bien. Nous allons rester ici, mais sans crier.

Ashton adopta son habituel ton de diplomate.

— Allons, Mr Hartley, votre loyauté est louable, mais c'est l'épouse de lord Sheridan. Vous devez l'autoriser à la voir.

Cédric sentit Sean s'écarter à contrecœur.

— On nous a également dit que vous étiez le mieux à même de nous renseigner sur ce qui lui est arrivé.

— C'est vrai, répondit Sean d'un ton froid.

— Je vous en prie.

Cédric ajouta sa propre supplique rauque.

— Elle m'a croisé en descendant les escaliers en courant quand *vous* lui avez crié dessus et m'avez fait appeler. En quittant vos appartements pour aller réveiller le cocher, Henry m'a dit qu'elle était sortie. Il m'a fallu une éternité pour la retrouver. Elle avait couru jusque dans la forêt et était tombée. Elle s'était disloqué l'épaule et s'était cogné la tête contre un arbre. Elle respirait à peine quand je l'ai retrouvée. Je l'ai ramenée moi-même et Mr Bodwin est parti chercher le médecin.

Cédric s'effondra à genoux au chevet d'Anne, ses mains la cherchant à l'aveuglette. Quand ses doigts entrèrent en contact avec une écharpe, il grimaça.

— Anne, je suis là, mon amour, réveillez-vous.

Ses mots restèrent sans réponse et sa femme ne bougea pas.

Il lui caressa la main et tourna la tête pour reprendre la parole.

— Que s'est-il passé ? Pourquoi ne se réveille-t-elle pas ?

— Le médecin lui a donné quelque chose pour la douleur et pour l'aider à dormir, expliqua Sean.

— Qu'a dit le docteur ? demanda Ashton à Sean.

— Il a dit que l'épaule avait été déboîtée, mais il l'a remise en place et elle finira par guérir. C'est la blessure à la tête qui l'inquiète. Elle a perdu et repris connaissance plusieurs fois, et il craint qu'elle n'ait subi des dommages au cerveau.

— Quelles sortes de dommages ?

La voix de Cédric était à peine audible. Il se sentait redevenu jeune homme, lorsqu'il avait perdu ses parents, recevant le fardeau de devenir l'homme de sa maison par la perte de ce qu'il aimait le plus.

— Elle est restée sans réaction à nos questions durant ses moments de lucidité. Le médecin pense qu'elle souffre de troubles de la mémoire.

Sans réaction. Ces mots étaient aussi dévastateurs qu'un coup de hache en plein cou. Cédric alla s'asseoir sur le lit et s'adressa à son valet.

— On peut la déplacer ?

— Monsieur ?

— Je peux la prendre dans mes bras ?

— Je ne pense pas que vous le méritez, vu la façon dont vous l'avez traitée, répliqua Sean.

— Attendez un peu ! siffla Cédric. Je vous ai toujours apprécié, Hartley, mais si vous continuez à me défier, je ne vais pas me contenter de vous renvoyer. Je m'assurerai que vous n'ayez pas de référence et aucun espoir de retrouver un emploi à l'avenir. Suis-je bien clair ?

La colère de Cédric était étrangère et déplacée. Il n'avait encore jamais menacé un serviteur. Il avait toujours aidé ceux qui n'avaient pas eu la chance de posséder les mêmes privilèges que lui.

C'était peut-être parce qu'en cet instant, Hartley se comportait comme l'homme que Cédric n'était pas. Celui que Cédric aurait dû être depuis le début. Loyal. Confiant. Courageux. L'homme qui avait chassé Anne avait été tout le contraire.

— Oh, je comprends, Milord, mais la vie d'une dame et sa sécurité comptent plus pour moi que votre satanée fierté anglaise... ou bien des références, répliqua le valet.

Ashton, comme toujours, savait quand il devait intervenir.

— Hartley, je vous assure qu'il n'arrivera pas le moindre mal à Anne. Il y a eu un terrible malentendu. Une lettre a été envoyée, remplie de mensonges et de calomnies que votre maître a malheureusement eu des raisons de croire. Lord Sheridan connaît à présent toute la vérité et l'innocence d'Anne. Elle est en sécurité avec lui, et vous ne vous imaginez pas la culpabilité qu'il ressent et que vous ne faites que renforcer. Alors, peut-on la déplacer ?

Sean paraissait toujours hésitant.

— Oui.

Cédric prit Anne dans ses bras et enfonça son visage dans ses cheveux. Son parfum à l'orchidée était ténu, comme s'il reflétait l'énergie déclinante d'Anne. Il murmura quelques doux mots d'amour et des prières afin qu'elle lui pardonne, espérant l'inciter à se battre pour survivre.

— Je vous en prie, mon cœur, battez-vous pour vivre. *Je vous en prie.*

Les profondeurs de son misérable désespoir donnèrent à sa voix une âpreté qu'elle n'avait jamais possédée. Une partie de lui aurait voulu qu'elle bouge, remue et ouvre les yeux. Voir Anne toujours étendue sans mouvement entre ses bras réduisit en poussière le dernier bastion de ses espoirs.

Des sanglots immenses et déchirants lui raclèrent la gorge et brûlèrent ses poumons. Il n'avait jamais ressenti une douleur aussi vive. Même la mort de ses parents ne lui avait pas provoqué une souffrance aussi intense. Cette fois, *il* était responsable de son propre tourment.

Cédric avait besoin de temps pour pleurer, pour intégrer la perte de son dernier espoir.

❦

DE LA CHALEUR. UNE DOUCEUR APAISANTE DANS UN COCON sombre de sécurité. Des rivières de douce chaleur se déversaient sur sa peau. Les picotements d'une froideur soudaine perturbèrent l'étreinte de la chaleur ténébreuse. Des points de pression amortirent l'aiguillon de ces points froids. Au loin, un grondement continuel titilla ses sens. Elle aurait voulu glisser à nouveau dans l'obscurité, mais quelque chose dans ces sons la dérangeait, la perturbait. Une lumière blanche aveuglante lui brûla le visage et les yeux, ramenant avec elle l'impression d'avoir un corps.

Que s'était-il passé ? La voix dans son esprit parla ; elle était familière, mais aucun nom n'émergea de l'obscurité de sa terrible léthargie. Les sons profonds qui avaient taquiné ses oreilles s'interrompirent. Elle lutta pour parler avec le locuteur de ces mots... Oui ! Quelqu'un lui avait parlé. Elle s'efforçait à présent de créer ses propres mots.

— Aidez-moi...

Elle espérait que l'autre personne comprendrait sa supplique. Quelque chose de chaud et de ferme glissa sur sa bouche, puis sur ses paupières, l'incitant à réagir. Une froideur glaciale glissa entre ses lèvres, un liquide qui remplissait sa bouche, apaisant un inconfort qu'elle n'avait pas réalisé qu'elle subissait.

— Buvez. C'est bien.

Les mots avaient un sens à présent. Une action ; l'offre d'un compliment. Sans qu'elle sache pourquoi, cela lui donna envie de sourire, mais l'effort requis était trop grand.

— S'il vous plaît, ouvrez les yeux. Laissez-moi voir encore une fois un aperçu du paradis.

Les mots lui provoquèrent à parts égales de la chaleur et de la douleur.

Je dois essayer. Une autre bataille ; moins d'effort pour parler. Ses paupières s'entrouvrirent, révélant un monde flou. Alors qu'elle battait lourdement des cils, les choses se précisèrent enfin.

Un groupe d'hommes encerclait son lit. Un vieil homme sévère étudiait le moindre de ses gestes. Un jeune valet était posté à sa droite, près du mur. Son visage était sillonné par l'inquiétude ainsi que par une étrange intensité. Un grand homme blond cendré avait l'épaule appuyée contre la colonne gauche de son lit. Élégamment vêtu, il avait des yeux bleus lumineux envoûtants, mais même lui ne parvenait pas à retenir son attention par rapport à l'homme accroupi près de son chevet. Cet homme comptait plus. Beaucoup plus.

Quelque chose se contracta dans sa poitrine lorsqu'elle étudia ses traits marqués et patriciens, l'apparence cultivée d'un gentleman mêlée à la désinvolture d'un homme qui aurait pu obtenir tout ce qu'il voulait rien qu'en haussant un sourcil. Il était tellement beau que cela en était douloureux. Elle n'osait pourtant pas détourner les yeux, particulièrement alors qu'elle avait remarqué en lui quelque chose de défectueux... ou plutôt de manquant.

Il y avait une étrange vacuité dans les profondeurs brunes de son regard. Un éclair de douleur la traversa alors qu'elle l'observait, comme les forêts boisées d'une terre antique. Un souvenir ? Elle savait que l'homme qui lui tenait à présent si férocement la main était extrêmement différent de celui aux yeux cannelle dans cet unique souvenir.

— Anne, ma chère, comment vous sentez-vous ?

L'aveugle avait pris la parole ; sa voix était un doux grondement qui vibrait d'inquiétude. Son visage arborait une telle douleur qu'elle se demandait si ce n'était pas lui qui aurait dû être alité plutôt qu'elle.

— Qui êtes-vous ?

Elle aurait dû connaître la réponse. Elle l'avait sur le bout de la langue. Sa question fit s'abattre sur la pièce un chaos silencieux fait de pas feutrés, de lourds soupirs et de regards furtifs.

Le vieil homme s'approcha à nouveau d'elle.

— J'avais peur que cela se produise.

Le reste des hommes attendit en silence alors qu'il lui posait une série de questions dont elle connaissait vaguement la réponse. Quelle année était-ce ? Dans quel pays se trouvait-elle ? Les réponses lui vinrent naturellement, mais sa propre identité et celle des hommes qui l'entouraient ne remontèrent pas à la surface.

— Eh bien, je dois dire que je suis épaté de vous voir aussi bien gérer votre condition, dit le vieux médecin. À votre place, je crois que la plupart des femmes auraient été terrifiées.

— Je n'en vois pas l'utilité, répondit Anne. Dites-moi simplement ce que je dois faire pour aller mieux.

Le vieil homme sourit et hocha la tête, lui expliquant ce qui serait le plus bénéfique pour elle (principalement prendre du repos). Quand le médecin et le valet de pied s'en allèrent enfin et que le blond accepta de les raccompagner jusqu'à la porte, elle ressentit une anxiété soudaine à l'idée de se retrouver seule avec l'aveugle qui lui comprimait toujours la main.

— Quel beau duo nous formons !

Il marmonna ces paroles si bas qu'elle l'entendit à peine.

— Qui êtes-vous ? redemanda-t-elle.

— Je suis Cédric Sheridan, vicomte Sheridan. Et plus important encore, je suis votre époux.

— Mon époux ?

Ce mot semblait étranger sur sa langue.

— Depuis combien de temps sommes-nous mariés ?

— Quelques jours seulement.

— Oh.

Le soulagement qui la balaya était immense.

— Alors, je ne vous plais pas, alors ?

Le ton sec de Cédric la fit grimacer. Cela n'avait pas été son intention.

— Ce n'est pas cela. J'avais peur d'avoir tout oublié de plusieurs années de mariage.

— Nous nous connaissons depuis des années, Anne.

— Anne. C'est mon prénom ?

Le fantôme d'un souvenir passa devant une des fenêtres vides de son esprit. *Anne, ma chère.* Quelqu'un l'avait appelée ainsi un jour, elle en était certaine.

— Vous êtes Anne Chessley, la fille de feu le baron Chessley.

— Feu... Il n'est plus en vie ?

Les mots tremblèrent sur ses lèvres.

— Il est mort il y a à peine plus d'une semaine.

Quelque chose en elle se brisa. Un mur de force auquel

elle n'avait pas eu conscience de se raccrocher. Un père dont elle ne gardait aucun souvenir était mort.

— Me manquait-il ?

Les larmes lui montèrent aux yeux en songeant à cet homme sans visage qui n'était plus dans sa vie.

Le vicomte était là pour elle, la prenant dans ses bras comme s'ils n'avaient qu'un seul corps. La sensation douloureusement parfaite d'être lovée dans ses bras était terrifiante. Elle ne savait rien d'elle-même excepté qu'elle avait toujours été forte. Pourtant, dans les bras de cet homme, elle se sentait vulnérable. Les derniers vestiges de sa force s'étaient effrités et elle était incapable de s'écarter, incapable de mettre de la distance entre eux.

Quand les larmes commencèrent à détremper le gilet de Cédric, elle se prit à marmonner une excuse contre le pli de son cou. Des lèvres, chaudes et réconfortantes, touchèrent le dessus de ses cheveux alors qu'il la réconfortait et la berçait avec des gestes lents. Elle sentit ses épaules se détendre quand une vague de fatigue, plus émotionnelle que physique, la saisit.

— J'aimerais pouvoir me souvenir de vous, souffla-t-elle contre son cou.

— Je crois qu'alors, vous me détesteriez, Anne. Je suis responsable de votre mésaventure. Sans ma nature insensible et ma fierté fragile, vous seriez en bonne santé et vous connaîtriez les joies d'être une jeune mariée. Mais au lieu de cela...

Le vicomte parut confus, ne sachant pas s'il devait être en colère contre lui-même ou bien déçu.

Elle lui caressa la joue, voulant lui rendre la chaleur qu'il lui avait donnée. Il s'écarta comme si son contact l'avait brûlé.

— Non ! Je ne mérite pas votre réconfort.

Anne ressentit soudain envers lui une féroce vague de protection et elle enroula fermement son bras valide autour de son cou, le plaquant contre elle. Son écharpe rendait la chose maladroite, mais cette étreinte était vraiment importante pour elle. Elle avait désespérément besoin de rester attachée à lui, alors même qu'il essayait de la repousser.

— On peut toujours offrir de l'amour et du réconfort, que le destinataire les mérite ou pas.

— De l'amour ?

Cédric ouvrit de grands yeux surpris.

— M'aimez-vous ?

Anne fronça les sourcils en y réfléchissant.

— J'ai bien dû le faire. Je ne m'imagine pas avoir épousé quelqu'un si ce n'était pas le cas.

Sa conviction était inébranlable. L'amour était vital pour le mariage, du moins selon elle.

— Comment pouvez-vous le savoir si vous ne vous souvenez même pas de votre nom ?

Elle ne s'était pas attendue à ce que son scepticisme la blesse aussi douloureusement.

— Je suppose que j'en suis aussi certaine que de ne pas aimer les œufs marinés ou le saumon. C'est instinctif, trop profond pour être retiré de mon esprit.

L'aimer lui provoquait la même sensation, profonde, gravée dans l'essence de son âme.

— M'aimez-vous ?

Les mots lui avaient échappé avant qu'elle n'ait eu l'occasion de réfléchir.

Son mari, cet inconnu familier, se contenta de lui adresser un sourire charmant.

— Alors, est-ce le cas ?

— Et si je vous racontais plutôt une histoire, Anne ? Voilà deux ans, un homme était au bal avec ses amis les plus proches. Il savait qu'il avait tout ce qu'il pouvait souhaiter dans l'existence : de l'argent, des propriétés, des titres, des compagnons fidèles et sincères. Mais il y avait un vide en lui, aussi vaste que l'océan et ravagé par les vents de la souffrance et de la solitude. Il se gaussait de ceux qui disaient aimer ou être amoureux. Pourtant, en réalité, il les jalousait. Un soir, entourée par des danseurs, une jeune femme s'est approchée de lui. Contre toute bienséance, contre toute décence, elle a commencé à le dévorer des yeux comme un adorable poussin qui vient de sortir de sa coquille.

— Ne me dites pas que j'étais ce poussin.

Elle l'interrompit avec un sourire hésitant, mais taquin.

Cédric l'ignora et poursuivit son récit.

— Quand l'homme s'est tourné et l'a découverte en face de lui, c'était comme si le reste du monde disparaissait. L'essence même de la vie a pris naissance comme une flamme dans son corps contre la force de sa présence. Il a réagi comme tout homme l'aurait fait, confronté à une telle beauté et une telle innocence. Il a flirté avec elle, lui a promis la passion avec son regard. Mais quand il a appris l'étendue de son innocence, il a craint de la souiller par sa présence. Il s'est forcé à rester en retrait, à devenir froid, distant. Ses amis l'ont pourtant encouragé à essayer de la séduire, tout indigne qu'il fût. Une danse était tout ce que cet homme désirait, tout ce qu'il pouvait espérer mériter. Une seule valse et il pourrait repartir avec le souvenir de son corps entre ses bras, un souvenir qui le soutiendrait pour le reste de sa vie solitaire.

— Ont-ils dansé ?

Anne était captivée par ses paroles, les émotions tourbillonnant en elle alors que des souvenirs luttaient vaillamment pour émerger à la lumière de sa conscience.

— Non. Un autre homme la lui a prise, alors il a mal réagi. La colère et la jalousie ont fait rage en lui. Il a trouvé une autre femme, agréable et facile à contenter. Il a possédé cette femme, ne serait-ce que brièvement, au lieu de celle qu'il désirait. C'est une erreur qu'il regrettera à jamais. Mais la femme qu'il aimait vraiment lui a donné une autre chance. Elle l'a *sauvé*.

❧ 15 ❧

Le lendemain matin, à la table du petit-déjeuner, Cédric se laissa lourdement retomber dans son siège. Il avait à peine dormi la nuit précédente. Le regret et le remords l'avaient incessamment taraudé, résultant en un mal de tête atroce qui lui causait des éblouissements de lumière venant zébrer les ténèbres de sa cécité, comme pour se gausser de lui autant que pour l'engourdir de douleur. Le léger cliquetis de la porte de la salle à manger l'informa qu'il n'était plus seul.

— Comment s'est passée la nuit dernière ? demanda Ashton d'une voix douce.

Cédric faillit sourire. Quand il était devenu aveugle, les gens s'étaient mis à hausser le ton, comme si c'était son ouïe qui avait été détruite et non sa vision. Toutefois, c'était ce sens-là qui s'était le plus affiné après l'accident, et de loin. Il était à présent capable d'entendre le moindre son.

Il y avait le vrombissement bas d'un bourdon qui se heurtait à la fenêtre du salon derrière lui. Il y avait les craquements du vieux manoir, tous les grognements du bois et les protestations de la pierre, évoquant les soupirs fatigués d'un vieillard. Sans la moindre acuité visuelle, Cédric percevait le monde comme il ne l'avait encore jamais fait.

— Horriblement, dit Cédric pour répondre à la question de son ami. Elle ne se souvient ni de son père ni de sa mort récente. Quand j'en ai parlé, elle a fondu en larmes comme si cela venait de se produire. Puis elle a affirmé qu'elle devait forcément m'aimer si elle m'avait épousé, et je n'ai pas été capable de le lui expliquer. Je lui ai raconté la vérité sur ce qui s'était passé le soir de notre rencontre. Après quoi, elle m'a demandé de partir.

Les mains de Cédric cherchèrent à tâtons son thé du matin et il poussa un juron quand il le renversa.

— Ah. Visiblement, vous avez mis les pieds dans le plat. Profondément.

Ashton plaça une main amicale sur l'épaule de Cédric, le tenant assis pour qu'il ne se redresse pas.

— Je vais vous chercher une autre tasse.

— Merci, grommela-t-il. Avez-vous bien dormi ?

— Très bien, vu la situation. J'ai quelques problèmes à résoudre à Londres.

— Vous voulez bien développer, Ash ?

— Ce n'est pas grave. J'ai juste des soucis avec lady Melbourne.

— Encore ?

Cédric ne parvenait pas à croire que son ami n'ait pas réussi à la neutraliser comme il l'avait fait avec ses autres rivaux. Elle aurait déjà dû être mise hors d'état de nuire.

— Je l'ai prévenue qu'il ne pourrait plus y avoir d'autres interférences, mais elle semble décidée à se rebeller contre l'injonction de ne pas se mêler de mes affaires. Je n'ai jamais rencontré de femme plus impitoyable. Si je n'étais pas aussi furieux, je devrais bien admettre que je l'admire presque de me défier de la sorte.

— Imaginez-vous cela ! Il existe donc une femme dans ce

monde qui reste insensible au célèbre charme de Lennox et ne se soumet pas à vos exigences !

Cédric n'avait ajouté cette dernière remarque que pour plaisanter, mais la tasse de thé d'Ashton cliqueta bruyamment.

— Qu'avez-vous entendu dire ?

Son ton désarçonna Cédric. Quel nerf avait-il touché ?

— Rien. Simplement que les hommes qui ne vous cèdent pas sont rares et les femmes encore plus.

— Vous dites cela comme si elle était aussi rare qu'une licorne.

— Encore plus. Vous devriez l'épouser avant qu'elle ne retourne au pays des contes de fées.

— Certainement pas.

Le ton d'Ashton était glacial. Cédric soupira quand il se rendit compte que son vieil ami dissimulait ses véritables émotions.

— Pourquoi pas ?

Cédric était malheureux et c'était dans ces moments-là qu'il avait tendance à tarauder son ami jusqu'à ce que lui aussi se mette en colère. On ne pouvait pas être misérable tout seul !

— Je ne peux pas épouser une femme qui ne m'obéira pas. Mon épouse devra être prête à accepter toute façon de procéder que je juge être la bonne. Sans une telle confiance, les empires et les dynasties s'effondrent... ainsi que les entreprises. Lady Melbourne se réjouit manifestement de me provoquer.

Cédric joua avec sa tasse posée sur la table.

— Vous ne semblez pas avoir retenu quoi que ce soit de l'enlèvement d'Émily l'année dernière.

Ashton souffla d'un air indigné.

— Je ne vois pas ce que vous voulez dire.

— Toutes les femmes ont tendance à n'en faire qu'à leur

guise et souvent, nous mêler de leurs affaires ne fait qu'empirer les choses. Si Godric avait dit à Émily qu'il l'aimait plus tôt, elle aurait peut-être été plus en sécurité cette nuit-là dans mon hôtel particulier. Au lieu de cela, ils se sont disputés et elle a été enlevée sous notre nez. Et si j'avais laissé Anne s'expliquer...

Ces paroles assombrirent encore davantage l'esprit de Cédric, au point qu'il fut incapable d'achever sa propre pensée.

Répondant seulement d'un grognement, Ashton se laissa retomber à côté de Cédric.

— Avez-vous vu Anne, ce matin ?

— Non. Je songeais à lui apporter son petit-déjeuner. Le médecin a conseillé de la maintenir sous surveillance constante. Si la mémoire commence à lui revenir, cela risque d'être douloureux.

— Puis-je offrir un conseil ? proposa prudemment Ashton.

— Je le suppose.

— Prenez du temps avec elle, telle qu'elle est. Séduisez-la correctement. Que ceci soit la cour que vous n'avez pas eue. Si la mémoire devait lui revenir, elle découvrira peut-être que le passé pèsera moins lourd sur l'opinion qu'elle aura de vous.

— Courtiser ma femme ? Quelle drôle d'idée ! répliqua Cédric avec un sourire amer. J'espère que c'est possible, pour nous deux.

— La passion est toujours possible quand deux cœurs y sont disposés.

— Toujours ? Et pourquoi pas avec lady Melbourne ?

Les lèvres de Cédric tressaillirent alors qu'il continuait de taquiner son ami.

— Elle est, comme vous le dites, venue du monde des contes de fées et donc pas assujettie aux lois de notre réalité, répondit Ashton.

— Avez-vous l'intention de rester à Rushton Steading avec nous, ou bien avez-vous d'autres choses à *prendre en main* ?

Cédric accompagna l'expression en formant avec les mains des courbes féminines.

Cette plaisanterie fit grogner Ashton.

— Je ne voudrais pas m'imposer, Cédric. Dites-moi de partir, si tel est votre désir.

Cédric redressa l'échine, toute taquinerie évaporée.

— Non. Je suis ravi d'avoir votre compagnie. D'ailleurs, vous pourriez m'aider à garder l'esprit clair alors que mon monde tout entier s'écroule autour de moi.

Il était sincère. À cet instant précis, tout autour de lui semblait sur le point de s'effondrer et il était terrifié à l'idée d'être seul lorsque cela arriverait.

— Alors je vais rester.

La voix d'Ashton était emplie d'une chaleur véritable, issue d'années d'une affection profonde.

Cédric pourrait à nouveau respirer tant qu'Ashton resterait dans les parages, l'aidant à conserver la raison.

— Excellent. Si le temps le permet, nous pourrions aller pêcher au lac aujourd'hui.

Cédric espérait qu'Ashton accepte. Il avait besoin de sortir un peu, mais il ne pouvait pas le faire seul, à moins de vouloir terminer noyé au fond d'un lac. Il aurait été facile de prendre un valet avec lui, mais ce n'était pas la même chose. Rien ne pouvait remplacer le confort rassurant d'un ami de confiance à ses côtés, dans un bateau qui ondulait légèrement, leurs cannes brandies au-dessus de l'eau.

— Cela me plairait, admit Ashton. J'ai besoin de m'éclaircir les idées après lady Melbourne. Elle m'a mis dans une humeur noire.

— Et si on se retrouvait dans le vestibule dans une demi-heure ?

— Cela vous donnera le temps de vous occuper du petit-déjeuner d'Anne.

— Oui, je dois aller m'assurer qu'elle a tout ce qu'elle désire.

Cédric sauta sur l'occasion de passer chez elle, même si elle n'avait pas envie de le voir.

Les deux hommes se séparèrent à l'extérieur du salon. Cédric gravit les marches principales, reconnaissant d'être de retour chez lui. Son corps connaissait cette maison aussi bien qu'il se connaissait lui-même. La gêne qu'il ressentait souvent à Londres où il y avait plus de monde, plus de danger pour un homme aveugle, n'était pas présente ici, dans cette demeure. Qui plus est, il devenait de plus en plus sûr de son corps et de ses gestes, et était bien moins maladroit. Il savait où se trouvaient les escaliers, l'emplacement de toutes les pièces dont il se servait fréquemment. Rushton Steading était un endroit sûr.

Cela faisait des années qu'il n'y avait pas passé plus que quelques jours. La décennie précédente avait été marquée par les conquêtes féminines, les courses de chevaux et d'autres occupations de ce genre auxquelles les dépravés s'adonnaient. Tout ceci à Londres, bien sûr. Laisser Rushton vide pendant si longtemps l'avait également laissé vide. La fraîcheur de la rampe des escaliers sous sa main lui rappela des souvenirs délicieux de toutes les fois où il s'y était laissé glisser durant son enfance.

Seigneur, comme cet endroit lui manquait ! Il s'y sentait *chez lui*. Rusthon Steading avait toujours été chez lui. Horatia et Audrey avaient remonté ces marches quand elles apprenaient à marcher. Il avait parcouru les terrains, ramassant des grenouilles et des têtards pour torturer ses précepteurs.

Les couloirs conservaient l'odeur fantomatique du parfum de sa mère. À tout instant, Cédric s'attendait à entendre le rire retentissant de son père dans la bibliothèque. Il avait eu de la chance d'avoir des parents qui s'étaient mariés par amour et avaient profondément aimé leurs enfants. Il n'y avait rien de plus merveilleux et de plus spécial que l'amour d'un parent pour son enfant, et l'amour de ce dernier en retour. Et Cédric avait aimé ses parents de tout son cœur.

Il gardait constamment à l'esprit qu'il avait eu bien plus de chance que ses sœurs. Ni l'une ni l'autre n'avait réellement connu ses parents comme il l'avait fait. Elles n'avaient été que des enfants quand leurs parents étaient morts dans un accident de calèche. Horatia avait été blessée dans la catastrophe. À ce jour, elle ne parlait pas de l'accident et Cédric n'insistait pas.

C'était dur pour lui d'oublier la chance qu'il avait. Son ami Godric n'en avait pas eu autant. Sa mère était morte en couches et cette perte avait plongé son père dans des crises de noirceur remplies de colères brutales. Comparé aux souffrances de Godric, Cédric avait vécu un véritable conte de fées. Était-ce ce qu'il voulait avec Anne : passer une vie ensemble basée sur l'amour et la confiance.

Il n'est certainement pas trop tard pour nous ?

Les mains de Cédric se refermèrent autour de la poignée de la porte de la chambre d'Anne. Il avait commencé à la tourner quand la porte s'ouvrit soudainement. Il trébucha en se sentant plonger en avant, tombant sans crier gare. Il s'attendait à de la douleur ; elle venait toujours après la chute. Il ne sentit toutefois qu'un corps doux et ferme qui amortit sa chute. Un cri de surprise remplit ses oreilles alors que le corps étendu sous lui eut un sursaut et que l'odeur familière des orchidées explosa autour de lui comme une vague enivrante.

— Anne !

Cédric lutta pour s'écarter d'elle, paniqué à l'idée de l'avoir écrasée. Mais les tentatives d'Anne pour se dégager ne faisaient que rapprocher leurs corps davantage. Il essaya désespérément de refroidir son excitation soudaine, mais les sons qu'elle émettait ainsi que ses gigotements lui rendaient la chose impossible.

— Anne, ma chère, cessez cela... Je ne vois pas où... J'essaie de..., marmonna Cédric d'une voix exaspérée alors qu'Anne se ramollit sous lui.

Ravalant un grognement quand son corps répondit avec enthousiasme à cette nouvelle position, il essaya de se concentrer. La pression des seins d'Anne contre sa poitrine et la cadence de ses respirations haletantes ne l'aidaient absolument pas dans sa lutte pour retrouver la maîtrise de lui-même.

Je dois être un véritable dépravé pour la désirer ainsi. Cela étant, il ne pouvait pas le dénier. Cédric aurait voulu la prendre ici et là sur ce satané plancher, même après tout ce qu'elle avait traversé au cours des semaines qui venaient de s'écouler.

Ce que dit alors Anne le prit complètement par surprise.

—Je m'en souviens ! Vous m'avez appelée *Anne, ma chère.*

Ce n'était qu'un murmure, mais il était certain de l'avoir entendu. Anne posa une main sur son épaule. Cédric aurait voulu voir son visage, mais il n'en gardait que le souvenir.

— Cela m'a plu que vous m'appeliez ainsi.

La timidité de sa confession était charmante.

— Bon sang, jura-t-il.

Impossible à présent d'échapper à son désir. Il baissa la tête et trouva ses lèvres. Les mains d'Anne palpitèrent contre son cou avant de se poser sur son dos. Le plaisir coursa à travers lui alors que ses doigts s'enfoncèrent dans ses omoplates, l'attirant plus près de lui. Il en voulait plus, voulait tout goûter d'elle, mais le frémissement timide de ses lèvres et l'hésitation de ses mains se changèrent en tension. Le besoin terrible qu'il avait d'elle se mua en une réalisation glaciale. Il ne pouvait pas la posséder, pas encore.

— Quel est le problème ?

Il sentit son souffle chaud contre sa gorge.

— Je crois que j'ai fait deux pas en avant et un pas en arrière.

Il reprit ses esprits, qui s'étaient éparpillés comme les soldats d'une armée en déroute. Meurtris et las, ses esprits se rassemblèrent et il s'écarta d'elle.

— Je suis désolée, Cédric. Je ne vous résisterai pas si vous souhaitez faire valoir vos droits conjugaux. Je suis disposée à accomplir mon devoir.

Cédric l'aida à se redresser et prit son visage entre ses paumes.

— Votre devoir ? Si vous devez vous souvenir d'une chose à mon propos, c'est de celle-ci : j'ai terriblement envie de vous, je vous désire autant que l'air dans mes poumons. Mais je ne prendrai *jamais* ce que vous ne souhaiteriez pas me donner de votre plein gré.

— Mais, je viens de dire que...

Cédric la fit taire d'un index sur ses lèvres.

— ... que vous n'offririez aucune résistance. J'ai envie d'une passion mutuelle, d'un désir mutuel.

Il déposa un baiser très léger sur son front et fit un pas en arrière.

— J'ai demandé qu'on vous fasse apporter votre petit-déjeuner. Ash et moi partirons bientôt.

— Vous partez ?

Cédric fut étonné quand les mains d'Anne serrèrent son gilet, s'accrochant à lui.

— Nous n'allons pas loin. Le lac est proche et nous allons pêcher pendant quelques heures.

— Pêcher ? Oh, j'ai cru que vous alliez me laisser seule ici.

Le soulagement dans sa voix réchauffa Cédric.

— Je ne songerais jamais à vous abandonner, ma chérie. Je vous désire trop pour cela.

Cédric tint ses hanches près de lui, la laissant sentir son érection toujours palpitante. Il se disait que c'était légèrement méchant d'apprécier son hoquet de surprise, mais il le faisait.

— J'ai pensé pouvoir me contrôler, mais je ne peux plus attendre très longtemps. Bientôt, nous nous retrouverons en tant que mari et femme. Cela dit, je veux que vous le désiriez autant que moi.

Il s'interrompit quand Anne se raidit.

— Ne craignez rien. Je vais m'assurer que vous ayez envie de moi.

Il taquina le coin de sa bouche avec un dernier baiser. Quand elle se pencha avidement contre lui, il se retira et la laissa seule.

❧ 16 ❧

Anne porta une main à ses lèvres. Le goût et la sensation de Cédric s'y attardaient agréablement. Elle était déchirée entre l'envie de courir après lui et celle de s'enfuir très loin. Même si elle ne se rappelait rien de lui ou d'elle-même, elle savait pertinemment qu'elle le désirait. Son corps réagissait comme du feu liquide à son contact, son baiser et même sa voix. Les moindres gestes de Cédric envers elle évoquaient puissamment l'accouplement primaire des corps et des âmes. Serait-ce aussi mal que de céder à ses désirs ? Après tout, ils étaient mari et femme.

Elle aurait pu céder, mais elle décida de ne pas lui faire part d'une telle intention. Pas encore. Comme tout un chacun, Anne avait sa fierté, et l'histoire de Cédric avait soulevé des questions auxquelles elle avait d'abord besoin de réponses. Elle était toutefois fascinée par la perspective que Cédric la domine entièrement, mais avec une passion tendre et excitante.

— Madame ?

Une voix s'immisça dans ses pensées. C'était le jeune valet,

Sean Hartley. Il attendait patiemment dans l'encadrement de la porte.

— Entrez, Hartley. On me dit que je vous dois ma vie. Je souhaitais vous témoigner ma gratitude.

Hartley rougit et baissa les yeux au sol.

— Ce n'était rien, Madame. Je suis soulagé de voir que vous vous remettez.

— Je ne garde apparemment aucun souvenir hormis quelques flashes, mais à part cela, je me sens beaucoup mieux. Mon épaule n'est pas très douloureuse.

Ses paroles parurent inquiéter légèrement Hartley qui fronça les sourcils. Puis il fouilla dans la poche de son pantalon avant d'en retirer quelque chose. C'était un magnifique grenat encerclé par des diamants minuscules. Au lieu d'être attaché à une chaîne, il était passé dans un ruban de satin noir.

— J'ai été obligé de le retirer quand le médecin s'est occupé de votre épaule. Je voulais vous le rendre en personne à cause de ce qu'il signifie pour vous.

Anne se rapprocha, emplie de curiosité et de perplexité à la vue du ravissant joyau.

— Quoi donc ?

— On m'a dit que c'est votre cadeau de mariage de la part de Sa Seigneurie.

— Un collier ?

Quelque chose à ce propos fit naître en elle une certaine nostalgie. La lumière accrocha le grenat et des points de lumière rouge dansèrent sur le mur derrière elle.

— J'ai entendu votre suivante dire que Sa Seigneurie avait pensé que vous enlèveriez l'anneau qu'il vous avait donné quand vous feriez du cheval, afin qu'il n'abîme pas vos gants. Il avait envie que vous portiez ceci à la place.

Anne ressentit une pulsion éphémère, l'envie de lui rendre

cette prévenance. Lui avait-elle donné quelque chose en retour pour un cadeau aussi magnifique ? Avec une sensation désagréable, elle devina que non, et cette pensée la remplit de honte. Un homme comme Cédric méritait quelque chose de merveilleux. Elle y songerait pendant sa convalescence.

— Hartley, auriez-vous la gentillesse de m'aider à le mettre ?

Hartley referma le fermoir et le grenat vint reposer sur le sternum d'Anne comme s'il y avait toujours été à sa place.

— Brighton est-il très éloigné d'ici ?

— À peu près une heure en calèche. Hartley gardait les yeux braqués à terre en signe de respect.

— Vous n'avez pas besoin de baisser la tête quand vous me parlez, Hartley.

D'une voix très douce, elle tenta de lui faire abandonner sa timidité affirmée.

— Vous êtes ma maîtresse et la vicomtesse Sheridan.

Son ton sous-entendait qu'il ne reviendrait pas dessus.

Anne fronça les sourcils d'un air légèrement irrité. Elle ne voulait pas que ses serviteurs refusent de croiser son regard.

— Et vous agissez selon les commandements de votre maîtresse ?

— Toujours.

— Alors chaque fois que vous vous adresserez à moi, j'aimerais que vous me regardiez dans les yeux. C'est compris ?

Anne cala les mains sur ses hanches et attendit.

— Oui, Madame.

Hartley croisa son regard. Sa rougeur timide le rendait vraiment charmant. Anne ne doutait pas qu'il possède toutes les qualités d'un rebelle en devenir.

— Bon, pour Brighton. J'aimerais y aller. Voulez-vous bien faire venir la calèche ?

L'expression de Hartley se fit sombre et résolue.

— J'ai reçu l'ordre de vous garder ici, dans le domaine. Le médecin ne veut pas que vous soyez loin de la maison si la mémoire devait vous revenir. Auquel cas, cela risque d'être douloureux.

— Le médecin ?

Anne poussa un profond soupir.

— Ai-je le droit de faire quoi que ce soit ?

— Je suis désolé. Le médecin et Sa Seigneurie se préoccupent simplement de votre bien-être.

L'air navré de Sean lui fit regretter sa réaction quelque peu irascible.

— Mais pas de mon bonheur, apparemment, marmonna Anne. Lord Sheridan sera-t-il absent longtemps ?

— Je n'en suis pas certain. Il n'est pas sorti sur le lac depuis l'accident, répondit Hartley.

— Que lui est-il arrivé ? Le connaissais-je avant...

Anne fut incapable de poursuivre.

— Ce n'est pas à moi de le dire, Madame.

Un mystère de plus sur ma vie, songea Anne. Elle essaya de se souvenir, ferma les yeux et se concentra sur Cédric et ses yeux bruns aveugles. Mais rien ne se passa, à part des élancements douloureux derrière ses tempes.

— Le lac est-il très loin ? Celui où mon mari va pêcher ?

— À seulement quatre cents mètres.

L'empressement de Hartley montrait son soulagement à l'idée de parler d'autre chose.

— Alors, emmenez-moi là-bas tout de suite.

Choqué, Hartley cligna des paupières.

— Vous voulez pêcher ?

— Certainement pas, mais j'aimerais nager.

Elle avait toujours le bras en écharpe, mais elle avait essayé de le remuer dans la matinée, et la douleur avait été étonnamment limitée. Un peu d'exercice pourrait l'aider à récupérer, si elle prenait garde à ne pas trop forcer.

Anne étouffa un rire devant les protestations balbutiantes de Hartley qui lui montra pourtant le chemin. Il avançait à contrecœur, sachant – comme tout homme dans sa position – que rien ne pourrait la détourner de sa mission. Anne le rattrapa dans le vestibule et marcha d'un pas énergique à son côté, ne ressemblant à rien à la créature distinguée et bien élevée qu'elle savait qu'elle aurait dû être. Son père lui avait toujours dit d'avancer avec résolution, même si on n'en possédait pas.

Ce souvenir soudain lui coupa le souffle. *Son père.* Elle en eut le cœur déchiré et se mordit la lèvre. C'était comme si des souvenirs de lui se dissimulaient derrière un fin voile de gaze. Elle n'y voyait pas clairement, discernant seulement des formes imprécises.

Je ne dois pas me forcer. Je dois y aller lentement. Elle expira et se concentra sur les quelques souvenirs qui lui revenaient, ceux de son père, la façon dont il lui procurait des conseils en buvant des verres de brandy réchauffé, le soir, devant la cheminée de leur salon. La façon dont Cédric l'appelait Anne, ma chérie. Et ses baisers ! Ils incendiaient les barrières de son esprit. Un homme qui lui faisait cet effet-là n'était pas un inconnu : c'est la raison pour laquelle elle lui faisait confiance quand il lui racontait des éléments de son passé. Elle lui avait fait confiance alors, et elle continuerait de le faire. Son corps ne lui mentirait pas, elle le savait.

Une fois qu'elle fut parvenue à l'extérieur, elle n'eut aucun mal à oublier sa tristesse. La journée était ensoleillée et il ne restait pas le moindre vestige de la tempête de la veille. C'était une journée d'avril parfaite et les arbres étaient alourdis par des canopées vert émeraude, tandis que les fleurs sauvages formaient des parterres aux couleurs vives sur les champs qui menaient au lac.

Loin de la berge, Anne distinguait la silhouette distante d'un petit bateau de pêche. C'était une tache brune sur les eaux sombres du lac. Anne savait qu'aujourd'hui, la pêche serait bonne. La pluie remuait toujours les eaux et les rendait particulièrement troubles. Exactement le genre d'environnement que préféraient les poissons... ainsi que les pêcheurs. Les hameçons seraient lancés avec des leurres brillants et les sédiments remués au fond de la rivière perturberaient la vision des poissons, ce qui les rendrait plus à même de confondre un leurre avec une proie.

Pour une fois, Anne était reconnaissante de la cécité de son mari. Il ne la verrait pas si elle se débarrassait de ses vêtements et plongeait dans le lac. Même si elle ne gardait guère de souvenirs de Cédric, elle avait la sensation qu'il serait furieux contre elle pour une multitude de raisons.

— Hartley, veuillez vous tourner. Je vous appellerai si j'ai besoin d'aide.

— Oui, Madame. Hartley tourna les talons et alla attendre dans la zone ombragée la plus proche.

Quand elle fut certaine que le jeune valet ne se retournerait pas, elle commença à défaire les boutons de sa robe et à retirer ses chaussons. Elle empila avec précaution ses vêtements sur un carré d'herbe sec à quelques pieds de la berge du lac et laissa retomber l'écharpe dessus. Seulement vêtue de sa camisole, Anne se dirigea vers l'eau.

CÉDRIC TENAIT MOLLEMENT SA CANNE D'UNE MAIN, TANDIS que de l'autre, il traçait des motifs paresseux à la surface de l'eau. De petits poissons vinrent enquêter, mordillant avec enthousiasme le bout de ses doigts. La puissante tempête avait troublé les eaux et les poissons étaient audacieux dans leurs mouvements.

— Cela m'avait manqué, vous savez, admit Cédric à son ami.

Ashton poussa un ricanement bas.

— Quoi, donc ?

— Tout ceci.

Cédric fendit l'air de la main, désignant le paysage qui les entourait.

— Cela me manque de ne pas passer du temps avec vous, et les autres. Nous n'avons pas fait quelque chose comme cela depuis des années.

— Cela fait longtemps, n'est-ce pas ?

Il y avait un ton pensif dans la voix d'Ashton, une note de tristesse qui serra le cœur de Cédric.

— Apparemment, le jour où nous cinq avons forgé nos liens, le glas a également sonné pour notre ancienne vie. Nous n'étions plus des adolescents et nous avons dû avancer pour devenir les hommes que nous sommes.

— Aucun de nous n'a avancé ce jour-là.

Cédric ne put s'empêcher de se souvenir de ce qu'était la vie qu'il avait perdue le soir où ils avaient sauvé Charles de la noyade.

La voix d'Ashton se fit sombre.

— Non, pas tous.

Cédric soupira en signe d'accord. Parmi eux, c'était toujours Ashton qui décelait la vérité, même dans les recoins les plus sombres au fond de chacun d'eux.

— Je me disais simplement que c'était étrange qu'aucun de nous ne se soit adonné à nos plaisirs habituels. Enfin, à part Charles, bien sûr.

— Que voulez-vous dire ?

Cédric se rassit légèrement.

— Prenez Godric, par exemple. Généralement, il serait plongé jusqu'aux genoux dans ses problèmes auprès d'une maîtresse arrogante. Lucien serait au Jardin de Minuit à faire Dieu sait quoi. Et vous seriez à Tattersalls ou bien aux courses, à parier sur des chevaux à toute heure du jour.

Cédric comprit rapidement le thème de la discussion.

— Et vous vivriez dans votre bureau, les yeux restant braqués toute la journée sur les chiffres de vos investissements.

— Exactement. Et pourtant, vous et moi sommes en train de profiter d'une journée de pêche. C'est comme si nous étions redevenus des petits garçons... Ou si ce n'est des garçons, comme si nous retrouvions l'essence de ceux que nous étions autrefois.

L'émotion enrouait la voix d'Ashton.

— Pardonnez-moi, Cédric. Je dis n'importe quoi.

— Non. Vous avez raison. Les choses changent. Nous ne pourrons jamais redevenir les hommes que nous étions. Pas même les garçons que nous étions autrefois. Alors que nous reste-t-il ? Notre seule issue est devant nous, mais qu'est-ce qui nous attend ?

Cédric exprima la question qui, il le savait, taraudait le cœur d'Ashton.

— Quoi donc, en effet ?

— Pour ma part, je fais porter le chapeau à Émily. C'est cette petite coquine qui nous a mis dans ce pétrin. Bien entendu, il faut également que je la remercie. Sans cette gentille Ém, je ne serais pas avec Anne.

La perspective de se retrouver dans un monde dénué d'Anne le fit frissonner.

— Moi aussi, je trouve cela très amusant. L'enlever a été la chose la plus imbécile et pourtant la plus sage que nous ayons faite. Je n'ose pas songer à ce que Godric serait devenu aujourd'hui sans elle. Ou Lucien, d'ailleurs. Ses désirs étaient en passe de devenir très sombres. Je commençais à m'inquiéter.

L'aveu d'Ashton prit Cédric par surprise.

— Quoi ? Je n'avais aucune idée qu'il...

— Oh, absolument. Il devenait de plus en plus friand des partenaires multiples. Il ne trouvait plus la moindre satisfaction dans les jeux amoureux. Les hommes comme lui peuvent se consumer entièrement, et sans amour pour alimenter leur passion, ils se délitent. L'amour que lui porte Horatia a sauvé son âme. Je crois qu'il ne se lassera jamais d'elle. Un amour comme le leur ne s'estompera jamais.

— Il ne vaut mieux pas, non, grommela Cédric.

La pensée que son meilleur ami puisse quitter sa sœur pour coucher avec d'autres femmes lui laissa un goût amer dans la bouche. Il ne voulait pas songer au fait que Lucien en était capable, mais il le connaissait trop bien. Jusque-là, sa sœur et son ami semblaient fusionnels, et avec un bébé en route, Cédric se disait que leur avenir serait radieux.

— Oh oh !

La voix d'Ashton était clairement surprise.

— Quoi ?

Cédric redressa le dos si abruptement que le bateau tangua de droite et de gauche. Un peu d'eau passa par-dessus le rebord et vint lui tremper les tibias.

— Que se passe-t-il, Ash ?

— Vous devez me promettre de ne pas vous mettre en colère.

Cédric poussa un grognement guttural.

— Ash...

— C'est votre femme.

Le cœur de Cédric fit un bond et il fut saisi de panique.

— Qu'est-ce qu'elle a ?

— Elle nage de l'autre côté du lac.

— Elle nage ? répéta-t-il alors que son cerveau tentait de décider si c'était une mauvaise nouvelle ou pas.

— Elle ne porte que sa camisole. Je doute que le médecin souhaite la voir aggraver sa blessure à l'épaule.

Ashton ajouta ce dernier commentaire sur le ton de l'amusement.

Cédric s'empara à tâtons d'une rame qu'il jeta sur les genoux de son ami.

— Ramez ! Tout de suite ! tonna-t-il.

Seulement vêtue de sa camisole, Anne se dirigeait vers l'eau. Sa tenue fine la faisait se sentir légèrement dévoyée, mais par vertu du mariage, elle se trouvait sur son propre domaine et elle avait envie de le faire. Seul son époux avait le pouvoir de l'empêcher de faire ce qu'elle désirait, et il était très loin, de l'autre côté du lac. Cette pensée faillit la faire rire. Il serait sans nul doute furieux contre elle, mais au lieu de s'effrayer de cette idée, elle s'en amusa.

Cela faisait un moment qu'elle n'avait pas eu un comportement aussi inconvenant que de nager en sous-vêtements. Elle avait beau ne pas se rappeler grand-chose de son passé, elle ne pouvait pas dénier que la sensation de l'eau qui léchait ses jambes nues était libératrice. Alors qu'elle s'enfonçait plus profondément dans le lac froid, un souvenir refit surface.

Elle s'ébattait au bord d'un lac similaire, alors qu'un vieil homme la regardait, un sourire indulgent sur son visage gentil. Elle riait d'un rire enfantin, heureuse de jouer alors que son père n'était pas loin.

La douleur de voir le visage de cet homme ne serait-ce que pendant un moment la blessa profondément.

Papa. Elle s'était précipitée à l'autel seulement une

semaine après sa mort ? Qu'est-ce qui l'avait motivée à faire une telle chose ? Pourquoi avait-elle épousé Cédric ? Et plus encore, pourquoi Cédric avait-il accepté de le faire ? Elle ne doutait pas que la bonne société ferait des gorges chaudes de ce scandale pendant une bonne décennie. Anne plaça une main sur son ventre, souhaitant apaiser l'effroi qu'elle y sentait croître.

Se concentrant à nouveau sur son désir de nager, elle avança sur la pointe des pieds jusqu'à ce qu'elle se retrouve plongée jusqu'à la taille, l'eau glacée représentant un contraste agréable avec la chaleur de l'air. À cette vitesse, elle mettrait une éternité à s'immerger entièrement. Il ne lui restait pas d'autre solution que de plonger. Elle enfonça la tête sous l'eau, surprise par sa température glacée.

Bientôt, l'eau froide devint agréable contre la brûlure chaude de son épaule en guérison. Elle se servit de son bras valide pour avancer un peu et elle battit des pieds. C'était son élément et elle ressentait le plaisir physique de connaître son propre corps et de comprendre comment il fonctionnait.

Elle étira les membres, sentant ses muscles se contracter et travailler. Et c'était tellement bon ! Anne n'était pas une femme mince. Elle était toute en courbe, avec un peu de force naturelle qui avait tendance à rendre les essayages de robe irritants, quand la couturière marmonnait qu'elle avait des rondeurs aux mauvais endroits. Son corps n'était pas perçu comme étant beau, pas selon les standards de la bonne société, mais il y avait belle lurette qu'elle avait arrêté de se préoccuper de ce genre de choses. Elle en était certaine.

Anne nagea très loin dans le lac, oubliant momentanément de garder l'œil sur le bateau de pêche de Cédric. Ce n'est que lorsqu'elle eut plongé à plusieurs reprises qu'elle remarqua que le canot était revenu au rivage et qu'un vicomte à l'air revêche se tenait au bord de l'eau, le visage sombre.

Cédric tapa de sa botte sur l'herbe détrempée, émettant

un étrange clapotis. Anne étouffa un gloussement en lisant l'expression de son regard aveugle. Il lui promettait de la punir pour sa témérité injustifiable. Plus loin, lord Lennox discutait avec Hartley, lui tournant tous les deux le dos. Anne se fit aussi immobile que possible, se servant de ses jambes et de son bras valide pour battre l'eau.

— Anne, je sais que vous êtes là. Sortez immédiatement. Vous ne devriez pas vous mettre en danger, pas avec votre épaule.

Il ponctua son discours d'un mouvement de l'index dirigé vers le sol près de ses pieds, comme s'il voulait qu'elle vienne à sa botte comme un épagneul.

— Je ne vais pas venir vous rejoindre, répondit-elle, essayant de se retenir de rire de son envie soudaine de jouer au diablotin.

— Je ne peux pas vous voir et les autres ne regardent pas.

— Non, refusa-t-elle fermement. Ses poings serrés lui révélèrent qu'une fois qu'elle serait à sa portée, elle aurait des problèmes. Elle ne savait pas exactement lesquels, mais elle doutait qu'il lui fasse du mal.

— Allez la chercher, Cédric, hurla Ashton par-dessus son épaule.

L'effronterie de cette suggestion tira un hoquet à Anne. Elle était presque nue, et l'idée que Cédric l'attrape alors qu'elle nageait, seulement vêtue de sa camisole, était excitante et légèrement effrayante.

— Je vous en prie, Anne. Je n'ai pas nagé depuis que j'ai perdu la vue.

— Depuis quand a-t-on besoin d'y voir pour nager ?

Son aveu parvint à la calmer un peu et elle essaya de le taquiner. Elle avait peur et lui aussi, même si leurs peurs étaient différentes.

— Je vous en prie. Ne me contraignez pas à vous traîner de force. Ce sera désagréable pour tous les deux.

— Cédric, attendez.

Anne avait terriblement envie de lui parler, de découvrir les raisons qui l'avaient poussée à l'épouser.

— Pourquoi n'allez-vous pas là où nous avons pied pour me rejoindre une minute ? Sans quoi, je serais tentée de rester ici jusqu'à ce qu'il me pousse une queue de sirène. Cela vous plairait-il, mon époux ? De devoir venir me retrouver dans ma grotte sous-marine ? *Faites-moi confiance*, l'encourageait-elle.

— Non.

À présent, c'était lui qui refusait de coopérer. Ils se trouvaient dans une situation bien amusante !

— Avez-vous l'intention de vous dissimuler dans une coquille pour le reste de votre vie, mon époux ? Avancez dans l'eau jusqu'à la taille, pour vous réhabituer.

— Elle a raison, Cédric, l'interrompit Ashton.

— Vous pouvez retourner au manoir avec Hartley, dit Cédric d'une voix légèrement bourrue.

— Très bien. Venez me trouver ce soir.

Ashton se tourna et s'éloigna en compagnie du valet.

— Allez-vous vraiment me forcer à venir vous chercher ?

Cédric s'agenouilla pour retirer ses bottes et retrousser ses pantalons.

— Absolument.

Les yeux d'Anne se braquèrent sur les mollets musclés de Cédric qui commença à entrer prudemment dans l'eau. Il entra dans l'eau jusqu'aux genoux avant de marquer un temps d'arrêt et d'incliner la tête comme s'il cherchait des signes de sa personne. Anne eut la sensation soudaine qu'il la prenait en chasse. Elle retint son souffle et se recula davantage, mais un poisson effrayé battit l'eau près de son épaule. Cédric se jeta vers elle et tomba à la renverse dans l'eau. Son cri d'alarme la fit sursauter. Elle nagea vers lui, l'attrapant par la taille alors qu'il battait des membres, paniqué.

— Posez vos pieds. C'est peu profond, l'encouragea-t-elle.

— Je sais.

Soudainement, il se redressa et attrapa son corps, la plaquant contre lui. Chasseur victorieux, il sourit et enroula ses bras derrière son dos, l'étreignant.

Cédric se détendit. Il clignait rapidement des paupières et de l'eau dégoulinait le long de son visage alors qu'il s'accrochait à elle. Alors que sa respiration commençait à ralentir, il baissa la tête, posant le menton sur le sommet du crâne d'Anne.

— Vous allez me tuer, Anne, murmura-t-il.

La chaleur de son souffle contre sa tempe lui donna la chair de poule.

En tremblant, elle lui caressa la joue, regardant ses yeux bruns vides se fixer sur un endroit distant. Il y avait là un vide qui était profondément beau, comme le héros tragique d'un opéra. Il l'appelait, la priait de le remplir d'amour et de lumière.

— Pourquoi vous fais-je confiance ? murmura-t-elle. Je devrais être terrifiée de me rappeler si peu de choses de ma vie, et pourtant, penser à vous apaise mes peurs. Pourquoi ?

Cédric resta silencieux pendant un instant. Ses grandes mains couvraient tout son dos, lui donnant pour la première fois le sentiment d'être toute petite.

— Vous m'avez captivé dès l'instant où je vous ai rencontré. Vous êtes intelligente, mais aussi gentille et innocente. Puis cette innocence vous a été arrachée et vous êtes restée forte et solitaire. Je me suis vu en vous, une âme sœur. Nous portons nos fardeaux et nous nous battons pour veiller à la sécurité et au bonheur de ceux que nous aimons. Il était inévitable que je vous veuille, que je vous désire autant que je le fais.

Elle passa les mains à travers les cheveux mouillés de Cédric afin de les lui écarter du visage.

— Comment était notre mariage ?

Il lui adressa un sourire garnement.

— Parfait. Vous étiez la plus jolie mariée que Saint-Georges ait jamais connue.

— De la flatterie de la part d'un aveugle ? le taquina-t-elle. Je me demande si c'est fiable.

— Je savais à quoi vous ressembleriez, et puis je vous ai tenue dans mes bras ; votre parfum ; votre toucher. Vous étiez parfaite. Nous étions tous les deux heureux.

— Étions ?

— Nous nous sommes disputés il y a quelques jours de cela. Je suis parti et vous vous êtes enfuie dans la nuit. C'est ainsi que vous vous êtes blessée.

Cédric lui massa l'épaule et soupira.

Anne pressa son corps contre le sien, se moulant à lui, et il gémit.

— Pouvons-nous oublier tout ceci ? Ne pouvons-nous pas recommencer ?

— Ma chère, actuellement, je fais de mon mieux pour ne pas vous ravir. Ce serait injuste envers vous dans votre condition. Je ne veux pas que vous vous souveniez de moi comme d'un monstre.

Les paroles vaillantes et honorables de Cédric furent quelque peu amoindries par la pression insistante de son excitation contre sa cuisse, sous l'eau.

— Avons-nous déjà fait l'amour ?

Elle aurait voulu qu'il lui dise oui. Cela expliquerait que son corps le reconnaisse, qu'elle ressente du désir chaque fois qu'il la touchait.

— Nous sommes passés près. Dans la bibliothèque de l'hôtel particulier de Godric.

Un éclair de souvenir la saisit. *Un canapé, deux corps enlacés dessus, des dents qui s'enfonçaient dans son cou alors qu'elle jouissait autour de ses doigts.* Anne frissonna dans les bras de Cédric.

— Je crois que je m'en souviens. Ou du moins, mon corps le fait.

Elle s'émerveillait toujours de la facilité avec laquelle elle pouvait se montrer ouverte et honnête avec lui.

Cédric répondit avec un rire truculent.

— Je l'espère, petite diablesse. C'était une véritable expérience pour nous deux. Je n'ai jamais ressenti autant de plaisir à voir une femme s'effondrer entre mes bras.

Anne était soulagée qu'il ne puisse pas la voir rougir. Malgré la chaleur initiale de son corps, la fraîcheur commençait à s'infiltrer dans sa peau. Les mains de Cédric coururent le long de ses bras alors qu'il essayait de la réchauffer.

— Je crois que nous avons assez nagé pour aujourd'hui. Et si nous rentrions ?

Ce n'était pas tant une question poliment formulée qu'un ordre. Elle n'y vit pourtant aucun inconvénient, car elle se refroidissait de minute en minute.

— Oui, rentrons.

Anne le guida hors de l'eau et le fit s'arrêter près de ses vêtements empilés. Il enfila ses bottes et attendit patiemment qu'elle remette sa robe, ignorant la gêne provoquée par sa peau mouillée qui collait au tissu. Une fois qu'elle eût enfilé ses chaussons et replacé le collier de grenat autour de son cou, elle lui prit la main. Ils rentrèrent à la maison dans un silence amical, jusqu'à ce que les cris de la gouvernante fendent l'air.

— Je n'ai jamais vu une chose pareille !

La vieille femme s'arrêta pour enfoncer dans les côtes de Cédric la canne qu'il avait laissée au manoir.

— Vous êtes allé nager sans personne pour vous surveiller ? Et dans vos vêtements, en plus ?

Anne attendit que Cédric réprimande la gouvernante pour le ton qu'elle prenait envers lui, mais le vicomte se contenta de sourire.

— Nous allons bien. Envoyez quelqu'un allumer un feu

dans ma chambre et amenez-nous quelque chose à manger dans une heure.

La gouvernante souffla bruyamment et s'en alla. Cédric passa un bras autour de la taille d'Anne, l'attirant contre lui et lui embrassant le sommet du crâne. Ses taquineries et les gestes affectueux qu'il avait souvent pour elle sans même y penser la firent fondre. Était-ce de l'amour ou quelque chose qui s'en rapprochait ? Elle l'espérait de tout son cœur. Dans ce nouveau monde, elle était tellement seule et ses souvenirs si ténus que la pensée d'être aimée était son oasis dans le désert.

— Je peux vous entendre réfléchir. À quoi songez-vous ? lui demanda Cédric alors qu'ils remontaient les escaliers.

Anne se mordilla la lèvre, ne sachant quoi lui dire.

Cédric lui tapota la taille.

— Allons, ma douce, parlez-moi.

— J'ai envie d'être heureuse et je me dis que cela arrivera peut-être. Me trouvez-vous bien bête ?

— D'espérer être heureuse ? Jamais, mon cœur, jamais.

— Pourquoi me faites-vous toujours cet effet-là ? murmura-t-elle, la voix tremblante d'émotions qu'elle craignait d'exprimer.

Le visage de Cédric exprimait l'inquiétude.

— Lequel ?

— Vous me rendez forte, même alors que je ne me suis jamais sentie aussi faible.

Elle vit les coins de ses yeux se plisser légèrement quand il sourit.

— Nous sommes des âmes sœurs. Vous me faites redevenir entier. Quand je suis avec vous, Anne, les ténèbres de ma cécité cessent de pénétrer mon âme.

Les yeux d'Anne se remplirent soudain de larmes. Quelle tragédie pour lui, de savoir que la vie qu'il avait aimée avait été bouleversée pour toujours ! Tant de choses lui étaient à présent impossibles. Se dire qu'elle était en mesure de l'aider était puissant, fantastique.

Cédric l'entraîna vers sa chambre. Elle était sombre et les rideaux étaient tirés, donnant à Anne l'impression que c'était le soir plus que la mi-journée.

Le soir. Une heure de la journée si intime. Elle ne pouvait pas s'empêcher d'imaginer qu'il l'amènerait enfin au lit malgré l'obstination à laquelle il s'accrochait jusqu'à ce qu'elle se sente mieux. Il tira une sonnette et une bonne apparut immédiatement. Celle-ci écarquilla les yeux en apercevant les vêtements trempés de son maître et de sa maîtresse.

— Molly, pourriez-vous avoir la gentillesse d'aller chercher la chemise de nuit d'Anne et de demander au valet de préparer un bain ici, dans mes appartements ?

Anne rougit alors que Cédric l'entraînait vers son propre vestiaire. Derrière un paravent, une grande baignoire en métal attendait Anne, assez grande pour deux personnes.

— Patientez ici.

Cédric passa de l'autre côté du paravent afin de changer de vêtements.

Dans la pénombre, Anne parvenait seulement à entendre le frou-frou du tissu et son murmure sur la peau. Son corps commença à se réchauffer. Un seul coup d'œil, se promit-elle avant de se pencher au-delà du bord du paravent. Cédric avait retiré tous ses vêtements et lui tournait le dos, passant en revue une collection de chemises propres, ses mains frottant le tissu entre son pouce et son index comme s'il mesurait la qualité des textures.

Anne, toutefois, ne parvenait pas à retirer les yeux de ses hanches et de ses fesses. La chair sculptée avait l'air dure et svelte. Elle ressentit l'impulsion d'y enfoncer les doigts pour l'encourager à la prendre tout de suite, sans attendre ! Anne émit un son involontaire quand il se tourna, révélant son entrejambe. La partie masculine de sa personne se retrouva sous ses yeux et elle déglutit fort. Il était incroyablement grand. *Trop* grand.

Elle serra les cuisses. *Cela ne rentrera jamais.*

— Tout va bien, ma chère ? appela-t-il sans se rendre compte qu'elle pouvait le voir.

Anne se réfugia derrière le paravent et répondit.

— Oui, j'avais juste froid.

Un mensonge éhonté. Son corps aurait été assez chaud pour réchauffer le lac tout entier.

D'autres frous-frous, le bruit des pieds nus, puis Cédric fit le tour du paravent, vêtu d'une chemise lâche et d'un pantalon collant. Ses pieds, remarqua Anne avec fascination, étaient grands et beaux. Elle n'aurait jamais cru que des pieds puissent être beaux, mais ils l'étaient. Les pieds d'un homme athlétique. Il s'approcha d'elle et l'embrassa sur le front.

Anne était dépassée. Cet homme beau et séduisant lui appartenait entièrement. Comment avait-elle fait pour le mériter ?

— Un bain fumant et un repas chaud vous feront du bien. Comment va votre épaule ? Je veux que le médecin vienne pour vous replacer une autre écharpe dès que vous aurez terminé.

— Elle me fait légèrement mal, mais à part cela, elle va bien. Le médecin l'a bien remise en place.

— Dieu merci.

Cédric poussa un nouveau soupir avant de lui donner un léger baiser.

Quelques minutes plus tard, Anne retirait ses vêtements et s'enfonçait dans le bain fumant. Cédric restait à proximité et, même s'il ne pouvait pas la voir, Anne ne s'en sentait pas moins exposée et vulnérable.

— Vous vous sentez mieux ? lui demanda Cédric en s'age-nouillant près de la baignoire.

Il fit courir ses mains le long du rebord, se dirigeant lentement vers le torse d'Anne comme s'il essayait de la trouver.

— Immensément.

Anne frotta son cou endolori. Il lui faisait mal à l'occasion, probablement à cause de son accident. À la seconde où elle ferma les yeux, les mains de Cédric descendirent sur ses épaules par l'arrière. Elle était à deux doigts de protester, mais il la fit taire et entama un massage relaxant. L'intimité du moment était profondément familière. Des éclairs de souvenir, de la dentelle blanche, l'odeur des roses et des fleurs d'oranger, et les mains guérisseuses de Cédric.

— Vous êtes très doué pour cela, dit-elle d'un ton somnolent.

Il dénoua une boule de nerfs dans son épaule et réagit avec un rire de gorge avant de lui embrasser le cou.

— Vous êtes fatiguée ?

— Un peu, admit-elle en dissimulant un bâillement derrière son poing, mais c'est l'après-midi et je ne peux pas déjà aller dormir.

— Je veux que vous dormiez, Anne. Vous avez besoin de vous reposer pour vous rétablir. Dois-je demander à Hartley de vous amener un somnifère ?

Il voulut se redresser, mais elle l'arrêta en lui posant une main sur le bras.

Anne se rassit, s'exposant à son regard aveugle, l'eau éclaboussant des deux côtés de la baignoire.

— Non.

— Allons, allons. Je ne vais pas m'imposer à vous. Cela ne me viendrait pas à l'esprit.

Anne sentit que son commentaire venait d'une expérience passée, mais elle ne se souvenait pas des détails.

— Puis-je suggérer une autre méthode ?

Cédric sourit et retira les mains vers ses épaules, les faisant glisser vers les pointes durcies de ses seins mouillés.

Elle hoqueta, choquée par son audace. Il la fit s'abaisser et l'attira vers lui afin qu'elle s'allonge dans la baignoire. Il lui embrassa la gorge, mordillant un point sensible sous son oreille qui envoya le long de la colonne vertébrale d'Anne d'agréables frissons.

— Est-ce acceptable, Anne ? murmura-t-il en lui caressant les seins et en les prenant entre ses paumes.

Elle hocha la tête, poussant un soupir alors que les mains de Cédric glissaient vers ses côtes, le long de son ventre et vers le sommet de ses cuisses. La sensation de ses mains sur son corps, la tendresse avec laquelle il la manipulait, la touchait, la caressait, faisant naître un feu dans chacun de ses effleurements, était tout bonnement érotique. Chaque partie d'elle était en harmonie avec son contact, comme les clés d'un piano réchauffées par les mains du musicien, prêtes à créer une mélodie.

La voix de Cédric était aussi soyeuse qu'une toile d'araignée et évanescente que la nuit alors qu'il pressait davantage, pénétrant son intimité d'un doigt tendre.

— Et là ? Puis-je vous toucher là ?

Elle n'aurait jamais pensé qu'elle aurait voulu qu'un homme la touche à cet endroit, pénètre son corps, même avec ses doigts, mais avec Cédric, ce n'était pas suffisant, elle voulait rester connectée avec lui de toutes les façons possibles.

Il jouait avec elle, la caressant, la parcourant, avançant puis se reculant. Son doigt était grand et elle sentit son corps se contracter fort autour, et quand elle serra consciemment ses muscles internes autour de lui, il réagit en poussant un grondement animal bas. Le son vibra le long du corps d'Anne et elle arqua les hanches, essayant d'enfoncer son doigt plus profondément.

— Oui, touchez-moi, je vous en prie.

La faim désespérée qu'elle avait de lui la rongeait jusqu'à

l'os.

— Laissez-moi vous embrasser, Anne, ma chère. Abandonnez-vous à moi.

Sa voix était hypnotique et ses paroles lui donnaient envie d'accepter tout ce qu'il lui proposerait de faire.

Cédric captura les lèvres d'Anne d'une bouche aguichante et séductrice. Il enfonça la langue à l'intérieur en même temps qu'il faisait glisser deux doigts en elle, la remplissant. Dans la baignoire, Anne se cambra et l'eau éclaboussa par-dessus le rebord. Cédric approfondit leur baiser, ses doigts adoptèrent un rythme plus soutenu et Anne remua les hanches, essayant de satisfaire sa soif de quelque chose qu'elle ne parvenait pas à exprimer. Quand le pouce de Cédric passa sur sa boule de nerfs, elle gémit de plaisir. Il répéta le geste, faisant toujours aller et venir ses doigts, et quelques secondes plus tard, elle haletait et s'accrochait aux rebords de la baignoire si fort que ses jointures blanchirent.

— Pas encore, mon cœur, j'ai envie de vous épuiser entièrement.

Cédric ralentit le mouvement et reprit ses caresses paresseuses.

Elle attrapa un de ses poignets et le replaça de force entre ses jambes.

— Je vous en prie, Cédric. J'ai besoin de vous.

— Vous avez besoin de moi ?

Elle entendit le choc dans sa voix et cela lui fit mal de penser qu'il ne parvenait pas à la croire.

— Plus que tout.

Cédric grogna comme si ses mots l'avaient défait. Il captura sa bouche avec la sienne et reprit ses caresses. Le corps d'Anne revint immédiatement à cette sensibilité accrue et cette soif de plaisir. Quelques instants plus tard, elle explosa sous ses caresses, des ondes de plaisir la parcourant, la rendant faible et lourde comme une montagne de pierres inébranlables. Le souffle chaud de Cédric contre son oreille lui révélait qu'il avait été aussi excité qu'elle. Ils entraient en connexion, même si ce n'était que par petites étapes.

On peut le faire. On peut faire fonctionner ce mariage et être heureux ensemble.

Elle devait faire que cela fonctionne. La perspective de perdre Cédric ou de l'abandonner était impossible.

❦ 18 ❦

Cédric embrassa le front d'Anne, fier d'avoir affaibli la résolution de son épouse. Il se sentait comme un conquérant des légendes, qui avait pris sa femme et l'avait contentée. Il s'était refusé son propre plaisir, mais il y avait eu une merveilleuse chaleur en lui quand il l'avait sentie se déliter entre ses bras. Elle était bien moins inhibée qu'avant. Il dut combattre les vagues de désirs qui exigeaient de la conquérir entièrement.

Il lui déroba un autre baiser sur la bouche.

— J'aime quand vous fondez contre moi de la sorte.

Se sentant espiègle, mais détendu, il lui mordilla la lèvre inférieure. Anne répondit par un soupir fatigué et glissa plus profondément dans la baignoire, sans doute trop épuisée pour rester droite.

— Je crois qu'il est temps de vous sortir de là, mon amour.

— Déjà ?

Cédric la fit se lever et se mit à la sécher. Anne ne feignit même pas de protester. Il prit son temps, séchant le moindre centimètre de son corps délicieux. Quand il la ramena à son lit, il l'aida à enfiler sa chemise de nuit et à remettre l'écharpe sur son bras. Anne céda à l'épuisement et elle ne montra aucune résistance quand il la borda dans son propre lit. Il lui écarta les cheveux du visage et vint la rejoindre sous les draps, l'attirant contre lui.

— Ma chère Anne, dit-il.

Et pour la millième fois, il regretta d'être incapable de la voir. Baissait-elle la garde pendant son sommeil ?

Anne se lova contre lui, serrant les poings contre ses côtes, sa tête reposant dans le creux entre son bras et sa poitrine. Cédric trouvait incroyable que sa vie paraisse si pleine en cet instant. Incroyable d'aimer autant serrer cette femme contre lui, de sentir son parfum familier autour de lui, de savoir qu'elle était à lui, à présent et pour toujours.

Cédric somnola pendant la demi-heure qui suivit jusqu'à ce que Hartley vienne leur apporter de la soupe et du thé. Rechignant à quitter Anne, il se glissa hors du lit et la réveilla avec une pluie de baisers.

— Le repas vient d'arriver et j'ai des affaires à régler. Si vous avez besoin de moi, envoyez Hartley me chercher.

Anne roula sur le dos et prit le visage de Cédric dans une main, lui dérobant un dernier baiser. Il eut le souffle coupé par le fait que ce soit elle qui l'initie. Il n'aurait rien désiré de mieux que de la culbuter sur le lit et lui faire l'amour jusqu'à ce qu'ils ne puissent plus parler, l'un comme l'autre.

— Puis-je aller à Brighton dans quelques jours ?

Cédric fronça les sourcils.

— Seulement si vous vous en sentez capable. Hartley devra vous accompagner. Je ne souhaite pas que vous restiez seule et sans protection.

— Sans protection ? Devrais-je avoir des raisons de m'inquiéter ?

Cédric sentit Anne se rasseoir et elle lui saisit les bras.

— Ce n'est peut-être rien, mais vous souvenez-vous de Noël dernier, quand j'ai perdu la vue ?

— Je suis désolée, mais non.

— Eh bien, l'accident n'en était pas vraiment un, mais plutôt une tentative d'assassinat contre moi et ma sœur. Ashton a également reçu une balle l'année dernière, et nous pensons que tout ceci est connecté. Je ne doute pas qu'il nous ait tous observés, mais je crains que votre accident ne vous affaiblisse pendant un moment. S'il le remarque, il pourra tirer profit de cette faiblesse.

— Mais qui voudrait vous tuer ?

Cédric rit, mais sans le moindre humour.

— Beaucoup d'hommes veulent ma mort, mais rares sont ceux qui s'y oseraient. Et un seul homme a juré de me tuer moi et les autres membres de la Ligue. Hugo Waverly.

— Sir Hugo Waverly ? Je connais ce nom. Quelque part, je le sais.

Cédric serra les poings.

— Oui. Il a juré de nous voir tous morts et c'est sa tentative d'assassinat envers Horatia qui a entraîné ma cécité.

— Comment cela ?

— Quelqu'un a mis le feu à la cabane du jardinier et quand on m'a secouru, une poutre m'est tombée dessus. L'impact m'a rendu aveugle et m'a transformé en cette créature maladroite et titubante.

— Oh, Cédric...

La voix d'Anne était incroyablement douce. Il eut un moment de recul quand elle enroula les mains autour de son cou, mais il se détendit quand elle se mit à lui embrasser la mâchoire et les joues. Ses bras lui encerclèrent la taille, la tenant brièvement contre lui avant de la lâcher.

— Alors vous me promettez de prendre Hartley avec vous chaque fois que vous quitterez cette maison ? Même sur mes terres, vous n'êtes pas forcément en sécurité. L'assassin engagé par Waverly a enlevé Horatia dans sa propre chambre.

Ce monstre avait failli lui prendre son meilleur ami et sa

sœur. Il n'allait pas perdre Anne non plus. Il se demandait encore si ses blessures tenaient vraiment à une chute accidentelle ou bien s'ils avaient interrompu quelque chose de plus sinistre.

Anne lui tapota la poitrine d'une main tendre.

— Je vous le promets. Je ne suis pas une imbécile. Et je ne veux pas que vous vous inquiétiez pour moi.

— Dieu merci. J'ai l'impression que la plupart des femmes de ma vie sont déterminées à me donner des cheveux gris avant l'âge.

Il referma la main autour de celle d'Anne et la porta à sa bouche pour l'embrasser.

— Je dois vraiment y aller. Reposez-moi, mon cœur.

Cédric quitta sa femme et alla chercher Ashton. Il trouva son ami dans la bibliothèque après s'être renseigné auprès d'un valet de pied qu'il croisa.

— Ash ?

Cédric entra dans la bibliothèque, tendant l'oreille pour entendre le bruissement familier d'un journal qu'on pliait. Ashton avait vraiment des habitudes bien ancrées.

— Sur le sofa, le renseigna ce dernier.

Cédric traversa la pièce en évitant les chaises et les étagères pour aller retrouver son ami.

— Comment se porte votre dame ? demanda Ashton, son ton généralement sérieux contenant à présent une note d'amusement.

Cédric ne put s'empêcher de sourire.

— Elle se repose après son bain.

Après un orgasme aussi puissant, Anne devrait se reposer pendant plusieurs heures.

— Je suis content de l'apprendre. J'avais craint que vous ne vous soyez querellés après le lac.

— Absolument pas. Je suis aveugle. Elle ne garde aucun

souvenir. C'est pratiquement impossible de trouver un sujet de dispute.

— C'est bien.

Ashton avait l'air étrangement distrait. Cédric inclina la tête, réfléchissant au ton de son ami. Quelque chose clochait et il regrettait d'être incapable de déchiffrer l'expression d'Ashton comme il le faisait autrefois.

— Vous n'avez pas l'habitude de dissimuler vos inquiétudes, Ash. Dites-moi, qu'est-ce qui pèse donc si lourdement sur votre esprit ?

— C'est à propos de Waverly.

— Hugo ?

Et lui qui venait de mettre Anne en garde à propos de cet homme...

— Existe-t-il un autre Waverly qui vous cause autant de problèmes ?

— Pourquoi pensez-vous à lui ?

Cédric tâtonna pour trouver le fauteuil à oreilles qui faisait face au sofa.

— Vous n'avez pas reçu de nouvelles de sa part, n'est-ce pas ?

— Non, mais nous devrions faire quelque chose pour lui. Cette attaque contre vous et Lucien à Noël, et la balle qui m'a traversé le bras n'étaient pas des accidents.

— Bien sûr, mais nous ne pouvons pas prouver que Waverly était derrière tout cela, lui rappela Cédric.

— Je crois que le chat noyé chez Charles était une signature suffisante, pas vous ?

Cédric fronça les sourcils. Cela rendait effectivement les choses claires, pas seulement concernant l'auteur, mais également sur les motifs qui sous-tendaient ses actes. L'intention de Hugo était de détruire, mais sa motivation était la revanche. Il semblait que les péchés passés de la Ligue revenaient les hanter.

— Je sais, je sais, mais personne en dehors de la Ligue ne serait en mesure de comprendre.

Cédric s'affaissa dans son fauteuil comme si le poids de décennies d'inquiétude pesait sur ses épaules.

— Je viens de prévenir Anne de ne pas laisser la résidence sans escorte à cause de lui. Que nous conseillez-vous de faire, à part être vigilants ?

— C'est là le problème. Je n'en ai pas la moindre idée.

Ashton était aussi fin stratège que Cédric et le fait qu'il ne sache absolument pas comment gérer la situation était inquiétant.

— J'ai été préoccupé, ces derniers temps, et l'implication de Waverly dans ces attaques a été tellement dissimulée que je n'ai que peu de choses en termes de preuves. On ne peut pas contacter un magistrat sur la simple base de ses instincts et de vagues connexions. Pour ne rien arranger, Waverly a quitté Londres. Je crois qu'il se prépare pour la prochaine étape de son plan.

— Si seulement nous savions auquel d'entre nous il a l'intention de s'en prendre ! s'exclama Cédric avec un soupir exaspéré.

— Malheureusement, on ne peut pas le savoir. J'ai toujours pensé que Charles serait sa véritable cible, mais apparemment, il a l'intention de se débarrasser de nous tous.

— À cause de ce qui est arrivé à Peter ? Nous ne sommes pas les seuls à porter ce péché.

— Non, mais il nous en tient pour responsables.

— Qu'est-ce qui ne tourne pas rond chez cet homme pour qu'il n'arrive pas à se défaire de ses rancunes ? marmonna Cédric.

— Vous savez que c'est plus compliqué. Cela tourne entièrement autour des pères de Charles et de Hugo. J'ai entendu dire qu'ils partageaient un passé houleux. Notre intervention pour sauver Charles nous a placés avec lui sur le bûcher sacrificiel. Et perdre Peter dans la rivière n'a fait qu'ajouter du bois à son feu.

Ashton s'agita sur son fauteuil comme s'il ne tenait plus en place.

— Si c'était à refaire, je ne changerais pas la moindre seconde de cette nuit-là. Je replongerais pour aller chercher Charles.

— Moi aussi. Pourtant, j'aurais aimé que...

Un long silence tendu s'ensuivit alors que les deux hommes restaient tourmentés par le souvenir sombre que s'ils en avaient sauvé un, ils avaient fait défaut à l'autre.

— Comment va Charles ?

Cédric n'avait guère passé de temps en sa compagnie, récemment. Il aimait trop faire des plaisanteries dans l'espoir de remonter le moral de Cédric, ce qui se retournait presque toujours contre lui.

Ashton soupira.

— Il a toujours des cauchemars, mais il va mieux depuis quelque temps. Cela ne m'empêche tout de même pas de m'inquiéter pour lui.

— Vous pensez pouvoir le guérir de ses cauchemars ?

— Non. Du moins, pas dans un futur proche. Et pour le moment, je suis trop occupé à devoir gérer lady Melbourne.

— Encore une fois, nous revenons à lady Melbourne. Anne m'a dit le soir de l'opéra que vous aviez disparu dans une alcôve sombre en sa compagnie.

Cédric se délecta d'entendre son ami généralement si maîtrisé s'étrangler de surprise.

— Et qu'avez-vous donc fait avec lady Melbourne dans cette alcôve ?

— Je... Nous... C'est-à-dire...

Asthon, toujours si éloquent, ne savait absolument pas quoi dire.

— Ah, je vois. Je suis certain que vous avez tous les deux apprécié... ce qui a pu se produire.

Cédric fut incapable de contenir le grand sourire qui lui fendit le visage.

Ashton se reprit et répondit rapidement :

— Je négociais avec elle.

— Vous négociez ? C'est ainsi qu'on appelle la chose de nos jours ?

Cédric luttait de toutes ses forces pour réprimer son hilarité.

— J'ai pensé qu'un peu de persuasion physique était la solution idéale, argumenta Ashton d'une voix essoufflée.

Si Cédric le connaissait moins, il aurait juré que quelque chose embarrassait son ami.

— Elle était un peu plus... combative que je l'avais réalisé. Je dois trouver un moyen d'empêcher ses pitreries de détruire mes compagnies maritimes. Des mesures extrêmes pourraient s'avérer nécessaires.

Cédric se rasséréna légèrement.

— Vous avez toujours été le séducteur le plus froid d'entre nous.

C'était la vérité. Ashton avait été le seul parmi les cinq membres originels de la Ligue à ne jamais perdre le contrôle, à ne jamais se laisser diriger par ses passions. Dans le sillage de ses séductions calculées, il avait laissé de nombreuses victimes. Presque toutes ses conquêtes avaient été liées à ses succès dans le monde des affaires. Une nuit, il couchait avec une cantatrice qui était la maîtresse d'un propriétaire de chantier naval. La suivante, il plaquait la fille d'un banquier contre le mur extérieur d'une salle de réunion, la persuadant de lui révéler les secrets de son père. Ashton pouvait se montrer absolument impitoyable.

— Eh bien, on ne peut pas chasser le naturel, marmonna Ashton.

Cédric croisa les bras.

— En êtes-vous vraiment certain ? Godric et Lucien ont prouvé que ce proverbe est faux.

Ashton resta silencieux pendant un long moment.

— Certains hommes ont la chance d'être privilégiés. Je ne compte pas parmi eux.

— Au diable avec le sort, Ash ! Créez votre propre fortune. Regardez moi et Anne. Contre toute attente, nous avançons petit à petit vers le bonheur. Qui dit que vous ne pourriez pas faire pareil ?

Ashton poussa un grand éclat de rire amusé.

— Le mariage vous va bien, Cédric. Vraiment. Vous pouvez y aller. Allez retrouver votre épouse et donnez à Lucien un peu de compétition quant à la production d'un héritier.

Ce fut à Cédric d'éclater de rire.

— Il n'y a que vous pour trouver une expression si indélicate qui me fasse passer pour un étalon prisé.

Cédric se redressa, récupéra sa canne et se dirigea vers la porte. Il était temps de se rendre à son étude et de demander à son intendant de l'aider à rédiger des lettres. Puis, une fois qu'il aurait terminé ses affaires, il irait trouver sa femme et abandonnerait toute maîtrise de lui. Il voulait lui faire l'amour, qu'elle se souvienne de lui ou pas ; il voulait l'aimer et la séduire pour qu'elle l'aime aussi. Si cela faisait de lui un scélérat, alors qu'il en soit ainsi. Il était un rebelle, après tout.

❧❦❧

LA SERVANTE D'ANNE ACHEVA DE REFERMER SA ROBE DE jour dorée et elle enfonça plusieurs autres épingles dans la masse de boucles au-dessus de sa tête.

— Voilà, Madame. Vous êtes ravissante.

— Merci, Becca.

— Puis-je faire autre chose pour vous aider ? demanda la femme en inclinant respectueusement sa tête couverte d'une calotte.

— Oui, je me demandais si vous pourriez me montrer où est la bibliothèque. J'y patienterai jusqu'au dîner.

Becca lui adressa une révérence et guida Anne jusqu'au bas des marches, dans la bibliothèque.

La pièce était belle. Des fauteuils dorés et des tables étaient recouverts de livres qui, remarqua-t-elle, étaient couverts de poussière. Elle eut la nette impression que quelqu'un avait été là voilà très longtemps. Quelqu'un qui aimait lire. Anne attrapa la couverture de l'épais volume le plus proche et le retourna. Les lettres dorées épelaient *Une histoire de la monarchie anglaise*. Anne savait que Cédric n'avait jamais ouvert ce livre, et ce n'était pas comme s'il avait ouvert les autres non plus. Il n'avait jamais apprécié la lecture, même avant l'accident.

La pièce silencieuse baignée du soleil de l'après-midi évoquait un mémorial à quelqu'un décédé depuis longtemps. Étaient-ce les parents de Cédric qui s'étaient lovés dans ces fauteuils, à tourner les pages avec intérêt ? La gorge d'Anne se serra à la pensée que Cédric avait laissé les livres en place. Avait-il été incapable de les ranger ? Voulait-il avoir l'impression que ses parents pourraient revenir à n'importe quel moment ? Ou bien ne venait-il jamais dans cette pièce et les serviteurs n'avaient-ils pas eu le cœur de les replacer ?

— Si vous cherchez de la lecture, Lady Sheridan, puis-je suggérer ceci ?

Quand Anne se tourna, elle se retrouva face à face à lord Lennox, grand et blond. Elle prit le petit volume qu'il lui tendait.

— *Lady Briana et le vicomte troublé* ?

Ce titre était-il une façon de communiquer avec elle ?

— Cédric est l'un des meilleurs hommes que j'ai jamais

rencontrés, dit lord Lennox.

Anne était envoûtée par la lueur dans ses yeux bleu clair. Dans un éclair soudain, elle se représenta Ashton torse nu, une blessure sanglante sur l'épaule, ses traits tirés par une douleur abominable. Elle eut le tournis et elle vacilla. Ashton la rattrapa par la taille, la remettant d'aplomb.

— Tout va bien, Lady Sheridan ?

— Je vous ai vu... couvert de sang. Pourquoi vous ai-je vu saigner ?

Elle s'accrocha à son gilet pour ne pas tomber alors qu'elle combattait une vague de nausée.

Ashton la regarda curieusement.

— Vous m'avez vu couvert de sang ?

— Oui... Vous étiez torse nu et votre épaule était... blessée, ajouta-t-elle en rougissant d'embarras.

Elle n'aurait jamais dû admettre l'avoir vu à moitié nu.

— C'était un souvenir et rien de plus, Lady Sheridan, la rassura Ashton. En décembre dernier, vous étiez venue rendre visite à votre amie, Émily Parr, à présent duchesse d'Essex. Je crois d'ailleurs que Cédric vous a rappelé qu'on m'avait tiré dessus l'année dernière. Godric s'occupait de mon épaule et vous nous avez surpris. Je suis désolé que ce souvenir vous ait troublée.

Surprise, Anne cligna des paupières alors que ce souvenir se précisait et que tout lui revenait sur cette journée. Elle se souvenait d'Émily, sa bonne amie. Godric, le duc d'Essex, ténébreux et séduisant. Ce n'étaient plus des titres sans visage. C'étaient des amis dont elle se souvenait. Si seulement le reste voulait bien revenir. Le cœur martelant d'Anne s'apaisa et ses épaules s'affaissèrent de soulagement.

— Dieu merci. J'avais peur de souffrir de visions.

Elle se passa une main le long du front.

— Vous souvenez-vous d'autre chose ?

Anne secoua la tête.

— Tout est flou. J'aimerais me souvenir.

— Vous souvenez-vous de la nuit où vous avez rencontré Cédric à Almack's ?

Anne commença à dire non, mais Ashton lui prit le menton et elle dut lever les yeux vers lui.

— *Réfléchissez bien.* J'étais là. Une valse commençait. Cédric s'est tourné vers vous...

Le récit suave de la voix d'Ashton se déversa en elle, cherchant des recoins sombres dans son esprit, les baignant dans des lacs de souvenirs scintillants.

— Il m'a souri et j'ai ressenti...

Ashton se concentra sur elle encore plus fort.

— Imaginez-le ici, se tournant vers vous pour la première fois. Le regard qu'il vous adresse. Son sourire. Qu'avez-vous ressenti ?

Elle céda à son regard et exprima ce dont son cœur se souvenait, même si son esprit soutenait que ce souvenir avait disparu.

— J'ai eu l'impression que tout ce que je tenais pour vrai ne l'était plus, que mon existence débutait dans la courbe de son sourire et que la première fois que je respirai était enracinée dans l'éclat de son regard. Mon cœur était à lui.

Ashton lui libéra le menton et plaça sa paume contre sa joue. Il passa le revers de sa main sur sa pommette d'un geste tendre et apaisant. Ce n'est qu'alors qu'Anne se rendit compte que des larmes coulaient le long de ses joues et qu'il les essuyait.

— Je n'avais pas l'intention de vous faire pleurer, Lady Sheridan.

Anne renifla et s'essuya le visage avec la paume de sa main.

— Je m'en souviens, maintenant.

Quelque chose dans l'insistance d'Ashton pour qu'elle se remémore cette nuit-là avait ravivé dans son esprit une avalanche de souvenirs : son père, Cédric, Émily. Une très grande partie de son identité lui était revenue, et la douleur qui en résultait lui donnait la migraine.

— Vous vous sentez mal ? s'enquit Ashton avec un brin d'inquiétude.

—J'ai juste besoin d'un peu d'air.

Anne passa vivement devant lui pour se libérer de la bibliothèque et de l'assaut des souvenirs. Mais il était impossible d'échapper à ses émotions. Elle pila net pour éviter d'emboutir son mari, qui venait de tourner à l'angle du couloir à quelques pas de la bibliothèque.

— Vous voici, mon cœur. Je reconnaîtrais ce parfum n'importe où.

Anne se jeta contre lui, passant les bras autour de sa taille. Elle enfonça le visage contre sa poitrine, inhalant son odeur, l'arôme du cuir, des écuries et du bois de santal.

— Quelque chose ne va pas ? Vous avez pleuré ?

— Je me souviens de la nuit de votre rencontre, répondit-elle.

— Dieu du ciel ! Pas étonnant que vous soyez en larmes. Je suis vraiment désolé. J'aimerais pouvoir vous retirer ces souvenirs. Ceux d'Andrews vous faisant du mal, ou de moi avec cette autre femme. Il la serra contre lui, l'enserrant dans ses bras.

— Cédric, je vous en prie, écoutez-moi. Ce n'est pas de cela que je me souviens. Je me souvenais de ce que cela m'avait fait de vous voir pour la première fois. Tous les sentiments que j'avais pour vous...

— Que vous *aviez* ? Au passé ?

Les mains de Cédric se raidirent légèrement.

—J'en ai toujours.

— Et cela vous a fait pleurer ?

Anne se blottit davantage contre lui.

— Oui et non.

Le ricanement de Cédric fit tressauter sa poitrine et sentir ce mouvement contre son visage était agréable et réconfortant.

— C'est forcément l'un ou l'autre. Alors, lequel ?

— Cédric, rien n'est jamais aussi simple en matière d'amour.

Il desserra sa prise sur elle, mais il l'attira plus près d'une étreinte plus douce.

— Le fait de m'aimer vous fait pleurer ?

— Extraordinairement !

Elle essayait de le taquiner, mais sa voix semblait toujours pleine de larmes.

— Ne laissez pas cela attiser votre suffisance.

— Allons, nous savons tous les deux qu'elle est déjà immense.

Il pressa les hanches contre lui, suffisamment pour qu'elle sente le renflement dans ses pantalons.

— *Mon mari*.

Un rire s'échappa des lèvres d'Anne. Elle adorait son inclination naturelle à la taquinerie. Cela la mettait toujours de bonne humeur.

— Allons, séchez vos larmes, mon amour. J'ai décidé de passer la journée avec vous. Qu'aimeriez-vous faire ?

— Nous pourrions la passer dans les écuries ?

— Pourquoi donc ?

Anne réprima un ricanement en avisant l'expression troublée de son époux.

— J'ai envie que vous me montriez enfin vos juments arabes.

— Bien sûr. La mémoire doit être en train de vous revenir si vous vous souvenez de cette obsession. Et moi qui pensais que je vous aurais pour moi tout seul sur un tas de foin, pour faire de vous ce que je désire !

Cédric enfonça son nez contre son cou.

— Cela n'est pas exclu, répondit-elle.

$$\text{\ding{46}} \quad 19 \quad \text{\ding{46}}$$

Encore une fois, les cieux étaient alourdis par des nuages noirs dont le ventre était assez bas pour toucher l'horizon distant. Anne observa le paysage inquiétant alors que l'obscurité de la tempête à venir s'installa autour d'elle et de Cédric. L'air était alourdi par la senteur puissante des fleurs en floraison tardive et de la pluie à venir. Sa peau picota alors qu'une brise chaude tourbillonnait et remuait autour d'elle. Les écuries étaient pile devant eux, l'arôme entêtant de la paille et du cuir poli la taquinaient, lui rappelant un passé qui restait toujours flou.

Cédric balançait sa canne à pommeau à tête de lion de droite à gauche au-dessus du sentier de gravier alors qu'ils se dirigeaient vers les larges doubles portes d'entrée des écuries.

— Combien de chevaux possédez-vous ?

Il lui adressa un sourire indulgent.

— Possédons-*nous*. Ils vous appartiennent aussi à présent. Et nous en avons quatorze, y compris les quatre animaux gris pommelés pour mes calèches privées.

— Et les Arabes ? Comment s'appellent-elles ?

La main d'Anne se resserra sur son bras quand ils atteignirent les portes de l'étable.

Cédric marqua un temps d'arrêt, balayant le seuil avec sa canne pour déterminer si la voie était libre avant de faire entrer Anne.

— Leur géniteur était le célèbre Tempête de Feu. Mes deux juments s'appellent Cœur d'Hiver et Flamme d'Automne. Je les appelle Cœur et Flamme.

Enthousiaste, Anne retint son souffle alors que Cédric comptait les stalles, sa canne tapant légèrement sur chaque porte au passage. Des têtes équines curieuses émergèrent des enclos en bois.

Cédric cala sa canne contre la porte d'une stalle.

— Ah, cela doit être Cœur d'Hiver.

Une jument blanche comme neige sortit la tête, ses naseaux venant frôler la paume de Cédric. Ce contact soudain lui provoqua un mouvement de recul, puis il se détendit quand la jument lui mordilla les doigts.

Anne jeta un œil à l'intérieur de la stalle pour mieux observer la jument.

— Je n'arrive pas à y croire. Elle est entièrement blanche. Il n'y a même pas une note de gris.

Elle n'avait encore jamais vu une créature aussi magnifique. Les croisements successifs qui avaient donné naissance à Cœur d'Hiver étaient inimaginables. Pas étonnant que ce marchand arabe ait menacé la vie de Cédric. Perdre ces deux chevaux avait dû lui coûter son âme.

— Oh, Cédric, elle est magnifique !

Anne fit remonter une main sur le coup de Cœur. Les grands yeux du cheval étaient des lacs d'onyx qui reflétaient son visage. Soufflant avec impatience et battant le sol avec son sabot, Cœur se déplaça pour pousser l'épaule de Cédric. Avec un sourire, il enfonça la main dans sa poche et en retira un carré de sucre. Cœur le retira délicatement de sa paume et le mâchonna de la manière la plus raffinée qu'Anne avait jamais vue. Elle réprima un petit rire.

Cédric l'entendit et s'esclaffa.

— Cœur est une lady bien comme il faut. Flamme, d'un autre côté...

Il désigna une stalle, deux portes plus loin, dans laquelle une magnifique jument alezane les regardait, braquant les oreilles dans leur direction.

— Flamme est ma petite diablesse. Elle n'est que feu et force de caractère.

Anne cligna des paupières alors qu'un souvenir lui revenait soudainement. La voix de Cédric qui l'appelait sa « petite diablesse » et parlait d'elle comme d'un « brasier ». Une rougeur envahit ses joues. Elle se concentra sur la seconde jument, riant quand Flamme mordilla le bras de Cédric pour essayer d'atteindre les carrés de sucre qu'il dissimulait.

Avec une fascination ravie, Anne écouta Cédric lui raconter des histoires de jeunesse. Son ton et l'expression de joie sur son visage dévoilaient son amour pour ses parents, ses sœurs et ses chevaux. Cela faisait des mois qu'elle ne l'avait pas vu aussi animé. Elle ignorait d'où lui venait le souvenir de la précédente noirceur de son cœur, mais elle savait que cet homme – cet homme heureux – était celui qu'elle avait aimé et aimait toujours. C'était ce Cédric-là qu'elle avait épousé. Le cœur d'Anne se serra quand il tourna les yeux vers elle. C'était presque comme s'il pouvait la voir.

J'aimerais pouvoir vous donner mes yeux. J'aimerais pouvoir souffrir à votre place.

— Bon, et si nous rentrions ?

Cédric chercha sa canne à tâtons alors que le tonnerre rompit le silence. Quelques instants plus tard, un déluge de pluie s'abattit sur les écuries.

— Nous devrions peut-être attendre, suggéra Cédric.

— C'est juste de la pluie.

Cédric resserra sa prise sur elle.

— Quand il y a des tonnerres, il y a des éclairs, et je ne souhaite pas courir ce risque, pas avec vos blessures.

— Très bien. Qu'allons-nous faire ?

— Il y a un box vide à l'arrière. Nous pouvons nous y reposer jusqu'à ce que la tempête passe.

Cédric la guida vers les boxes situés à l'arrière. Elle allait donc se retrouver seule avec lui dans une stalle chaude remplie de paille. Il risquait de se passer tellement de choses avant la fin de la tempête.

Cédric appela un des grooms qui leur apporta plusieurs couvertures propres avant de disparaître dans la sellerie dont il referma fermement la porte. Anne regarda Cédric poser sa canne et étendre les couvertures sur un lit de paille fraîche.

— Venez vous asseoir.

Son ton était réconfortant, une tentation qu'elle ne pouvait pas refuser.

Une fois qu'Anne fut confortablement assise au centre des grandes couvertures en laine, il s'assit à côté d'elle.

Cédric passa une main sur la couverture et détourna le regard.

— Avant, je détestais venir ici. Je veux dire après l'accident. Cela me rappelait tout ce que j'avais perdu. C'est drôle, de posséder enfin ce que son cœur désire, sans être capable d'en profiter.

La gorge d'Anne se serra quand elle avisa son expression déroutée.

— Mais venir ici avec vous...

Il s'interrompit, cherchant sa main avant d'enlacer leurs doigts.

— Cela rend moins douloureux le fait de ne plus pouvoir chevaucher.

— Que voulez-vous dire ?

Cédric se passa une main dans les cheveux.

— Être avec vous... C'est comme de revoir le monde alors que j'avais cru rester prisonnier de l'obscurité pour toujours. Aujourd'hui, je n'ai pas besoin de chevaucher ces montures pour être heureux. Être là, à les toucher et leur parler, me fait ressentir une joie que j'avais cru avoir perdue pour toujours. C'est à vous que je le dois, Anne. Je vous dois tout. Dites-moi ce que votre cœur désire et je m'assurerai que vous l'obtiendrez. C'est le moins que je puisse faire pour vous remercier de m'avoir rendu une partie de ma vie.

Cédric porta la main d'Anne à ses lèvres, faisant pleuvoir des baisers sur les jointures de ses doigts et l'intérieur de sa paume alors qu'il attendait une réponse.

— J'ai seulement envie de vous. Tout de vous.

Elle ne savait pas d'où lui venait une telle audace, mais le temps était venu et attendre n'aurait fait que compromettre leurs chances d'être heureux. Elle lui embrassa la main, voulant qu'il sente toute l'étendue de son amour.

Les yeux vides de Cédric parurent s'assombrir. Il écarta les lèvres et avec un geste réservé, lâcha prudemment les mains d'Anne.

— Anne, je n'arrive presque plus à me contrôler. Ne me mettez pas à l'épreuve. Je ne veux pas vous forcer à faire quoi que ce soit.

— Je ne vous mets pas à l'épreuve. Je pensais ce que j'ai dit. Vous ne le savez pas ? J'ai envie de *vous*.

Elle pressa la main de Cédric contre sa poitrine, espérant qu'il comprendrait ce qu'elle voulait dire.

Il la surprit en se retirant pour se redresser. Il se dirigea vers la porte de la stalle, cherchant la poignée avant de la refermer. Puis il prit une inspiration tremblante et se tourna pour lui faire face. L'intimité de cet instant, alors qu'ils étaient tous les deux à l'abri du reste du monde, captura Anne par son aspect solennel. Ils étaient tous les deux au bord d'un précipice et la moindre brise pouvait les faire chuter.

— Me faites-vous confiance ? demanda-t-il.

Il eut une étincelle dans le regard, une lumière qu'elle n'avait plus vue depuis qu'il était devenu aveugle.

— De tout mon corps. De toute mon âme.

Cédric s'adossa à la paroi de la stalle. Elle avait oublié l'assurance et le pouvoir qu'il exsudait avant d'avoir perdu la vue. Il avait été une force de la nature, un tourbillon de passion. À présent, il était une tempête contenue, une pluie tranquille, et elle était toujours désespérément amoureuse de lui.

— Avez-vous déjà vu quelqu'un dresser un jeune hongre ?

— Oui...

Anne se remémora le responsable des écuries de son père qui passait des heures dans une stalle solitaire, à caresser chaque centimètre du corps du cheval jusqu'à ce que l'animal se familiarise avec les mains du groom et son contact.

Cédric s'avança, un écho de sa grâce et de son assurance résonnant dans ses pas puissants. Il n'y avait rien dans cette stalle sur quoi il aurait pu se blesser en tombant. Ici, il était maître de son environnement et il le savait.

— En ressentant le confort et le plaisir du contact du groom, le hongre apprend à lui faire confiance et il est capable de le seller et de le chevaucher.

La bouche de Cédric subjuguait tellement Anne qu'au début, elle n'avait même pas remarqué qu'il s'était déplacé jusqu'à ce qu'il s'agenouille à ses pieds. Ses doigts cherchèrent les lacets de ses chaussons et les défirent. Elle ne l'arrêta pas. À sa propre stupéfaction, elle leva le pied pour lui permettre de les retirer.

— Vous voyez, les chevaux sont comme les gens. Il faut mériter leur confiance.

Son autre chausson rejoignit le premier à terre, à un mètre de distance.

— Avez-vous déjà apprivoisé un hongre ? lui demanda Anne.

Son corps trembla alors que Cédric faisait le tour pour venir s'asseoir derrière elle. Ses doigts s'efforcèrent lentement de défaire les crochets compliqués à l'arrière de la robe. Elle retint son souffle à chaque léger tiraillement alors qu'il tirait sur la robe pour la détendre et détacher chaque crochet.

— J'en ai apprivoisé un. En vieillissant, il est devenu mon meilleur cheval de course. La plupart des hommes pensent qu'apprivoiser un cheval signifie détruire sa résistance.

— Mais pas vous ?

Anne ferma les yeux, savourant le glissement des mains de Cédric le long de ses épaules alors qu'il faisait descendre la robe le long de son corps. Elle se souleva pour se débarrasser son corps de la mousseline qui la gênait à présent.

— Apprivoiser une créature n'est pas la même chose que de mettre un terme à sa sauvagerie. Apprivoiser signifie maîtriser l'esprit afin que la créature puisse atteindre son plein potentiel.

Anne retint son souffle, s'attendant à ce qu'il se mette à lui retirer sa camisole. À la place, il revint vers le devant de son corps et glissa une paume le long de son mollet et jusqu'aux liens de sa jarretière, sur le côté extérieur de sa cuisse. Fascinée par sa dextérité et la douceur de ses mains, Anne se cala en arrière sur le lit de foin, ravie de le laisser la déshabiller. Au-dehors, le murmure de la pluie contre le bois battait un rythme régulier. Son cœur palpitait au même rythme alors qu'elle cédait à la séduction lente de Cédric.

Il descendit son deuxième bas et ses mains revinrent vers ses jambes nues. Il les écarta, se contentant de caresser l'intérieur de ses cuisses. Ses paumes étaient légèrement râpeuses sur sa peau sensible, la rendant terriblement consciente de sa force et de sa rudesse.

— Vous n'avez pas idée des sensations que vous me donnez ! Votre peau est aussi douce que du satin. Je n'avais jamais su que de la beauté pouvait exister dans le simple geste de vous toucher.

Son ronronnement rauque fit trembler les jambes d'Anne. Sa réaction parut plaire à Cédric. Jamais personne ne l'avait touchée de la sorte, comme si elle était précieuse, délicate et désirable.

Cédric poursuivit son exploration, ses mains se frayant un chemin à travers ses jupons. Elle changea nerveusement de position, embarrassée par son désir croissant.

— Du calme, ma chère.

Anne lutta pour rester calme alors qu'il retroussait ses jupes autour de sa taille. Une bouffée de panique s'éleva en elle quand les doigts de Cédric caressèrent ses hanches nues. Elle était ouverte et exposée. S'il ne la voyait pas, il pouvait quand même la toucher.

— Quelqu'un pourrait nous voir...

Les paroles d'Anne n'étaient pas une dissuasion, mais une simple mise en garde.

— Personne ne nous verra. Mes garçons d'écurie savent quand il faut me laisser seul.

— Alors ils savent que nous... ?

Cédric se pencha en avant et plaqua un baiser sur sa bouche, la réduisant au silence. Alors que ses lèvres s'activaient sur les siennes, Anne oublia ses inquiétudes et se fondit dans cette chaleur de velours. Elle poussa un gémissement de protestation quand il s'arracha à elle, mais c'était simplement pour pouvoir lui retirer sa camisole.

Avant qu'elle ne puisse l'arrêter, il s'était installé sur elle, une jambe glissant entre les siennes afin d'appuyer sur le centre délicat et douloureux entre ses cuisses. Il étouffa son gémissement choqué par un autre baiser. Elle était complètement nue et vulnérable sous lui, alors que lui-même restait entièrement habillé. Il y avait quelque chose de délicieusement lubrique dans cette situation, mais Anne ne parvint pas à évoquer la volonté de s'en préoccuper.

Le tissu doux de son gilet et celui plus rugueux du pantalon de Cédric titillaient ses sens et répandait de la chaleur dans tout son corps. Il posait les mains partout, épousant la courbe de ses hanches, passant sur ses fesses d'un geste possessif, explorant le triangle sombre des boucles entre ses jambes et malaxant les monts lourds de ses seins. Les caresses et les effleurements l'apprivoisaient, comme il avait nul doute eu l'intention de le faire.

— J'aimerais pouvoir vous voir, Anne. Cela me brise le cœur de ne pas en être capable.

La voix de Cédric était rude et inégale alors qu'il faisait pleuvoir des baisers sur son front.

Anne frotta le nez contre sa gorge alors qu'il retirait sa redingote.

— Vous me voyez. Vous l'avez toujours fait. C'est moi qui ai été aveugle.

Cédric trembla.

— Durant tout ce temps, je vous ai eue sous les yeux sans pouvoir vous voir. Mais à présent, vous êtes *à moi*.

Elle sourit et lui mordilla l'oreille.

— Je le suis.

Cédric grogna et sa bouche trouva le sein d'Anne. Il mouilla son mamelon avec la langue avant de l'attirer dans sa bouche. Anne se cambra, cherchant désespérément le plaisir qu'il lui donnait.

Avec Cédric, tout semblait pur, vibrant. Chaque coup de langue, chaque mordillement sur sa peau par ses dents enthousiastes lui tiraient des halètements de plaisir. Certains endroits de son corps palpitaient et étaient en feu. Elle désirait des choses qu'elle ne comprenait pas.

— Cédric, je vous en prie, j'ai besoin de vous.

— Pas encore, mon amour. Il y a encore tellement de choses que je désire faire.

Il fit descendre une pluie de baisers jusqu'en dessous de son nombril et la goûta entre ses jambes avant qu'elle ne puisse même comprendre ce qu'il faisait. Anne leva la tête et le vit en train de se délecter d'elle. Ses épaules larges la faisaient se sentir ouverte et vulnérable.

— Oh, Seigneur, gémit-elle.

Ses lèvres douces lui brûlaient la peau, la faisant se contorsionner involontairement.

— Vous avez un goût divin. Comme de la cannelle et du lait.

Il passa la langue le long de son intimité et Anne ne put retenir le cri qui émergea de sa gorge quand un plaisir dévastateur explosa en elle. Il enroula les bras autour de ses cuisses, les soulevant pour jeter ses genoux au-dessus de ses épaules, ce nouvel angle lui offrant un meilleur accès.

Il enfonça la langue au plus profond d'elle, lui donnant un avant-goût de la prise de possession puissante qui allait s'ensuivre. Quand Anne se dit qu'elle ne pourrait pas supporter une seconde de plus, il attira dans sa bouche la petite boule de nerfs dissimulée sous la peau et la suça fort.

Elle perdit les derniers vestiges de son contrôle, s'abandonnant à un brasier de plaisir et de panique. Quand elle cria son nom, le reste disparut. Le monde parut se déliter sous elle. Elle fut consumée par une extase pure et coupable telle qu'elle n'en avait jamais imaginé. En cet instant, elle fut engloutie par bien plus que de la passion. Une magie érotique la prit dans un sortilège alors que les sensations faisaient se déchaîner ses sens. Un instant, elle s'était raccrochée à son contrôle comme aux rênes d'un étalon ruant et celui d'après, elle volait dans les airs. Elle fut engloutie par une vague rugissante alors qu'elle se sentait réintégrer son corps.

Elle eut vaguement conscience que Cédric se débarrassait

de ses vêtements. Anne lutta faiblement pour se rasseoir, mais il s'installa sur elle. Sa bouche lubrique, sauvage et avide déposa une ligne de baisers depuis son ventre jusqu'à sa bouche. Elle posa une paume à plat sur sa poitrine, sentant les muscles se tendre et se mouvoir, révélant les battements frénétiques de son cœur. Elle n'avait encore jamais été aussi proche de qui que ce soit, physiquement ou émotionnellement. Sentir les battements de son cœur précipités, aussi sauvages que les siens, parut les lier ensemble, forger entre eux un lien incassable.

— Touchez-moi. Touchez-moi partout, l'encouragea-t-il avec un petit grognement avant de s'installer entre ses cuisses. Elle fit courir ses mains sur son dos, ses bras, son ventre, mémorisant les courbes de ses muscles et la puissance de son corps sous ses caresses.

La pression massive et insistante de son excitation frottait contre elle, cette friction délicieuse lui faisant voir des étoiles. Anne enroula les bras autour de son cou, oubliant pour le moment la douleur irritante dans son épaule. Tout ce qui comptait était de laisser Cédric entrer en elle. Elle voulait qu'il assiège ce vide contre lequel elle se débattait depuis trop longtemps.

Les mains de Cédric s'agrippèrent à ses hanches et ses paupières se refermèrent alors qu'il s'écartait d'elle.

— Dites-moi que vous pouvez m'accueillir, Anne. Je vous en prie.

Le besoin à l'état pur dans sa voix la faisait changer constamment de position, l'encourageant à la combler.

— Oui, je suis prête. Dépêchez-vous.

Elle venait à peine d'achever cette supplique que Cédric s'enfonça en elle. Ils partagèrent un gémissement quand il lui donna un autre coup de reins et finit par s'enfoncer.

— Vous êtes si étroite, mon cœur. C'est une sensation... Oh, si vous saviez !

Cédric siffla entre ses dents et commença à onduler contre elle. Ses gestes étaient pleins de révérence et d'admiration et en opposition totale avec l'homme désespéré qui l'avait pénétrée quelques instants auparavant.

— Pourquoi avez-vous ralenti ? haleta Anne.

— Me prenez-vous donc pour un homme impatient ?

Cédric ricana et baissa la tête jusqu'à son sein, suçant un mamelon sensible.

— Mais, j'ai besoin que vous...

La voix d'Anne mourut alors qu'il lui mordillait le téton avec espièglerie.

La sensation de leurs peaux moites qui glissaient l'une contre l'autre fusionna avec le bruissement de leurs corps contre la couverture étendue sur le foin. La laine épaisse créa une sensation aguichante contre le dos et les fesses d'Anne quand Cédric la chevaucha avec des coups de reins légers et espiègles. La frustration la rattrapa et une vague croissante de désir grandit dans sa matrice. Il glissa une main entre leurs corps, son pouce trouvant la boule de nerfs durcie sur son pubis. Il l'assaillit et la frotta jusqu'à ce qu'Anne commence à se débattre. C'était une sensation des plus étrange ; les allées et venues de sa verge, lentes et délicates, mêlées au maniement rapide de son petit bouton.

— Jouissez pour moi, ma chère, souffla-t-il contre ses lèvres.

Elle jouit avec une vague rapide de plaisir et fondit sous lui, mais Cédric ne lui laissa pas le temps de se reprendre. Il se retira d'elle, ignora son cri de déception et la fit rouler sur le ventre. Elle reposait sur le lit de foin, appuyant son corps sur son avant-bras valide, permettant à Cédric de lui faire lever les cuisses.

— Que faites-vous ?

Choquée et fascinée à égale mesure, elle le sentit derrière son dos alors qu'il caressait chaque centimètre de sa personne.

La chaleur de ses paumes qui glissaient le long de sa peau la faisait trembler, et le besoin qu'elle avait de lui se réveilla.

— Je vais vous monter dessus. Vous prendre de la sorte.

Il déposa des baisers le long de son échine, depuis ses fesses jusqu'à son cou. Puis il colla une main possessive à son sexe, plaquant sa paume contre elle ; une pression exquise. Anne réagit instinctivement et cambra les fesses vers l'arrière, le cherchant, ayant besoin de le sentir profondément en elle. Elle venait à peine de jouir et elle avait déjà envie qu'il recommence.

— J'avais rêvé que nous soyons ensemble.

La voix de Cédric était douce et sombre comme une nuit d'hiver sans étoiles.

Cela faisait longtemps qu'Anne avait perdu l'usage de la parole. Elle se contenta de haleter alors qu'il lui prenait les hanches et s'introduisait dans son intimité humide. Il la prit d'un coup de reins puissant. Choquée, elle arqua le dos quand il parut s'enfoncer assez profond pour toucher sa matrice. Elle fut traversée par une vague d'extase alors qu'elle s'abandonnait à lui.

Cédric poussa un juron et se retira avant de replonger en elle. Ses hanches allaient et venaient contre ses fesses rebondies. Il n'avait jamais vraiment aimé les femmes graciles et éthérées, les préférant proches de son propre gabarit. Anne était la partenaire idéale : son corps musclé aux lignes élégantes et aux courbes marquées était la chose la plus érotique qu'il avait jamais sentie sous lui. Elle répondait à égale mesure à son énergie et il était à la fois soulagé et excité. Il avait craint que la prendre de la sorte ne la dérange, mais à présent, il était incapable de regretter ses actions.

Il la possédait enfin comme il le désirait depuis des années ! C'était trop, le plaisir était trop intense. Tous ses instincts criaient d'une intention animale, afin de la lier à lui pour toujours. À présent, il l'avait faite sienne, autant qu'un homme pouvait posséder une femme. Les hommes se mentaient si souvent en se laissant croire qu'ils contrôlaient le beau sexe, que ce soit au lit ou dans le mariage, mais la vérité était qu'ils n'auraient pas plus été en mesure de saisir une femme que de retenir le vent. Et Anne était une tempête qu'il n'aurait jamais voulu apprivoiser, seulement se laisser porter par son intensité.

— Encore !

Le halètement désespéré d'Anne faillit le faire sourire, mais il parvenait déjà à peine à se contrôler.

Il aurait besoin de toute la concentration possible pour la faire basculer dans le plaisir avant qu'il ne puisse s'accorder sa propre libération. Il ralentit brièvement puis se laissa retomber au-dessus d'elle, couvrant le dos d'Anne avec sa poitrine. Ses bras lui prirent les épaules, ses doigts se mêlant aux siens alors qu'il réitérait ses coups de reins sauvages par-derrière.

Elle jeta la tête en arrière, sa chevelure sombre tombant en cascade sur un côté de son visage, laissant son cou vulnérable. Il chercha son point faible avec ses dents et la mordit. Il n'en fallut pas davantage. Elle se contracta autour de sa verge tout en poussant un cri désinhibé d'excitation sensuelle, l'attirant plus profondément comme pour le garder à l'intérieur d'elle. Son propre orgasme se déchaîna, lui tirant un cri rauque.

Sous lui, Anne s'écroula sur le ventre. Trop faible, il demeura sur elle, incapable de bouger pendant un moment. Quand il y parvint enfin, Anne se lova contre lui. Il inspira profondément à plusieurs reprises, choqué par le miracle dont il venait de faire l'expérience.

Pendant quelques brèves secondes, il jura avoir entrevu Anne, avoir vu ses courbes dénudées à ses yeux.

Balivernes ! Comment cela aurait-il été possible ? Son imagination avait dû prendre le dessus, brouillant les lignes de démarcation entre le fantasme et la réalité. Les sensations et l'extase de lui faire l'amour ne ressemblaient en rien à ce qu'il avait connu auparavant avec une autre femme.

— Je vous ai fait mal ?

Sa voix était douce, mais sa respiration était toujours haletante.

— Non... Je crois que cette rudesse m'a plu.

Il la connaissait assez bien pour entendre qu'elle rougissait. Il se ravissait absolument du fait qu'elle puisse admettre ce qu'elle aimait dans leur union. C'était une preuve rassurante que leur relation, leur confiance, était en voie de guérison.

— Je n'avais pas eu l'intention de me laisser emporter, admit-il. C'est la faute de l'environnement. Les sons et les odeurs ici suffisent à faire oublier à un homme qu'il n'est pas une bête. Je vous jure que je n'ai pas eu l'intention de vous traiter comme une jument poulinière.

Il fut complètement surpris quand elle répondit à sa remarque par un gloussement espiègle qui ne ressemblait pas à Anne... Ou du moins à celle qu'il croyait connaître. Se pouvait-il qu'il existe toujours une petite fille en elle, dont les murailles de glace disparaîtraient enfin suffisamment pour qu'elle reste un jour toujours douce et tendre avec lui ?

Anne posa les mains sur sa poitrine, y traçant des motifs invisibles du bout des doigts.

— Si c'est ainsi que vous traitez les juments poulinières, nous devrions venir aux écuries plus souvent.

Elle s'interrompit, prise par une pensée soudaine.

— Je suppose que je suis la pire épouse du monde. Je me comporte davantage comme une maîtresse. La prochaine fois, je devrais vous gronder et rester immobile, n'est-ce pas ?

— Ne vous y avisez pas !

La réponse de Cédric était à moitié taquine, à moitié sérieuse.

— Votre comportement impudent me plaît. Qu'une épouse se comporte comme une gourgandine dans le lit de son mari est très satisfaisant.

Il porta une de ses mains à sa bouche et déposa de petits baisers sur les jointures de ses doigts.

— Une gourgandine ? dit Anne, faussement outragée. Si j'avais une cravache, je l'abattrais sur votre ravissant petit derrière.

Encore une fois, il entendit un soupçon d'hilarité.

Cédric entraîna le corps d'Anne au-dessus du sien et lui saisit le derrière, pressant une fesse.

— Puisque nous parlons de punitions, ma ravissante épouse, je serais ravi de vous donner la fessée quand ce sera requis.

Il lui tapa les fesses et il comprit au sifflement qu'elle ne put retenir qu'il y aurait un nouvel écoulement de chaleur entre ses jambes.

— Comment osez-vous ! le gronda-t-elle.

Mais il lui fit lever les hanches et l'empala sur son érection qui était revenue en force.

Les seins d'Anne frottaient contre lui et le frôlement de ses mamelons durcis lui donnait une sensation coupable et décadente. Elle arqua le dos, son corps se redressant contre le sien. Cédric posa les mains sur ses hanches pour lui faire prendre le bon rythme et l'angle parfait. Une fois qu'Anne eut adopté un lent mouvement de balancier, il chercha ses seins. Il lui pinça les mamelons entre les pouces jusqu'à ce que son corps fasse un soubresaut. Cédric savait qu'elle était à nouveau à deux doigts de la jouissance. Leur chevauchée se termina par une cacophonie délicieuse de cris mêlés de grognements profonds. Sa femme s'affaissa contre sa poitrine, leurs corps toujours entrelacés. Sentir son poids sur lui était étrangement réconfortant ; le rappel physique qu'il n'était plus seul.

— C'était tellement… tellement…

Les mots d'Anne voyagèrent le long de sa poitrine, le chatouillant jusqu'à son cou et ses oreilles.

— Époustouflant. Parfait. Éblouissant, proposa-t-il. Ne le prenez pas mal, Anne, ma chère, mais j'espère que nous avons fait un bébé.

— Le futur vicomte Sheridan ? Conçu dans les écuries ? Même pour vous, c'est trop scandaleux.

— Balivernes ! Le Christ est né dans une étable, n'est-ce pas ? C'est presque pareil.

— Je doute que notre enfant soit doté d'une moralité aussi élevée. Il sera certainement un diable. Je donnerai naissance à un petit païen au tempérament rebelle.

— Et nous le gâterons tous les deux, n'est-ce pas ?

Il éclata de rire, ravi par l'idée d'un petit garçon qui aurait fait les quatre cents coups avec leurs cœurs.

— Alors, prions pour que notre premier enfant soit une fille. Il faudra qu'elle me ressemble davantage et donc se montre plus raisonnable et docile.

Il sentit le souffle chaud d'Anne sur son cou alors qu'elle lui embrassait la gorge.

Cédric ricana.

— Docile ?

Il ressentit une pointe d'humour alors qu'il caressait le dos d'Anne.

— Vous avez rencontré mes sœurs, non ? Les femmes Sheridan sont connues pour leur incapacité à se laisser gérer. Si j'ai ne serait-ce qu'une seule fille, elle sera gâtée encore plus que tous les garçons que nous pourrions avoir. Audrey vous confirmera que je suis incapable de leur dire non.

— Alors je serai le parent qui imposera les règles pendant que vous leur donnerez des sucreries derrière mon dos ? Très bien. Je m'efforcerai donc de ne concevoir que des fils.

Anne recommença à pouffer et Cédric fut tenté de lui

donner la fessée juste pour la passion que cela provoquerait. Il était pourtant trop fatigué pour faire autre chose que rester allongé sur leur couche de fortune et s'accrocher à sa chère et précieuse épouse.

Bientôt, Anne s'endormit et il trouva sa respiration régulière contre lui incroyablement douce. Cédric écarta de lui le corps repu de son épouse et tendit le bras au-dessus d'elle pour les recouvrir tous les deux avec les couvertures. Au-dehors, la tempête se poursuivait, comme si les nuages et la pluie étaient déterminés à les garder à l'écurie. Cédric n'avait encore jamais été aussi reconnaissant qu'il pleuve.

❧ 20 ❧

Une obscurité glacée et dévorante. Une noirceur étouffante et suffocante. Pas d'oxygène.

Charles ne pouvait plus respirer. Les cordes s'enfonçaient dans ses poignets et ses chevilles, l'immobilisant. Il se débattait et sentait ses poumons brûler alors que l'air n'y parvenait plus. Il allait mourir dans la rivière, noyé, englouti par l'obscurité éternelle...

— À l'aide !

Le cri rauque déchira sa gorge.

— Aidez-moi ! Je vous en prie !

Sa voix dans un gémissement frénétique alors que l'eau remplissait ses poumons.

Soudain, une main toucha son visage.

— Tout va bien, Milord. Vous êtes en sécurité. Réveillez-vous, murmura une voix apaisante près de son oreille.

Le corps de Charles se contracta et de la sueur perla sur son front, détrempant ses vêtements.

— Inspirez profondément, Milord. Ce n'est qu'un rêve. Vous devez vous réveiller, maintenant.

Il prit une autre inspiration qu'il relâcha lentement.

C'était de l'air et non de l'eau qui remplissait ses poumons. Le cauchemar s'évapora dans l'obscurité.

Il était en sécurité.

— Merci, dit-il à la personne qui avait été là.

Son corps se ramollit alors que l'épuisement s'empara à nouveau de lui.

Il somnola vaguement pendant quelques heures avant d'avoir la force de se lever. Il n'était pas seul. Tom Linley était affalé sur un fauteuil près du lit de Charles, profondément endormi. Son visage était sillonné d'inquiétude et le cœur de Charles se serra pour le jeune homme.

Le garçon était de bonne compagnie. Il était fort et ne craignait pas de faire ce qui était juste, même si c'était la voie la plus difficile. Charles respectait ce genre d'hommes. Que le garçon l'accompagne en ville avait représenté un changement de rythme agréable et bienvenu, puisque la liste de ses amis célibataires ne cessait de se raccourcir.

Tom avait eu une vie difficile. Il avait perdu sa mère et élevait seul sa petite sœur. Charles était tombé sur le garçon alors qu'il travaillait à Berkley's et l'avait convaincu d'abandonner son emploi et de venir travailler pour lui. Cela étant, l'expression du visage de la gouvernante quand il avait ramené à la maison la petite sœur de Tom avait été plutôt amusante.

— Un bébé ? Ici ? Milord...

Elle avait commencé à protester, mais la petite Katherine avait poussé un grand cri et la gouvernante replète avait soufflé et pris le bébé dans ses bras.

— Donnez-la-moi. J'ai du lait que je peux faire réchauffer pour cette petite.

Dans les quartiers du personnel, une chambre avait été mise à disposition de Linley et de sa sœur, et les serviteurs avaient l'air de s'être immédiatement pris d'affection pour le jeune homme et le bébé.

Charles devait admettre qu'avoir un bébé sous son toit

était... intéressant. Il n'avait pas réalisé à quel point, parfois, être en compagnie d'enfants lui manquait. Il avait contribué à élever Elsa, sa propre sœur, qui avait plus de dix ans de moins que lui. Malgré son aversion personnelle pour le mariage et les épouses, il ne possédait aucun préjugé envers les enfants et les nourrissons.

Le seul problème avec un bébé sous son toit était que les bonnes – à qui il dérobait des baisers à l'envi, si jamais elles lui rendaient son sourire – avaient changé. À présent, elles se précipitaient vers la chambre du nourrisson pour le calmer s'il pleurait, au lieu de courir vers lui s'il les appelait d'un geste de l'index.

C'était une raison supplémentaire pour emmener Linley dans un de ses repères habituels, afin d'y trouver un peu de plaisir.

Se rasseyant dans son lit, Charles repoussa les couvertures et jeta les jambes par-dessus le rebord. Il était toujours à demi vêtu, portant son pantalon et sa chemise en linon.

Damnation ! Une autre nuit de bombance durant laquelle l'alcool avait coulé à flots. Trop peu et il ne parvenait pas à dormir. Trop et les rêves qu'il faisait invariablement le ramenaient à ces eaux troubles, à ces actes qui l'étaient encore plus et à ses amis perdus.

Il se passa les doigts dans les cheveux, poussa un soupir et renversa la tête en arrière, peinant à se réveiller. Son cœur se calma enfin alors que les derniers vestiges de son rêve retombaient comme des feuilles de thé au fond d'une tasse.

Il jeta un regard par-dessus son épaule, surpris de n'avoir pas réveillé le garçon endormi dans le fauteuil. Charles avait eu l'intention de l'embaucher comme valet, mais le jeune homme était devenu un compagnon indispensable durant ses virées en ville. Un maître en matière de vêtements, il sélectionnait des pièces que Charles lui-même aurait choisies. Leurs goûts vestimentaires étaient quasiment similaires.

Charles réfléchit à ce qu'il allait faire du reste de sa soirée. Il ne pouvait pas se rendormir. Il n'aurait déjà pas dû s'endormir en plein milieu de la journée, mais après s'être généreusement imbibé au club cet après-midi-là, il avait achevé sa course au lit vers quatre heures.

Avery Russell, un des frères cadets de Lucien, les avait invités au Dandy Club ce soir-là, et pas simplement pour la boisson et les paris. Avery était un espion. C'était un secret bien gardé à propos de la famille de Lucien. Seule la Ligue avait eu le droit de connaître plus que quelques simples détails sur sa profession.

Plus d'une fois, Charles s'était retrouvé à participer à l'une des missions d'Avery afin de collecter des informations, préférablement lorsque cela requérait d'amadouer une personne par l'alcool, des jeux d'argent ou des femmes afin de leur délier les lèvres. Comme Avery l'avait expliqué alors, Charles n'était pas le genre d'homme qu'on aurait pu soupçonner d'espionnage. Il était donc la personne idéale pour poser des questions.

Même la benjamine de Cédric, Audrey, l'avait aidé à une ou deux reprises en questionnant les épouses ou les maîtresses de cibles particulières tout en prenant le thé. Cette petite chipie avait le don de se faire l'amie de n'importe quelle femme et de les faire parler, particulièrement de leurs maris ou de leurs amants. Elle avait probablement entendu plus de cancans que *La Gazette de la Lorgnette*.

Charles se dirigea vers la table de nuit et s'éclaboussa le visage avec l'eau contenue dans une petite bassine pour se ragaillardir. Puis il étendit sur le lit un pantalon, une chemise, un gilet et un manteau. Une fois qu'il fut habillé, il secoua l'épaule de Linley afin de le réveiller.

— Venez, mon garçon, nous allons au Dandy Club.

Linley se frotta les poings contre les yeux, clignant des paupières d'un air las.

— Quelle heure est-il ?

— Un peu plus de huit heures.

Charles tira sur les côtés de sa redingote pour la lisser.

— Je crois que ce soir, nous nous efforcerons de vous trouver une femme. Vous avez vraiment l'âge.

— Milord !

Le jeune homme émit un son étranglé.

— Mon travail est de vous escorter, pas de vous accompagner dans vos plaisirs.

Charles se tourna vers lui et lui saisit les épaules.

— Je ne veux plus rien entendre. J'ai l'intention de culbuter plusieurs femmes ce soir et je ne le ferai pas seul.

Il tira une satisfaction perverse de l'éclair de panique qu'il vit dans les yeux du jeune homme. Cela lui rappela plusieurs de ses amis d'université, particulièrement Peter...

Cette pensée menaça d'assombrir son humeur, aussi se reprit-il avec un surcroît d'enthousiasme.

— Vous avez besoin d'une femme, mon garçon. Il est temps, particulièrement si vous souhaitez rester à mes côtés. Je vous donne ma permission de courir le jupon quand nous serons en ville.

Linley en resta bouche bée, mais n'émit pas un seul mot de protestation.

Charles se rendit à la porte à grands pas, impatient d'entamer sa nuit de débauche.

— Allez chercher votre manteau et partons.

Le Dandy Club était un tripot célèbre pour les officiers et les soldats qui hantaient ses murs, cherchant des plaisirs et des sensations dignes d'effacer les souvenirs du champ de bataille. Charles se sentait chez lui parmi leurs âmes torturées. Lui aussi luttait contre ses propres horreurs et ses cauchemars. Des lampes à huile baignaient les pièces d'une lueur dorée, exposant des scènes de débauche et de jeu. Charles parcourut la foule du regard à la recherche d'un visage familier. À son côté, Linley faisait pareil, fronçant des sourcils consternés.

Ce garçon était un véritable innocent !

— Milord ! Quelle agréable surprise !

Une femme ravissante vêtue d'une robe de satin rouge se dirigea vers eux. Son épaisse chevelure sombre emmêlée retombait le long de son cou comme si elle venait d'être culbutée.

— Mrs Hollingberry, comment allez-vous ?

Il déposa un long baiser à l'intérieur de son poignet, faisant pétiller les yeux bruns de son interlocutrice.

— Êtes-vous venu seul, Milord ?

Elle lui accapara le bras avant qu'il ne puisse répondre et n'accorda pas un seul regard à Linley qui restait à la traîne.

— Je ne suis pas seul, puisque je suis avec vous.

Charles ricana, savourant la perspective de culbuter la veuve vigoureuse sur la surface la plus proche.

Elle resserra sa prise sur son bras.

— Et *aimeriez*-vous être avec moi ?

Charles libéra son bras qu'il enroula autour de la taille de la veuve, la pressant contre lui afin de pouvoir se pencher pour lui murmurer à l'oreille :

— Ce serait mon vœu le plus cher...

Il s'interrompit alors pour l'écouter retenir son souffle.

— ... de vous faire crier de plaisir.

Il ne manqua pas le gonflement soudain de sa poitrine qui pressait contre son corsage serré.

— Nous devrions nous trouver une chambre.

La veuve impatiente l'écarta des tables de jeux de hasard, l'entraînant vers un couloir qui menait à une salle de billard vide.

— Dites à votre garçon d'attendre dehors, à moins qu'il n'ait envie de regarder.

Mrs Hollingberry colla la paume sur l'érection de Charles, y appliquant la pression parfaite.

Le désir l'inonda, un instinct basique, non édulcoré. Ce n'était que le besoin de juter et rien de plus, mais il l'interpella tout de même. Il savait que Godric ou Lucien ne ressentaient pas cela. Ils lui avaient suffisamment parlé de la différence entre coucher avec la femme qu'ils aimaient comparé à celles qu'ils avaient connues par le passé. Mais Charles craignait ce genre d'émotion. Il valait mieux trouver satisfaction auprès de femmes telles que Mrs Hollingberry plutôt que courir le risque de tomber amoureux.

— Tenez, mon garçon, allez vous trouver une femme.

Charles jeta à Linley une bourse de pièces bien rebondie avant d'entraîner la veuve qui pouffait dans la pièce privée dont il claqua la porte.

À la seconde où il se retrouva seul avec Mrs Hollingberry, il s'avança vers elle d'un pas animal. Elle poussa un cri de plaisir quand il la rattrapa et qu'il la souleva pour la placer sur le lit. Il n'eut aucun mal à retrousser ses jupes autour de sa taille. En dépliant les doigts sur ses jambes, il sentit que la peau de ses cuisses était satinée. La veuve gigota plus près de lui, refermant les jambes autour de sa taille et tendant la main vers le devant de son pantalon.

— Que désirez-vous ? demanda-t-il. Fort et rapide ?

— Oh oui, confirma-t-elle, collant la paume de ses mains élancées contre son érection libérée. Vous êtes tellement doué.

Son toucher ferme et professionnel lui tira un grognement et il se rapprocha d'elle. Bientôt, il se retrouva enroulé autour d'elle, s'enfonçant profondément dans son corps. Mais ce n'était pas la même chose. S'il trouvait son plaisir autant qu'elle, cela sonnait creux. C'était un éclair d'un désir momentané et rapidement mouché.

Il se retira d'elle et arrangea ses vêtements avant d'aider la dame à se rhabiller. Elle lui adressa un sourire amer et lui caressa la poitrine. Elle était toujours assise au bord du lit, légèrement appuyée en arrière sur une main.

— Vous avez toujours été un bon amant, Milord.

— Je devine que votre phrase dissimule autre chose.

Charles serra les dents et baissa les yeux vers elle.

Mrs Hollingberry lui rendit un regard direct. Ses traits délicats, généralement si attirants, semblaient particulièrement calculateurs ce soir-là. Il ne s'en inquiétait pourtant pas. Il était plutôt déconcerté. Généralement, quand il couchait avec une femme comme elle, elles n'auraient pas dû être capables de penser, et encore moins de le regarder de la sorte.

— Vous paraissez distant ce soir.

— Je suppose que oui, admit-il.

Son esprit s'était beaucoup éloigné de son moment de plaisir.

— Qu'est-ce qui occupe donc l'esprit du comte de Lonsdale pour le rendre aussi mélancolique ?

Les yeux de Mrs Hollingberry pétillèrent alors qu'elle continuait à l'étudier avec une curiosité non dissimulée. Son attention soudaine fit se hérisser la peau de Charles. Pourquoi cela lui semblait-il familier ?

— Je n'en ai aucune idée, répondit-il avec un ricanement amer.

C'était un mensonge. Au cours des derniers mois, il s'était laissé dériver, comme une embarcation perdue en pleine mer, portée par le vent, sans la moindre direction, impuissante et à la merci de vents changeants. Si seulement il avait pu récupérer un peu de contrôle et de vision, il aurait cessé de se sentir aussi faible.

— Bon, c'était amusant, ma chère, mais je ressens l'impulsion étrange d'aller me saouler jusqu'à m'écrouler sous la table la plus proche.

Il ouvrit la porte à la volée et vit que Linley l'observait.

— Avons-nous terminé, Milord ?

Froide et professionnelle, l'attitude de Linley était inédite.

— Euh, oui.

— Très bien. Quand vous serez prêt, je vous attendrai dehors avec la calèche.

Une seconde plus tard, le garçon descendait le couloir d'un pas rapide et disparaissait parmi la foule.

— Que diable lui arrive-t-il ?

Linley n'avait encore jamais montré le moindre signe de colère.

— Il vient peut-être de se faire rejeter par une femme ? proposa Mrs Hollingberry en venant rejoindre Charles à la porte pour observer la foule. C'est dommage. S'il avait patienté, j'aurais pu lui donner son tour. Il est beau garçon.

— Je crois que j'ai vraiment besoin d'un verre. Bonsoir, Mrs Hollingberry.

Charles lui embrassa la main et se dirigea directement vers la première table de jeu d'où il appela un serviteur pour lui commander à boire.

La veuve avait peut-être raison. Charles rendait la séduction très facile. Même avec une bourse remplie de pièces à sa disposition, du charme et de l'attention étaient nécessaires pour séduire une femme dans cet endroit. Il s'imaginait également qu'un tel rejet n'aurait pas été assené avec tact.

Pauvre garçon. Charles n'avait même pas songé à lui fournir des conseils préalables. Pas étonnant qu'il ait été tellement pressé de partir.

Le temps que Charles, saoul, s'écroule sous la table de jeu, deux heures s'étaient écoulées.

— Je crois que vous avez besoin d'aide, Lonsdale.

James Fordyce, le comte de Pembroke, passa la main sous la table et la lui tendit. Charles l'attrapa et s'autorisa à se laisser remettre sur pied. Sa vision tourbillonnait et il cligna rapidement des paupières, essayant de se discerner clairement le visage de son ami.

— Vous êtes prêt à rentrer, Lonsdale ? demanda Pembroke.

— Je suppose que je devrais, oui. Seigneur, quelle nuit !

Pembroke glissa un bras autour de la taille de Charles, le soutenant jusqu'à l'extérieur pour héler un fiacre qui le ramènerait chez lui. Linley émergea des ombres d'une étable voisine et se joignit à Pembroke pour soutenir Charles en se glissant sous son bras gauche.

— Vous voilà, mon brave, dit Charles au garçon.

Le regard désapprobateur du jeune homme ne s'arrêta pas sur lui et il s'adressa à Pembroke.

— Quelle quantité a-t-il ingérée ce soir ?

L'ami de Charles éclata de rire.

— Assez pour remplir la Manche et nager jusqu'à la France, je crois bien, mais il sera rétabli demain.

— Vous savez, Pembroke, vous êtes bien… un gars bien, marmonna Charles.

Pembroke rit.

— Merci, Lonsdale. Vous n'êtes pas trop mal non plus.

— Non, ce n'est pas vrai. Je suis un imbécile et un pleutre.

Charles articulait difficilement et il trébucha sur un pavé inégal. Pembroke le souleva légèrement et l'estomac de Charles se contracta violemment. Heureusement, Linley aida à le rattraper avant qu'il ne s'écroule dans la rue la tête la première.

Pembroke appela un fiacre à l'arrêt et aida Linley à y faire monter Charles, donnant l'adresse au cocher avant de lui glisser quelques pièces. Quand le fiacre fit un bond en avant, Charles se cala en arrière contre la banquette, réprimant une vague de nausée.

— Nous serons vite rentrés, Milord. Après, vous pourrez dormir.

Que Linley comprenne exactement l'étendue de son malaise ne surprenait guère Charles. Le garçon avait le don de deviner ce que ressentait son maître. Il espérait qu'il ne soit pas trop embarrassé par ce qui s'était passé au club. Il n'avait pas eu l'intention de contrarier son serviteur.

Le temps que le fiacre de location s'arrête devant son hôtel particulier, Charles pouvait à peine aligner deux mots. Le cocher le tira hors de la portière sans cesser de marmonner de vagues paroles sur l'ivresse des vauriens.

— Milord, êtes-vous capable de marcher ?

La voix de Linley fendit le brouillard épais de la griserie de Charles.

— Ah !

Il grimaça et le monde tourna autour de lui quand il tenta de mettre un pied devant l'autre.

— Linley, soyez gentil. Demandez au sol d'arrêter de bouger, voulez-vous ?

Il crut entendre un petit ricanement de la part de son serviteur avant qu'une réponse polie ne lui parvienne.

— Bien sûr, Milord. Ce devrait être facile.

Les jambes de Charles cédèrent sur la dernière marche et il s'écroula à terre avec un petit ricanement.

— Milord, quelle quantité d'alcool avez-vous ingérée ?

— Modéra... Médoramm... Plus qu'assez, je dirais. Emmenez-moi dans les quartiers du personnel. Il y a une chambre de libre. J'y dormirai.

Linley hésita, mais l'aida enfin à se redresser, l'emmenant dans le quartier des serviteurs. La vision de Charles devenait de plus en plus floue alors qu'on le poussait doucement vers un lit étroit.

— Je suis désolé pour ce soir, Tom. La prochaine fois, je vous enseignerai tout ce dont vous avez besoin pour séduire une femme. Sur mon honneur.

Il plaqua une main sur son cœur, mais Linley souffla.

— Bougre d'idiot, marmonna le valet. Vous auriez pu vous faire tuer à boire autant sans que je sois là pour surveiller vos arrières.

— Et vous avez bien raison.

Charles éclata de rire et s'écroula sur le lit.

— On n'est jamais trop prudent. Le danger rôde dans tous les coins, mon ami. Je vous promets de vous apprendre à boxer dès demain.

— Je n'ai pas besoin de leçons, Milord. Je parie que je sais me battre mieux que vous.

L'éclat de rire que poussa Charles faillit le dégriser.

— Ah ! J'ai été formé par les meilleurs pugol... piguli... boxeurs de Londres.

— Oui. Et vous êtes une véritable terreur à l'intérieur d'un ring. Mais il y a une différence entre combattre pour le plaisir et lutter pour survivre, Milord. À présent, reposez-vous.

Le garçon se plaignait toujours de l'imbécillité de Charles quand l'obscurité et le sommeil se refermèrent sur lui.

☙❧

Jonathan Saint-Laurent faisait jouer entre ses doigts les deux feuilles d'une lettre et le sceau de cire fondue qu'il avait rompu. Les instructions d'Ashton avaient été écrites dans un code que la Ligue avait créé voilà des années. Il lui avait été communiqué quand Godric lui avait demandé de rejoindre leurs rangs en septembre dernier.

Il n'oublierait jamais un tel honneur. Pendant de nombreuses années, il avait regardé de loin son demi-frère et les autres lords. À présent, il était l'un d'eux et non plus un valet, un serviteur ou un bâtard. Il était le fils légitime d'un duc, même si sa mère avait été la servante personnelle de la duchesse. Son père avait épousé la mère de Jonathan légalement quoiqu'en secret après que la mère de Godric fut morte en couches avec un enfant que Godric n'avait jamais eu la chance de connaître.

La révélation de sa haute naissance avait changé Jonathan. La plupart des jeunes hommes de son âge auraient revendiqué leur héritage et passé tout leur temps à parier et à courir le jupon, s'adonnant à une vie d'excès. Pas lui ! Au début, la tentation avait été là... mais ces désirs s'étaient rapidement estompés. Trop de choses s'en étaient mêlées. Émily Parr, l'épouse de Godric, avait couru un danger mortel. La Ligue s'était ralliée pour la sauver. Jonathan les avait rejoints, et le besoin imbécile de faire valoir son argent et son pouvoir nouvellement acquis s'était pratiquement évaporé du jour au lendemain. À la place, le désir de protéger ceux qui comptaient pour lui était devenu sa priorité.

C'est ainsi qu'il se retrouvait devant un pub des quais appelé l'Œil du Diable, investi par Ashton d'une mission secrète. Le baron avait une main dans presque toutes les activités commerciales de Londres, mais principalement les transports maritimes. Les compagnies de Lennox étaient une importante flottille de navires marchands qu'Ashton avait récemment étendue en acquérant une société concurrente. La lettre d'Ashton avait mentionné une activité possible qui reliait Hugo Waverly à un navire à quai appelé *La Belle Demoiselle*. Le travail de Jonathan était de suivre tout marin qui mettait pied à terre et espionner leurs conversations.

La lettre d'Ashton avait mentionné qu'on avait vu Waverly visiter ce navire, qu'on disait connecté à un trafic d'esclaves clandestin. Vu ce que la Ligue lui avait dit sur cet homme, cela pouvait bien être le genre d'histoires douteuses dans laquelle il serait impliqué.

La porte de la taverne s'ouvrit dans un fracas et trois vauriens avinés en habits de marin déboulèrent en riant et en se donnant des coups de coude. Jonathan se positionna dans l'ombre et vola une chope sur le plateau d'une barmaid qui passait. Au lieu de le gronder, elle marqua un temps d'arrêt, ses lèvres adoptant une moue qui appelait au baiser. Une invitation. Avant Noël dernier, il l'aurait volontiers accepté. Mais non, il avait toujours sur les lèvres le goût d'une certaine jeune lady. Une dame qui avait clairement exprimé son intérêt pour lui.

— Je termine mon service dans une heure, dit la serveuse d'un air plein d'espoir.

— Malheureusement, je ne peux pas. Cela me flatte pourtant, car vous êtes ravissante.

Il captura sa main libre et déposa un baiser sur sa peau, lui glissant une pièce pour la boisson qu'il venait de prendre.

Bon sang ! Il avait terriblement envie de coucher avec une femme, mais après l'abandon téméraire d'Audrey Sheridan envers lui, il ne pouvait pas s'en imaginer une autre. S'il souhaitait qu'une dame comme Audrey devienne sa femme, il ne pourrait plus courir le jupon dans les tavernes. S'il avait appris une chose de son frère et de Lucien au cours des mois qui venaient de s'écouler, c'était que la loyauté envers son épouse n'était pas seulement obligatoire, mais également désirable.

Charles insistait continuellement pour dire qu'il était trop jeune pour désirer ce que partageaient Godric et Émily, mais Jonathan ne pouvait museler son envie. Audrey, cette petite chipie, était comme un vent chaud lors d'une journée froide et tout aussi sauvage. On aurait plus facilement apprivoisé le vent qu'elle, mais il la désirait pour les folles aventures qu'elle lui ferait certainement connaître.

Jonathan braqua à nouveau son attention sur les marins. *La Belle Demoiselle* était le dernier vaisseau à être entré au port et ces trois hommes paraissaient tout disposés à s'enivrer. L'odeur salée de la mer s'accrochait à leurs vêtements. Il se rapprocha discrètement d'eux alors qu'ils se calèrent sur des tabourets devant le bar.

— Puis je dis : « Qu'est-ce que tu vas faire à Brighton ? Il n'y a que des snobs et pas la moindre fille à qui rendre visite », tonna le vieux marin d'une voix faite pour les récits.

Son auditoire éclata de rire.

— Et qu'est-ce qu'il a répondu ? demanda un des autres hommes tout en retirant sa casquette en laine grise pour s'en essuyer le visage.

L'homme abattit sa chope sur le comptoir, faisant éclabousser le contenu sombre sur les côtés et le bois éraflé.

— Il a dit « cela ne te regarde pas, mais j'ai été engagé

pour enlever un gentleman anglais et sa nouvelle épouse, et c'est là qu'ils seront ».

— Quoi ?

L'homme à sa droite cligna des paupières.

— Il n'est quand même pas sérieux ? Tu veux dire...

— Un surcroît de... *cargaison* ? acheva le troisième.

— Oui.

L'homme à la casquette grise secoua la tête.

— Nous ne sommes pas assez payés pour toutes ces histoires.

Le vieil homme inspira entre ses dents.

— Il est idiot ? Il nous manque déjà des hommes et la moitié de ceux qui se sont présentés ce soir sont nouveaux.

— Il a dit qu'on serait tous payés le double pour nos efforts.

Les trois hommes s'échangèrent des regards significatifs avant de rapprocher leurs têtes et de baisser la voix. Ils ne mentionnèrent pas Waverly, mais quelque chose dans l'attitude des trois hommes dérangeait Jonathan.

Il n'avait quand même pas mal entendu ! Une « cargaison » ? Ce devait être une sorte d'argot pour désigner des passagers, supposait-il, même si leur ton et leur inquiétude suggéraient le contraire. Leur capitaine prévoyait-il d'enlever un gentleman anglais et son épouse ? Cela ne présageait rien de bon. Il ne pouvait pas laisser la chose se produire sans rien faire. Et si Waverly était impliqué, il était toujours possible que cela concerne la Ligue.

La nuit allait être longue. Il éclaboussa ses vêtements d'un peu de bière et froissa sa cravate et sa redingote, puis il s'approcha en titubant et s'assit près des marins, commandant une autre bière. Ayant retenu leur attention, il leur adressa un sourire amical.

— Bonsoir.

Il hocha la tête et désigna la barmaid.

— C'est un beau brin de fille, hein ?

— Effectivement, confirma le narrateur.

— Une tournée de pintes pour mes nouveaux amis !

Jonathan adressa un clin d'œil à la serveuse puis se pencha vers le trio d'un air conspirateur.

— Trinquons à ces ravissantes demoiselles, d'accord ? Je n'ai pas pu m'empêcher d'entendre que vous travaillez sur *La Belle Demoiselle*. Je viens de me payer un trajet sur ce bateau. Je suis ravi d'offrir la tournée aux gentlemen qui vogueront avec moi.

Cela parut réchauffer le cœur des hommes. Après plusieurs tournées, la bière avait délié la langue des marins. Ce qu'ils avaient à dire était à la fois très intéressant et pas vraiment rassurant.

Il attira l'attention de la serveuse.

— Ma chère, j'ai besoin de vous confier un message à transmettre.

Déposant quelques pièces dans sa main, il attendit qu'elle revienne avec une feuille de parchemin et une plume. Alors que les marins se lançaient dans une chanson paillarde, Jonathan griffonna un message. Il confia la lettre à la serveuse et lui murmura l'adresse. Après quoi, il suivit les marins qui retournaient à présent vers les docks.

Jonathan soupira. *Et moi qui espérais pouvoir rentrer passer la nuit dans mon lit.*

⚜

Godric prit Émily dans ses bras, embrassant ses lèvres toujours délicieuses.

— Et le dîner ? parvint-elle à demander.

— Au diable le dîner. J'ai ce que je veux, ma chérie.

Il la plaqua contre le canapé de leur salon, une main remontant le long de sa cuisse alors qu'il retroussait ses jupes sur sa taille. À la lumière tamisée des bougies, elle était ravissante, vraiment ravissante.

Elle rougit tout en haletant et les yeux violets qu'il adorait pétillèrent. Émily était tellement belle que la contempler était parfois douloureux. Sa poitrine lui faisait mal, mais devenait pourtant douce et chaude autour de son cœur.

— Je vous aime, Godric, souffla-t-elle contre ses lèvres.

Chaque fois qu'elle prononçait ces paroles, il se délitait. Avec un grognement, il glissa la main vers le sommet de ses cuisses.

Un cognement anxieux à la porte les fit se redresser tous deux brusquement puis se tourner vers l'entrée du salon.

— Toutes mes excuses.

Un valet se dressait là, incapable de contenir son embarras.

— Ceci vient de nous arriver. C'est de Mr Saint-Laurent. Le garçon qui l'a apporté a dit que c'était urgent.

Godric rabattit les jupes d'Émily et descendit du canapé. Il prit la lettre que lui tendait le valet.

— Merci, Nelson.

L'homme disparut dans le couloir vers les quartiers des serviteurs. Godric rompit le sceau de cire, déplia la feuille de parchemin et parcourut le mot.

— Quoi, donc ?

Émily se pencha sur le dossier du canapé, s'appuyant sur ses bras alors qu'elle l'étudiait.

Son cœur battait d'une anticipation croissante.

— Jonathan est à bord d'un bateau associé à Waverly, en partance pour Brighton. Dieu sait comment il s'est arrangé ! Il y restera probablement quelques jours. Je dois partir pour Brighton sur-le-champ.

Il ne voulait pas effrayer son épouse. Depuis sa grossesse, il se sentait plus protecteur que jamais.

— Godric, le prévint-elle d'un ton qui ne tolérait aucune contradiction, je crois que vous ne me dites pas tout.

— Apparemment, Jonathan a surpris une discussion entre des marins employés pour enlever quelqu'un, peut-être Cédric et Anne. Il faut que j'aille les prévenir. Je dois aller chercher Charles et partir.

Il se tourna pour sortir, mais Émily enroula les bras autour de lui par-derrière.

— Je viens avec vous.

Il la regarda par-dessus son épaule.

— Ém, ce sera dangereux.

— J'ai déjà survécu au danger, lui rappela-t-elle.

— Et j'ai failli vous perdre, l'auriez-vous oublié ? Pas moi !

Il détestait la rudesse de sa voix, mais le souvenir d'Émily allongée sur un lit, respirant à peine, le laissait vide et terrifié.

— Ce n'est pas la même chose, Godric. Ce n'est pas moi qui suis en danger, insista-t-elle. Anne est autant mon amie que Cédric est le vôtre.

— Oui, mais à présent, nous sommes trois. Je ne veux pas devoir m'inquiéter pour notre bébé.

Il se tourna et posa une main sur le ventre encore plat d'Émily. Tous les rêves qu'il avait réprimés étaient contenus dans cette femme à la volonté de fer. Il ne pouvait pas les perdre, elle ou l'enfant. Il comprenait plus que jamais ce qui avait poussé son père à une rage abusive et à la mélancolie après la perte de sa chère épouse. Godric savait que sans Émily, il serait perdu.

— Il ne va rien m'arriver.

Émily se toucha le ventre.

— Il ne va rien nous arriver.

Godric était tenté de protester, mais il n'avait pas le temps.

— Si vous venez, vous ferez ce que je vous dis, pour votre sécurité et celle de l'enfant.

— Bien entendu.

Émily retroussa ses jupes et remonta l'escalier à la hâte, appelant Libba, sa suivante. Godric appela un valet pour lui demander de faire venir sa calèche puis un groom pour préparer les chevaux. Ils auraient besoin de contacter Charles et Lucien sur-le-champ puis de chevaucher sans attendre jusqu'à Brighton.

— Prêt ?

Émily l'appela en descendant les escaliers. Elle arborait un pantalon, une chemise large et un manteau.

— Que portez-vous donc ? demanda Godric.

— Quel est le problème ?

Émily virevolta en observant son accoutrement.

Il la désigna d'une main.

— Vous portez des vêtements masculins.

— Ah, oui. C'est bien plus adapté à l'aventure, vous ne pensez pas ?

— L'aventure ?

Godric poussa un grognement de contrariété, mais ils n'avaient pas le temps de se disputer.

— En effet. Allons-y.

Il lui prit le bras et l'aida à descendre vers la calèche qui les attendait. Il priait pour qu'il ne soit pas trop tard.

CELA NE FAISAIT-IL QUE DEUX SEMAINES QU'ANNE AVAIT épousé Cédric ? Comment était-il possible de connaître autant de bonheur en si peu de temps ? La vie avec Cédric avait adopté un rythme parfait. Ils faisaient tant de choses ensemble ! Ils dînaient, jouaient, faisaient l'amour. De longues conversations se terminaient par des enlacements, oubliant de quoi ils parlaient. Tous les jours amenaient de nouvelles découvertes alors qu'ils exploraient mutuellement leurs corps et leurs âmes. Il était presque inconcevable de penser qu'elle pouvait être aussi heureuse.

Anne était calée dans le lit de Cédric. *Leur lit*. Elle avait cessé de dormir dans sa propre chambre. Elle observa le désordre qu'ils avaient abattu sur la pièce cette fois. Des vêtements étaient accrochés à toutes les surfaces. Elle pouffa. Ils avaient été un peu trop enthousiastes durant leur dernière union. Cédric était étendu sur le ventre, nu et indifférent. Il avait les yeux fermés, un bras passé sous le coussin, l'autre enroulé autour de sa taille.

— Qu'est-ce qui vous fait rire ?

Sa voix était épaissie par le sommeil.

— Nous. J'ai peur que votre valet s'épouvante du nouveau désordre que nous avons causé.

— Quelques chemises et pantalons froissés ne l'effraieront pas. Il est content de me voir heureux.

Anne posa les paumes sur le bras qui entourait sa taille.

— Et avant l'accident ? Vous étiez malheureux ?

Le soupir de Cédric était révélateur.

— En quelque sorte. Depuis la mort de mes parents... Cela a été dur. Nous étions proches. Il y avait tellement d'amour dans notre maison. Mes parents avaient fait un mariage d'amour, voyez-vous. Et perdre la vie qu'ils apportaient dans...

Cédric fut incapable de poursuivre.

— Vous n'êtes pas forcé d'en parler.

Il la regarda.

— Non, j'en ai besoin. C'est la raison pour laquelle vous m'affectez, Anne. Ce que je ressens pour vous, c'est ce que mon père ressentait pour ma mère. Les mariages d'amour sont tellement rares dans notre monde. Ce que je veux dire, c'est que vous êtes à moi, Anne. Mon âme sœur. J'ai besoin de vous, de tout de vous, pour toujours.

Il s'assit sur le lit et l'attira contre lui afin que leurs

hanches se touchent et qu'il puisse enrouler ses bras autour d'elle.

— J'ai envie d'avoir des enfants, toute une ribambelle. J'ai envie que dans un futur lointain, on puisse prendre le thé, entourés de rire et de petits-enfants. Je veux être auprès de vous quand nous serons vieux, quand la vie nous aura enfin donné la paix. Ces dernières semaines ont été un véritable cadeau.

Il lui caressa le dos avec les mains, leur contact aimant si plein de douceur qu'Anne ne put résister à l'envie de se coller contre lui pour un baiser. Cédric se déplaça en même temps qu'elle, la prenant dans ses bras. Leurs bouches se rencontrèrent, se frôlèrent légèrement puis amorcèrent un baiser plus profond et insistant qui la fit faiblir. Avec un rire étouffé, elle se laissa tomber quand il la poussa en arrière sur le lit et s'installa dans le berceau de ses cuisses.

Anne lui caressa la joue avec le nez, et l'ombre d'une barbe de cinq heures sur son menton lui gratta la peau et la fit frissonner.

— Je crois que je vous aime encore plus qu'avant. Est-ce possible ? C'est comme retomber amoureuse de vous.

Cédric embrassa les coins de sa bouche, lui tirant un sourire.

— Je pourrais passer le reste de ma vie ainsi, à retomber amoureux de vous tous les matins.

Anne arqua les hanches, l'encourageant à la pénétrer. Cédric prit possession de sa bouche et se glissa dans sa chaleur accueillante. À chaque tendre pénétration, ils parurent fusionner davantage jusqu'à ce qu'ils se meuvent dans un rythme parfait. Une seconde, elle était une créature solitaire, et l'instant d'après, elle faisait partie de quelque chose de plus grand et de mystérieux qu'elle ne pouvait pas s'expliquer. Tous les rêves impossibles qu'elle avait pu entretenir semblèrent soudain à sa portée. Avec Cédric à son côté, elle était capable de tout.

Elle sentit sa bouche chaude s'abattre sur son sein et ses dents frôlèrent son mamelon douloureux, la faisant arquer ses hanches fortement contre les siennes. Ce qui avait débuté sur une note douce et sensuelle devint sauvage et primaire. Anne voulait l'avoir au plus profond d'elle, le sentir toucher son âme. Quand leur rythme se fit trop rapide, Cédric ralentit et Anne agita sauvagement la tête, cherchant désespérément son plaisir.

— Cédric, je vous en prie ! sanglota-t-elle, ayant besoin de jouir.

Il haleta et repoussa sa propre jouissance alors qu'il haletait contre son cou.

— Vous m'avez fait oublier toutes les autres femmes, Anne. Je suis à vous, pour toujours.

Les paroles de Cédric provoquèrent une explosion d'étoiles et de lumière au cœur de son être. Elle ne put résister à la déflagration de plaisir et d'amour alors que son orgasme se propageait à travers elle. Son propre cri de plaisir se radoucit quand il jouit au plus profond d'elle. Cette fois, c'est elle qui souhaitait qu'ils aient créé une vie. Cela ne paraissait que juste que tant d'amour et de joie laissent dans son sillage un miracle tel qu'un enfant.

Cédric descendit d'elle et la serra contre lui, tirant les draps haut sur leurs corps.

— Je vous aime, Anne.

Il lui embrassa le bout du nez et soupira.

— Je vous aime aussi.

Ils n'avaient pas besoin d'en dire davantage.

ANNE S'ARRÊTA DEVANT LA BOUTIQUE D'UNE COUTURIÈRE sur la rue Steine, pas très loin de la bibliothèque de Donaldson. Partout autour d'eux, les gens portaient des vêtements colorés. Les vitrines décoraient le côté des rues et les foules se déplaçaient d'un seul mouvement. Beaucoup de gens venaient à Brighton pour voir la mer, d'autres pour parcourir les rues pittoresques dans leurs calèches et pour se faire voir en société. Anne trouvait ce spectacle amusant et étrangement ravissant.

— Et si vous m'achetiez de nouvelles robes ? demanda-t-elle.

Cédric sourit.

— Tant qu'elles sont de couleurs vives.

Dieu merci, nous ne sommes pas restés à Londres ! Mon absence de tenue de deuil scandaliserait tout le monde. Anne observa avec attention l'intérieur de la vitrine, étudiant les styles et les reflets des tissus.

— Si vous voulez entrer, je patienterai à l'extérieur.

Avant qu'Anne puisse répondre, Ashton les rejoignit devant la boutique.

— Cédric, je vais à Donaldson, si vous voulez m'accompagner.

Anne sourit, soulagée par la prévenance d'Ashton. Elle ne voulait pas que Cédric reste seul lorsqu'ils étaient hors de chez eux. Il ne connaissait pas les rues et il aurait facilement pu s'égarer, se blesser, se perdre, se faire attaquer par des brigands... ou même être renversé par un véhicule. La liste des malheurs qui pourraient lui arriver était presque infinie et difficile à oublier.

— Vous devriez y aller, Cédric. Assurez-vous que lord Lennox ne fasse pas de bêtises. Je vous rejoindrai dans la bibliothèque.

Anne se mit sur la pointe des pieds et lui déposa un baiser sur la joue.

— Vous en êtes sûre ?

— Certaine.

Anne se retourna vers la boutique une fois que les deux hommes eurent disparu.

— Excusez-moi. Je ne voudrais pas être présomptueuse, mais êtes-vous la vicomtesse Sheridan ?

Une femme plantureuse avec un visage réjoui et des cheveux sombres la regardait en souriant.

Anne cligna des paupières.

— Effectivement.

— Je suis terriblement désolée d'être aussi directe. Je suis lady Pickering, l'épouse de Sir Edward Pickering. Nous ne résidons pas très loin de chez vous. J'avais l'intention de vous envoyer une lettre pour vous inviter à dîner chez nous ce soir. Je suis désolée de vous en informer au dernier moment, mais je n'ai pas pu résister, ayant eu la chance de vous croiser.

— C'est un plaisir, Lady Pickering. J'ai honte de ne pas vous avoir écrit moi-même. Cédric m'a longuement parlé de vous deux. Mon mari et moi serions ravis de dîner avec vous.

— Fantastique ! Edward sera tellement content.

Lady Pickering la rejoignit devant la vitrine.

— C'est ravissant, n'est-ce pas ? La modiste ici est bien meilleure que celles de Londres. Vous entrez ? J'aimerais vous accompagner. J'ai moi-même besoin de quelques robes.

Les yeux de lady Pickering balayèrent le contenu de la vitrine, avec ses beaux tissus et ses chapeaux dernier cri.

Il y avait quelque chose de chaleureux et même de maternel chez cette femme, chose dont Anne avait peu l'habitude, mais qui lui avait toujours manqué.

— Si vous voulez, dit Anne. J'apprécierai un peu de compagnie.

Lady Pickering joignit ses mains gantées.

— Splendide ! Allons-y.

Anne suivit la femme dans la boutique, et la modiste et

son assistante les accueillirent à la porte. Chacune à son tour, elles se firent mesurer puis on leur présenta des croquis de plusieurs styles pour leur considération.

— Puis-je vous parler franchement ?

Le ton de lady Pickering était prudent alors qu'elles s'assirent côte à côte sur le sofa et parcourent les gravures de mode.

Anne lui coula un regard, légèrement inquiète, mais elle hocha la tête.

— J'ai appris la mort de votre père et la nouvelle de votre mariage seulement une semaine après.

Tout en parlant, lady Pickering jouait avec un ruban bleu sur sa manche.

— Je ne sais pas comment m'exprimer.

Le ventre d'Anne se serra.

— Je vous en prie, Lady Pickering, parlez librement.

Ses joues rosirent.

— Eh bien, lady Sheridan... la précédente, je veux dire, était une très bonne amie à moi. Quand elle est morte, cela m'a brisé le cœur, voyez-vous. Nous étions amies d'enfance et nos époux étaient également amis. Les perdre a été dévastateur, non seulement pour Edward et moi, mais aussi pour tous ceux qui les connaissaient. La famille Sheridan était très respectée et aimée. Le garçon... Pardonnez-moi.

Elle s'éclaircit la gorge.

— Le vicomte Sheridan m'est tout aussi cher. Comme un fils, sous bien des plans. Il est peut-être un peu rebelle, mais c'est un homme bon et il mérite une femme qui l'aime.

Anne poussa un soupir de soulagement. Tendant le bras, elle couvrit la main de lady Pickering avec la sienne.

— J'aime follement mon mari. Malgré les débuts peu orthodoxes de notre union, tous les jours, je l'aime un peu plus, plus que je l'aurais cru.

Lady Pickering lui adressa un sourire qui contenait une touche de tristesse.

— C'est tout ce que je voulais savoir. Bon, pour le dîner, que préférerait manger Sa Seigneurie ? Je serais ravie de modifier le menu, puisque je devine que de nombreux plats doivent être difficiles pour lui.

L'astuce de cette femme éveilla la surprise d'Anne. Il existait pas mal de mets qui auraient rendu un dîner difficile pour Cédric, mais lady Pickering était assez prévenante pour s'en être rendu compte. Anne ne l'en adora que davantage.

— Quelque chose qu'on pourrait facilement manger à la cuillère serait préférable, répondit-elle même si en vérité, il maniait un couteau et une fourchette de plus en plus facilement.

— Cela ne devrait pas être trop difficile.

Lady Pickering rendit les gravures à la modiste, indiquant son intérêt pour certains styles. Anne l'imita.

Au bout d'une heure, les deux femmes s'étaient commandé plusieurs robes excellentes. Anne n'aurait pas voulu quitter lady Pickering, qui observait plusieurs chapeaux exposés dans la vitrine de la chapellerie voisine, mais elle pensait qu'il était temps d'aller rejoindre Cédric.

— Lady Pickering, cela m'attriste de partir, mais je dois retrouver mon mari.

L'autre femme éclata de rire.

— Bien sûr, ma chère. Allez-y ! Le dîner est à huit heures.

— Je vous remercie !

Anne lui dit au revoir et traversa la rue bondée vers la bibliothèque de Donaldson.

SAMIR AL ZAHRANI grimpa sur son cheval et descendit au trot une des rues principales de Brighton. Il marmonna une bordée de jurons, maudissant le sort qui s'était acharné sur lui au cours des derniers jours.

Il avait appris où ses précieux chevaux étaient gardés, en compagnie de canassons anglais bien inférieurs. Mais il ne pouvait pas les récupérer tous les deux tout seul. Il avait également laissé filer l'occasion d'enlever l'épouse de Sheridan dans les bois près de la maison. Après cela, la demeure avait été remplie de serviteurs.

Mais ce jour-là, pour la première fois, le couple avait quitté le sanctuaire pour se rendre à Brighton et il avait perçu une nouvelle opportunité. Bientôt, son navire arriverait et il quitterait cette satanée île. Mais d'abord, il devait prendre ce qu'il était venu chercher.

Ces satanés Anglais et leur fierté. Ils croyaient qu'on ne pouvait pas les attaquer dans une ville bondée ! S'ils savaient...

Sheridan et son compagnon aux cheveux blonds s'étaient séparés de la vicomtesse, la laissant vulnérable. Exposée.

Si je peux la tuer, cela rendra Sheridan instable.

Il patienta. Un peu plus tard, lady Sheridan sortit d'une boutique de robes et prit congé d'une femme plus âgée avant de traverser la rue. Samir enfonça les talons dans les flancs du cheval et la bête fit un bond en avant.

Un étalon noir se précipita vers Anne alors qu'elle traversait la rue. Le cheval se dressa sur ses pattes arrière et elle poussa un cri avant de s'écrouler à terre.

L'animal se calma et le cavalier, un bel homme au teint olivâtre qui avait des cheveux et des yeux sombres, se laissa glisser de la selle pour l'aider à se redresser.

— Mille excuses. Vous avez traversé si vite devant moi que je ne vous avais pas vue.

Il parcourut tout son corps du regard.

— Vous n'êtes pas blessée, n'est-ce pas ?

Bouleversée et endolorie après sa chute, Anne secoua rapidement la tête.

— Non, je vais bien. Je vous remercie.

Elle essaya de se libérer de la prise qu'il maintenait sur sa taille.

— Je vous en prie, Monsieur, lâchez-moi.

Pendant un moment, elle craignit qu'il refuse. Heureusement, sa chute avait attiré l'attention d'un certain nombre de personnes qui venaient à présent vérifier qu'elle n'était pas blessée.

L'inconnu laissa retomber ses mains.

— Encore une fois, toutes mes excuses. Cela fait longtemps que je n'ai pas été en présence d'une jolie femme. J'en oublie les bonnes manières.

La lueur qu'elle lisait dans ses yeux la mettait à présent mal à l'aise.

— Excusez-moi.

Elle le contourna rapidement et revint dans la rue. C'était impoli, elle le savait, mais il y avait quelque chose chez lui... Elle ne voulait pas rester. Elle repoussa de force ses pensées en haussant les épaules, se convainquant que c'était bête.

La bibliothèque de Donaldson était un bâtiment à poutres de bois, récemment peint en blanc. Une grande véranda surmontait une partie de la bibliothèque de prêt. En dessous, un groupe de femmes était rassemblé comme une petite troupe d'oiseaux colorés, accaparées par des médisances. Anne les évita. Leurs bavardages donneraient certainement lieu à des conflits plus tard dans les deux salles de bal populaires de Brighton : le Castle Inn et le Old Ship Inn.

Dieu merci, Cédric n'était plus disposé aux bals ou à la danse. Cela dit, Anne devait bien admettre qu'elle aurait voulu pouvoir danser avec lui, juste une fois. Leur première opportunité leur avait échappé et durant les années suivantes, ils n'avaient jamais eu l'occasion de se rattraper.

Elle pénétra dans les pièces spacieuses de la bibliothèque de Donaldson, essayant de ne pas penser à son désir de danser un quadrille amusant ou une valse avec son époux. Même si ses pas s'affirmaient de jour en jour, elle savait qu'il s'inquiéterait de tomber ou d'écraser quelques orteils dans un endroit public. La haute société pouvait se montrer cruelle quand ils pensaient pouvoir s'en prendre à un être faible. Une bouffée d'émotions lui brûla légèrement les narines. La tristesse, la déception. C'était un souhait bien dérisoire et pourtant, son inaccessibilité ne faisait qu'attiser son désir.

Les étagères des bibliothèques étaient remplies. Les reliures luisaient à la lumière qui filtrait par les fenêtres. Elle s'arrêta près d'une table de lecture voisine, posant les paumes sur la surface boisée lustrée le temps de reprendre son souffle. Quelques jeunes dames passèrent devant elle, les bras chargés de livres, échangeant des murmures avec des petits sourires.

— Avez-vous vu ce gentleman ? L'aveugle ? demanda la plus grande à son amie.

Tous les muscles du corps d'Anne se tendirent. Elles parlaient forcément de Cédric. Quelle était la probabilité pour qu'il y ait un autre aveugle dans la bibliothèque de Brighton ? Allaient-elles rire de lui ? Si c'était le cas, que Dieu leur vienne en aide... Son mari avait surmonté assez de difficultés et n'avait pas besoin de subir des quolibets au sujet de sa condition.

L'autre femme rougit et baissa la tête, dissimulant son visage sous son bonnet.

— Quel bel homme !

— N'est-ce pas ? Et son ami, le gentleman blond...

Elle poussa un soupir mélancolique.

— Je ne peux pas demander à être présentée à un inconnu. Quel dommage !

Les dames disparurent derrière la dernière rangée d'étagères.

Anne se détendit, se reprit et se hâta de se rendre dans la direction d'où étaient venues les femmes. Elle trouva son mari et son ami installés dans deux fauteuils près d'une table de lecture. Cédric se pencha en avant, posant les avant-bras sur ses genoux alors qu'il parlait d'Ashton. Quand elle se fit voir, Ashton la regarda avant de se retourner vers Cédric. Celui-ci continuait de parler, ne voyant pas qu'elle s'approchait par-derrière.

— C'est un nouveau monde, Ash. Croyez-moi, le mariage est étonnamment merveilleux. Êtes-vous certain de ne pas vouloir essayer ?

Les lèvres d'Ashton tressaillirent et il posa un index sur ses lèvres pour indiquer à Anne de garder le silence. Elle s'arrêta à quelques pieds de là et retint son souffle.

— Et qu'y a-t-il d'aussi extraordinaire là-dedans ? J'admets que je suis très intrigué par cet empressement tout nouveau.

Ashton lui adressa un clin d'œil et elle s'efforça de contenir un gloussement.

Cédric se cala contre le dossier de sa chaise, ses doigts se rejoignant derrière sa tête.

— Il n'y a rien de mieux que d'avoir la plus belle créature dans son lit lorsqu'on le désire. C'est bien mieux qu'une maîtresse. Et je suis certain que ma femme serait d'accord. L'accès à mon corps à tout instant est un des avantages de s'être passé la corde au cou.

Le ton suffisant de Cédric provoqua chez Anne une réaction qui tenait à la fois de l'amusement et de l'exaspération.

— N'êtes-vous pas d'accord, mon épouse ?

Cédric ricana et tourna la tête dans sa direction.

— Oh ! Espèce de brute !

Anne éclata de rire et se précipita vers lui, lui donnant une petite tape sur l'épaule avec sa main gantée. Quand il l'attira vers sa chaise et l'installa sur ses genoux, elle poussa un glapissement de surprise.

— Vous saviez que j'étais là depuis le début, n'est-ce pas ?

Cédric hocha la tête, son sourire taquin la faisant fondre. Elle adorait la façon dont il lui décochait ce sourire sans la moindre retenue.

— Votre parfum, vous vous rappelez ?

Il lui caressa la joue avec le nez.

— Il vous a trahie.

Pendant un long moment, elle s'abandonna à son étreinte, aimant sentir ses bras autour d'elle.

Une vieille femme au bonnet couvert de plumes d'autruche flétries en resta bouche bée. Elle venait d'émerger de derrière une étagère et avisa Anne sur les genoux de Cédric qui l'étreignait.

— Nous sommes dans une *bibliothèque*, dit-elle, clairement scandalisée.

— Pardonnez-moi, Madame, répondit poliment Cédric. Mais ma femme et moi exigeons de l'intimité. Filez donc !

La vieille femme se hérissa et frappa le plancher de bois avec la pointe de son ombrelle.

— Comment osez-vous, Monsieur ? fulmina-t-elle avant de partir.

— Oh, mon vieux ! dit Ashton en riant. C'était lady Beach, vous savez. Une des connaissances de Prinny.

Cédric pouffa et étreignit Anne encore plus fort.

— Que cette lady Beach aille se faire voir. J'ai envie d'étreindre ma femme.

Anne regarda autour d'elle, s'assurant que personne d'autre ne les regarde avant d'embrasser la joue de Cédric. C'était quelque chose dont elle ne se lasserait jamais : la possibilité délicieuse de le toucher et de l'embrasser quand il lui en prenait l'envie. Il n'avait pas tort quant aux avantages du mariage.

— Comment se sont déroulées vos emplettes, ma chère ?

— Très bien, merci. J'ai croisé lady Pickering. Nous

sommes invités à dîner ce soir chez elle. C'est d'accord ? Elle est vraiment adorable. Je n'ai pas pu le lui refuser.

— Lady Pickering, songea Cédric. C'est un peu comme une seconde mère pour moi. Elle essaie toujours de m'engraisser.

Anne devint sérieuse.

— Eh bien, elle n'a pas tort. Vous êtes devenu trop mince, mon époux. Cela ne me plaît pas. Si je dois devenir une épouse importune et agaçante qui vous materne, je ne vais pas me gêner.

— Si vous pensez que me dire de manger plus est agaçant, alors je vous adore encore plus.

Cédric se mit à lui mordiller l'oreille et Anne frissonna. Le désir la traversa comme un éclair.

— Bon, je vais vous laisser tous les deux explorer la bibliothèque pendant un moment, dit Ashton. Un de mes bateaux vient d'arriver au port et il faut que j'aille y jeter un coup d'œil. Je vous retrouve à la maison après votre dîner de ce soir.

Anne redressa l'échine.

— Je suis certaine que lady Pickering aimerait que vous vous joigniez à nous.

Ashton refusa d'un signe de la main.

— C'est une femme fantastique, mais malheureusement, je dois m'occuper de mes affaires et cela peut prendre plus de temps que prévu. Saluez lady Pickering de ma part.

Quand Ashton partit, quelque chose au plus profond d'elle soupira légèrement. Lord Lennox était une énigme. Il ne paraissait jamais avoir d'autre compagnie que les membres de la Ligue.

— Quel est le problème, Anne ? Je peux vous entendre réfléchir.

Cédric la secoua légèrement entre ses bras pour attirer son attention.

— Je m'inquiète pour lord Lennox. Il semble parfois si esseulé, si concentré sur son travail.

Les yeux vides de Cédric ne trahirent aucune émotion, mais son sourire se flétrit légèrement.

— Ash est un homme très complexe. Vous savez ce qu'on dit : il faut se méfier de l'eau qui dort.

— Vous l'avez connu toute votre vie ?

Anne devait bien admettre que la Ligue des Rebelles l'avait toujours fascinée : cinq aristocrates riches et puissants qui rejetaient les formalités de la société et flirtaient avec leurs vices. Cela aurait dû être un sujet auquel elle aurait dû éviter de penser, mais elle ne pouvait pas résister. Elle sentait pourtant que sa connaissance de leur passé et de leurs relations tenait probablement plus des rumeurs et de *La Gazette de la Lorgnette* que de la vérité.

— Nous nous sommes rencontrés à Cambridge. Je l'avais aperçu dans les jardins du Collège de Magdalene, mais nous n'avions été jamais officiellement présentés. Lucien et lui étaient amis ; Godric et moi aussi. Nous formions deux duos différents, vous comprenez ? ricana-t-il.

— Et Charles ? Comment vous êtes-vous tous rencontrés et quand s'est-il joint à vous ?

L'expression de Cédric se ferma et Anne n'insista pas.

— Une nuit, vers la fin de l'automne, Godric et moi avons fait le mur. Nous avons vu quelqu'un qui se noyait dans la rivière. Peter Wellsley, un ami à nous, essayait de le sauver. Deux autres hommes – j'ai appris plus tard que c'étaient Ashton et Lucien – sont venus nous rejoindre, Godric et moi, quand nous avons plongé dans la rivière pour sauver l'homme qui se noyait (c'est-à-dire Charles), et aider Peter. Les mains et les pieds de Charles avaient été ligotés et Peter m'a aidé à le libérer. Nous avons sauvé Charles, quant à Peter... Il ne s'en est pas tiré. Il est resté sous l'eau trop longtemps en essayant de maintenir Charles à la surface. Sa perte a été une grande douleur pour nous tous. Peter était l'un des amis les plus chers de Charles et le reste d'entre nous le connaissait bien. Après cette nuit-là, nous sommes devenus inséparables, tous les cinq. La douleur est capable de créer de tels liens.

Des petites pièces du puzzle se mirent en place dans la tête d'Anne.

— Charles est la clé de votre unité ?

Cédric mit un moment à répondre, comme si la question ne pouvait pas être résumée aussi facilement.

— Au début, mais avec le temps, nous avons tous formé des liens profonds les uns avec les autres. Il n'y a rien de mieux pour solidifier des liens que d'avoir à vos côtés quelqu'un qui a connu l'enfer et en est revenu.

L'embarras empourprait les joues de Cédric, mais elle ne l'en aimait que davantage. Elle appréciait l'amour qu'il portait à ses amis. Peu d'hommes – ou de femmes – pouvaient se targuer de posséder de tels liens.

— Et Mr Saint-Laurent ? Le frère de Godric ?

— Jonathan ?

Cédric ricana.

— C'est un ajout bienvenu à notre groupe. Ce qui me fait penser... poursuivit-il en redevenant sérieux. Anne, que penseriez-vous de vendre la maison de votre père, à Londres ? Jonathan aimerait se poser et Ashton dit qu'il songe à courtiser Audrey. Je lui donne ma bénédiction et j'ai pensé qu'on pourrait l'aider un peu.

Cédric s'interrompit et inspira profondément avant de poursuivre.

— J'ai pensé que si vous acceptez, nous pourrions la vendre à Jonathan. J'adorerais voir cette maison remplie d'amour et d'enfants, mais si vous voulez la garder, nous le ferons. C'est à vous de voir.

Les yeux d'Anne picotaient. Son père... Durant les semaines qui venaient de s'écouler, elle avait été si heureuse qu'elle l'avait presque oublié. Elle était touchée que Cédric lui demande son avis. Par le mariage, tout ce qu'elle possédait était passé à son mari. Il aurait pu vendre la maison sans lui poser la question. Il ne l'avait pas fait.

Conserver la maison était une pensée tentante, mais il valait mieux la laisser filer. Si elle revenait à Jonathan – et peut-être à Audrey –, ils visiteraient régulièrement la demeure et comme Cédric l'avait dit : elle serait remplie d'amour et d'enfants.

— Si Mr Saint-Laurent est intéressé, c'est d'accord. Je vous laisse le soin de procéder aux arrangements.

— Excellent. Je peux demander à Ashton de lui écrire une lettre et s'il accepte, nous demanderons à mon notaire de préparer les papiers.

— Je vous remercie.

Elle était sincère. Pour le lui montrer, elle se pencha vers lui, lui passa les bras autour du cou et l'embrassa profondément même s'ils étaient en public. Ce baiser appuyé le fit grogner et il le lui rendit. Cependant, ils durent vite y mettre un terme.

— J'aimerais vraiment continuer, mais lady Beach ne sera pas notre dernière spectatrice indésirable si nous ne rentrons pas immédiatement à la maison. Un petit garnement inventif pourrait vendre des billets.

Elle descendit de ses genoux sans pouvoir s'empêcher de pouffer.

— Alors, je vous en prie, mon époux, hélez une calèche.

— À vos ordres.

Les lèvres de Cédric adoptèrent le sourire qui avait conquis son cœur la première fois qu'elle l'avait vu. Seulement cette fois, c'était encore plus brillant parce qu'elle était trop pleine d'amour. Pendant un moment, elle ressentit une terreur inattendue.

Et si je le perdais maintenant ? Mon cœur est bien trop attaché à lui. S'il devait mourir, alors moi aussi. Si une autre femme avait dit à Anne qu'elle ressentirait ceci pour un homme, elle aurait trouvé la chose mélodramatique, mais à présent, elle comprenait. Une connexion plus profonde était forgée par deux cœurs et elle ne se laisserait pas briser facilement.

Elle glissa le bras dans celui de Cédric alors qu'ils quittaient la bibliothèque de Donaldson. Déglutissant fort, elle essaya de penser à autre chose. Le dîner de ce soir ! Ce serait fantastique et amusant. Oui, le dîner. Tout se passerait bien. Elle aurait seulement voulu cesser d'avoir peur de perdre Cédric pour toujours.

— **B**on, cela n'a pas été un désastre complet, n'est-ce pas ?

Cédric ricana tout en se hissant dans sa calèche pour s'asseoir en face d'Anne.

Celle-ci souriait.

— Non, en effet. Vous vous êtes très bien débrouillé.

Elle tenait dans les bras un paquet que Cédric ne pouvait pas voir. C'était une surprise que lady Pickering et elle se ravissaient de lui faire. Elles étaient parvenues à le transporter en douce jusqu'à la calèche sans que Cédric se doute de quoi que ce soit.

— Pourquoi ne venez-vous pas vous asseoir près de moi, mon épouse ? suggéra-t-il en haussant un sourcil avec sa canaillerie habituelle.

Anne dut invoquer toute sa maîtrise de soi pour ne pas pouffer. Cela faisait longtemps qu'elle n'avait pas offert quelque chose à un être cher. Quand elle reprit enfin la parole, son cœur battait fort.

— Très bien.

Elle le rejoignit de son côté de la calèche fermée et le

laissa l'attirer contre lui. Quand il s'approcha d'elle, il se glaça et ses narines se retroussèrent. Il écarquilla les yeux puis plissa les paupières.

— Je sens...

Il s'interrompit, renifla et détacha ses mains de la taille d'Anne pour les diriger vers ses bras. Quand il parvint au paquet qu'elle tenait contre sa poitrine, il se raidit.

— Anne, êtes-vous... Est-ce un *chien* ?

Il inclina la tête. Le grondement bas de sa voix réveilla la créature. Le chiot s'étira dans les bras d'Anne, bâilla et lécha les doigts de Cédric qui avaient frôlé la truffe mouillée de l'animal.

— L'épagneule King Charles favorite de lady Pickering a eu une portée il y a deux mois. Elle a pensé que vous aimeriez en avoir un. Elle a dit que votre mère aimait cette race.

Anne espérait que cela ne le contrarie pas. Cédric lui en avait donné tellement qu'elle voulait lui offrir quelque chose en retour. Il ne pouvait plus chasser et un chien plus grand n'aurait jamais été heureux entre quatre murs. Un petit épagneul était parfait. Le chien ferait un compagnon idéal pour Cédric. Il le suivrait et garantirait sa bonne humeur.

— Saviez-vous que j'avais acheté un chien à Émily ?

Les lèvres de Cédric esquissèrent l'ébauche d'un sourire.

— Euh... oui. Je me rappelle qu'elle m'avait parlé de son chien de chasse, Pénélope.

Elle s'interrompit.

— Je jure que mes intentions sont bien différentes.

Le rire naturel de Cédric la réconforta.

— Si vous m'avez offert un chien pour m'empêcher de vous glisser entre les doigts, je le prendrai comme un compliment, ma chère. Maintenant, montrez-moi ce petit garnement.

Il déplia les mains et Anne lui passa l'animal ensommeillé. Il s'était réveillé durant leur discussion et s'agita dans les bras de Cédric quand celui-ci le prit. Le voir bercer contre sa poitrine ce chiot blanc et brun cannelle remplit Anne d'un amour profond.

— Le dernier épagneul de ma mère était un petit être énergique. Il s'appelait Forrest. J'ai toujours aimé cette petite créature. Qu'en pensez-vous, ma chérie ? A-t-il la tête d'un Forrest ?

Cédric caressa les oreilles du chien avec un sourire espiègle. Même s'il ne pouvait pas le voir, il était évident qu'il était déjà conquis par le chiot.

— Oui, il a la tête d'un Forrest.

Elle porta une main gantée à sa bouche. Elle n'arrivait pas à croire en un tel bonheur. Où que son père se trouve, elle espérait qu'il sache qu'elle allait bien, qu'elle avait trouvé sa place dans le monde aux côtés de cet homme.

— Quand nous rentrerons, ce petit bonhomme va aller dormir dans un panier et vous, mon épouse, veillerez à accomplir votre devoir dans notre lit.

L'effronterie de ces paroles l'aurait mise en rage si c'était un autre homme qui les avait prononcées, mais lorsqu'elles provenaient de Cédric, elles enflammaient son sang et éveillaient le désir dans son corps.

— Si je dois m'occuper de mon devoir alors, vous aussi, ne put-elle s'empêcher de le taquiner.

Le sourire canaille qu'il lui adressa fit galoper follement son cœur. La calèche s'arrêta enfin et quand le valet de pied vint ouvrir les portes, Anne sourit en reconnaissant Sean Hartley.

— Sean ? C'est vous ?

Cédric lui tendit le chien.

— Prenez le petit Forrest et gardez-le dans un panier dans vos quartiers. Je m'occuperai de lui dans la matinée. Ma femme et moi serons occupés pour le reste de la soirée.

— Bien entendu, Milord.

Sean prit le chien avec un sourire et lui caressa les oreilles. Il jeta un regard rapide à Anne qui lui adressa un hochement de tête, l'encourageant à faire ce qu'on lui demandait.

Quand Cédric et elle entrèrent dans la maison, ils découvrirent que les serviteurs s'étaient faits rares, comme s'ils avaient senti le besoin d'intimité de leurs maîtres.

— Emmenez-moi au salon, lui ordonna Cédric.

Anne glissa sa main dans la sienne et le guida. Il parcourut les tapis du bout de sa canne. Anne ouvrit la porte, révélant les complexes décorations style Tudor et le canapé rouge confortable qui faisait face à une cheminée en marbre noir. Des poutres en bois aux gravures délicates s'élevaient en formes cannelées vers les plafonds à moulures. Des draperies rouges de damas couvraient les hautes fenêtres et le clair de lune filtrait entre les fines rainures des rideaux quasiment fermés. Malgré la pénombre et l'âtre froid, la pièce était confortable.

Cédric se mit à la guider, comme s'il connaissait par cœur la disposition de l'ameublement de la pièce. Il s'arrêta devant le canapé et la fit se tourner dos à lui.

— Il fait sombre, n'est-ce pas ? demanda-t-il.

Son ton était doux, bas et dangereusement séducteur.

Anne déglutit avant de répondre.

— Oui, très sombre.

— Bien. Je veux que vous fermiez les yeux. Je vais vous faire l'amour et j'ai envie que vous le ressentiez comme je le fais, avec des sensations et des sons, mais sans images.

— Mais...

— Fermez les yeux.

Cet ordre autoritaire fit naître dans le ventre d'Anne une chaleur bienvenue.

— Vous et moi allons partager cette obscurité. Sentez-la, acceptez-la.

Il glissa une main autour de sa taille et la referma sur son ventre. La large poigne puissante de Cédric était ferme et possessive, et elle sentait son souffle chaud contre son oreille, plein d'une sensualité interdite.

— Levez votre jambe et placez votre pied sur le coussin du canapé, murmura-t-il avant de lui embrasser le pourtour de l'oreille et de lui en mordiller le lobe.

Anne, dans l'emprise de son sortilège séducteur, se cala en arrière contre son corps tout en levant la jambe. Pour y parvenir, elle dut retrousser ses jupons jusqu'au genou, accomplissant ainsi le dessein de son mari.

Il garda la paume sur son ventre, la maintenant contre lui, tandis que son autre main s'installa sur son genou avant de glisser le long de ses bas et de retrousser ses jupes encore plus haut, jusqu'à sa taille. Il caressa la chair dénudée de l'intérieur de sa cuisse à laquelle, avec sa jambe relevée, il avait un accès privilégié. Elle eut du mal à garder les yeux fermés sous ses caresses. Là, dans l'obscurité, ils étaient ensemble et tous ses sens étaient accrus.

— Respirez avec moi.

Les doigts de Cédric avaient atteint le sommet de ses cuisses. Il écarta les sous-vêtements et caressa les lèvres humides de son sexe.

Anne inspira en même temps que lui. Un de ses doigts glissa entre les plis humides de son pubis et la pénétra. Elle sentit ses hanches tressauter contre sa main et poussa un gémissement de plaisir érotique.

— Retroussez vos jupes, murmura-t-il.

Les mains d'Anne, qui étaient restées ballantes, s'abattirent sur le crêpe blanc et la camisole de soie fine. Les couronnes noires au bas de sa jupe murmurèrent quand elle enfonça les doigts dans la soie.

— Cédric, murmura-t-elle alors qu'il continuait à enfoncer ce doigt en elle, jouant avec son corps comme s'il se délectait de son pouvoir de la torturer par le plaisir.

Derrière elle, il ondulait des hanches contre les siennes.

— Que ressentez-vous ?

La pression rude de son érection s'enfonça dans le creux de son dos.

— Vous, grogna-t-elle.

Son rire profond la fit frissonner autour de son doigt agui-cheur et tourmenteur.

— À part moi, ma petite diablesse. Que ressentez-vous d'autre ?

Elle se concentra sur sa respiration alors que son corps commença à danser vers un climax.

— Mon sang course, fort. Je sens les battements de mon cœur partout, avoua-t-elle. Et je n'arrive pas à respirer. J'ai besoin de vous.

Il lui mordilla le cou et glissa un second doigt dans son intimité, recourbant le bout de ses doigts et frôlant un endroit secret au plus profond d'Anne qui lui fit voir des étoiles derrière ses paupières closes.

— Lâchez prise, ma chérie. Je suis là pour vous rattraper.

Il la poussa vers l'explosion de son paroxysme et elle ne fut même pas capable de pousser un cri.

Il l'avait à peine touchée et pourtant cette fois, elle semblait connectée à lui à un niveau qu'elle n'aurait pas cru possible. Elle gardait les paupières fermées et baignait dans les sensations. Les extrémités rudes de ses doigts, le souffle chaud sur son cou, le corps dur qui plaquait son dos contre lui, le rugissement du sang dans ses oreilles alors que son orgasme se poursuivait durant une éternité. C'était ce qu'il ressentait quand il jouissait ensemble. Des sensations pures. Elle aurait voulu dire tant de choses, mais elle fut incapable de trouver les mots. Elle ouvrit brusquement les yeux.

Il retira ses doigts de son corps et les glissa dans sa bouche pour les sucer. Elle sentit ses cuisses trembler de désir tout en regardant avec fascination les lèvres de Cédric autour de ses doigts.

— C'est à votre tour, Milord.

Elle laissa retomber ses jupes et se retourna vers lui.

Il secoua la tête avec un ricanement.

— J'ai quelque chose d'autre en tête depuis notre première rencontre.

Il récupéra sa canne et tendit un bras vers elle. Elle le suivit alors qu'ils traversèrent la maison vers la salle de bal. Anne l'avait aperçue après avoir fait une courte visite des lieux quelques jours auparavant, mais elle ne s'était pas attendue à y venir avec Cédric.

— Mon époux, que comptez-vous faire ?

Voyant les rayons de lune traverser les hautes fenêtres et illuminer la pièce, elle se sentit vibrer d'excitation. Le plancher brillant était invitant, comme s'il l'appelait à la danse.

Cédric s'immobilisa au centre de la pièce et la fit se tourner vers lui. Déposant sa canne à terre, il l'envoya glisser à plusieurs pieds de là. Puis il se redressa et tendit les bras.

—Je crois que vous me devez une valse, ma chère.

Anne sentit les larmes monter en voyant son sourire.

Comment avait-il deviné son désir secret ? Peu importait qu'ils ne se trouvent pas dans une salle publique bondée où se pressaient leurs pairs. Non, tout ce qui comptait était qu'elle soit là, à cet instant, avec l'homme qu'elle aimait, et qu'ils allaient enfin pouvoir danser.

Elle aurait pu danser avec lui toute la nuit s'il le lui avait demandé. Entrant dans son étreinte, elle guida une de ses mains jusqu'à sa taille et lui prit l'autre. Puis il l'attira assez près pour que leurs corps se frôlent.

— Nous n'avons pas de musique, murmura-t-elle en étudiant son expression concentrée.

— Nous n'en avons pas besoin.

Il se mit à entonner un air. Les premières notes d'abord légères étaient *a capella*, puis, comme s'il gagnait en assurance, il se mit à chanter les notes d'une voix claire qui sonnait comme une cloche. Il chantait comme un ange. Elle n'aurait jamais cru cela de lui. Souriant de bonheur, elle suivit le mouvement quand il se lança. Ils se déplaçaient à l'unisson avec une telle facilité qu'elle-même en était surprise. Seuls dans cette pièce, il le guidait sans effort et elle pouvait le suivre.

Parce que je lui fais confiance. Même après ce que Crispin lui avait fait cette nuit-là à Almack's, elle n'avait pas abandonné la sensation profonde que Cédric était sa destinée. Même si la violation de sa personne par Crispin l'avait brisée, Cédric avait effacé cette douleur. C'était similaire à cette poterie du Japon qu'elle avait vu autrefois, brisée puis recollée par des jointures en poudre d'or ou d'argent brillante. *Kintsugi*, avait dit son père. L'art de réparer un objet, de laisser la cassure symboliser quelque chose que la réparation avait renforcé. L'or illuminait ces fissures qui avaient été réparées et non dissimulées.

Ce qui s'était passé avec Crispin ne la définissait plus. Poursuivre sa vie et vivre son amour avec Cédric étaient les jointures dorées qui soudaient les pièces, la rendant à nouveau entière. Elle n'était pas simplement une autre femme lésée. Elle était Anne Chessley, une femme qui aimait les chevaux, la nature et son époux. Il la laissait être elle-même et pourtant, ils partageaient toutes leurs joies et à présent, toutes leurs tristesses.

Et nous y avons survécu afin de retrouver notre bonheur ensemble. Parce que nous pouvons nous appuyer l'un sur l'autre. Nous sommes partenaires, à égalité. Les pensées tourbillonnaient dans sa tête alors qu'eux-mêmes faisaient le tour de la salle de bal. C'était le genre de mariage que son père avait voulu qu'elle ait et même s'il était parti, elle savait qu'il aurait approuvé.

— Tout va bien, mon amour ? Je viens de vous sentir frissonner.

La main de Cédric sur sa taille, si chaude à travers le tissu de sa robe, se serra légèrement alors qu'ils continuaient à danser.

— Oui, mille fois oui. Cela fait des années que j'avais envie de faire cela avec vous, admit-elle.

La pénombre et sa cécité dissimulèrent la rougeur d'Anne, mais elle n'avait pas honte de la vérité.

— Peut-être devrions-nous danser tous les soirs avant d'aller nous coucher ?

Il lui décocha un clin d'œil et elle éclata de rire.

— Je ne vais pas essayer de vous convaincre du contraire.

Anne pressa sa main et il la fit tourner loin de lui, lui faisant faire un tour sur elle-même, lui tirant un rire joyeux.

— Organisons un bal le mois prochain ! Invitons tous nos amis. Nous pourrons danser toute la nuit, ma chérie.

— C'est une idée fantastique ! Nous pourrions laisser Audrey l'organiser quand elle rentrera de France. Elle et Jonathan pourraient l'organiser ensemble.

Son mari ricana.

— Jouez-vous aux entremetteuses, mon cœur ?

Elle pointa le menton.

— Vous avez dit vous-même que Jonathan songe à lui faire la cour. Je crois que ce serait un excellent moyen de les encourager à passer plus de temps ensemble.

— Alors c'est d'accord, en convint-il en l'attirant contre lui.

— Ce n'est plus une valse, murmura-t-elle contre son oreille. Il n'y a plus de musique.

— Non, mais c'est beaucoup mieux, vous ne trouvez pas ?

Il lui caressa la joue avec le nez puis lui embrassa la tempe.

Elle eut un nouveau frisson, cette fois dû à son désir renouvelé.

— Cédric, pourquoi ne monterions-nous pas nous coucher ? J'ai soudain envie que vous remplissiez à nouveau vos devoirs envers moi.

— Oui...

C'est alors que quelque chose changea. Le sourire de Cédric se figea et son corps entier devint rigide. Ses mains s'enfoncèrent fort dans ses hanches.

— Anne, avez-vous demandé aux serviteurs de laisser une fenêtre ouverte ?

Son murmure était si bas qu'elle ne l'avait presque pas entendu, mais elle ressentit une légère brise sur sa nuque.

— Non, pas du tout.

Elle se tournait vers la fenêtre quand un son la figea sur place.

Quelqu'un applaudissait.

— Quel spectacle charmant vous offrez, Sheridan !

Une voix glaciale trancha l'obscurité de la salle de bal.

— Qui est là ? demanda Cédric en entraînant Anne derrière lui, plaçant son corps entre elle et la direction d'où provenait la voix.

Un petit sifflement remplit l'air, résonnant sur le plancher en bois. Anne reconnut une lame qu'on tirait d'un fourreau. Son père gardait une épée du temps où il avait été officier en service. Une fois, quand elle était petite, il l'avait laissée retirer de son fourreau.

— Cela fait longtemps, Lord Sheridan. Une voix profonde et accentuée émergea de la pénombre près de la fenêtre ouverte.

— Non...

Ce simple mot de Cédric glaça le sang d'Anne.

— Oh, si.

L'homme s'avança. À la faible lumière de la lune, elle put voir ses dents blanches se détacher contre sa peau. Cela lui semblait familier, mais elle ne parvint pas à se rappeler pourquoi.

C'est alors que le corps de Cédric se tendit. Il commença à les manœuvrer vers la porte qui se trouvait à mi-chemin entre eux et l'homme à l'épée.

— Anne, écoutez-moi bien. Allez chercher Hartley et quittez la maison. Vous comprenez ? Partez, tout de suite !

Cédric la poussa vers la porte. Après quoi, tout se passa trop rapidement. Elle tituba vers la porte au moment même où l'homme à l'épée vint vers eux. Le temps qu'elle atteigne la porte, Cédric s'était positionné entre elle et l'intrus. Il sentit son pied frôler sa canne à tête de lion et il la ramassa.

— Cédric ! s'écria-t-elle quand l'homme bondit en avant.

Cédric fendit l'air de sa canne comme s'il s'agissait d'une épée. N'ayant pas eu le temps d'esquiver, il fut atteint à l'épaule.

— Anne, partez !

Le cri de Cédric la tira de sa terreur glacée. Elle devait retrouver Sean, chercher de l'aide. Elle déboula dans le vestibule et emboutit un grand corps dur.

Sean lui saisit l'épaule et l'empêcha de tomber.

— Madame ? Que...

— Trouvez Ashton. Nous avons besoin d'aide ! Un homme est en train d'attaquer Cédric !

Elle ne parvint pas à dire autre chose.

Sean s'apprêtait à prendre la salle de bal d'assaut quand plusieurs autres hommes émergèrent d'une pièce adjacente, des hommes qui ne pouvaient pas être des serviteurs. Leurs vêtements étaient déchirés et ils brandissaient tous des pistolets ou des couteaux.

— Madame, rentrez, ce n'est pas sûr !

Sean la poussa à l'intérieur de la salle de bal puis il se tourna pour faire face aux hommes qui s'avançaient. Terrorisée, elle le vit charger les hommes en faisant des moulinets avec les poings. Un homme tomba en arrière, terrassé par un seul coup. Sean saisit alors le bras d'un autre homme et le lui cassa, lui faisant lâcher l'arme. Il projeta le malfrat hurlant contre un de ses camarades et ramassa la lame qu'il avait laissée tomber. Il savait se battre, mais il ne pourrait pas occuper tous ces hommes, pas éternellement.

— Hartley, derrière vous ! cria-t-elle depuis l'encadrement de la porte de la salle de bal, le prévenant quelques secondes avant qu'un tir résonne.

Hartley se précipita à terre une seconde avant que le coup parte, la balle allant se loger dans le mur avec un craquement. Il fit un bond en avant et plongea le couteau dans l'attaquant avant de pouvoir tirer un second pistolet de son gilet.

— Rentrez, Madame ! cria Hartley alors que les deux hommes le taclèrent et qu'un troisième passa devant lui pour courir vers elle.

Elle claqua la porte de la salle de bal, poussant contre le bois épais pour la tenir fermée.

Avant qu'elle ne puisse se reprendre, on l'avait attrapée par-derrière, une lame pressée contre ses côtes pour l'engager à rester immobile.

— Ne bougez pas, Lady Sheridan, ou bien vous allez le regretter.

— Anne ?

La voix de Cédric était distante, lointaine.

L'homme avait échappé à Cédric et s'en était pris directement à elle. Il l'attrapa par la nuque et la traîna devant lui. Deux autres intrus se glissèrent par une fenêtre ouverte.

Anne essaya de prévenir son époux que d'autres hommes l'approchaient par-derrière, mais l'homme qui la tenait lui serrait la gorge. Elle enfonça ses doigts dans sa main, respirant difficilement alors que les envahisseurs plaquaient Cédric à terre. Incapable de se défendre, il se débattait sauvagement contre des ennemis invisibles.

— Ne luttez pas, Lord Sheridan. J'ai une lame contre le cœur de votre femme. Ce serait vraiment facile de l'enfoncer entre ses côtes.

Cédric cessa de se débattre et resta allongé ventre à terre alors que les hommes maintenaient ses membres au sol.

— Attachez-le, aboya l'individu qui tenait Anne.

Les deux hommes se servirent d'une longueur de corde qu'ils avaient apportée.

Une fois ligoté, Cédric fut remis debout. Ses yeux aveugles se dirigèrent vers elle, mais elle était toujours incapable d'émettre le moindre son. La pression sur sa trachée était accablante.

— Emmenez-les à la calèche, et faites vite. Débarrassez-vous de tous ceux qui vous verront. Nous devons être parvenus au port à temps pour la marée du matin.

C'est alors que l'homme qui l'étranglait desserra sa prise pour la frapper à l'occiput et elle perdit connaissance.

❦ 23 ❦

Le noir. Cette satanée obscurité éternelle.

Cédric était suspendu à une poutre dans le ventre d'un navire. Du moins était-ce ce qu'il pensait. Les cordes entaillaient la peau de ses poignets étirés au-dessus de sa tête. Ceux qui l'avaient attaché lui avaient donné assez de jeu pour pouvoir garder les pieds bien calés au sol. C'était une bonne chose, car le bateau ne cessait de tanguer.

L'odeur saumurée du large et celle du bois vieilli assaillirent ses narines. Il essaya de rassembler ses pensées. La dernière chose dont il se souvenait était d'avoir été attaqué dans sa propre salle de bal par Samir Al Zahrani, dont il aurait reconnu la voix n'importe où. Il avait été attaqué par une poignée de ses hommes puis il avait perdu connaissance.

Où était Anne ? La gorge sèche, il appela son nom d'une voix rauque.

— Ah. Vous êtes enfin réveillé, Lord Sheridan ?

Quelque part devant lui, la voix froide de Samir le railla.

Cédric tira sur les cordes qui le retenaient.

— Où est ma femme ?

Le ricanement de Samir indiqua qu'il s'était rapproché.

— Elle est en train de distraire mes hommes. Les ladies blanches se vendent à haut prix et elle a besoin de s'entraîner à satisfaire des partenaires multiples. Je l'ai laissée hurlant comme la putain anglaise qu'elle est.

Cédric tira d'un coup sec sur ses poignets et la poutre au-dessus de lui craqua légèrement.

— Espèce de bâtard, je vais vous tuer !

Le rugissement vibra à travers tout son corps.

— Restez tranquille, sans quoi je demanderai à mes hommes de la faire descendre pour que vous puissiez entendre ses cris vous-même. C'est dommage que vous n'y voyiez rien. La vision de son corps en train de se briser vous aurait aveuglé.

En rage, Cédric enfonça les ongles dans la corde, sans résultat.

Soudain, quelque chose de pointu s'enfonça contre ses côtes.

— Vous m'aviez dit que je faisais partie d'une longue file d'hommes qui patientent pour vous tuer, Lord Sheridan, mais je n'ai jamais été du genre à attendre mon tour. Qui plus est, je vous réserve un destin pire que la mort. J'ai beaucoup d'imagination, mais je suis prêt à m'en tenir à ma première proposition : récupérer mes juments et vous voir passer votre vie comme eunuque. Je vais vous donner quelques heures pour vous préparer, Lord Sheridan. Si vous avez de la chance, vous allez en mourir.

Samir éclata d'un rire funeste tout en faisant courir le tranchant de la lame le long du corps de Cédric jusqu'au sommet de son entrejambe. Il ne lui fit aucune coupure, mais son intention était claire.

— À présent, restez tranquille et j'épargnerai peut-être à votre femme l'attention de mes hommes pendant quelques heures.

Le cœur de Cédric se décomposa. *Oh, Dieu, Anne, ma chérie...*

Il n'avait jamais ressenti un tel désespoir. L'amour qu'elle lui portait l'avait condamnée à mort... et lui aussi. Ils avaient tous deux trouvé le bonheur et se l'étaient fait arracher. Perdre la vue n'était rien comparé à la vérité écrasante et funeste de ce que la perte d'Anne lui ferait. Il s'affaissa dans ses liens, abandonnant la partie. Il n'y avait pas d'espoir. Il n'aurait rien pu faire pour la sauver.

— Vous avez de la chance qu'on se soit bien occupé de mes juments, poursuivit Samir. J'aurais pu vous accorder la mort plus tôt afin de vous exprimer ma gratitude.

— Tout ceci n'est qu'à cause de ces satanés chevaux ? Vous les avez récupérés, eux aussi ?

— Bientôt. On les garde à Brighton dans l'intention de les embarquer dans un moyen de transport plus fiable, en route vers mon pays. Ce navire convient à une cargaison humaine, mais comme nous le savons tous les deux, mes juments méritent bien mieux.

Des pas précipités annoncèrent que quelqu'un d'autre les avait rejoints.

— Je vais rejoindre mes hommes en haut, Lord Sheridan, pour goûter un peu à votre épouse. Si elle me plaît, je pourrais la garder pour moi. Pendant que je serai avec elle, je ne voudrais pas que vous vous sentiez seul. D'ailleurs, ce gentleman est également au fait de vos manières traîtresses, puisque vous étiez autrement intime avec sa sœur, une bonne de lady Poncenby. Il s'est porté volontaire pour vous donner une bonne raclée.

Cédric se tendit en entendant le rire de Samir. Il était suspendu comme un morceau de bœuf, incapable de se défendre.

Il avait été incapable de se protéger du coup qu'il reçut au ventre. Tout l'air quitta ses poumons et il poussa un grognement quand la douleur se mit à irradier depuis ce point de contact. Il reçut un autre coup de poing terrassant à la poitrine et souffla.

— Profitez de votre séjour sur mon bateau, Lord Sheridan. Nous serons chez moi dans moins de trois semaines, je l'espère.

Samir éclata à nouveau de rire puis le bruit de ses bottes sur les marches finit par s'estomper.

— Je vous jure que je n'ai jamais touché à un cheveu de la bonne de Poncenby.

Il y avait de grandes chances que cela soit vrai. Si seulement il pouvait se rappeler si, oui ou non, la mère de Freddy Poncenby possédait une ravissante bonne !

— La ferme, Cédric, siffla une voix. Attendez que je sois sûr qu'il soit parti.

Cédric mit une seconde à le reconnaître.

— Jonathan ?

— Désolé de vous avoir frappé. Je devais me montrer convaincant.

— Comment diable vous êtes-vous retrouvé sur le bateau d'Al Zahrani ?

Les mains de Jonathan frôlèrent les siennes. Il y eut un bruit de raclement quand les liens de ses poignets furent tranchés. Cédric s'écroula à terre, ses jambes ne le soutenant plus après sa longue suspension.

— J'ai surpris quelques marins de Londres qui discutaient du projet de kidnapper quelqu'un à Brighton. J'ai eu peur que ce soit vous. Je n'avais pas le temps de vous prévenir, alors j'ai trouvé le moyen de monter à bord.

— Et vous avez réussi !

Cédric était tellement soulagé qu'il faillit éclater de rire, mais il n'avait pas le temps. Il se redressa maladroitement.

— Nous devons retrouver Anne.

— Ne vous inquiétez pas. Nous allons la retrouver, dit Jonathan. Vous devez vous calmer et faire attention.

Cédric fronça les sourcils.

— Combien d'hommes se trouvent à bord ? demanda-t-il.

Le sort ne jouait pas en leur faveur. Ils étaient sur un bateau en pleine mer avec Al Zahrani et son équipage.

Jonathan avait compris sa question silencieuse.

— Trop pour s'en occuper seuls. J'ai fait prévenir Godric avant de quitter le port, mais je ne sais pas si le message lui est parvenu à temps et ce qu'il pourrait faire pour nous à présent que nous sommes au large.

— Enfer et damnation ! gronda Cédric. Où diable sont Ashton et cette flottille dont il parle constamment ?

Un cri distant au-dessus de leurs têtes les réduisit au silence.

— Bateau au quart bâbord !

— Quoi ? dirent Cédric et Jonathan d'une même voix.

Ils avaient entendu le cri, mais avaient trop peur pour espérer.

— Jonathan, j'ai besoin de votre aide. Il faut trouver la salle des munitions. Amenez-y-moi puis, nous irons chercher Anne.

Il avait un plan qui devait marcher. Il n'accepterait pas d'autre alternative.

❦

Ashton chevaucha jusqu'à Rushton Steading, regardant autour de lui sans repérer le moindre signe de vie à l'intérieur de la maison. Aucun garçon d'écurie ne se précipita à sa rencontre. Ses poils se redressèrent sur sa nuque alors qu'il se laissait glisser de la selle et enroulait rapidement les rênes de la bride de son cheval autour d'un poteau de fer érigé près de la porte.

— Cédric ? appela-t-il en gravissant les marches du perron.

La porte d'entrée n'était pas fermée. Quand Ashton essaya de l'ouvrir, elle ne pivota que de quelques centimètres. Il donna un coup d'épaule contre la porte et elle céda enfin. Quand il fut capable de se glisser à l'intérieur, il se glaça en voyant la traînée de sang au sol qui menait au corps d'un jeune homme, ce corps même qui avait été appuyé à la porte qu'il venait d'enfoncer. Sean Hartley, le valet de pied, était étendu à moitié mort sur le sol près de l'entrée. Autour de lui se trouvaient les deux cadavres d'hommes qu'Ashton ne reconnut pas. Leurs vêtements en haillon et les armes qu'ils tenaient à la main les identifiaient comme des hommes dangereux.

— Milord, l'appela Sean dans un râle.

Ashton retira son chapeau et serra un poing rageur alors qu'il essayait d'apaiser le jeune homme. Il avait été poignardé et n'avait plus longtemps à vivre.

— Pouvez-vous parler, mon garçon ? Que s'est-il passé ? Où sont les autres serviteurs ?

Dans une maison aussi grande, ils auraient dû être partout, vaquant à leurs occupations.

— C'est le... scheik.

Le visage cendreux de Sean se contorsionna de douleur.

— Le personnel a filé au domaine des Pickering... essaient de trouver de l'aide... en sécurité... je crois... mais ils ne savent pas...

Il frémit, ses paupières se fermant brièvement.

— Ne savent pas quoi ? Où sont lord et lady Sheridan ? l'interrogea Ashton, surpris que sa voix ne se brise pas.

Il bouillonnait d'une telle rage qu'il parvenait à peine à y voir clair.

— Emportés... bateau... au port. *La Belle Demoiselle*. J'ai entendu un des hommes le dire en partant, dit Sean.

Ashton plaqua une main sur les blessures du jeune

homme, mais il avait perdu trop de sang. Cela dit, il se devait d'essayer.

— Je suis désolé.

Le regard du garçon commença à se voiler.

— Vous vous êtes bien débrouillé, mon garçon. Très bien.

Ashton essaya de trouver quoi dire au jeune homme agonisant.

— Oui, soupira le garçon avant de laisser retomber sa tête.

La fin était proche.

Ashton se redressa précipitamment quand un fracas sonore à l'extérieur attira son attention. Il écarta Sean de la porte avec des mains tremblantes.

— Que diable se passe-t-il ?

La voix de Lucien traversa le brouillard de rage qui envahissait l'esprit d'Ashton.

Celui-ci vit Godric, Lucien et Charles dans l'encadrement de la porte, les regardant, Sean et lui, choqués.

— C'est Al Zahrani. Il a emporté Anne et Cédric sur un navire qui s'appelle la *Belle Demoiselle*. Avec un peu de chance, ils sont toujours au port de Brighton. Il faut qu'on y aille.

Émily et Horatia suivirent leurs époux à l'intérieur. Émily poussa un petit cri et Horatia se couvrit la bouche quand elle aperçut le valet mourant.

— Qui est-ce ? demanda-t-elle.

— Il s'appelle Sean et il a combattu courageusement, dit Ashton.

Ses mains couvertes de sang ne s'arrêtaient pas de trembler.

— Les serviteurs se sont enfuis. Nous devons aller chercher Cédric et Anne.

Charles s'approcha d'Ashton et lui tendit un mouchoir pour nettoyer ses mains ensanglantées. Ashton accepta cette offrande silencieuse, incapable de continuer à regarder Sean.

Le jeune homme ne méritait pas de mourir. C'était sa loyauté envers lady Sheridan qui avait causé sa mort.

— Émily, dit Godric. Horatia et vous pouvez vous occuper de Sean. Mettez-le aussi à l'aise que possible.

Ashton ne manqua pas le regard lourd de sens que s'échangèrent Godric et son épouse.

— Bien entendu.

Émily prit la main d'Horatia et courut chercher les fournitures nécessaires.

Une fois qu'elles furent parties, il ne resta que les trois hommes dans le hall d'entrée.

Une autre mort innocente. Une autre mort causée par les ennemis qu'ils s'étaient faits au fil des années. Cela s'arrêterait-il un jour ?

Godric se dirigea vers la porte.

— Je vais chercher d'autres chevaux à l'écurie.

Charles s'agenouilla à côté de Sean qui le regardait d'un air impuissant et il soupira.

— Je suis vraiment désolé, dit-il en lui prenant la main.

Sean avait du mal à garder connaissance.

— Écoutez-moi, Sean. *Écoutez*. Nous les retrouverons. Nous les sauverons. Et quand cela arrivera, ce sera grâce à vos actes de ce soir. Vous avez fait une belle chose.

Émily et Horatia revinrent avec tout ce dont elles avaient besoin pour s'occuper de Sean dans ses derniers instants. Charles fit un pas en arrière et regarda Ashton dont les yeux gris semblaient remplis par de sombres nuages de tempête. Il était rare de voir ce côté-là de Charles, celui d'un homme qui avait failli se noyer, au lieu du plaisantin sans soucis auquel ils avaient fini par s'habituer. La peur et la colère étincelaient dans ses yeux, la seule partie de lui qui trahissait l'effritement de sa façade. Leur amitié était si longue que c'étaient des petits détails qui n'échappaient pas à Ashton.

— J'ai les navires les plus rapides et l'un d'eux est actuellement à Brighton, prêt à lever l'ancre. Si le bateau d'Al Zahrani n'est pas à quai, nous le poursuivrons jusqu'à l'autre bout de la Terre si c'est nécessaire.

Charles se redressa, la mâchoire contractée.

— Et quand on le retrouvera ?

Le corps d'Ashton était replié comme un tigre prêt à bondir.

— Alors, on le tuera.

❦

— JE SUIS SURPRIS QUE VOUS NE VOUS SOUVENIEZ PAS DE moi, Lady Sheridan.

Samir Al Zahrani s'installa dans le seul fauteuil de la spacieuse cabine. Anne était assise au coin du lit étroit, le regardant comme s'il était un serpent venimeux. Elle se raccrochait aux pans déchirés de sa robe afin de couvrir ses sous-vêtements. Elle avait été traitée rudement et sa robe avait été arrachée, mais jusque-là, personne ne l'avait touchée à part pour l'entraîner vers la cabine.

— Si je me souviens de vous ? Bien entendu. Vous avez failli me renverser à Brighton il y a quelques jours à peine.

Elle avait eu un choc en le voyant lorsqu'elle avait repris connaissance dans la cabine.

Samir secoua la tête et se cala contre le dossier de son fauteuil. Des yeux sombres comme de l'onyx poli, dénués de la moindre chaleur, lui rendaient son regard.

— Non. Nous nous sommes déjà rencontrés.

Anne parcourut frénétiquement ses souvenirs, essayant de se remémorer de quoi il parlait.

— J'ai essayé de vous enlever sur votre propriété, mais cela n'a pas fonctionné. Je vous ai frappée si fort que vous avez dû m'oublier. Si j'en avais eu l'occasion, je vous aurais enlevée à ce moment-là et je me serais délecté de savoir que

Sheridan aurait perdu son épouse. Cela étant, attendre s'est avéré être beaucoup mieux. Je vous ai tous les deux, et la punition sera bien plus satisfaisante que ce que j'aurais pu imaginer.

Anne ferma les yeux, essayant de se remémorer cette nuit horrible quand elle était tombée de cette colline sur la rive rocheuse du lac de Cédric, blessée par un coup à la tête. Elle avait cru qu'elle avait fait une chute et s'était cogné la tête. Mais non, c'était à cause de lui. Ouvrant les yeux, elle leva la tête pour croiser son regard. Le récit de Cédric lui avait révélé quelle sorte d'homme il était : un marchand d'esclaves. Anne avait passé sa vie à contenir ses émotions et à présent, elle était prête à les abattre sur cette créature sans âme qui ne méritait pas la vie qu'elle avait reçue.

Ce changement d'attitude n'échappa pas à Samir.

— Et moi qui avais toujours pensé que les dames anglaises étaient bien élevées, trop douces et faibles. Et pourtant, il y a du feu dans votre regard.

Il rit doucement et plaqua les mains ensemble.

— Ce sera une grande joie de vous soumettre et encore plus de le faire devant votre époux.

Elle dut invoquer toute sa retenue pour ne pas se jeter sur lui. Elle ne l'emporterait pas en combat direct. La surprise était sa seule alliée. La question était de savoir comment accomplir sa distraction afin qu'elle puisse en jouer.

— C'est vous qu'il a battu aux cartes. Le marchand d'es-claves. Une bête parmi les hommes.

L'histoire qu'elle avait entendue chez Émily lui semblait particulièrement lointaine. Tant d'événements s'étaient déroulés depuis ! Tellement de choses avaient changé !

Samir se redressa et la frappa en plein visage. La douleur explosa à l'endroit où sa paume était entrée en collision. Elle eut un mouvement de recul, s'attendant à ce qu'il s'en reprenne à elle. Elle passa une main sur sa bouche et y perçut le goût acide du sang. Samir s'éloigna d'elle puis se retourna. Ses yeux ressemblaient à des braises en fusion.

— Vous me testez en essayant de me provoquer pour que je vous tue. Cela ne marchera pas. J'ai l'intention d'en profiter.

Son sourire se fit tranchant.

— Je veux dire profiter de vous.

Le goût du sang s'attardait dans sa bouche, un soupçon de la torture qu'elle savait certaine si elle ne parvenait pas à gagner du temps.

— Vous n'en savez pas beaucoup sur mon époux, n'est-ce pas ? demanda-t-elle. Sans quoi, vous ne seriez pas aussi confiant. Vous regarderiez par ce hublot en vous rongeant les sangs.

Cela retint l'attention de Samir, mais il ne dit rien.

— Mon mari est un membre de la Ligue des Rebelles.

Samir eut l'air légèrement confus.

— Rebelles ? Cela ne signifie-t-il pas « Criminels » ?

— Cela signifie qu'ils ne jouent pas selon les règles. Je doute que vous ayez entendu parler d'eux. Sans quoi, vous sauriez à quel genre d'homme vous avez à faire.

Les lèvres de son ravisseur tressaillirent, amusées.

— Et de quel genre d'homme parlez-vous donc ?

— Un homme qui s'est probablement déjà libéré de votre prison et est en train de neutraliser les membres de votre équipage... Un par un.

Elle se redressa maladroitement, retenant toujours les pans de sa robe tandis qu'elle lui faisait face courageusement.

— Votre mari aveugle ? Qui titube tout autour du bateau en tripatouillant les portes parce qu'il ne trouve pas la poignée ? Cela ne m'effraie pas.

Samir s'avança vers elle, une main levée, et Anne adopta une posture défiante dont seule une lady anglaise était capable.

— Cela devrait vous terrifier, car mon mari n'est jamais

seul. En cet instant, cinq autres sont en route. Et ils ont des navires et des hommes. Ils feront n'importe quoi pour nous sauver. Ils nous poursuivront jusqu'au bout du monde s'ils y sont contraints. Vous pouvez bien filer chez vous et aller vous cacher dans le trou le plus profond que vous trouverez, mais vous n'échapperez *pas* à la Ligue.

Elle était surprise de sa propre bravoure, même si elle savait que ce n'était qu'une façade. Ils avaient une chance alors qu'ils étaient encore sur le sol anglais, mais en mer, il n'y avait aucun espoir d'être secourus.

Samir lança la tête en arrière et éclata de rire.

— Oh, comme vous m'amusez, Lady Sheridan ! Vous plaisantez, bien sûr. Ils ne vous trouveront pas, et le temps que j'en ai terminé avec vous et cette pourriture que vous avez épousée, vous m'implorerez de vous donner une mort que je ne vous accorderai pas.

Il leva la main pour lui assener un autre coup.

Alors c'est ainsi que je vais mourir. En défendant l'honneur de Cédric et de la Ligue. Il y avait des choses pires dans la vie que de mourir en protégeant ceux qu'on aime, se dit-elle.

Samir fut arrêté par un cri à l'extérieur.

— Bateau au quart bâbord !

Le cri fut répété, chacun se rapprochant de la cabine où se trouvaient Anne et Samir. Un marin dépenaillé surgit par la porte de la cabine et fit un dérapage contrôlé.

— Que se passe-t-il dehors ?

Le marin plissa des paupières et s'excusa.

— Un bateau, Monsieur. Le capitaine dit qu'il se dirige droit vers nous et que vous devez rester dans votre cabine au cas où ils ouvriraient le feu.

Un bateau ? Anne avait trop peur pour espérer. Il n'était pas possible qu'Ashton ait été capable de les rattraper et encore moins de les retrouver. Samir s'empara d'elle et la projeta entre les mains du marin.

— Attachez-la au lit, lui ordonna-t-il avant de sortir de la pièce en trombe.

L'homme fit se tourner Anne, ayant l'intention de la pousser de force sur le lit, comme on le lui avait ordonné, mais Anne laissa tomber à terre sa robe déchirée et souleva suffisamment ses jupons pour lui projeter son genou dans les parties.

L'homme s'écroula à terre avec un gémissement pitoyable.

Anne lui donna un second coup pendant qu'il était à terre, puis elle bondit au-dessus de son corps recroquevillé et déboula dans le couloir étroit du navire. Les marins regagnaient leurs postes à la hâte ; d'autres criaient des ordres pour la préparation des canons. Personne ne lui prêtait la moindre attention alors qu'elle zigzaguait dans le chaos du pont. Au loin, le bateau gagnait rapidement du terrain et les rattraperait rapidement.

Était-ce des secours ? Comment retrouverait Cédric avant de s'échapper ?

Cédric, où êtes-vous ? Sentant la morsure de la peur, elle fila vers les ponts inférieurs. Il fallait qu'elle le retrouve.

❧ 24 ❧

Cédric s'appuya contre un gros tonneau en bois entouré d'anneaux de cuivre. Ses narines perçurent l'arôme âcre de la poudre noire : le soufre, le salpêtre et le charbon finement moulu. Une combinaison mortelle quand on la fourrait dans le canon d'un bateau.

— Jonathan, j'ai une idée.

— Quoi ?

— Ce tonneau est plein de poudre noire.

Cédric tapota le bois.

— Votre plan est donc de tous nous faire tuer ?

Cédric hésita avant de répondre.

— C'est dans le domaine du possible.

Jonathan s'esclaffa.

— Essayons de trouver un moyen de quitter ce navire en vie. Bon, quel est votre plan ?

— Il devrait y avoir une salle des munitions tout près d'ici. Nous allons préparer la charge, l'allumer au bon moment et nous échapper.

Cédric savait que ce plan était risqué, mais s'échapper

n'était pas suffisant. Ils devraient détruire le bateau, mais d'abord, ils devaient trouver Anne.

— Soyons clairs : vous voulez mettre le feu à la salle des munitions ?

Jonathan se rapprocha, ses bottes résonnant sur le sol. Au-dessus d'eux, les marins s'empressaient de regagner leurs postes de combat.

— Oui. Nous n'aurons pas beaucoup de temps après avoir mis le feu aux poudres. Il faut qu'on retrouve Anne et un moyen de quitter ce navire, mais cela ne servira à rien s'il reste à flots.

Jonathan éclata de rire, mais c'était un son nerveux et tendu.

— Vos plans sont-ils tous aussi fous ?

Cédric leva les yeux au ciel.

— Vous en avez un meilleur ?

— Très bien.

Jonathan soupira.

— Restez ici pendant que je trouve la salle des munitions.

Cédric tâtonna, à la recherche d'un outil qui lui permet-trait d'ouvrir le tonneau de poudre. Ses mains tombèrent sur un objet qui ressemblait un peu à un tisonnier. Il revint au baril de poudre et en força le couvercle. Le bois émit des craquements de protestation et céda enfin.

Seuls des pas lui indiquèrent qu'il avait été repéré. Il bondit vers la droite alors que quelque chose lui cisaillait la poitrine. La douleur était terrible, mais la plaie n'avait pas l'air profonde.

— Vous trichez encore une fois ? siffla Samir. Vous ne pouvez pas accepter que vous soyez vaincu.

Cédric esquiva à nouveau, les mots de Samir lui ayant heureusement fait pressentir son geste. Mais il ne pourrait pas éviter cet homme pour toujours. Il avait besoin d'attraper les mains de Samir. Alors seulement aurait-il une chance de s'en sortir.

— Vous avez besoin d'une épée pour me vaincre ? Allons, n'avez-vous donc pas assez confiance en votre habileté au combat pour défier un aveugle ?

Il y avait peu de chance que Samir puisse être manipulé de la sorte, mais cela valait le coup d'essayer.

Samir découvrit les crocs.

— Vous ne me pensez pas capable de vous tuer à mains nues ?

— C'est vous qui êtes pressé de me transpercer d'une lame, Al Zahrani. Ne souhaitez-vous pas avoir la satisfaction de m'étrangler ? Quel sentiment de justice vous apportera une épée ?

Cédric leva les mains, les poings légèrement serrés au cas où il aurait besoin d'agripper son adversaire au lieu de lui donner un coup de poing.

Samir s'esclaffa.

— Vous avez raison. J'ai envie de vous étrangler lentement, de vous faire ressentir chaque minute douloureuse de votre mort. Une mort lente pour un homme qui triche, répondit Samir d'un ton suffisant.

Le son de la lame qui tombait à terre résonna à quelques pieds de distance.

À l'instant où la lame fut abandonnée, Samir le tacla. Ils heurtèrent le tonneau ouvert derrière eux. Cédric poussa un sifflement de douleur quand Samir lui martela le bas du ventre.

Poussant un rugissement, Cédric bascula la tête en arrière puis la projeta en avant. Le choc de son crâne contre celui de Samir les étourdit tous les deux momentanément, mais Samir se reprit assez vite pour se redresser maladroitement. Cédric se releva et se projeta contre Samir, les faisant tous les deux rouler à terre. La douleur lui vrilla le crâne et pendant une seconde, il crut distinguer la silhouette floue d'un homme allongé à côté de lui.

Cédric n'hésita pas et décocha une bonne droite dans la mâchoire de Samir. Un véritable coup de chance ! Ce fut l'avantage dont il avait besoin. S'éloignant en rampant, il chercha l'épée. Quand la lame lui écorcha la main, il poussa un juron avant de parvenir à attraper la poignée.

Il entendit des grattements derrière lui alors que Samir tentait de se redresser.

— Espèce de cochon anglais ! cria Samir.

Cédric retomba à plat sur le dos, levant son épée alors que Samir s'abattait sur lui. La lame rencontra une certaine résistance quand elle plongea entre les côtes de Samir. L'homme grogna et s'affaissa sur le corps de Cédric.

— Vous avez... triché..., haleta rageusement Samir.

— Effectivement.

Il écarta de lui le corps de son ennemi.

— Comme le soir où nous avons joué au whist. Je ne joue pas loyalement avec les marchands d'esclaves.

Cédric s'appuya contre un des tonneaux. Sa poitrine brûlait et sa tête lui faisait mal. Le brouillard gris autour de ses yeux parut vaciller, parcouru de vrilles noires, blanches et colorées, comme des ombres subreptices, le fantôme de ce qu'il voyait autrefois.

Samir toussa, un son qui évoquait un gargouillement maladif.

— Espèce... de... tricheur.

— Je préfère dire *rebelle*, dit Cédric.

Le râle de son ennemi cessa enfin.

C'est alors que, comme une voix fantomatique au milieu du vacarme produit par l'équipage, la voix d'Anne résonna au bout du couloir.

— Cédric ?

Il se dirigea vers ce son.

— Anne ? Où êtes-vous ?

— Cédric ! Dieu merci.

Le son de ses chaussons était comme de la musique à ses oreilles. Il écarta les bras et elle s'enroula autour de lui.

Anne hoqueta.

— Vous saignez !

— Cela me rappelle le jour où vous m'avez demandé en mariage, dit-il avec un ricanement de joie.

— Oh ! Cédric !

Elle se raidit entre ses bras.

— Est-ce qu'Al Zahrani...

— Il est mort. Oui. Je vous expliquerai plus tard, mais nous devons partir. Tout de suite.

Il la tenait dans ses bras, mais la laissa le guider le long du couloir étroit.

— Jonathan ! cria-t-il.

— Je suis ici ! Écartez-vous, le prévint Jonathan.

Cédric sentit une bouffée de chaleur près de sa poitrine et il se pelotonna instinctivement autour d'Anne tout en se reculant. Pendant un moment, il crut voir un rideau de lumière floue, comme s'il apercevait un feu à travers des bois épais. Des scintillements, des ombres, mais rien de plus. Voyait-il la lueur d'une lanterne ? Il avait trop peur pour espérer.

— Jonathan, que faites-vous ? demanda Anne qui se tendit dans les bras de Cédric.

— Eh bien, mon cœur, nous allons faire exploser le navire.

— *Quoi* ?

— Nous n'avons pas d'autre moyen d'en réchapper vivants, dit Cédric. Ces hommes vont ouvrir le feu sur ce bateau et ils seront forcés de répondre. On ne veut pas être à bord quand les boulets de canon commenceront à transpercer les murs autour de nous. Vous devez me faire confiance.

— Oui, je vous fais confiance.

Malgré la touche de panique dans la voix d'Anne, elle gardait toute sa résolution.

— Jonathan va allumer le feu puis courir vers le pont. Si on parvient à atteindre une barque, on la prendra, mais le temps risque de nous manquer. Si je vous dis de sauter, sautez par-dessus bord. Vous comprenez ?

Elle agrippa une des mains de Cédric dans une des siennes.

— Promettez-moi de rester avec moi.

— Je le ferai, jura-t-il en serrant fort la main d'Anne.

Jonathan prit la parole.

— Très bien. Je suis prêt à mettre le feu aux poudres. Partez en premier. Je vous rattrape sur le pont.

Cédric se raidit.

— Faites attention, Jonathan. Audrey ne me le pardonnera jamais si elle apprend que je vous ai laissé vous faire exploser.

Il avait eu l'intention de taquiner le jeune homme, mais il savait également que Jonathan comprendrait toutes les choses qu'il ne disait pas, à défaut de temps ou de paroles adéquates.

— Je vous retrouverai quand ce sera fait, répondit Jonathan.

Cédric se retourna vers Anne.

— Guidez-moi jusqu'au pont, ma chère épouse. Il est temps de nous échapper.

ANNE ET CÉDRIC REMONTÈRENT LES MARCHES À LA HÂTE ET déboulèrent sur le pont principal. Il tournait vivement la tête de tous les côtés comme s'il écoutait l'équipage qui l'entourait.

— Que se passe-t-il, Anne ? Soyez mes yeux.

Les hommes couraient prendre leur poste tandis que d'autres criaient des ordres et des rapports de situation.

— C'est un grand sloop, Monsieur. Nous ne pourrons pas lui échapper.

— Pas de drapeau nous demandant de nous rendre, cria un autre. Les entre-sabords sont ouverts !

Anne entendit aboyer celui qu'elle devinait être le capitaine :

— Barre à bâbord ! Chargez les canons ! Chargez les boulets chaînés ! Visez ses mâts !

C'était le chaos le plus total.

— À quelle distance est l'autre bateau ?

Cédric l'attira vers le bastingage et précautionneusement, mais rapidement, ils traversèrent le labyrinthe de cordes et d'équipement maritimes qui encombraient le pont.

— À environ huit cents mètres. Je crois qu'il y en a un autre juste derrière.

Elle plissa les paupières sous la lumière vivace, essayant de déterminer la distance entre le bateau et eux. Heureusement, aucun membre de l'équipage ne fit guère plus que de leur jeter un regard irrité quand ils passèrent devant eux en courant.

— Nous n'avons pas assez de boulets chaînés, Monsieur !

— Chargez le reste avec de la mitraille ! ordonna le capitaine.

— Visez les ponts ! ajouta un enseigne.

— Correction ! Visez les voiles ! Nous devons les ralentir !

Elle était terrifiée à l'idée que Cédric et elle se retrouvent à nouveau jetés dans la cale du navire, mais l'équipage craignait davantage le sloop en approche. Se concentrant sur les bateaux au loin, elle aperçut deux drapeaux. L'Union Jack battait l'air sur les deux embarcations. À l'arrière du navire le plus grand et le plus proche battait également le pavillon de la Marine Royale. Le bateau qui le précédait combla l'écart entre eux et elle distingua plus clairement son drapeau.

Cédric enroula un bras autour de la taille d'Anne, la gardant près de lui alors qu'ils avançaient.

— Reconnaissez-vous un des pavillons ?

— Je vois un drapeau britannique et un autre de la Marine sur le premier. Le second a un drapeau bleu foncé avec une fleur blanche au milieu.

La bourrasque empêchait presque de distinguer la forme lointaine.

Cédric éclata de rire.

— Seigneur Dieu, il nous a trouvés !

Puis il poussa un vivat et embrassa Anne sur la bouche.

— Qui nous a trouvés ?

Elle ne savait pas de quoi il parlait.

— Ash ! C'est le drapeau de sa société. Ce doit être un de ses navires ! Ce petit sournois a emmené la Marine tout entière avec lui !

Avant qu'Anne puisse dire quoi que ce soit, elle vit Jonathan courir sur le pont en criant :

— Sautez ! Nous n'avons pas le temps !

Jonathan traversa le pont au pas de course, bondissant par-dessus un duo de marins penchés sur le canon qu'ils se préparaient à charger.

— Incendie dans la salle des munitions ! hurla-t-il.

Ce simple cri et la funeste volute de fumée noire qui s'élevaient de l'intérieur du navire firent s'éparpiller les marins comme des rats.

— Et la barque ? demanda Anne.

— Pas le temps !

Cédric tourna la tête et poussa un juron étouffé. Il crut distinguer des ombres, mais même si ce n'était probablement qu'un fantasme, ce n'était pas suffisant pour se laisser guider.

— Y a-t-il une partie du pont sans bastingage ?

Anne regarda autour d'elle.

— Oui.

— La voie est-elle libre pour qu'on puisse s'y précipiter ?

— Oui. C'est à environ cinq mètres.

Elle déglutit fort.

— Va-t-on vraiment sauter ?

La surface semblait distante d'environ six mètres.

Cédric lui saisit la joue avec sa main libre.

— Oui. Sautez aussi loin du bateau que vous le pouvez. Remontez à la surface une fois que vous serez à l'eau et éloignez-vous le plus possible. Ne me lâchez pas la main... Si nous nous retrouvons séparés, je ne serais peut-être pas en mesure de retrouver la surface.

Son air désespéré déchira son cœur déjà malmené.

— Je ne lâcherai pas, jura-t-elle.

— Alors, courez !

Il la propulsa en avant et elle le guida alors qu'ils traversaient le pont en courant. Jonathan les rejoignit à mi-parcours et poussa un cri en bondissant par-dessus le bastingage, se précipitant dans les airs.

Anne poussa un cri, incapable de contenir sa panique quand son estomac remonta dans sa gorge alors que Cédric et elle chutaient. Les eaux sombres s'élevèrent vers eux et avec un claquement sourd, elle heurta la surface et s'y enfonça. L'eau glacée l'engloutit. Le choc thermique faillit la faire hurler. Sa prise sur la main de Cédric était ténue, mais elle repoussa d'un coup de pied les jupons qui l'alourdissaient.

Une vibration puissante fit trembler le monde autour d'eux. Levant les yeux dans l'eau, elle vit des traînées rouges et oranges floues qui déchiraient les cieux. Elle battit des jambes vers le haut jusqu'à ce qu'elle refasse surface. De la fumée blanche recouvrait la surface et des segments enflammés de la coque du bateau tombaient dans l'eau tout autour d'elle. Quelques secondes plus tard, Cédric remonta à la surface avec un halètement douloureux. Elle tendit le bras vers lui et lui prit la main.

— Cédric !

— Anne ! Que...

Le cri de Cédric fut réduit au silence par un grand fracas.

Du bois enflammé la roussit quand une partie de la coque du bateau s'abattit sur son mari. Elle poussa un cri et sa main, celle qui serrait fort celle de Cédric, commença à descendre alors que la tête de Cédric glissa sous l'eau. Le poids de son corps qui coulait était trop lourd pour qu'elle y reste accrochée.

— Cédric ! Non !

Elle plongea sous la surface, sentant ses yeux picoter alors qu'elle se mettait à sa recherche. La surface de l'eau était couverte de débris. Elle nagea jusqu'à ce que ses poumons brûlent et la forcent à refaire surface.

Un bout de bois assez grand pour qu'elle puisse s'y accrocher flottait à portée de main. Battant des membres pour s'y rendre, elle l'attrapa et se reposa un instant avant de replonger pour chercher Cédric.

Je ne vais pas l'abandonner... Je ne peux pas l'abandonner.

Mais il n'était pas là. Elle ne le voyait pas. Quand elle remonta à la surface pour la troisième fois, le froid avait raidi son corps et elle n'avait plus la force de replonger. Le corps d'un marin flotta vers elle et elle eut un sursaut de recul quand il la heurta. Elle n'y voyait presque rien à travers le nuage blanc créé par l'explosion de poudre.

Chaque partie de son corps lui faisait mal. Elle s'accrocha à son bout de bois, la joue plaquée contre la surface rugueuse, clignant des paupières pour chasser les larmes. Ce n'était pas nécessaire. Elle versa en silence des larmes de tristesse.

Elle venait de perdre les deux hommes qu'elle avait jamais aimés. Son père et à présent, son mari. Trop abasourdie pour bouger, elle laissa la mer engloutir son cœur dans ses profondeurs. Où que Cédric se trouve à présent, son cœur et son âme l'accompagnaient.

Une barque traversa la fumée et des cris distants l'appelèrent. Le sloop de la Marine se profila hors de la fumée et, à courte distance, le navire d'Ashton se rapprochait. Des hommes échangeaient des cris depuis les ponts, pointant le doigt dans sa direction et préparant une barque.

Anne ne parvenait pas à respirer et encore moins à leur répondre. Son esprit avait cessé de fonctionner, incapable d'enregistrer ce qu'elle voyait. Des visages, maculés de traces de suie, s'abaissèrent vers elle lorsque le radeau l'atteignit.

— Elle est vivante ! s'écria quelqu'un.

Des mains la saisirent, écartèrent ses doigts qu'elle refermait sur le bois comme un étau, et on la tira à l'intérieur de l'embarcation.

— Anne, regardez-moi, lui ordonna une voix douce, mais autoritaire.

Elle ouvrit les yeux et vit un homme blond pousser un soupir de soulagement visible. Charles. Son prénom perça lentement sa douleur. Un autre visage, aussi trempé que le sien, celui de Jonathan, se pencha près de Charles.

— Où est Cédric ?

Les lèvres tremblantes, elle se retourna vers l'épave. Elle avait l'impression d'avoir avalé des éclats de verre. Toutes les barrières protectrices qu'elle s'était construites avaient été oblitérées par cette explosion. Elle fut incapable de contenir plus longtemps la douleur et la rage causées par cette perte. Le seul homme qui l'avait jamais aimée pour celle qu'elle était vraiment avait disparu.

Tout avait disparu à présent. Elle était devenue aveugle, pas des yeux, mais du cœur. Elle avait perdu Cédric pour toujours. Charles retira son manteau et le lui enroula autour des épaules, mais elle s'en rendit à peine compte.

— Il est parti, murmura-t-elle.

L'embarcation se fit silencieuse. D'un même mouvement, leurs regards se braquèrent vers la mer qui venait d'engloutir la vie de l'homme qu'ils étaient venus sauver. Le souvenir d'un vieux poème que son père lui récitait autrefois lui revint soudainement.

« *Et l'océan lui prit son amant,*
Les vagues l'entourant de leur étreinte bleue infinie,
Ne pleurez pas ce roi des mers, ce prince des marées... »

❧ 2 5 ❧

La douleur... Cette atroce obscurité... Les étoiles... bleues...

La tête de Cédric palpitait alors qu'il luttait pour s'éloigner de ce qui l'entraînait de plus en plus bas dans les profondeurs vastes de la mer. Ses forces déclinaient rapidement et ses poumons allaient exploser s'il ne remontait pas rapidement à la surface. Sa chemise se déchira et le lien qui l'avait retenu à l'épave disparut. Il luttait comme si rien dans sa vie n'avait compté jusqu'à maintenant.

Il songeait seulement au visage d'Anne et à son envie de vivre, à son désir de la voir lever vers lui des yeux pleins d'amour et d'un émerveillement sans fin. Une force nouvelle s'empara de ses membres. L'eau lui piquait les yeux, les faisant brûler comme des tisonniers chauffés à blanc. Il n'en continua pas moins de nager vers ce point lumineux qu'il reconnaissait comme étant la surface.

Quand sa tête surgit hors de l'eau, il prit une grande inspiration douloureuse. Ses paupières furent agressées par une lumière blanche et il cligna des paupières puis leva la main alors qu'il battait des pieds. Il regarda autour de lui... *Regarda...* Il vit des formes grises apparaître dans le brouillard.

— Que diable se passe-t-il ?

Des bouts de bois cognaient contre ses épaules et il inhala une fumée épaisse. C'était ce qui grisonnait sa vision. Pas sa cécité, mais la fumée de la poutre et de l'épave en feu.

Il y voyait ! Pas bien, mais par Dieu, il y voyait ! Il se mit à rire puis s'étrangla en avalant de la fumée.

Il vit plusieurs radeaux voguer à travers les morceaux de l'épave du navire. Le plus proche contenait plusieurs personnes qui lui tournaient le dos, regardant toutes de l'autre côté. Une femme se tenait au milieu, sa longue chevelure mouillée collant à sa taille.

Anne ! Elle était vivante. N'ayant pas encore la force de les interpeller, il se mit à nager vers le bateau avant qu'ils ne l'abandonnent. En se rapprochant, il reconnut à son bord Godric, Ashton, Charles, Lucien et même Jonathan. Derrière, deux bateaux, la HMS *Ranger* et le *Lis Noir* – le navire de marchandises d'Ashton – voguaient parmi les débris de la *Belle Demoiselle*. La Ligue tout entière et Anne se trouvaient sur cette embarcation, regardant en silence quelque chose qu'il ne pouvait pas voir.

Il fut rempli d'horreur. Que s'était-il passé ? Si ses amis et sa femme en restaient muets, ce devait être quelque chose de terrible qu'il ne pourrait pas supporter. Quand il atteignit la chaloupe, il en fit le tour. Il s'accrocha au rebord du bateau et parcourut du regard les débris qui flottaient, essayant de voir ce qui avait dévasté ses amis.

Le visage d'Anne était maculé de larmes et Charles passait un bras réconfortant autour de ses épaules. Cédric força son regard à revenir vers le bateau qui coulait.

Ils doivent penser que je suis mort.

C'était Jonathan, le plus proche de lui, qui tourna lentement la tête et aperçut Cédric accroché au côté du bateau.

— Cédric !

Son cri de surprise les fit tous sursauter.

Jonathan se précipita vers l'endroit où Cédric se retenait au côté de la chaloupe. Épuisé, Cédric s'agrippa aux bras du jeune homme et l'autorisa à le hisser à bord.

Il ne s'était pas plus tôt mis debout qu'Anne se jeta sur lui, sanglotant de façon incohérente. Ils s'écroulèrent dans les bras l'un de l'autre, trempés.

Ashton s'essuya les yeux et s'éclaircit la gorge.

— On a cru qu'on vous avait perdu.

Sa voix était rauque. Ils avaient tous l'air trop tendus, trop dévastés.

Réaliser à quel point il était aimé, non seulement par Anne, mais aussi par ses amis, le toucha.

— Pour me tuer, il faut davantage qu'une cabane en feu, des voleurs de chevaux, des pirates vendeurs d'esclaves et un bateau qui explose, plaisanta-t-il afin de désamorcer la tristesse générale.

Charles ricana.

— C'est vrai. Nous aurions dû savoir que cela ne vous aurait rien fait.

Cédric baissa les yeux vers Anne qui avait pour lui ce regard qu'il avait espéré voir un jour. Il contenait un émerveillement infini et de l'amour, tellement d'amour que cela suffit à lui faire pousser des ailes.

— Mon cœur, murmura-t-il, se sentant soudainement timide, très timide envers sa propre épouse.

C'était comme de regarder une inconnue familière. Il s'était tellement habitué à son contact, son goût, son odeur. La voir, la *voir* enfin après tant de temps dans l'obscurité...

Elle leva la main et lui caressa les joues du revers des doigts.

— Ne pleurez pas, l'implora-t-elle. Je vous en prie. Sans quoi, je ne serais pas capable de m'arrêter.

— Au diable avec tout ceci !

Il enfonça le visage contre son cou, enroulant son corps

autour d'Anne, s'accrochant à elle. Son cœur, son amour, sa deuxième moitié. Ils étaient vivants et en bonne santé.

— Je vous vois, ne cessa-t-il de répéter en pleurant.

Il n'avait jamais vu quelque chose d'aussi beau que sa chère Anne et ses amis les plus chers. Les cinq mois précédents avaient été un terrible cauchemar.

Mais je me suis enfin réveillé. Il frôla les lèvres d'Anne, y goûtant le sel marin et ses larmes.

Il jura qu'à partir de cet instant, elle ne pleurerait plus que de joie.

❧

ASHTON SE TENAIT SUR LE PONT DU *LIS NOIR*, Ellis Bristow – son capitaine – à ses côtés.

— C'est passé près, Lord Lennox. Nous avons failli ne pas arriver au *Ranger* à temps.

Le capitaine, son chapeau calé sous le bras, observait le mouvement des vagues, son regard acéré ne laissant rien passer.

— Je sais.

Ashton retint son souffle pendant un moment, essayant de ne pas penser à ce qui aurait pu se produire s'ils n'avaient pas rejoint la *Belle Demoiselle* à temps.

Au port, on leur avait dit quelle direction le bateau d'esclaves avait prise. Puis, durant la poursuite, ils avaient appris qu'un navire de la Marine était également à leurs trousses. La joie d'avoir un allié se changea toutefois en terreur quand leurs vigies leur avaient crié que le *Ranger* n'ordonnait pas à la *Demoiselle* de s'arrêter, mais ouvrait les meurtrières.

Dans un sursaut de désespoir, le capitaine Bristow fit lever son pavillon, prévenant le navire de la Marine que des otages anglais se trouvaient à bord de leur cible.

Le capitaine du *Ranger* les avait compris et avait ordonné à son équipage de se préparer plutôt à l'abordage. Toutefois, quelques instants après, la *Demoiselle* avait explosé sans que le moindre coup soit tiré.

Voir le bateau brûler et des corps qui flottaient parmi les débris avait failli tuer Ashton. Il avait craint que Cédric, Anne et Jonathan ne figurent au nombre des victimes.

Il baissa les yeux depuis le pont supérieur du *Lis* et vit Anne et Cédric se diriger vers les cabines en contrebas. Cédric avait passé un bras autour de l'épaule d'Anne qui s'accrochait à lui comme si elle craignait de le perdre de vue. Cédric s'arrêta et leva les yeux vers Ashton, lui adressant un geste du menton pour le remercier en silence de l'arrivée du *Lis*.

Les miracles existent. Après tout ce qu'ils avaient perdu au cours des années, parfois, le monde leur rendait quelque chose. Comme la vue de Cédric.

Ashton n'était pas du genre à se raccrocher à la foi, mais il ne pouvait pas dénier qu'aujourd'hui, ils avaient eu de la chance. Cela dit, il craignait ce que l'avenir leur réservait.

En parlant au capitaine du *Ranger*, il apprit que l'homme avait reçu l'ordre de mettre les voiles jusqu'à Brighton pour retrouver la *Belle Demoiselle* et la torpiller sans accorder la moindre pitié aux prisonniers. On lui avait dit que c'était un navire d'esclaves, mais qui était censé ne pas contenir de cargaison.

Les ordres avaient été donnés à travers la chaîne de commandement conventionnelle. Ashton avait pourtant la nette impression qu'il jouait à une partie d'échecs monumentale. Et si l'échiquier faisait la taille du pays, quelque part, Hugo Waverly restait son adversaire.

— Ash.

Lucien gravit les marches qui menaient au pont et adressa un geste du menton au capitaine Bristow. Celui-ci leur offrit de l'intimité et s'en alla parler à l'un de ses lieutenants.

— Comment se porte Cédric ? demanda Ashton.

— Bien. Plus que bien. Il a recouvré la vue et n'arrête pas de sourire à sa femme comme un sot.

Ashton entendit la note d'amour dans ces derniers mots. Le Noël précédent avait été une heure sombre pour Cédric comme pour Lucien, mais ils avaient bravé la tempête et en étaient sortis renforcés.

— Horatia m'aurait tué si notre bébé avait perdu son oncle.

La perte de Cédric les aurait tous dévastés.

— Et Jonathan ? Comment se porte-t-il ?

Ils jetèrent un regard vers les ponts inférieurs où Jonathan était adossé à l'un des mâts, le vent soufflant dans ses cheveux blonds. Il avait risqué beaucoup de choses pour parvenir jusqu'à Cédric et le sauver, bien plus que ce qu'Ashton avait exigé de lui. Et cela avait réellement scellé son admission au sein de la Ligue des Rebelles.

— Il est quelque peu distant. J'ai la sensation qu'il se sent perdu, même après les nombreux mois qu'il a fallu pour s'ajuster à sa nouvelle position. Il a besoin de quelqu'un pour le centrer, pour l'aider à conserver son optimisme. Donnez-lui une femme à séduire et à apprivoiser ; il se posera et sera heureux. Je crois qu'il est temps que Cédric fasse revenir Audrey.

Ashton éclata de rire, apaisant la tension qu'il ressentait.

— Je n'aurais jamais cru que vous suggéreriez qu'une épouse fasse du bien à un homme.

Lucien braqua un regard entendu sur Ashton.

— Une bonne épouse est un bonus pour *n'importe quel* homme. Vous devriez vous en souvenir la prochaine fois que vous laisserez une jeune écossaise vous dominer dans l'alcôve d'un théâtre.

Ashton rougit, ce qui fit ricaner Lucien.

— Vous n'êtes pas le seul à avoir des yeux et des oreilles

Ash. Le personnel de l'opéra en voit plus que ce qu'on croit. Puis-je vous suggérer une *autre* façon de gérer lady Melbourne, avant qu'elle ne fasse s'effondrer toutes vos entreprises commerciales ?

Clôturant son discours d'un sourire supérieur, Lucien laissa Ashton au bastingage, aussi pâle que le drapeau blanc de la reddition.

Il avait pourtant raison. Ashton devrait s'occuper de lady Melbourne avant qu'elle ne fasse précisément cela : réduire ses affaires à néant.

❧❧

Cédric se cala dans le sofa de son salon, les bras croisés derrière la tête alors qu'un chiot blanc et brun traînait une de ses bottes le long du tapis. Le petit Forrest gronda et découvrit les babines, ses dents de chiot acérées comme des poignards laissant des petites traces dans le cuir. Cédric n'en avait cure. La vie était parfaite, même avec des marques de dents.

Cela faisait deux semaines qu'on l'avait secouru des eaux de Brighton et la vue lui était entièrement revenue. Les premiers jours, il avait eu mal à la tête, mais une fois que les gonflements provoqués par le coup au crâne s'étaient estompés, la douleur aussi.

La porte de l'étude s'ouvrit, laissant Anne et Audrey voleter à l'intérieur comme un duo de colombes. Anne était ravissante dans sa robe rose-rouge. Des fleurs sauvages étaient brodées sur ses manches courtes bouffantes et sur l'ourlet. Ses hanches généreuses soulignaient sa taille minuscule, particulièrement quand elle posait les mains dessus comme elle le faisait à présent pour les fusiller du regard.

— Cédric, vous ne devez pas le laisser mordiller vos bottes. Vous le gâtez.

Elle se précipita sur Forrest. L'épagneul King Charles se figea, comme il le faisait toujours quand Anne se retrouvait frustrée par ses malicieuses pitreries. Quand elle récupéra la botte, le sortilège fut rompu et le chien se précipita sauvagement vers ses chevilles, s'amusant à les mordiller. Avant d'avoir pu abîmer sa jupe, il trébucha sur ses propres pattes et roula sur le dos, sa langue rose émergeant de sa bouche.

Audrey pouffa.

— Il est un peu rebelle, lui aussi, non ?

Cédric ne put s'empêcher de lui adresser un sourire rayonnant. Elle était revenue d'Europe en avance, deux semaines seulement après leur évasion du bateau d'Al Zahrani. C'était comme si elle avait su qu'il avait besoin d'elle, car lady Rochester et elle étaient arrivées avant que la Ligue les ait contactées.

— Forrest est un garnement, ma puce, pas un rebelle, clarifia Cédric en se redressant du canapé.

Malgré la présence d'Audrey dans la pièce, sa femme s'approcha de lui et lui passa les bras autour du cou avant de lui donner un long baiser sur la bouche.

— Comment vous sentez-vous ? demanda Anne.

Il lui rendit son baiser pendant un long moment avant de répondre.

— Comme une meilleure version de moi-même, dit-il avant de sourire. Une *bien* meilleure version.

Anne pinça les lèvres.

— Tant que vous restez libertin pour une ou deux petites choses, je ne vais pas m'en plaindre.

Son rire fit vibrer de désir le corps de Cédric. C'était si bon de la voir sourire ! Elle ne savait pas à quel point cela lui avait manqué.

— Vous êtes prête à venir voir Sean ? demanda Anne. Il a besoin d'une nouvelle réprimande pour avoir essayé de quitter son lit.

— Bien sûr. Je suis à demi tenté de l'y attacher pour que cet idiot y reste.

Quand ils avaient quitté Rushton Steading, Ashton et les autres avaient laissé Sean Hartley pour mort. Pourtant, lorsqu'Émily et Horatia étaient restées présentes pour ce qu'elles pensaient être ses derniers instants, l'homme s'était férocement raccroché à la vie. Pansant ses blessures et le mettant à son aise, elles étaient allées quérir le médecin du village qui, encore une fois, avait fait des miracles.

Suivant Anne jusqu'en haut des escaliers, Cédric entra dans une chambre d'amis. Sean était pâle, mais son regard était clair et alerte. Une des filles de service lui faisait manger à la cuillère un bouillon chaud. Quand Cédric entra, la servante se redressa d'un bond et fit la révérence, les yeux baissés, les joues rouges.

Cédric leva la main.

— Je vous en prie, ne vous dérangez pas pour moi. Restez.

La servante se rassit sur la chaise située près du lit et reprit sa tâche. Cédric s'appuya contre une des colonnes au pied du lit et braqua un regard noir sur le jeune homme obstiné.

— Écoutez-moi bien, Hartley. Ma femme dit que vous tentez de quitter le lit avant qu'il ne soit prudent de le faire.

Sean voulut protester.

— N'essayez pas de me contredire, mon garçon. Vous ne l'emporterez pas. Je n'ai pas volontairement mis un terme à votre emploi en ces lieux et qu'on me damne si vous me forcez à le faire. Ce sont mes *ordres* en tant que maître de cette demeure que vous restiez ici et laissiez de ravissantes demoiselles veiller à tous vos besoins tant que le médecin pensera que vous devrez garder le lit. Est-ce clair ?

Ce discours fit rougir la servante.

Sean se laissa retomber sur ses coussins avec un hochement de tête et Cédric se tourna vers les femmes.

— J'aimerais passer quelques minutes seul avec lui.

Anne et la servante sortirent de la chambre en silence. Cédric investit alors le siège vide près du lit.

— J'ai une dette envers vous, Hartley. Vous nous avez défendus avec plus de courage et de fidélité que n'importe quel soldat. Puis vous nous avez sauvé la vie à tous les deux en rapportant à Ashton ce qui s'était passé. Nous ne serons jamais capables de vous repayer.

Cédric se redressa et s'assura que Sean l'écoute.

— Nous sommes à l'aube d'une période troublée, pour moi, Anne et la Ligue. Nous aurons besoin d'un homme de confiance, comme vous à nos côtés. Je compte sur vous pour vous rétablir.

Sean déglutit et hocha la tête.

— Bien entendu.

— Bien. À présent, si j'étais vous, je laisserais cette jolie petite bonne vous servir tant que vous en aurez besoin. Je crois que vous lui avez tapé dans l'œil.

Il adressa un clin d'œil à Sean et quitta la pièce, s'amusant de l'air troublé du jeune homme. Anne et la servante patientaient à l'extérieur.

— Allez vous occuper de lui, dit-il.

La servante se glissa à nouveau à l'intérieur. Une fois qu'Anne et lui se retrouvèrent seuls, il prit sa femme dans ses bras et la fit basculer en arrière, comme s'ils dansaient, avant de l'embrasser passionnément.

Elle toucha ses lèvres enflées par son baiser et ses cils sombres palpitèrent.

— Qu'est-ce qui vous prend ?

Il lui fit lever le menton afin qu'elle puisse voir son expression.

— J'ai mis bien trop longtemps à comprendre la joie que j'avais à portée de main.

L'hymne préféré de sa mère lui revint à l'esprit et il savait qu'elle aurait approuvé.

— J'étais aveugle, mais à présent, j'y vois.

Les yeux d'Anne pétillèrent.

— Et que voyez-vous ? demanda-t-elle.

— Une vie longue et fantastique à vos côtés, mon cœur.

Il pencha la tête et l'embrassa, laissant filer tous les souvenirs sombres marqués par la douleur. Il ne restait plus qu'un sentiment dévorant d'amour pour Anne et la perspective de posséder tout ce qu'il avait pu désirer.

Et cela avait commencé par un baiser passionné sur lequel ils bâtiraient le reste de leur vie.

ÉPILOGUE

Du revers de la main, Daniel Sheffield toqua doucement à la porte de l'étude de Hugo Waverly.

— Entrez.

Daniel ouvrit la porte d'un cran et s'aventura à l'intérieur. Ce qu'il s'apprêtait à livrer n'était pas de bonnes nouvelles et il espérait que son calme suffirait à amoindrir la colère de son maître.

Leur plan avait été parfait. Il n'aurait pas dû dérailler. Une fois que leur informateur de Brighton les avait informés que le navire d'Al Zahrani était à quai et que celui-ci s'apprêtait à agir, Waverly avait informé la Marine royale et avait dépêché le HMS *Ranger* avec l'ordre de couler le bateau afin d'envoyer un message aux marchands d'esclaves en opération sur les eaux anglaises. Il ne devait être fait aucun prisonnier, dans aucune circonstance.

Ce à quoi Daniel ne s'était pas attendu – ni Waverly, d'ailleurs – était l'ingérence opportune de lord Lennox.

— Alors ? C'est fait ?

Waverly leva les yeux de son bureau recouvert de documents, dont la plupart arboraient le sceau royal.

— Non. Le HMS *Ranger* a été intercepté par le bateau de lord Lennox qui les a informés que des sujets britanniques étaient retenus prisonniers à bord du navire.

— Lennox ?

Hugo froissa la feuille de papier qui se trouvait sous sa main.

— Oui, Monsieur. Un incendie s'est déclenché à bord du bateau d'Al Zahrani et il a coulé. À présent, il est au fond de l'océan, comme vous l'aviez espéré, mais Sheridan et sa femme ont survécu.

Daniel gardait une main sur le loquet de la porte au cas où il aurait dû effectuer une sortie précipitée.

Waverly se cala contre le dossier de sa chaise et fronça les sourcils.

— Cet homme est comme un chat à neuf vies.

Daniel attendit de voir la fureur exploser dans les yeux de Waverly ou bien des cris et des jets d'objets. Il avait déjà été témoin de ce genre d'emportements.

— Le *Ranger* a cependant récupéré ceci autour de l'épave.

Il dévoila l'objet qu'il avait dissimulé derrière son dos : une canne avec un pommeau en argent en forme de tête de lion.

Quand il la tendit à Waverly, l'expression sombre de ce dernier se changea en un sourire dur.

— Allons, donc, ricana-t-il. J'ai enfin récupéré mon bien.

Daniel retourna vers la porte de l'étude de Waverly.

— Je suis passé à la Maison Blanche à Soho et j'ai réglé la question des personnes qu'Al Zahrani avait vendues.

Waverly joignit le bout de ses doigts.

— Et vous avez clairement expliqué qu'ici, on ne tolère pas ce genre de commerce ?

— Oui. Ils ont essayé de me faire croire que les femmes étaient simplement *employées* par l'établissement. Je me suis assuré qu'ils comprennent l'étendue de leur méprise. Ils n'achèteront pas ce genre de marchandises pendant un bon moment. J'ai pourtant appris qu'une femme avait changé de mains lors d'une vente aux enchères juste avant mon arrivée.

— Une seule ? Je vous félicite pour votre célérité.

— Je crois que vous serez encore plus intéressé d'apprendre qui l'a achetée.

C'était la seule bonne nouvelle que Daniel avait.

— Lawrence Russell.

Pour la première fois depuis longtemps, Waverly sourit.

— En effet, c'est vraiment intéressant. Un Russell, propriétaire d'une esclave ? Renseignez-vous, mais ne faites rien. Je crois que c'est une carte que nous allons garder sous la main avant de la jouer.

Waverly regarda son jardin de derrière par la fenêtre. Lady Waverly y était assise avec une autre femme, en pleine discussion, alors qu'une nourrice tenait la main d'un petit garçon. Celui-ci avançait sur des jambes potelées, serrant les doigts de sa nounou alors qu'il parcourait le chemin de gravier du jardin. Heath, le fils de Waverly, avait seulement un an.

Il avait les cheveux sombres de son père, mais les traits délicats de sa mère, ce qui ferait certainement de lui un beau jeune homme. Daniel eut un mouvement de recul quand il se rendit compte que c'était à présent lui que Waverly regardait et plus le petit garçon.

— Oubliez Sheridan pour le moment. Les entreprises de transport de Lennox deviennent de plus en plus gênantes. Que mijote-t-il en ce moment ? Que nous dit notre homme ?

Daniel redressa l'échine et se reconcentra sur Waverly.

— Que Lennox est en querelle avec une certaine lady Melbourne. Apparemment, elle empiète sur ses affaires dans le transport maritime. Elle lui dérobe des contrats et sème la pagaille généralisée dans l'empire soigneusement structuré de Lennox.

Waverly se reprit à sourire.

— Excellent. Lady Melbourne ? Je n'ai pas eu le plaisir de

faire sa rencontre. Je veux que vous découvriez tout ce qu'il y a à savoir sur cette femme. Si on peut la manipuler pour invalider Lennox, je veux savoir comment. Les ennemis de la Ligue sont mes alliés.

— Oui, Monsieur.

Daniel se figea juste devant la porte quand Waverly reprit la parole.

— Apportez-moi les pièces, Sheffield, et je placerai Lennox dans un échec et mat dont il ne pourra pas s'échapper.

Merci beaucoup d'avoir lu *Une proposition rebelle* ! Tournez la page pour découvrir le premier chapitre de *Rivaux rebelles*, l'histoire d'Ashton !

RIVAUX REBELLES
CHAPITRE UN

8e règle de la Ligue

Quand l'indépendance d'un homme est inextricablement liée à sa fortune, il est vital de ne laisser aucune femme s'en mêler, toute ravissante soit-elle.

Extrait de *La Gazette de la Lorgnette*, 29 mai 1821, rubrique de Madame Société :

Madame Société lance un défi à lord Lennox. Elle ne peut s'empêcher de penser qu'il a peur d'une certaine lady avec laquelle il est en compétition directe.

Allons, Lord Lennox... Pourquoi ressentir tant de peur et d'appréhension que vous ne souhaitez pas être vu avec elle en public ? Au bal de lady Jacintha, vous vous êtes enfui quand cette femme habile s'est avancée sur la piste de danse.

Vous ne pourrez pas vous réfugier éternellement derrière votre flottille ou vous rabattre sur le soutien de vos amis. La Ligue des Rebelles est rapidement en train de succomber aux charmes d'Éros et ils prennent épouse. Peut-être savent-ils quelque chose dont vous choi-

sissez de rester ignorant ? Pour un homme doté d'un tel intellect et d'une telle finesse, comment pourriez-vous y rester fermé ?

Mon baron froid et plein de retenue, je vous défie à passer une nuit avec cette dame et à vous comporter en parfait gentleman. Je soutiens que les cloches du mariage sonneront sous peu.

— Vous voulez que je fasse quoi, Milord ?

Ashton Lennox regardait le banquier aux cheveux blancs assis en face de lui dans les bureaux de la banque de Drummond. Il savait que ce qu'il demandait à son interlocuteur était osé... et probablement illégal. Cependant, dans son domaine, les représailles étaient requises contre certaines parties. Cela ne signifiait pas que ses exigences ne terrifieraient pas un banquier qui avait la tête sur les épaules.

— Je viens de le dire simplement, Mr Reed. Je veux que vous refusiez de l'or à lady Melbourne si elle vient vous demander un prêt.

Il prononça ces paroles de cette voix froide et suave qui ne tolérait aucune réplique et il acheva en frôlant son pantalon du bout des doigts pour le lisser. À l'âge de trente-trois ans, Ashton avait appris à contraindre des hommes à se plier à sa volonté avec un regard froid et un ton impérieux. Ceux qui le contrariaient ou osaient contrevenir à ses désirs finissaient souvent par subir un coup à leur statut financier.

— Mais, Milord, dit Mr Reed qui ouvrait des yeux aussi grands que des soucoupes, elle a toujours été une cliente de choix ici...

— Je n'en doute pas, mais vous et moi avons un accord, n'est-ce pas ?

Malgré son ton, ce n'était pas une question. Ashton soutint le regard à présent effrayé de Reed.

— Je suis certain que vous vous souvenez que c'est moi qui vous ai aidé à sélectionner les rentes dans lesquelles investir l'année dernière. Et si je ne m'abuse, les bénéfices vous ont permis de vous procurer une maison de campagne dans le Sussex, non ? Je pense que vous aimeriez conserver mes conseils sur des questions futures...

Le vieux banquier déglutit et il parvint à secouer la tête en tremblant.

— Je vous suis reconnaissant, bien entendu, mais en ce qui concerne la lady en question, elle est...

Il chercha le mot juste.

— Difficile ? proposa Ashton, le mot lui échappant dans un grognement alors que sa façade de calme menaçait de se désagréger chaque fois qu'il pensait à *elle*.

Lady Rosalind Melbourne était bien plus que juste difficile. En tant que propriétaire de Melbourne, Shelly & Company, elle avait passé les derniers mois à lui dérober des offres sur des compagnies de transport et à racheter d'autres sociétés en sous-enchérissant.

Cette femme représentait un danger. Il avait fait tout ce qu'un homme raisonnable pouvait faire en lui proposant de lui racheter ses parts puis de gérer ses propres affaires, mais elle avait sapé tous ses efforts – ou plutôt, tous ses efforts *par les moyens légaux*. Si elle était un homme, il aurait admiré sa tactique, la façon dont elle le déjouait, le surclassant à la moindre occasion.

Elle n'était pourtant pas un homme, mais une femme... Une femme enivrante, belle, et *rageusement* dérangeante, avec un fougueux tempérament écossais qui lui faisait perdre le contrôle.

La situation n'était pas acceptable. Le contrôle était son arme principale et sa première ligne de défense. Alors que d'autres hommes abandonnaient leurs corps à leurs passions, leurs esprits à leurs obsessions et leurs cœurs à l'amour, lui restait toujours maître de lui-même.

Sauf en ce qui concernait Rosalind. Si elle n'avait pas été une femme, cela aurait fait longtemps qu'il serait allé lui rendre visite afin de régler leurs différends sur un champ, à l'aube. Il mit quelques secondes à se reconcentrer sur la question qui l'occupait.

— Sommes-nous d'accord, Mr Reed ? Ferez-vous ce que je vous demande ?

Ashton se redressa, dépassant le banquier de toute sa hauteur.

Le vieil homme accepta en déglutissant difficilement.

— Oui, Lord Lennox. Lady Melbourne verra ses demandes de crédit refusées jusqu'à ce que vous m'ordonniez le contraire.

Ashton inclina la tête en signe d'approbation et quitta le bureau de Reed. Il rajusta sa cravate et récupéra son chapeau accroché à une patère située dans un coin à l'extérieur du bureau. Une fois parvenu à l'entrée de Drummond, il héla un fiacre.

— Où allons-nous, Milord ? demanda le cocher.

— Au club de Berkley's.

Ashton grimpa dans la voiture et se cala en arrière avec un soupir.

— Très bien, Milord.

Après une telle matinée, un après-midi à Berkley's était exactement ce dont il avait besoin. Il n'aimait pas employer des mesures aussi drastiques, mais cela ne concernait pas seulement sa fierté professionnelle. Les compagnies de lady Melbourne étaient utilisées par le seul homme d'Angleterre qui inquiétait suffisamment Ashton pour le priver de sommeil.

On avait vu Sir Hugo Waverly rendre visite aux capitaines des bateaux de lady Melbourne et ses hommes – ou du moins des hommes qu'Ashton soupçonnait de travailler pour lui – étaient apparus de plus en plus fréquemment sur la liste de ses passagers. Il soupçonnait Waverly de faire mauvais usage des compagnies de Rosalie. Ce que mijotait Waverly n'était pas clair, mais Ashton ne pensait pas que ce soit positif.

Une guerre secrète se menait, dont les armes n'étaient pas des pistolets ou des épées, mais des yeux et des mots. Elle ne se tenait pas sur un champ de bataille, mais dans l'ombre. Hugo avait déclaré cette guerre voilà un moment et Ashton avait monté une défense avec sa discrétion habituelle. Il était dans les intérêts de la Ligue de maîtriser la situation, ce qui signifiait actuellement prendre le contrôle des compagnies de lady Melbourne afin qu'il puisse analyser ses activités commerciales et comprendre en quoi Waverly y était impliqué.

Ce matin-là, il s'était rendu auprès de cinq banques de la ville et leur avait fait promettre de refuser le moindre crédit à lady Melbourne. De cette façon-là, quand ses amis viendraient encaisser dans chaque banque, elle n'aurait pas les moyens de les payer en or.

Cela la détruirait. Du moins temporairement. Elle ne mettrait guère de temps à se refaire ; Ashton n'était pas assez bête pour se croire capable de la ruiner. Mais un coup momentané porté à ses revenus et son indépendance serait suffisant pour la soumettre.

Lady Melbourne... soumise. Quelle délicieuse pensée ! *Je vous posséderai, Rosalind.*

Sans pouvoir se retenir, il repensa à la nuit où il l'avait entraînée dans l'alcôve d'un théâtre. Son intention avait été de lui parler, de la convaincre de laisser tranquilles ses entreprises. Pourtant, dès qu'il l'avait touchée, ce plan s'était évaporé et quelque chose de plus primaire avait émergé.

Il avait essayé d'utiliser les réactions de son corps en l'amenant au bord de la passion, avant pour la laisser dans la frustration pour la punir de ses tactiques professionnelles peu orthodoxes. Cela avait été une regrettable indulgence et sur le moment, il n'avait pas été capable de se retenir.

Et cela non plus n'avait pas fonctionné.

Au contraire, elle avait retourné la situation et il s'était délité sous les caresses serrées de sa main. Se souvenir de l'avoir vue laisser tomber un gant blanc délicat à ses pieds, évoquant un défi en duel, le faisait encore bander. C'était un duel intellectuel qui se jouait à la séduction... Exactement la manière dont il aimait mener le jeu ! Et voilà qu'il avait rencontré une femme qui lui rendait ses coups bas.

Une suite de coups et de parades, comme dans un jeu d'échecs. Il ne pouvait nier qu'il ressentait envers elle une admiration involontaire, mais il était déterminé à ne pas la laisser gagner.

La calèche s'arrêta devant un hôtel particulier élégant qui avait été l'emplacement du club de Berkley's pendant plus de cinquante ans. Ce n'était pas le seul club de gentlemen qui avait fait parvenir une invitation à Ashton, mais c'était la seule qu'il avait acceptée. Le club l'avait tenté, car il lui permettrait d'échapper aux discussions d'affaires, aux questions politiques et aux autres choses qui faisaient la renommée de la plupart des autres clubs. Berkley's était strictement un club pour les hommes qui souhaitaient échapper au tourbillon de la vie londonienne.

Le club était également le seul endroit où son groupe d'amis proches – la Ligue des Rebelles, comme les avaient surnommés les journaux – pouvait se poser confortablement, loin des torchons à scandales et des ragots de cette satanée Madame Société. Ses articles dans la *Gazette de la Lorgnette* semblaient déterminés à trahir leurs secrets pour l'amusement de l'élite de Londres. C'était elle qui avait rendu leur surnom si célèbre au cours des quelques dernières années.

Ashton aurait volontiers admis que le surnom de la Ligue avait toujours été une description appropriée des cinq membres originaux : Godric, Lucien, Cédric, Charles et lui-même. Avec Jonathan, le demi-frère que Godric s'était récemment découvert, ils étaient à présent six.

Au fil des années, certaines de leurs activités avaient été brutales, impitoyables et même dangereuses, mais les choses étaient en train de changer. Des souvenirs sombres du passé étaient enfouis, remplacés par des nouveaux, bien meilleurs, du moins sur certains points. Ils se posaient, chose qu'Ashton n'aurait jamais crue possible.

Tout avait commencé lorsque Godric avait enlevé une jeune femme pour se venger et avait fini par tomber amoureux d'elle. À présent, ils tombaient tous comme des dominos d'ivoire, un par un, pour les femmes sans lesquelles ils ne pouvaient pas vivre. Lucien, un des rebelles les plus scandaleux qui soient, avait succombé aux charmes d'Horatia, la sœur de Cédric. Et le mois précédent, Cédric avait surpris tout le monde en demandant la main d'Anne Chessley, la riche héritière.

Ashton se rendit compte avec une certaine alarme que la Ligue était à présent divisée à égalité entre les hommes libres et ceux liés par le mariage. Les après-midi, au club, leurs discussions ne tournaient plus autour de la séduction et des conquêtes, mais des naissances à venir.

Si nous ne faisons pas attention, la Ligue cessera d'être une force à craindre pour faire l'objet du ridicule. Le pouvoir que nous avons amassé risque de se voir dilapidé et nos ennemis serreront les rangs puis réessayeront de nous détruire.

Cette pensée lui glaça le sang. L'année précédente, ils avaient survécu à une série d'événements mortels. Plus la Ligue se laisserait diviser par des femmes et des enfants, plus il serait facile pour Waverly de faire du mal à ceux qu'ils aimaient le plus.

Cela dit, ce n'est pas qu'il ne souhaitait pas le meilleur pour ses amis. Ils étaient terriblement et follement heureux auprès de leurs épouses. Mais le pouvoir qu'ils avaient tous lutté fermement pour atteindre depuis qu'ils avaient quitté l'université pouvait s'évaporer à tout moment. De nouveaux géants s'élèveraient de la poussière de leur chute, ainsi que de nouveaux ennemis. Ashton ne baisserait pas les armes tant qu'il ne serait pas certain qu'ils soient tous en sécurité.

En attendant, il ne dormait que d'un œil, ses obligations pesant de plus en plus lourdement sur ses épaules au fil des jours. En tant qu'aîné, il se sentait tenu d'être le protecteur de la Ligue.

La calèche s'arrêta devant l'entrée du club.

— Le club de Berkley's, annonça le cocher.

— Je vous remercie.

Ashton sortit de la calèche et paya l'homme avant de gravir les marches. Un jeune garçon proprement vêtu de l'uniforme de Berkley's lui ouvrit la porte. Ashton lui tendit son manteau et son chapeau.

— Cherchez-vous quelqu'un en particulier, Milord ?

Ashton tira sur sa redingote.

— Essex, Rochester ou Sheridan.

Il attendit de voir si ces titres évoquaient quelque chose au jeune homme.

Le visage du valet fut illuminé par une expression quasi révérencieuse.

— Bien sûr. Ils prennent un verre dans le salon Bombay. Savez-vous où c'est, Milord ?

— Oui, merci.

Il traversa le club, passant devant des tables et des fauteuils où des hommes buvaient, parlaient et profitaient tranquillement de ce répit aux contraintes de la société. Des fauteuils chauds et accueillants trônaient devant des cheminées allumées et l'odeur de la nourriture et du brandy taquinait ses narines. Berkley's était comme une seconde maison.

Située à l'étage supérieur, la salle Bombay présentait un décor au thème indien. La porte était déjà entrouverte et le son des voix le remplit de chaleur. Il laissait peu de choses compter profondément pour lui, mais la Ligue était la chose la plus importante de sa vie, hormis sa famille.

La première chose qu'Ashton entendit quand il ouvrit la porte fut Cédric Sheridan qui s'esclaffait.

— Ash va être furieux. Madame Société le prend à parti.

Calé dans son fauteuil et tout sourire, le vicomte tenait un exemplaire de la *Gazette de la Lorgnette*.

— Encore ? demandèrent les autres.

— C'est une bonne chose que la rédactrice de cette rubrique reste anonyme. Ash la détruirait.

— Rien ne perturbe Ash. Il est trop posé.

Godric Saint-Laurent, duc d'Essex, prit le journal et le parcourut rapidement.

— Attendez qu'Émily lise ceci ! Elle est convaincue qu'Ash et lady Melbourne ont besoin de se retrouver dans un environnement convenable où ils seront forcés d'être polis.

À ces paroles, Lucien Russell, marquis de Rochester, se détourna de la fenêtre devant laquelle il se tenait.

— Cela fait un mois qu'Horatia ne parle plus que de cela. Elle a dit qu'Anne les a invitées à prendre le thé avec lady Melbourne cet après-midi.

Dans l'encadrement de la porte, Ashton écoutait les trois membres mariés de la Ligue discuter de leurs femmes avec un amusement jovial. Il éclata de rire, faisant sursauter ses amis, qui ne s'étaient pas rendu compte de sa présence.

— Seigneur Dieu, vous laissez vos épouses se retrouver pour prendre le thé ?

Lucien fut le premier à répondre.

— Vous savez les efforts que cela représente d'essayer de les en empêcher. Si je disais non, Horatia me jetterait à la tête un coussin brodé. Suivi d'un vase.

— Elles sont tout aussi unies entre elles que nous le

sommes, j'en ai bien peur, dit Godric. Elles se sont même donné cette appellation ridicule. La Société des...

Il s'interrompit, ayant oublié la suite.

Lucien fit un grand geste avec les mains comme s'il dévoilait le nom.

— *La Société des Ladies Rebelles*.

— Exactement.

Cédric ricana et cala ses bottes sur la table la plus proche.

— Tant qu'Audrey n'est pas de la partie, elles ne pourront pas causer autant de problèmes que cela.

Ashton n'était pas certain d'être entièrement d'accord. Audrey Sheridan était la benjamine de Cédric et même si les ennuis la suivaient à la trace, il savait que les autres femmes étaient presque aussi douées qu'elle pour les bêtises.

— Ash, regardez.

Godric lui tendit la *Gazette* et Ashton s'installa à côté de lui.

Il baissa les yeux vers l'article dont ils discutaient quand il était entré et ressentit vite une bouffée de colère.

— Je me *dissimule* derrière ma flottille de bateaux ?

Le grondement qui lui échappa était complètement inattendu. Luttant pour conserver son calme, Ashton ferma les yeux et compta jusqu'à dix en latin comme il l'avait fait toute sa vie pour maîtriser sa colère. Quand il rouvrit les paupières, il souriait. Cela ne faisait rien. Son plan était lancé et bientôt, Rosalind ne serait plus un problème.

— Enfin, elle a raison sur vous trois.

Il revérifia l'article pour réciter les paroles exactes.

— « Succomber aux charmes d'Éros et prendre épouse ».

Godric arracha le journal des mains d'Ashton.

— J'aimerais savoir qui écrit ces bêtises. C'est probablement une vieille pie de Upper Wimpole Street qui n'a pas su s'introduire dans la bonne société et se venge de l'élite à laquelle elle n'appartient pas.

Son ton légèrement sarcastique indiquait le dégoût qu'il avait de sa propre classe.

Lucien fit tourner son verre de brandy et quitta son poste près de la fenêtre pour prendre une chaise vide près de Cédric. Il parut avoir une inspiration soudaine.

— Et si nous demandions à nos femmes de s'en occuper ? Cela ne pourra que les occuper et si elles partent résoudre un mystère, nous ne les aurons plus dans nos pattes.

Cédric éclata de rire.

— Je soutiens que même si elles apprennent son identité, il est impensable qu'Émily, Anne ou Horatia trahissent l'une des leurs. Et on aura beau essayer de toutes les façons possibles, on ne pourra pas les empêcher de se mêler de ce qui nous concerne.

Ashton hocha la tête. Le problème qui pesait sur son cœur était le danger que le passé de la Ligue présentait pour les femmes de leurs vies.

Comme s'il répondait à l'appréhension d'Ashton, Godric croisa les bras et une ombre passa dans ses yeux verts.

— Ce qui me fait penser... Où en sommes-nous concernant Waverly ?

Ashton fut saisi par la tension, tous ses muscles se contractant. Waverly éveillait toujours des souvenirs sombres et de vieilles peurs, ainsi qu'une vague de culpabilité.

Fut un temps, Hugo n'était qu'un idiot ennuyeux et privilégié qu'ils avaient rencontré à Cambridge. Mais à cause d'une ancienne vendetta familiale, Waverly avait tenté de tuer leur ami Charles, et c'était un autre étudiant qui était mort cette nuit-là. Un homme innocent qui avait simplement essayé d'apaiser les choses. Ce moment avait changé le cours de leur existence.

Les paumes d'Ashton tressaillirent, comme s'il pouvait sentir sur ses mains la souillure du sang de cet homme innocent.

— Il a été vu aux docks où ma flottille est amarrée, mais je n'ai pas été capable de confirmer ce qu'étaient ses intentions pour le moment. Je suggère qu'on surveille mutuellement nos arrières jusqu'à ce que Waverly nous dévoile ce qu'il va encore mijoter.

Godric essaya de contenir un regard noir, sans y parvenir. La patience n'avait jamais été l'une de ses qualités maîtresses lorsqu'il jugeait qu'il valait mieux agir.

Ashton enfonça la main dans son gilet et en retira une petite montre à gousset sur une fine chaîne en argent. Une heure s'était écoulée depuis qu'il avait donné des instructions à la dernière banque concernant le crédit de Rosalind. Dans moins d'une demi-heure, les hommes qu'il avait rencontrés enverraient des notices à la banque de Rosalind, exigeant d'être payés en or. Cette petite diablesse écossaise allait regretter de l'avoir embarrassé au théâtre le mois précédent.

Si seulement je pouvais voir son visage quand elle se rendra compte qu'elle est ruinée !

Bien entendu, il n'aurait pas la cruauté de l'envoyer en prison pour dettes. Elle finirait par récupérer sa fortune, après qu'il aurait tout découvert de l'implication d'Hugo dans ses affaires et qu'elle aurait appris qu'il valait mieux pas se frotter à lui. Lady Melbourne méritait une telle leçon pour l'avoir défié.

— Seigneur Dieu, Ash sourit ! Ce n'est jamais bon signe, marmonna Lucien.

Ashton émergea des pensées presque joyeuses qu'il avait entretenues.

— Ash.

Le ton de Godric sonnait comme une mise en garde.

— Voudriez-vous bien nous révéler à quoi vous pensez ?

Cédric, Lucien et Godric se penchèrent tous en avant, comme s'ils avaient peur qu'on les entende malgré l'intimité de la salle Bombay. Dans un coin, l'horloge sonna l'heure, sans que cela détourne l'attention intense de ses amis.

Ashton glissa à nouveau sa montre dans la poche de sa redingote et croisa son regard.

— Voilà une heure, j'ai enclenché une manigance qui va détruire lady Melbourne sur le plan financier. Cela me permettra de mettre un frein à ses activités et portera donc préjudice à Waverly.

— Elle collabore avec lui ? demanda Cédric.

— Tout ce dont je suis certain est qu'il s'est servi de ses bateaux pour son propre intérêt, et je veux l'arrêter. Puisqu'il s'est associé à elle dans plusieurs affaires, je tiens à obtenir l'accès à ses livres de comptes ainsi qu'à ses manifestes de transports. Le seul moyen d'auditer ses compagnies est d'en avoir le droit. C'est pour cela que j'ai racheté la plupart de ses dettes – non pas qu'elle en ait eu beaucoup. Je la posséderai entièrement... sauf de nom.

Un sifflement bas échappa des lèvres de Cédric.

— Ash, nos femmes l'ont invitée pour le thé cet après-midi.

Pour la première fois depuis longtemps, Ashton ressentit du plaisir.

— Si seulement je pouvais être présent quand elle apprendra la vérité !

Voir ses beaux yeux gris s'écarquiller sous le coup de la surprise, ses lèvres s'écartant alors qu'elle prenait une inspiration surprise... Ce serait presque aussi beau que d'avoir conquis son corps dans son lit. Mais puisqu'il ne pouvait pas avoir son corps – après tout, on ne couchait pas avec ses ennemis –, il devrait se contenter de cela.

Ses amis ne brisèrent le silence que quelques instants plus tard.

— Ce n'est pas à cause de l'incident au théâtre, n'est-ce

pas ? s'enquit Lucien. Vous voulez une revanche parce qu'elle a eu la main haute dans cette alcôve ?

Cédric ricana et Godric poussa un juron étouffé. Ce n'était pas la réaction à laquelle Ashton s'était attendu. Par le passé, cela aurait été normal pour la Ligue. Ils l'auraient félicité pour une telle victoire.

— Quoi ? demanda Ash d'un ton emporté alors que les autres restaient silencieux.

Godric se passa une main dans ses cheveux sombres.

— Et si lady Melbourne le prend personnellement et fait venir ses frères d'Écosse ? J'ai toujours des cauchemars à propos de notre dernière rencontre. L'un d'eux m'a brisé une chaise sur le dos. J'ai dû rembourser les dégâts à la taverne dans laquelle nous nous sommes battus.

— Trois Écossais sauvages ne me font pas peur.

Ashton n'avait jamais perdu un match de boxe ou une bagarre dans une taverne. Charles avait beau être le véritable pugiliste du groupe, les compétences d'Ashton étaient égales aux siennes, même s'il ne se battait que lorsque c'était nécessaire.

— Non, un *seul* devrait vous effrayer, grommela Godric. Trois devraient vous terrifier.

— Quelqu'un d'autre s'inquiète-t-il qu'à l'instant même, nos épouses reçoivent la victime de la machination d'Ash ? demanda Cédric. Si elles découvrent que nous sommes au courant, je suis passible de passer le mois qui vient à dormir dans mon étude et non dans mon lit avec ma femme.

Les murmures d'agrément de Godric et de Lucien firent s'abattre sur eux tous le regard noir d'Ashton.

— Je commence à croire que Charles avait raison. Vous vous ramollissez.

Charles avait affirmé autrefois que l'amour et le mariage étaient en train de déchirer la Ligue, de détruire sa force. Sur le moment, Ashton n'avait pas voulu le croire, mais à présent...

Un coup à la porte les fit tous se tourner vers l'entrée de la salle Bombay. Un jeune homme l'ouvrit, les yeux écarquillés et les mains légèrement tremblantes à cause de la lettre qu'il apportait. Apparemment, la réputation de la Ligue inspirait toujours un peu de crainte.

— Pardonnez-moi cette intrusion, Messieurs. J'ai une missive urgente pour lord Lennox.

Le regard du garçon sautait rapidement de l'un à l'autre. Il sentait qu'il avait interrompu quelque chose et sentait sans aucun doute la tension invisible présente dans la pièce.

Ashton lui adressa un geste de la main.

— Amenez-la-moi.

Le garçon la lui jeta pratiquement et prit la fuite.

— Au moins, quelqu'un a encore le bon sens d'avoir peur de nous, ricana Godric.

Le fin papier contenait un court message de sa sœur cadette, Joanna.

Ashton,

Vous devez rentrer à la maison immédiatement. Deux des fermes de nos locataires ont pris feu hier soir et sont complètement détruites. Heureusement, personne n'a été tué. Les familles sont saines et sauves, mais se retrouvent sans-abris. Revenez, s'il vous plaît. Les fermes devront être reconstruites immédiatement.

Bien à vous,

Joanna

Ashton replia calmement la lettre et la fourra dans la poche intérieure de sa redingote.

— De mauvaises nouvelles ? s'enquit Lucien.

— C'est un mot de ma sœur. Elle me dit que deux fermes

de nos locataires ont été détruites par le feu. Je dois immédiatement rentrer à la maison. Il se redressa.

— Et lady Melbourne ? demanda Cédric.

— Que voulez-vous dire ?

Cédric haussa un sourcil.

— Vous avez manigancé sa ruine et à présent, vous quittez Londres ?

Il arbora un sourire lent.

— Si elle décide de venir se prosterner à mes pieds, sentez-vous libre de lui donner l'adresse de mon domaine. Je serai ravi d'y entendre ses excuses.

Il enfila rapidement son manteau et quitta la salle Bombay, abandonnant ses amis.

Il aurait aimé que cela arrive ! Lady Melbourne à genoux, implorant son pardon, ses yeux gris illuminés par des larmes ravissantes et ses longs cheveux rabattus en arrière à la mode grecque. Les longues boucles qui caressaient son cou...

Oui, Ashton s'était bien trop souvent représenté cette scène au cours de la semaine précédente. Il aimerait dire à Lady Melbourne que si elle souhaitait vraiment l'apaiser, elle pourrait trouver quelques façons créatives de se racheter, en privé. Cela étant, même au lit, il ne lui faisait pas confiance, et il n'aurait certainement jamais forcé une femme à coucher avec lui. Dans sa tête, pourtant, ces fantasmes valaient la peine d'être explorés.

Ashton sortit de Berkley's et héla un fiacre. Il demanderait à son valet de préparer quelques bagages sommaires afin de pouvoir regagner son domaine rapidement. Le mot de Joanna le troublait. Les incendies n'étaient pas rares, mais le fait que ses deux locataires se trouvaient à des kilomètres de distance était troublant.

Je ne crois pas à de telles coïncidences.

Une fois encore, il se représenta un échiquier. Un jeu se

jouait, la Ligue contre Waverly, et le temps tournait jusqu'à ce que puissent se jouer chaque coup et contrecoup.

Pour connaître la suite, vous pouvez acheter le livre en cliquant ICI: https://laurensmithbooks.com/books/rivaux-rebelles/

À PROPOS DE L'AUTEUR

Auteure à succès reconnue par USA Today, LAUREN SMITH vit dans l'Oklahoma. Avocate le jour, elle écrit la nuit des histoires d'amour aventureuses à la lumière de son smartphone. Elle a su qu'elle était destinée à écrire de la romance lorsqu'elle a tenté de réécrire l'intégralité du film *Titanic* juste pour sauver Jack de la noyade. Elle aime toucher ses lecteurs avec des romances émouvantes, réalistes et coquines se déroulant à différentes périodes historiques. Elle a remporté de nombreux prix dans plusieurs catégories de romance, notamment le New England Reader's Choice Awards et le Greater Detroit BookSeller's Best Awards. Elle a été quart-de-finaliste de l'Amazon.com Breakthrough Novel Award et demi-finaliste du Mary Wollstonecraft Shelley Award.

Pour entrer en contact avec Lauren, rendez-vous sur son site https://laurensmithbooks.com/genre/french/ ou sur son compte Twitter @LSmithAuthor.

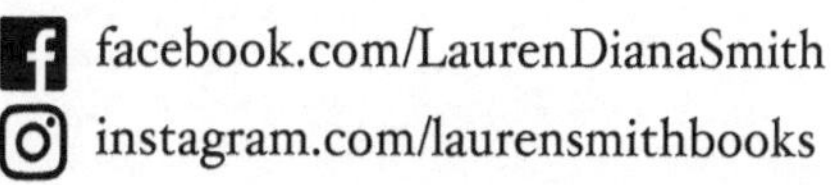

facebook.com/LaurenDianaSmith

instagram.com/laurensmithbooks